Les anges aussi connaissent le spleen

Du même auteur

Les villes sont trop petites, Le Serpent à Plumes, 1999.

Le ciel n'aime pas le bleu, Le Serpent à Plumes, 2000.

Missiles. Et souvenirs cardiaques, Le Serpent à Plumes, 2002.

Blonde abrasive, Hachette littératures, 2005.

Devenir mort, Hachette littératures, 2007.

Une chic fille, collectif, Inculte, 2008.

Cassé (Kurt Cobain), Naïves, 2008, en poche Litos 2024 (sous le titre : *C'est mon cœur qui bat dans cette ordure*).

Mélancolie de la masse critique, Dialogues, 2010.

La guerre civile est déclarée, Dialogues, 2013.

Aujourd'hui pour toujours, Belfond, 2014.

Traversée dans la région du cœur, Stock, 2017.

L'Horizon à mains nues, J.-C. Lattès, 2020, en poche Litos, 2023.

Assis au bord du silence, éditions du Rocher, 2023.

Christophe Paviot

Les anges aussi connaissent le spleen

éditions du
ROCHER

Éditions du Rocher
28 rue Comte-Félix-Gastaldi – BP 521 – 98015 Monaco

www.editionsdurocher.fr

ISBN : 978-2-268-11165-0
EAN epub : 9782268111834

À ma mère

« Il n’y a pas mieux que la lumière d’un pont en feu. »

Don Henley

« Je n’ai jamais peur de rien, et vous savez pourquoi ?
Parce que je ne gère pas très bien la peur,
je ne suis pas douée pour être terrifiée. »

Stevie Nicks

Jimmy Felton a les mains propres, il sait qu'il a plutôt intérêt depuis qu'il conduit une bagnole avec un volant de Bakélite blanc. Il tire dessus, sa Ford Country Squire esquisse une large courbe sur le carrefour entre Pico et La Cienaga Boulevard, les graviers pétillent sous ses pneus. Il se gare. Nichée sur la banquette, côté passager, sa gosse l'observe du coin des pupilles. Elle s'attarde sur les cheveux ras qui lui tapissent la nuque, et sur sa raie positionnée à droite, frontière entre l'impeccable et le plus qu'impeccable. Pour le reste, il n'est pas souvent nickel, mais là-dessus, il ne plaisante pas, et ça l'énerve, ces cheveux toujours bien coiffés sur une apparence négligée. Elle détaille ses sourcils, son nez, sa bouche, son profil, lentement, en silence.

— Tu sais quoi ? Ton visage, on dirait un arrosoir, t'as une tête d'arrosoir.

— Pourquoi ne dis-tu pas : « Papa, tu sais quoi ? T'as une tête d'arrosoir. »

— Et pourquoi je dirais ça ?

— Parce que je suis ton père.

— Mais j'ai quinze ans, Papa.

— Ah, tu vois que tu sais encore le dire.

— Ouais, bon, dépose-moi là, j'ai pas envie que les autres sachent qu'un arrosoir m'a amenée jusqu'ici en bagnole.

— Et ne dis pas « ouais ».

— Ah, parce que j'ai le droit de dire « bagnole » ?

Le paternel n'a pas le temps de dégainer un malheureux avertissement, que sa gamine de quinze ans s'échappe déjà sous la mitraille des véhicules. Un de ces Volkswagen combi, barbouillé de conneries par des hippies, manque de l'écrabouiller au moment où elle traverse n'importe comment avec son skate. Jimmy capte la scène dans son rétroviseur, il se marre : comment ces énergumènes peuvent-ils conduire en se brossant les dents ? Il est certain d'avoir bien vu, le conducteur se labourait les mandibules avec une brosse à dents, pendant que les autres chevelus le regardaient, hilares. Décidément, Jimmy déteste ces saletés d'années soixante-dix, il se dit qu'il va encore devoir avaler un paquet de saloperies avant que tout ce bordel se termine, et on n'est qu'en 1974. Il enclenche la marche avant de sa Ford, Joyce a sans doute déjà retrouvé ses amis, il se demande quelle tête ça peut bien avoir un type avec une tronche d'arrosoir. Sur la vitre de son hayon arrière, on peut lire une publicité pour son entreprise : *Jimmy Felton, Nettoyeur de scènes de crime, téléphone : 213-392-7412*. Le lettrage rouge tranche avec la couleur bleue et le bois incrusté dans la carrosserie de son break. Sa Ford de 1955, elle a de la gueule, et Jimmy le sait. Il connaît l'origine de ce modèle, comme l'histoire de son pays. Dès le début des années cinquante, le gouvernement a pris en main l'industrie du fer pour la tourner vers l'export. Résultat, les usines automobiles manquaient soudain cruellement de ferraille pour construire leurs voitures, alors les ingénieurs ont inventé le style « *woody* », avec des armatures en bois et des panneaux latéraux de même nature. Le bois, ça ne manquait pas dans le nord. Ces véhicules, peu coûteux, ont trouvé leurs acquéreurs dans les paysages suburbains de l'Amérique, et la Ford Country Squire est rapidement devenue la bagnole familiale de banlieue, bien pratique pour accompagner les gosses à l'école, trimballer les copeaux de pelouses et de haies fraîchement taillées, et pour se barrer visiter les parcs nationaux. Sans oublier le chien, son large coffre acceptant même des bestioles de taille considérable, comme le bobtail ou le berger allemand. Jimmy entasse là-dedans des bidons de virucides, fongicides et bactéricides. Il a aussi installé des compartiments de rangement en contreplaqué, dans lesquels il répartit ses ustensiles de nettoyage, combinaisons de protection, masques et gants.

Rentré à la maison, Jimmy constate que Joyce n'a pas oublié sa gourde et son sandwich au pastrami, il ne trouve pas sa musette en toile kaki, c'est bon signe. Puis il se souvient qu'elle l'avait en bandoulière sur une épaule en sortant de la voiture. Mais au fond, il se fiche qu'elle reste affamée, assise et muette sur son skate, au milieu de ses amis. Il monte dans son bureau, tout y est méticuleusement classé, ordonné. Il tend un bras vers le sommet d'une étagère et, au-dessus des livres alignés et dépoussiérés par sa femme, il déniche une petite boîte de plastique transparent dans laquelle il a percé des trous avec le poinçon d'un fil chaud. La guêpe est toujours vivante, elle marche nerveusement en faisant vrombir les vitraux de ses ailes. Ses antennes rabaissées frôlent le plastique tacheté de trous. Jimmy redescend avec sa boîte en sifflotant. En bas, tout est prêt. Le rôti de bœuf cuisiné par Pamela la veille patiente sur sa planche à découper en hêtre. Le couteau électrique de la marque Sunbeam, bien meilleur que le Hamilton Beach de sa belle-mère, repose sur le plan de travail, la double lame sommeille en attendant son fourmillement d'électrons. Il s'installe à table et entrouvre la prison de l'insecte avec précaution. Il veille à ne pas trop écarter le couvercle de son socle, ça rugit là-dedans. Du bout des doigts, il tente d'attraper la guêpe par les ailes, mais elle lui tend son dard. Il parvient enfin à la saisir avec douceur, elle tortille son abdomen en espérant le piquer, mais Jimmy reste prudent. Sûr de sa prise, il achemine la guêpe vers son cou, tout près du renflement de la carotide gauche. Il la dépose sur sa peau, sans la relâcher, l'insecte enfonce son dard dans l'épiderme et se soulage d'une bonne giclée de venin. Jimmy sourit, ces petites bêtes sont tellement prévisibles. Il se lève, se dirige vers la fenêtre de la cuisine, la fait coulisser vers le haut, et fout la guêpe dehors.

— Allez, tire-toi, t'as bien mérité ta liberté après quatre jours de cachot. Et surtout, ne t'avise pas de raconter cette histoire à tes potes, je compte sur toi.

La petite crevette rayée jaune et noir se sauve dans le bleu du ciel avec un bourdonnement rageur, Jimmy rigole tout seul à l'orée de ses chuchotements, il se dit qu'il est vraiment con. Il se ressaisit et se raccorde au plan établi, pas de témoin, pas de complice, pas de confidence, zéro confiance. Il sait que s'il s'épanche, même auprès de Pamela, sa femme, ça finira par sortir. Dès qu'on parle, la vérité sort toujours. Alors il va la fermer, il va tout garder pour lui, même sa propre conscience semble en savoir trop. Jimmy referme la fenêtre. Ça enfle déjà dans son cou, il est content. Il dépose un set de table à sa place habituelle, même quand il déjeune en solo, il s'installe à sa place. Il balance là-dessus verre, assiette et couverts, puis il branche le couteau électrique. Il découpe minutieusement une tranche de rôti, elle s'affaisse mollement sur le bois de la planche. Alors il respire très fort, les deux lames s'excitent en se frottant mutuellement.

La vibration est modérée au bout de son bras droit, mais le bruit qui l'accompagne semble soudain effrayant. Il respire encore un grand coup, brandit l'appareil au niveau de ses yeux et plonge sa main gauche dans les lames, il ne leur cède que deux doigts, l'auriculaire et l'annulaire. Un cri, une énorme respiration à nouveau, comme s'il émergeait d'une longue plongée sous l'eau, il appuie fermement sa main gauche contre les dents métalliques avec ce qui lui reste de forces. Les os des doigts sont tendres, ils frottent un peu puis abdiquent, sectionnés net. Les deux doigts s'effondrent dans l'évier en inox, Jimmy relâche brutalement l'appareil qui, en tombant, lui déchire le pantalon et lui entaille superficiellement la cuisse. Avec son poing droit, il retient sa main gauche vers le haut. Bizarrement, ça ne pisse pas le sang, mais après quelques secondes, ça arrive, ça s'écoule le long de son bras, des veines couleur vermillon se dessinent sur sa peau et s'allongent jusqu'à son coude. Jimmy réprime un cri au fond de sa trachée, il se précipite vers l'armoire à pharmacie, du rouge se répand sur le carrelage, il dérape sur son propre sang, mais se rattrape avec sa main valide, en maintenant les deux doigts tranchés à la verticale. Il enveloppe abondamment sa main dans la gaze trouvée au creux de l'armoire, la boursouflure de son poing fait penser à un bâtonnet de coton-tige géant. Il fixe le pansement avec des épingles à nourrice et rejoint l'évier. Ses deux doigts coupés gisent au fond du bac en inox, son alliance s'est détachée, le tintement du bijou contre la paroi métallique de l'évier lui revient maintenant. Ça lui rappelle son mariage avec Pamela. Un épisode bien malheureux. La veille de la cérémonie, plutôt inquiet, Jimmy avait voulu essayer sa bague. Il l'avait enfilée avec quelques difficultés et au moment de la retirer, le diamètre trop juste de l'anneau l'avait empêché de l'ôter. Il avait tout tenté, de l'huile, des pommades, du fil, rien à faire. Pas moyen de remettre l'objet symbolique dans son écrin rembourré de satin. Il s'était donc officiellement présenté à Pamela avec la bague déjà au doigt. Furieuse, elle avait ouvert de grands yeux qui avaient immédiatement autorisé Jimmy à la fermer pour le reste de la journée.

Jimmy Felton enfonce les doigts sectionnés dans un sac de glace. De sa main valide, il gribouille un mot sur la table de la cuisine, il explique qu'il s'est coupé deux doigts mais que tout va bien. Il précise qu'il file à l'hôpital. Il préfère prévenir, si jamais Pamela rentrait avant lui, elle n'aurait pas à s'inquiéter pour le sang répandu au sol, ni pour les souillures sur les lames du couteau électrique. Il fouine un peu dans le garage à l'arrière de la maison, et fait dégringoler de son étagère la glacière de pique-nique, il balance le sac de glaçons avec les doigts sectionnés là-dedans, referme le couvercle et se dirige vers sa voiture avec la glacière ballottant au bout de son bras valide, comme si monsieur portait une valise, en partance pour un voyage d'affaires.

La conduite n'est pas aisée avec une seule main, mais il l'a fait tellement souvent pour faire le malin. Il planque son avant-bras gauche le long de sa cuisse, il n'a pas envie que des motards lui posent des questions sur ses doigts mutilés, il est pressé d'arriver à l'hôpital afin d'être pris en charge par le personnel compétant. Jimmy flippe un peu, il n'a pas envie de se vider de son sang, or la tache imbibée sur sa torche de gaze ne cesse de s'étaler.

Un type le klaxonne, le feu vient de passer au vert, Jimmy est songeur, il vérifie que son levier de vitesse est bien sur

« *Drive* » et il accélère doucement avant de replonger dans ses rêveries. Il se revoit avec Pamela et Joyce, éclaboussés par des dauphins. Il y a deux mois à peine, début mars, ils avaient glissé le long de la côte pour rejoindre le *Marineland* de Palos Verdes, c'était la réouverture du delphinarium avec ses immenses bassins, un site qui propose des spectacles de mammifères marins. La petite famille était tranquillement installée dans les gradins, au plus près des animaux. Emmitouflée dans sa parka, Joyce prenait des photos avec son Pocket Instamatic de Kodak, et Pamela lui demandait de ralentir le rythme, car sa cartouche de film défilait sacrément vite. Elle ne voulait pas de soupe à la grimace une fois le ruban de la pellicule terminé. Joyce était admirative de ces constructions humaines, des prouesses architecturales et de l'attention portée aux animaux. Les bélugas, les dauphins, les otaries étaient vraiment des espèces heureuses ici, mieux protégées que dans leur propre élément, l'océan. Car ces mammifères risquaient constamment d'être blessés par une hélice de bateau, un filet ou autre chose. Joyce était réellement enthousiaste d'assister à ce spectacle, ravie de la bienveillance affichée par les animateurs et les soigneurs. La mère acquiesçait, parfaitement en accord avec sa fille, touchée par cette sensibilité aiguë pour son âge. Les uns comme les autres étaient émerveillés par l'intelligence de ces grosses bêtes, subjugués par leur capacité à apprendre, à obéir à l'homme, c'était un spectacle merveilleux. Les voir se projeter, à trois ou quatre, simultanément hors de l'écran de l'eau, faire une pirouette et plonger tête la première à l'endroit même d'où ils avaient jailli soulevait des exclamations parmi les spectateurs. Certains versaient même des larmes qui se joignaient aux éclaboussures d'eau de mer.

Une femme, debout sur un perchoir tendu au-dessus d'un bassin, brandissait des maquereaux frais en les tenant par la queue. Les dauphins bondissaient toujours plus haut à mesure qu'elle prenait des poissons dans son seau et que son bras s'élevait dans le ciel nuageux de Palos Verdes. Mais ce que préférait Joyce, c'était de voir les animateurs en combinaison *long john*, sans manche, s'élancer debout, bien droits, sur la pointe du rostre de chaque dauphin, en parfait équilibre sur leur nez. Tandis que les mammifères battaient puissamment les flots de leurs nageoires caudales pour traverser le bassin et promener leurs hôtes, sous les yeux ébahis des humains ayant payé leur place afin de voir ces exploits inoubliables. L'obéissance des animaux provoquait irrésistiblement des rires chez les hommes, tant les sessions étaient drôles et bien rodées. Il fallait voir ces braves otaries lancer des balles de baseball à des batteurs qui les expédiaient par-dessus les gradins. Il fallait voir ces dauphins s'élancer à travers des cerceaux enflammés, et il fallait entendre les clameurs du public. Joyce se tortillait sur son siège, jetant par moments des regards inquiets vers ses parents, pour s'assurer qu'ils s'amusaient autant qu'elle-même. C'était la seconde fois de toute sa vie que son père les accompagnait quelque part pour un week-end, pour une sortie.

Jimmy s'était absenté au milieu d'un numéro, sa vessie demandant à être soulagée. N'y tenant plus, il avait fait lever toute sa rangée en s'excusant, pour se catapulter dans la région des sanitaires masculins, scellés sous l'amphithéâtre. Jimmy s'étant imprudemment installé devant l'urinoir central, deux hommes, un gros et un maigre, avaient surgi de nulle part et l'avaient encadré aux urinoirs adjacents. Retrouver dans cet endroit ces deux vieilles connaissances n'annonçait rien de bon. Ainsi, les deux gusses avaient suivi sa Ford Country Squire sur l'autoroute, pendant des kilomètres, jusqu'à Palos Verdes. Ils avaient acheté des tickets pour voir ces bestioles faire leur numéro dans l'eau, et soudain, ils étaient là, contre lui, le pénis à la main, urinant comme lui, ou faisant semblant. Le gros à sa droite s'occupait finalement peu de son engin, puisqu'il avait hissé un revolver au-dessus de la plaque séparant les deux urinoirs. Sans prêter attention au jet brûlant qui s'écoulait de son urètre, Jimmy observait le flingue avec terreur. Sa tête n'avait pas bougé d'un millimètre, c'étaient ses yeux qui s'étiraient. Il s'apprêtait à leur fausser compagnie pour retourner voir les cétacés, quand le maigrichon à sa gauche l'avait fermement saisi par le bras, une prise malaisante, avec les phalanges incrustées entre le biceps et le triceps. Jimmy avait aussitôt compris qu'il ne fallait pas bouger.

— Jimmy Felton, tiens, tiens, tiens, alors on est venu voir les dauphins ? On aime bien les petites bêtes qui bondissent pour deux ou trois maquereaux ?

— Je suis en famille, les gars.

— T'as raison, on est une famille. Et tu sais combien tu lui dois à ta famille ? Non, tu sais pas ? Je vais te remuer le cérumen, moi. Tu lui dois 98 000 dollars à ta petite famille.

— Les gars, les gars, je vous ai dit que je vous paierai…

— C'est vrai, tu l'as dit. Mais pour l'instant, on a vu plus de marsouins battre des nageoires que tes putains de dollars. On te laisse six mois, mec, pour rassembler le pognon. Six mois, c'est parce que je suis gentil.

— Ouais, mais moi, j'suis méchant, avait répliqué le gros avec le flingue. Quatre mois, pas plus. Dans quatre mois, tu déboules avec notre pognon. Quand on perd au poker, on gagne le coroner, mets-toi bien ça dans la caboche.

Le gros avait abaissé son arme. Jimmy avait maladroitement refermé sa braguette sur le bout de sa queue, alors, serrant les mâchoires et sans réfléchir, il avait manœuvré la tirette en sens inverse, ce qui avait libéré la peau des dents métalliques mais accéléré le saignement. Il avait remballé tout ça et s'était lavé les mains. Les deux autres se retenaient de ricaner, alors qu'ils n'avaient rien capté à ce qui venait de se passer, ils n'avaient pas compris qu'en plus, ce pauvre type de Jimmy Felton s'était coincé le prépuce dans sa braguette. Le malheureux joueur de poker avait rejoint les gradins, et avait fini la journée, pensif, et le pénis brûlant. Laissant le soin à sa femme d'offrir à leur fille un pendentif de dauphin, au moment de quitter ce merveilleux centre aquatique.

La Ford vient se loger sur une des rares places édentées du parking. Jimmy est plutôt calme, il marche lentement vers les bâtiments de l'hôpital, il n'a pas envie de stimuler son cœur, pas envie que ses artères expulsent le peu de sang qu'il lui reste. Il mangerait bien une banane ou un hot-dog, quelque chose qui le maintiendrait debout. Il se contente de marcher à peu près droit, la glacière à la main, un modèle de plastique jaune avec une anse fine et chromée, parfaitement inconfortable. Arrivé dans le hall des urgences, il explique qu'il a perdu deux doigts, il montre son pansement, il ajoute qu'ils sont bien au chaud, protégés par des glaçons. Il soulève sa glacière.

— Qu'est-ce que vous voulez qu'on fasse de ça ? Les greffes de doigts, personne ne sait faire ça, encore moins ici, on sait tout juste vous redresser d'une septicémie, alors des doigts mutilés…

Jimmy Felton observe le grand frisé à lunettes qu'il a face à lui, il aurait bien envie de lui éclater sa tronche de chaussette qui pue avec les doigts qu'il lui reste, mais il préfère s'abstenir, il a besoin de lui, il a besoin d'eux, il se sent soudain abattu. Les lunettes du mec dégringolent de son visage tandis qu'il se précipite pour relever Jimmy qui s'effondre sur le sol en béton. Il le maintient comme il peut, à bout de bras, Jimmy est tremblant, l'homme appelle de l'aide. Une infirmière surgit et commence par remettre ses binocles sur le bout du nez du frisé, ce dernier ne la remercie pas, il l'injurie pour qu'elle s'active et l'aide à trimballer le blessé au bandage parfumé de sang, jusqu'à un brancard ou un plumard.

Il fait nuit désormais. Dès son retour à la maison, Pamela lui assène une engueulade réglementaire. Il aurait pu la prévenir, il aurait pu appeler d'une cabine téléphonique, OK pour son petit mot, mais elle ne savait même pas dans quel hôpital il avait atterri, et maintenant il est 23 h 30, elle s'est fait un sang d'encre. Jimmy croit bon de préciser que lorsqu'ils lui ont défait son premier bandage de gaze, son sang à lui était comme noir, c'était très étrange, une couleur toute pourrie. Cette précision n'attendrit pas sa femme dont la voix déraille, il ne l'écoute plus, il se sert une bonne dose de vermouth et de gin, il balance deux olives là-dedans et savoure déjà son Martini dry.

— Ils ne t'ont pas dit qu'après ça, fallait pas d'alcool ?

— Si, bien sûr qu'ils me l'ont dit.

— Bah alors.

— Mais j'avais envie de te l'entendre dire, toi, Pamela Felton.

— Très drôle. C'est quels doigts qu'il te manque ?

— L'auriculaire et l'annulaire.

— Et ton alliance, elle est où ?

Il repose son verre et, avec sa main valide, extirpe l'anneau doré de la poche de son pantalon. Il dépose l'objet précieux dans la paume de sa femme, ça l'écœure un peu de découvrir que l'or est souillé de sang coagulé.

— Et comment ils t'ont laissé sortir à une heure pareille ?

— C'est la doctoresse, elle a eu pitié de moi quand je lui ai dit que j'allais me faire engueuler si je ne rentrais pas.

— T'es pas sérieux, là ?

— C'est ce que je lui ai dit.

— Et comment t'as fait ton compte ?

— Avec le couteau électrique.

— C'est bon, j'avais compris, me prends pas pour une demeurée.

— Je découpais de la viande pour mon déjeuner quand une guêpe est venue me harceler, la fenêtre était ouverte. J'ai tenté de la virer mais, rien à faire, elle m'a piqué au cou.

Sa femme se penche vers sa nuque pour vérifier qu'il dit vrai, un renflement intense flirte avec la carotide, l'épicentre de la piqûre est visible, une minuscule tache de sang dessine l'embryon de sa douleur.

Dans son petit lit derrière la cloison du salon, Joyce espionne la discussion de ses parents. Leurs mots sont fragmentés par l'épaisseur du mur, il lui manque des nuances, mais ce qu'elle comprend suffit à lui tordre le ventre. C'est toujours douloureux de les entendre se disputer, c'est usant de toujours se hisser jusqu'à cette idée fragile que son père est un mec bien. Les efforts qu'elle produit pour s'arranger avec cette notion lui soutirent souvent des larmes dans le noir, alors elle s'enfonce quatre doigts dans la bouche, elle les mord longtemps, afin d'être certaine d'étouffer ses sanglots, elle aurait trop honte d'être entendue, que sa détresse soit mise à nu. Joyce est malheureuse de les entendre se bagarrer ainsi. Les voir dériver vers des plaines inappropriées, vers ces friches de violence inexplorées, ça l'enterre dans la crainte du lendemain, elle sait que le jour qui se lèvera dans quelques heures lui fera plus de mal que la morsure brûlante d'une grille de barbecue. Elle ne comprend pas qu'ils s'insultent ainsi, surtout son père, lui qui, toute sa vie, lui a enseigné, répété, que la politesse était le début de l'élégance, un moyen immédiat de se distinguer des autres. Et c'est bien tout ce qu'il lui a inculqué pendant ces quinze années de vie, c'est tout ce qu'elle a retenu de cet homme désigné comme son père. Elle pleure abondamment, jusqu'à l'épuisement de ses glandes lacrymales, jusqu'à l'épuisement de la matière dans son crâne. Elle pleure assise dans son lit, protégée par la membrane de l'obscurité.

*

Depuis qu'il a fait installer une sonnette électrique aux allures de carillon près de la porte d'entrée, Jimmy sourit chaque fois qu'un individu se présente chez eux, tandis que Pamela et Joyce sursautent invariablement. Les deux filles désapprouvent cette installation, car l'horrible tonalité du boîtier les prend systématiquement par surprise. L'une comme l'autre s'accommodent de presque tout dans cette vie, sauf des surprises, ça les pétrifie. Elles n'aiment pas l'inconfort de l'inattendu. Or leur Jimmy n'est irrigué que par de l'inattendu. Joyce est dans sa chambre, penchée sur son radiocassette, ce merveilleux cadeau qu'elle a obtenu à Noël. Après le skate, dans son existence, elle n'a rien trouvé de mieux que ce radiocassette. Elle passe des heures sur la radio KROQ depuis que celle-ci a absorbé la station KPPC. Elle y guette ses titres de rock préférés, et, le pouce à l'affût sur la touche « Rec » de son appareil, elle attend que l'animateur de la radio la ferme un peu pour appuyer là-dessus d'un coup sec et lancer l'enregistrement convoité. Mais bien souvent, cet idiot d'animateur se remet à jacter avant les dernières mesures de la chanson, ce qui contrarie fortement Joyce. Ce morceau-là, elle le cherchait depuis un moment, c'est *Outlaw Man* du groupe Eagles, elle l'a reconnu dès les trois premières notes, c'est sorti il y a quelques mois, elle adore les paroles.

In one hand I've a Bible
In the other I've got a gun

Joyce fredonne rêveusement le texte, elle a l'index posé sur la touche « *Stop* », prête à désamorcer l'enregistreur. Il n'est pas question qu'elle se fasse piéger une fois de plus par cet abruti d'animateur. Et merde, ça sonne à la porte, le cœur de Joyce fait un salto dans sa poitrine, ce carillon veut la tuer ou quoi ? Elle panique et appuie de travers sur la touche « *Stop* », ça va sûrement grincer sur la bande magnétique, comme un passage accéléré où tous les sons virent à l'aigu. Elle est dégoûtée.

C'est donc elle qui se libère pour aller ouvrir la lourde porte en bois de la petite maison rose. La lumière bondit à l'intérieur du salon, Joyce plisse les yeux et découvre un gros mec avec une chemise bleu ciel, serrée et froissée dans un pantalon de costume gris. Il a des pattes en cône qui le font un peu ressembler à une statue, son sourire jovial pourrait le faire passer pour un imbécile, mais il y a quelque chose dans son attitude qui laisse entrevoir le contraire. Il est poli, mais sans excès. Et pour Joyce, c'est une marque d'intelligence. La politesse excessive, en revanche, lui fait détecter la bêtise, pour elle, c'est le truc des gens qui ne savent pas se situer, qui maîtrisent mal leur ego. Cette réflexion est un échantillon de l'arithmétique de sa pensée. L'homme se présente, il s'appelle Mike Walsh, il ne lui tend pas sa carte, mais Joyce devine qu'il a hésité. Il vient de l'AmFam, l'American Family Insurance, la société chez qui les Felton ont tous leurs contrats, voiture, maison, santé. Et c'est justement la santé du papa qui intéresse Mike Walsh. Il demande prudemment si M. Felton est dans les environs, la jeune fille n'a pas le temps d'entrouvrir la bouche que son père se présente dans l'entrée, les sourcils froncés. Mais Jimmy se réajuste à son interlocuteur avec une mine réjouie dès qu'il comprend de qui il s'agit. Il invite ce gros bonhomme à entrer, il ne l'a jamais vu, jamais croisé aux bureaux de la compagnie d'assurance. Le contrôleur des sinistres s'installe dans le sofa du salon, Felton lui propose un verre d'eau, l'autre lui demande s'il a du soda. Jimmy acquiesce avec un sourire naturel, il se déplace avec flegme, ne se précipite pas, ce genre d'attitude trahirait de la peur. Il lui parle depuis le frigo. Il est direct.

— Vous allez mener une enquête sur mon accident ?

— Oh, rassurez-vous, Monsieur Felton, rien de méchant, c'est une visite banale qui consiste à établir les faits. On ne va pas ajouter du malheur à vos tourments.

Jimmy veille à ne montrer aucun excès de satisfaction, il s'arrange pour que son visage n'offre aucune variation. Sans attendre, le type lui demande de raconter l'accident. Jimmy est obéissant, et quand Walsh le coupe pour un éclaircissement, il ne montre aucun agacement, il lui explique, c'est tout.

— Mais dites-moi, qu'est-ce qui a déclenché ce faux mouvement ?

— Ben, c'est la guêpe. J'ai été piqué par une guêpe qui me harcelait depuis un moment.

— La guêpe ?

Jimmy se lève de son fauteuil et vient s'asseoir sur le sofa près de Walsh. Il lui tend son cou. L'autre se penche avec un certain dégoût sur la peau de son client, et constate par un hochement de tête qu'il dit vrai.

— Ça vous ennuie si je prends une ou deux photos ?

— Faites, faites…

L'homme manipule les clapets dorés de son attaché-case, ils claquent contre le cuir de la mallette, un accessoire aussi rigide que les valeurs de la culture d'entreprise de l'AmFam. Walsh en sort un appareil photo de dimensions modestes, ce qui pourrait suggérer à Jimmy qu'il est en négociation avec une sorte d'espion. M. Walsh s'approche de son cou et appuie sur le déclencheur, le déclic caractéristique de l'obturateur est actionné trois fois. Mike Walsh aimerait comprendre ce qui s'est passé après l'attaque de l'insecte. Jimmy se redresse et se positionne face à lui, il mime la scène sans aucune hésitation. Chaque geste est clairement lisible, le contrôleur des sinistres observe son hôte avec un air détaché, il n'y a rien à gratter de ce côté-là, ce type, Felton, s'est bel et bien tranché les doigts à la suite d'un réflexe de défense. C'est un accident, il n'y a pas fraude, ce gars est victime de l'agression d'une guêpe, c'est tout. Walsh hésite avant de demander à Jimmy s'il peut retirer son bandage et son pansement. Ce dernier n'y voit aucun inconvénient. Il dégrafe les épingles à nourrice, enroule la bande de gaze sur deux doigts et libère prudemment sa main mutilée. L'homme des assurances approche son museau, c'est assez répugnant mais les plaies semblent maîtrisées, on ne détecte rien de purulent.

— Ben dites donc, vous les avez tranchés net. Du beau travail.

Jimmy s'abstient de sourire à la blague, ce n'est pas drôle, et surtout, il n'a pas envie de lui manifester une quelconque volonté de connivence. Il n'a pas envie de faire copain-copain avec celui qui le suspecte de falsification. Il sert un second soda à l'homme qui s'éponge le front dans un mouchoir un peu sale. Jimmy constate qu'il n'est que 10 h 00, il trouve ça dingue qu'on puisse déjà être en sueur. Le type ne se prive pas pour interroger la gamine restée dans leurs pattes, elle explique qu'elle était absente ce jour-là, et qu'il est peu probable que son père ait créé ce désastre de toutes pièces en pensant à une éventuelle indemnisation. Maline, se dit Walsh. Il lui demande son âge. Elle lui répond.

— Il faudrait être malade pour faire un truc pareil, ajoute-t-elle.

— Oh, vous savez, mademoiselle, on voit de tout, y en a même qui maquillent leur suicide en meurtre. Mais je vous rassure, dans le cas de votre papa, c'est une simple visite de routine.

Il se lève enfin du sofa. Joyce s'empare de son verre poisseux, les nutriments du soda. Elle glisse jusqu'à l'évier de la cuisine et le dépose dans la cuve en inox. Le temps qu'elle réapparaisse et le gros type est déjà au bord de la porte d'entrée. Il salue Jimmy Felton d'une poignée de main aussi molle que moite, ce dernier doit se retenir d'essuyer sa paume contre la jambe de son pantalon. Walsh aurait pu lui serrer sa main abîmée, ça n'aurait pas été pire.

L'adolescente regagne sa chambre, elle se jette sur son lit, tend un bras vers son radiocassette resté sur le parquet, et le hisse jusqu'à elle en tirant sur l'anse plastifiée. Elle réécoute *Outlaw Man* des Eagles, qu'elle venait d'enregistrer. Elle est dépitée. Elle rembobine deux fois la bande, et deux fois elle entend distinctement le carillon merdique de cette sonnette que son père a fait installer. Elle lui en veut. Il se laisse toujours enfler par les vendeurs, les menteurs, ceux qui veulent te refourguer leur camelote, il est faible et elle le sait depuis longtemps, depuis l'époque où elle se blottissait encore dans ses bras, comme pour certifier leur amour mutuel. Aujourd'hui, Joyce n'aime pas la façon dont il a honte d'elle quand il la confronte au monde extérieur. Elle pense que son père l'aime, cependant ce sentiment semble se désagréger chaque fois qu'ils vont ensemble dans un magasin, ce qui est extrêmement rare. Chaque fois, il agit comme si l'envie de sa gamine était idiote, déraisonnée ou illégitime. Il adopte ce comportement de soumission qu'elle lui connaît si bien, comme un chien recroquevillé devant le vendeur, qui attend des coups qui ne viennent pas. L'achat de ce radiocassette pour son Noël, Joyce l'a vécu comme une terrible tragédie qui a manqué de lui ôter le plaisir de recevoir ce cadeau tant espéré, tant attendu. Elle revoit la scène, son Jimmy de père articulant sa honte, sa gêne devant le vendeur, racontant sa vie à ce pauvre type qui n'attendait que sa pause déj pour aller engloutir un hot-dog.

— La gosse m'emmerde avec ça depuis un moment. C'est ça qu'elle veut, elle parle que de ça, alors me voilà. C'est bien, ces appareils, ça enregistre bien ? J'y connais rien.

— C'est très bien, les radiocassettes vous permettent d'enregistrer des chansons qui passent à la radio, des émissions entières. On peut aussi s'enregistrer soi-même, ils captent les bruits d'ambiance de la maison. Une cassette dure soixante minutes.

— Non, parce qu'avec sa mère on voulait lui offrir un vélo, les gosses dans le quartier font du vélo, on habite sur Venice, au nord de Lincoln Boulevard, juste au bord, vous voyez ? Y en a de la bagnole dans le coin, mais c'est pas trop dangereux. De toute façon, sa mère dit tout le temps que sa fille lui ressemble et qu'elle a la prudence de sa mère, j'aimerais mieux pas, parce que question prudence, ma femme, c'est pas un modèle. Bon, le vélo, la gamine dit que ça sert à rien depuis qu'elle se déplace en skate. Alors on s'est engueulés avec sa mère, elle dit que je dois écouter la môme, que si je passais plus de temps avec elle, je la connaîtrais mieux. Et là ? Qu'est-ce que je fais ? Je l'accompagne pour acheter sa saloperie de radiocassette. Vous voyez le tableau ?

— Je vois très bien, oui.

— Bon, qu'est-ce que vous avez d'autre comme modèle ?

— On a celui-ci, plus performant mais un peu plus cher.

— Hum... Mais l'autre d'avant, il est bien aussi ?

— Bien sûr, sinon je ne vous le proposerais pas.

— Alors, on prend ça ? Ça m'a l'air bien celui-là, non ?

Joyce ne répondait pas, ne répondait plus, comme désamorcée. Elle avait rêvé de l'autre modèle, celui avec le petit micro et les deux haut-parleurs grillagés, elle l'avait repéré dans un prospectus publicitaire. Mais elle n'osait pas manifester sa réelle envie tant le désir de partir, de quitter cet endroit la submergeait. Son père avait remercié mille fois le vendeur pour ses conseils avisés et sa disponibilité, alors qu'il l'avait entravé, que le gars n'avait rien eu à expliquer. Il l'avait salué en espérant que l'appareil ferait l'affaire et en roulant des yeux en direction de sa gosse pour signifier que c'était bien difficile à contenter ces spécimens-là, alors que Joyce n'avait rien dit, pas même prononcé une syllabe. Le vendeur avait feint la compassion vis-à-vis de Jimmy, les laissant repartir, et prenant le père pour un con. Exactement le résultat inverse de ce que Jimmy souhaitait en jouant la carte de la connivence, du brave gars sympathique qui veut faire plaisir à sa gamine, et qui s'en remet au vendeur et à ses grandes compétences dans le domaine de la hifi. Oui, précisément le résultat opposé. Aux yeux de ce vendeur, comme de tous les vendeurs, Jimmy n'était qu'une enflure. Joyce n'avait jamais compris l'attitude de son père, cette façon de toujours vouloir capter la sympathie des vendeurs au détriment de sa fille, de toujours vouloir passer pour leur pote, être davantage apprécié de ces inconnus que de sa propre enfant, ça c'est un truc qui la sciait toujours. Ils s'étaient dirigés vers la batterie de caisses enregistreuses, Joyce serrait fort le carton dans ses bras, il avait sorti ses dollars, et le radiocassette était à elle, pas celui de ses rêves, mais un radiocassette quand même. Son père évacuait toujours la notion de goût, de forme ou d'esthétique, seul le design de sa voiture lui importait, le reste du monde pouvait bien être construit, érigé en chili con carne, des buildings en chili, des autoroutes en chili, des combinés téléphoniques en chili, il s'en foutait, du moment que sa bagnole avait une bonne gueule. Une fois dans la voiture, Joyce l'avait embrassé pudiquement sur la joue, depuis quelque temps, elle ne serrait plus le corps de son père contre elle, cette distance était apparue peu de temps après la naissance de ses seins. Jimmy l'avait ramenée à la maison en sifflotant et en lui demandant deux ou trois fois si elle était contente, sa façon à lui d'assouvir ses pulsions narcissiques. Joyce acquiesçait d'un sourire furtif à son minable de père, alliance basique entre l'impuissance, la veulerie et l'orgueil.

*

— Et tu fais gaffe en traversant Lincoln…

— Oui, oui, je sais, je regarde des deux côtés pour bien voir arriver le bus qui va m'aplatir à pleine vitesse.

— Joyce, c'est pas drôle.

Elle a déjà claqué la porte, et sa mère tente de diluer son angoisse rituelle, c'est ainsi chaque fois que sa fille passe le seuil de leur maison, elle lui rappelle qu'elle n'est pas immortelle. Joyce s'élance sur sa planche de skate aux jolies roues orange et transparentes, elle a changé récemment ses trucks, cette nouvelle version est beaucoup plus maniable. Des voitures sont garées de part et d'autre d'Indiana Avenue, les jardinets sont verdoyants, presque bien entretenus, les rouleaux du soleil se déplient jusque sous le porche des habitations, Joyce inspire un gros morceau d'atmosphère, les odeurs de l'océan vagabondent jusqu'ici, c'est samedi, elle a hâte de retrouver sa petite bande qui l'attend près du mur. Le tac-tac des jointures en béton du trottoir l'accueille avec sa régularité habituelle, Joyce se dit que la vie pourrait être une vraie merveille. Elle stoppe à quelques maisons de chez elle, c'est la boîte aux lettres de la petite mamie aux robes à fleurs qui l'interpelle. Le clapet de fermeture de la boîte est rabaissé, à l'intérieur elle devine un paquet de revues enroulées, et il y en a d'autres au pied du truc, toute une pile de magazines, elle ne les avait pas remarqués jusqu'ici. Certains sont là depuis longtemps, bouffés par la pluie. Le mec qui les livre, les entasse dehors sans se soucier des intempéries. Joyce lit le gros titre sur la revue du dessus, c'est écrit en jaune et en gras « Je prends soin de moi ». Une capsule de tristesse éclate dans sa gorge, la petite dame est morte il y a bien six mois. Elle était donc parfaitement seule, et personne n'a résilié son abonnement à cet hebdo de santé destiné aux vieux. Tant que personne ne lui signale la mort de son abonnée, le service expédition de la revue se contente de lui envoyer ses numéros, puis ça s'arrêtera quand il faudra renouveler l'abonnement, quand il faudra payer, et que la société à l'origine de la publication se trouvera confrontée au silence. Elle songe à l'élégance de cette dame âgée, chaque semaine elle s'offrait un rendez-vous chez le coiffeur, ses cheveux étaient toujours impeccables, aussi solides que l'aluminium de la bombe de laque utilisée. Et, contrairement aux autres vieux, elle se parfumait avec discrétion, elle ne se pulvérisait pas cette liqueur fleurie qu'adorent ses congénères au nez condamné, trop ravagé de s'être trop parfumés. Ça l'a toujours étonnée, Joyce, de constater à quel point les vieux perdent leurs sensations olfactives, ils ne sentent plus rien, ce qui les autorise à se badigeonner de saloperies malodorantes qui incommodent leur entourage. Même si ça ne change rien à l'histoire, Joyce referme la petite trappe de la boîte aux lettres et s'élance en direction de la plage.

Elle les retrouve comme prévu, près de leur mur. Dans la nuit, quelqu'un a bombé un truc avec des lettres blanches, en majuscules. Il devait pulvériser de trop près parce qu'il y a de grandes coulures de peinture, c'est écrit « NO HOPE WITHOUT DOPE ». Wendy est là avec Dwayne et Tony, il manque Myke et Byron. La singularité de leur bande tient dans leurs prénoms, ils comportent tous un « Y », c'est leur unique point commun, avec le fait qu'ils aiment le skate. Sinon, ils sont tous aussi différents que des rouleaux de moquette.

— T'as vu, c'est cool ce truc qu'ils ont bombé.

— Wendy, si tu trouves ça cool, c'est que t'en as pas encore vu assez de ces types sur le front de mer, qui traînent pieds nus comme des clochards, avec les bras décharnés, un sac poussiéreux à la main, avec toutes leurs affaires dedans, et peut-être une photo d'eux quand ils étaient enfant, avec leurs parents.

— Mais qu'est-ce que tu racontes ? Hey, Joyce, tu parles comme les vieux maintenant...

— Ouais, c'est vrai.

Joyce s'en veut toujours un peu de ne pas être aussi détendue que Wendy, d'être toujours là à freiner les autres dans leurs conneries, elle se sent vieille et en a honte, elle représente l'ange miniature en toge et aux cheveux bouclés qui vient te baratiner à l'oreille quand tu t'apprêtes à dérailler. C'est comme ça que les autres la voient et elle n'en est pas fière. Joyce aimerait être aussi libre que Wendy et sa famille. Sa mère, Lisa, une grande blonde toute sèche qui ne marche qu'en sabots de cuir naturel, est adepte de la petite plage naturiste, juste à gauche des ruines du POP. Le Pacific Ocean Park, c'est cette jetée rembourrée d'attractions, fermée depuis des années maintenant et qui, depuis sa fermeture, a subi pas mal d'incendies qui ont fini par l'achever. Il y a peu, les nudistes ont pris pour habitude de se réunir là-bas, et de se baigner entre les énormes piliers métalliques de la jetée à l'abandon. Depuis qu'un tribunal a jugé que la nudité n'était pas en soi une attitude obscène, les lesbiennes se sont précipitées en nombre et ont commencé par lâcher leur haut, vite suivies par les gays, qui eux, n'ont pas traîné pour s'exonérer du bas. Depuis que la communauté naturiste s'est élargie, Lisa, la mère de Wendy, passe pas mal de temps dans les parages. Joyce l'adore. Mais toute cette nudité offerte aux abords des égouts de Venice attire maintenant les badauds, et ça, ce n'était pas prévu. Ils sont nombreux à débarquer en patins à roulettes pour mater les corps luisants sous le soleil, certains prennent des photos à l'arrache, d'autres enfoncent leur trépied dans le sable afin de ramener quelques images pour les magazines du Kansas ou du Wisconsin. C'est sûr, c'est pas si fréquent de voir des types remonter à leur voiture avec des chaussures de cuir noir, des socquettes de la même couleur, une chemisette blanche, et rien entre les deux, ni pantalon, ni short, et encore moins de slibard. Ce genre de scène déclenche autant d'exclamations que d'appareils photos. Wendy accompagne parfois sa mère là-bas, mais elle ne se dénude pas, elle garde son bikini, elle n'a pas envie qu'on découvre ses nouvelles formes d'adolescente. Elle se contente de lire son mensuel *Seventeen* qu'elle dévore en rêvant de s'offrir tous ces trucs de mode. Wendy n'aime plus trop que sa mère traîne avec les naturistes, ça l'énerve tous ces voyeurs qui viennent reluquer les petits nichons et la touffe de poils de sa mère, mais Lisa semble hermétique et inconsciente, elle n'a que faire de ces regards, elle, ce qu'elle veut, c'est juste être méga bronzée et grignoter des snacks achetés au magasin d'aliments naturels du coin. Sauf que les types de la police se veulent de plus en plus dissuasifs, ils débarquent régulièrement à l'improviste et harcèlent les gens en leur demandant leur pièce d'identité. Si on ne peut la produire, on se retrouve embarqué sur la banquette arrière de leur bagnole surchauffée de soleil. De temps en temps, la mère de Wendy distribue des pansements aux femmes afin qu'elles recouvrent leurs mamelons. Une fois ces excroissances cachées, on n'est plus considéré comme une personne exposant sa nudité, et les policiers ne peuvent plus vous alpaguer. Ce truc des pansements, Joyce adore, c'est ce genre d'attitude, ces petits détails-là qui lui rendent la mère de Wendy si sympathique, et parfois elle se demande pourquoi ses parents n'ont pas cette excentricité si vivante, pourquoi ses parents sont si ennuyeux.

Tony roupille allongé au sommet du mur qui doit faire deux mètres de haut, il pourrait basculer dans le vide et se briser la nuque, mais il dort avec la quiétude d'un nourrisson. Faut pas se tromper, c'est pas le surf l'art ultime de cette plage, mais plutôt cette faculté de dormir en équilibre sur le moindre rebord de béton. Tous les jeunes font ça, non, pas tous les jeunes, uniquement les plus cool. Myke et Byron se font attendre, quand ils arrivent, leur allure déclenche rires et moqueries qui réveillent Tony. Il saute en bas du mur et atterrit d'une belle flexion dans le sable, les deux retardataires sont chahutés avec leurs larges colliers de fleurs.

— C'est quoi, ce délire ? Où vous avez trouvé ça ?

— On est passés par la parade des Hare Krishna, c'était aujourd'hui, les chauves à petites houppette faisaient les singes sur leurs chariots avec des tambourins, Byron a commencé à arracher des colliers de fleurs à un chariot, alors des mecs en robe orange nous sont tombés dessus, ils nous frappaient avec des petits sachets remplis de perles, en faisant des moulinets ridicules avec leurs poignets, nous on rigolait. Moi aussi, j'ai essayé d'attraper un collier de fleurs, mais ils sont venus plus nombreux pour me frapper, je me protégeais avec mon skate en chialant de rire.

Elle en a fait du chemin, la petite communauté en toge couleur safran, elle n'a pas attendu que le Beatles George Harrison expose sa dévotion aux yeux d'un monde en perdition pour s'approprier ces rites et coutumes venus de l'Inde profonde. C'est dans un tourbillon de protestations sociales et culturelles qu'est apparu le mouvement Hare Krishna aux États-Unis. En guerre contre la guerre du Vietnam, opposées aux vieilles valeurs du rêve américain, quelques poches de la jeunesse californienne adhèrent maintenant aux religions asiatiques. La contre-culture ne se contente plus des courants artistiques de l'Asie, elle s'inspire désormais aussi de ses cultes et croyances. De jeunes hommes et jeunes femmes rentrent au pays, baignés de saveurs orientales, ils sont partis sur les chemins de l'Orient, ces longues ramifications de poussière les ont conduits aux *ashrams*, les ont couchés aux pieds de *gurus* charismatiques. Et voilà qu'ils nous reviennent, convaincus, repus de ce mouvement qui considère Krishna, le huitième avatar de Vishnou, comme une personnalité suprême, hautement respectable, le dieu Vishnou étant l'un des trois piliers de l'hindouisme, celui qui garantit la stabilité du monde, qui entretient la vie et la création, celui qui est identifié comme le dieu du Temps. Ces jeunes gens prônent donc la méditation transcendantale, deviennent végétariens et, debout sur des tabourets au milieu de la foule des touristes de Venice, dispersent leur prosélytisme dans une bouillie verbeuse teintée d'Orient. Ils sont là pour expliquer aux autres combien ils font fausse route, et tentent de faire d'eux des disciples, afin de les ramener dans le droit chemin. Les parents des gosses du coin leur exposent les risques que représentent ces foutus Hare Krishna, ils leur parlent aussi de la secte Moon, du lavage de cerveau qu'on y opère sur chacun des adeptes, de ces milliers de couples qui s'unissent au cours de mariages collectifs. Les gamins écoutent d'une oreille distraite l'inquiétude de leurs géniteurs qui les bassinent avec ces histoires bien tordues venues d'Orient, ils remontent sur leur vélo ou leur skate, et filent vers le soleil couchant, vers l'Occident.

— C'est vrai ce que dit Myke, c'est exactement ça qui s'est passé, ils nous ont frappés avec leurs petits poings, quelle marrade. En repartant sur ma planche, j'ai à moitié pissé dans mon short tellement j'me marrais. Sans rire, des Hare Krishna qui nous tabassent… Et la paix, mon frère ?

— Ils se la foutent au cul, ouais.

— Vous savez à quoi je viens de rêver là-haut sur mon mur ? Je venais de me marier avec Joyce…

— Rêve toujours, mon gars…

— Fais pas ta bêcheuse, tu verras, le Tony, il t'en montrera. Bref, je venais de me marier avec toi, et manque de bol, à cause d'un accident de bagnole qui m'avait arraché le doigt, rien à voir avec l'accident de ton père, j't'assure, j'avais perdu le majeur de la main droite, et y a un docteur complètement givré qui voulait me greffer la queue d'une langoustine à la place du doigt. Vous voyez le truc, faire des *fuck* aux connards avec un majeur en langoustine ?

Toute la bande est hilare, on bouscule un peu Tony, on lui fait un shampooing, lui raclant le cuir chevelu avec quelques phalanges, il se débat mollement, bien conscient que personne ici ne lui veut le moindre mal. Sans attendre, ils s'élancent sur le ruban de béton qui longe la plage, les touristes sortent leurs appareils Instamatic dès qu'ils voient passer cet équipage en short et chaussettes qui montent jusque sous les genoux. Les deux filles portent un haut de bikini, les garçons, torses nus, ont accroché leur tee-shirt à l'arrière de leur short, l'étoffe de coton se balance à la faveur de leurs déhanchements, tandis que les colliers de fleurs de Myke et Byron sèment des pétales dans leur sillage. Sur leurs planches, ils slaloment avec désinvolture parmi la foule des curieux, évitant les gosses en pleurs aux pieds de leurs parents, penchés sur des boules de glace tombées sur le ciment. Un Noir propulse un piano blanc monté sur des roulettes, c'est Hawkins, ils le connaissent bien, tous les jours il vient ici, poussant son instrument sur la promenade jusqu'à ce banc où traînent trois vieilles avec des chapeaux de paille. Il ouvre son siège pliable, une sorte de tabouret avec un tissu de nylon rayé jaune et vert qui gratte les fesses après dix minutes. Et il se met à jouer en chantant des vieux airs de blues pendant des heures, il est très bon, les badauds s'arrêtent et dessinent rapidement un arc de cercle autour de lui, les trois mamies aux chapeaux de paille ricanent en observant la foule, elles raillent les passants, c'est leur principale activité, complètement blasées qu'elles sont par les mélodies de ce grand Noir tout maigrichon.

La petite bande de skaters passe sous la terrasse de la maison au grand caniche brun. Ils le connaissent aussi, il est tout le temps là, immense avec ses pattes avant appuyées sur la rambarde, ce chien a l'air à moitié dingue. Chaque fois, Byron lui aboie dessus, le caniche géant réplique, on voit sa gueule qui s'ouvre et se referme, mais aucun son n'en sort, ce clébard doit être muet. Alors Byron aboie plus fort, l'autre trépigne, se projette d'un bout à l'autre de la rambarde, en marchant sur ses pattes arrière, il semble gueuler en silence, à moins qu'il ne leur sourie. Eux, ça les fait beaucoup rire, ils s'éloignent en frôlant les touristes estomaqués par leur insolence, mais admiratifs devant leur aisance. Ces six ados se plaignent de ne pas avoir d'argent, mais ils en ont bien assez pour aller s'acheter des glaces Carob, un substitut du chocolat qu'ils adorent. Au milieu des *seventies*, les États-Unis sont impliqués sur deux fronts, la guerre froide avec l'URSS et la guerre contre le chocolat. On discrimine le cacao dans toute la Californie, la contre-culture sabote soudain les programmes nutritionnistes décidés à Harvard, on arrête de bouffer du chocolat et on se badigeonne les babines de glace Carob, ça c'est le nouveau *deal*, et les gosses adorent ça.

Ils sont maintenant assis sur les bancs du skatepark, des pigeons défraîchis rôdent sous les palmiers ancrés dans le sable, quémandant quelques saloperies, Myke et Byron les chassent en leur balançant des coups de pied. Les volatiles se dispersent quelques centimètres plus loin, évitant les godasses d'une translation habile, et recommencent à lorgner sur tout ce qui traîne entre le sable et le béton.

— Hey, les gars, les pigeons rigolent de vos gueules.

— Ta gueule, Dwayne…

— Moi, je me laisserais pas humilier par ces machins poisseux qui puent la chiasse.

— C'est ça, Tony, fais le malin toi aussi.

Wendy et Joyce ricanent dans leur coin, Joyce est consciente que Tony la ramène pour faire le costaud devant elle. Depuis quelque temps, la liste des gens qui n'ont pas encore le béguin pour Joyce est assez courte. Ils sont un paquet à se positionner sur la ligne de départ de la machine à râteaux, et ils en prennent, des baffes, car Joyce ne leur suggère que le manche de cet outil brutal pour les ramener à la réalité. Que ce soit Dwayne, Byron, Myke ou Tony, tous ont essayé de l'approcher avec plus ou moins d'intelligence et de fantaisie, mais Tony est bien le seul à mener des attaques frontales, qui le discréditent à chaque fois davantage. Joyce leur répète qu'elle n'a aucunement l'intention de sortir avec un garçon. Déjà à Mark-Twain, en Junior High School, elle leur avait signifié son refus d'approcher la moindre bouche, la moindre main masculine, zéro effleurement. Et, dans les vestiaires après le cours de sport, elle écoutait avec dégoût les misères vécues par ses camarades, toutes leurs questions sur le corps. Il y avait celle dont la mère refusait obstinément qu'elle s'épile les jambes, et qui affirmait qu'elle n'osait plus se mettre en short et en maillot à la plage, il y avait l'autre qui se planquait dans son coin pour éviter d'être jugée sur la taille de ses seins, parce que les autres filles pourraient les trouver trop petits, ou trop gros, elle ne savait pas trop, mais ça la faisait sérieusement flipper. Y avait l'autre là-bas, toujours planquée dans sa serviette-cabine ridicule qui dissimulait tant bien que mal son corps épais. Tout ça dégoûtait Joyce, cette nécessité de définir son propre corps par rapport à celui des autres, et ça la mettait en colère. Elle s'en moquait bien du corps des autres nanas du vestiaire, et puis maintenant qu'elle est à Venice High School, ce qui la débecte, c'est de les entendre parler de sexualité. Il y a celles qui l'ont fait et celles qui ne l'ont pas encore fait. Fait quoi, putain ? La langue dans la bouche, la langue sur la bite, ou la bite dans la chatte ? Elle les entend miauler « T'as un copain, toi ? », elle a envie de les gifler, rien n'a changé, elles sont toujours là à se définir par rapport aux autres, ça la rend malade, toujours essayer de plaire, mais ça veut dire quoi, plaire ? Joyce n'a pas envie de plaire, elle a envie de déplaire.

Bam. Tony vient d'abattre sa planche de skate sur un pigeon. Il ne l'a pas raté. Le truc est sonné ou peut-être bien mort. Ses paupières sont closes, elles sont grises. Il doit être mort. Il est couché sur le côté avec une aile cabossée, mal repliée, qui pend vers ses pattes boursouflées de germes ou de parasites.

— T'es con ou quoi, Tony ? Tu vois pas que tu l'as tué ?

— Oh, ça va, Wendy. Pourquoi tu crois que je lui ai balancé ma planche dans la tronche, si c'était pas pour le tuer ?

— Mais t'es cruel…

— C'est ce bâtard qu'est cruel, il avait qu'à pas me narguer à venir picorer entre mes pattes. Moi les pigeons, je les déglingue. J'aime que les goélands.

Un groupe de skaters s'est rassemblé autour de l'animal mort, les autres pigeons sont là aussi, ils observent leur congénère couché sur le béton, sans bien comprendre. Dwayne, Myke et Byron n'en peuvent plus de rire. Tony se lève du banc, il attrape l'animal par une patte, elle est dégueulasse, gorgée de parasites, il soulève le volatile jusque sous le nez de la foule des skaters. Dégoûtés, on en voit qui dégringolent à la renverse dans la bousculade. Tony fend le groupuscule d'ados avec majesté et va déposer sa victime dans une poubelle. *Plouf*, il lâche le cadavre au-dessus d'une corbeille métallique où s'entassent désormais plumes grasses et papiers gras.

*

La Ford Country Squire de Jimmy Felton se range devant la baraque, des rubans jaune et noir, tendus par la police de part et d'autre de l'habitation, défendent l'accès des lieux aux indélicats et aux curieux. Un type en uniforme, les pouces enfoncés dans les poches avant du pantalon, l'accueille avec suspicion. Jimmy lui montre sa carte et, d'un geste, lui indique la publicité sur le hayon arrière de son véhicule. Le flic se détend, il sort les pouces de ses poches et soulève le ruban « *crime scene do not cross* » pour laisser passer Jimmy et lui ouvrir la porte.

— Ouille, ouille, ouille, sacré chantier ici. Le Papou ?

— Ouais, c'est encore le Papou.

— Bon, je vais chercher le matériel dans le coffre de ma bagnole et je reviens.

— Fais comme tu veux, mon gars, moi je fais mon boulot.

Pas très sympa ce mec, se dit Jimmy, encore un connard qui te parle de boulot, mais qui se blesse dès qu'il faut enfoncer deux ou trois clous dans une planche. Dès qu'il faut vraiment se mettre à bosser, quoi... Les phlyctènes de sang, ces grosses cloques ensanglantées sous les ongles du flic ne pouvaient échapper à Jimmy. Il descend à sa bagnole, ouvre différents compartiments à l'arrière du coffre et remonte avec son matériel. Il se dépoile et enfile une combinaison intégrale dans la cuisine, le modèle avec cagoule, il n'oublie pas ses gants. Ça lui fait bizarre, maintenant, d'avoir deux doigts vides dans ces trucs en latex, on dirait deux capotes dépliées après le sexe. Il fait un nœud aux deux doigts vides du gant. Il branche son aspirateur, cet engin aspire n'importe quoi, la flotte comme le reste. Il en est très satisfait. Tout à l'heure, il n'a pas voulu faire son ringard, mais en réalité, c'est la première fois qu'il a la chance de travailler sur un crime du « Papou ». Ça fait déjà une bonne dizaine d'années que cet assassin sillonne la ville, et jamais Jimmy n'avait eu l'occasion de travailler « avec » lui. Oui, Jimmy considère qu'il travaille avec les criminels, il termine le taf, en quelque sorte. Il a aussitôt reconnu sa marque de fabrique, le Papou neutralise sa proie puis étire le fil du téléphone pour le balancer directement dans le four en marche, afin que la victime ne puisse appeler la police, si par malheur elle parvenait à détourner son attention. À chaque fois, c'est un téléphone fondu que les autorités retrouvent dans le four, avec les mécanismes métalliques qui émergent de la galette de plastique, comme un iceberg. L'activité principale du Papou, c'est de voler des cerveaux, il se considère comme un voleur de cerveaux. Une fois tué, il ouvre la boîte crânienne de l'individu et il lui bouffe la cervelle, sur place ou à la maison. Un peu à la façon des Papous qui dégustaient les attributs de leurs ennemis, croyant qu'ils allaient en assimiler les vertus. Les Papous bouffaient le pénis de tel valeureux guerrier à la progéniture longue comme une portée de marcassins. Ils bouffaient les jambes du malheureux qui avait la faculté de courir vite, ils bouffaient le crâne des plus malins, et ainsi de suite. Les types du Police Department n'ont pas traîné à le baptiser « le Papou », de toute façon, personne ne connaît son vrai nom.

Jimmy décolle le téléphone de la plaque de cuisson, non sans mal. Il regarde autour de lui, on s'est débattu là-dedans. Il est trop content, trop fier, il bosse enfin sur une expédition du Papou, c'est le top, ça. Il ramasse tous les objets intacts et les dépose dans un coin, il leur retrouvera un rôle et un emplacement à la fin de sa mission. Il ajuste son masque, une odeur infecte lui sculpte l'intérieur des narines, un truc dont il se souviendra encore dans deux ans, dans son lit, au cours d'un cauchemar bien nourri. Il range ce qui peut être rangé. Avec la semelle de son brodequin, il appuie sur le commutateur de l'aspirateur. Le gros bouton s'enfonce, un vrombissement singulier emplit aussitôt la maison, l'embouchure du tuyau avale tout ce qui dépasse, la porcelaine brisée d'un vase probablement rapporté de voyage, des bris de verre, quelques épluchures, la victime devait cuisiner au moment de l'attaque. Jimmy nettoie le plus gros, il aspire certainement aussi des restes humains, mais il n'en est pas certain. Ça lui prend un bon moment de nettoyer les sols, d'absorber les traces de lutte. Ensuite, il s'attarde sur les souillures causées par les « fluides », expression censée dissimuler l'idée des éclaboussures de sang. Il y en a pas mal. D'après Jimmy, il y a deux choses difficiles à ouvrir dans la vie, les pinces de homard et les crânes humains, quoi qu'on fasse, quelle que soit la méthode, il faut que ça gicle. Les panneaux des meubles de cuisine ont été atteints. Ce n'est pas aussi spectaculaire que dans les films, mais quand même, ça représente une sacrée quantité de sang tout ça. Jimmy s'active pour nettoyer les projections d'hémoglobine, le nettoyage des surfaces, c'est ce qui lui prend le plus de temps en général, parce qu'ensuite, il doit les désinfecter avec un produit bactéricide. Heureusement, le cadavre a été découvert assez tôt, Jimmy n'a pas à traiter des cohortes de vermines, ces saletés d'insectes débarquent quand la dépouille tarde à être découverte. Jimmy n'aime pas les traînards qui flirtent avec la grande famille des cadavres, ce cortège de bestioles vibrantes et volantes, il te grillerait tout ça à coups de bombes de napalm s'il le pouvait. Le flic commence à rôder dans ses pattes.

— Sale blessure que t'as là.

— T'as vu ça? Deux doigts d'un coup, mais ça me gêne pas pour bosser.

— Un accident?

— Oui, couteau électrique, pour un connard de rôti de bœuf.

— C'est pour ça que tu portes ton alliance à l'autre main?

— Pas le choix.

— J'ai cru que t'étais pédé ou une connerie comme ça.

— Non, j'suis pas pédé, j'suis marié.

— Oh ça, mon vieux, ça veut rien dire. Mon beau-frère s'est tiré avec un mec de San Francisco. Ma sœur élève ses trois gosses comme une pauvre merde maintenant.

— Ah ça, l'amour, ça joue parfois des tours. Et ça fait faire des détours.

— Ouais, fais pas le malin, ce petit enculé a baisé ma sœur pendant des années...

— Ah? Et elle te plaisait, ta sœur?

— Ferme plutôt ton clapet, la bonniche, et continue de frotter.

Jimmy se ressaisit, il aime bien chatouiller les flics, en général il y a du répondant, et celui-ci est comme les autres, mais Jimmy préfère la boucler. C'est jamais simple de composer avec un type en uniforme qui a été blessé à hauteur de l'orgueil. Les séquelles sont tenaces. Jimmy préfère se concentrer sur son travail, il s'est engagé à apporter toutes les garanties possibles à la désinfection de cette baraque. Écarter les éventuels dangers de contamination, traiter l'élimination des déchets, tout cela est dans son contrat, alors autant se taire et accomplir sa mission sans faire de vagues. Manquerait plus que l'autre commence à fouiner dans son accident domestique et la perte de ses deux doigts.

Pamela est au volant, elle n'aime pas quand ils sortent avec la voiture de Jimmy. Elle préfère prendre sa petite Austin Nash Metropolitan couleur citron, ça reste plus discret que sa bagnole d'homme de ménage pour scènes de crimes. Et comme la sienne est une décapotable, ça lui permet de dégriser tranquillement sur le chemin du retour, dans l'air du soir. Et d'atterrir à peu près droite dans leur chambre, au moment de rentrer se coucher. Joyce est restée seule à la maison. Elle n'était pas conviée. C'est sa mère qui avait reçu cette invitation, elle pouvait être accompagnée, elle s'y rend donc avec Jimmy, son mari. C'est assez rare, mais il lui arrive parfois qu'un dirigeant de studio ajoute son nom à la liste des invités, le temps d'une soirée dans les collines. Après s'être maintes fois trompée et avoir fait autant de marches arrière, voici donc la petite voiture de Pamela garée parmi de belles et grosses cylindrées. Jimmy lui chuchote qu'ils auraient dû prendre la sienne, ils auraient été moins ridicules. Elle lui rétorque que lui seul est ridicule, et lui suggère de ne pas la ranger dans la même catégorie que lui. Il se racle la gorge au moment de passer l'élégant portail de l'entrée. Tentant de dissiper le malaise installé entre eux, il élargit un sourire déjà bien large en allant à la rencontre de la personne qui les accueille. Heureusement, cette jeune femme appartient au personnel de maison, il n'y aurait donc aucune gravité si elle décelait le moindre embarras entre ces gens. Ce n'est pas fréquent qu'une simple maquilleuse de studio soit invitée avec son conjoint dans ce type de soirée, mais Pamela passe bien, elle sait se faire suffisamment discrète auprès du gratin, tout en maintenant assez d'enjeu autour de son métier, pour son rôle qu'elle maîtrise à la perfection. Comme elle le déclare parfois auprès des intimes, « minimum de connaissances, maximum d'exploitation ». Pamela est intelligente et elle en est consciente, exactement l'inverse de son mari. Après tous leurs détours dans les collines, et ces demi-tours sur des voies sans issue, ils ne sont évidemment pas les premiers arrivés, mais plutôt les derniers. La foule se presse autour des tables où sont alignées les coupes, les abords de la piscine sont soigneusement évités, excepté quelques jeunes couples qui souhaitent s'isoler dans des fauteuils amples et bas, sous les frondaisons d'arbres à fleurs violettes qui s'ouvrent comme des trompettes. Pamela reconnaît quelques invités, mais ce n'est surtout pas le moment de se précipiter. Elle dirige son mari vers les seaux à champagne en lui recommandant de revenir avec quelques glaçons dedans. Soudain, une vision d'horreur la traverse, elle le voit réapparaître avec un seau à champagne dans les bras, garni de glaçons. Elle se ravise, Jimmy n'est quand même pas aussi sot. Sa nervosité ne s'efface que lorsqu'il se présente face à elle, avec deux magnifiques coupes joliment servies. Jimmy tire Pamela par une manche, elle déteste quand il agit de la sorte, il a certainement vu quelque chose. À l'inverse des éléphants de mer qui ne montrent que peu de réaction quand un élément extérieur perturbe leur champ de vision, on sait immédiatement quand Jimmy détecte une information remarquable.

— T'as vu ? C'est Mama Cass là-bas près du buffet, la grosse en robe mauve qui parle avec le maigrelet en chemise verte et débardeur en daim. La fille qui chantait dans les Mamas & Papas, dingue ça, première fois que je la vois en dehors d'une scène.

— Oui, bon, ne me fais pas honte, s'il te plaît, il n'y a que des gens célèbres ici.

— Ah bon ? Ben, je les connais pas. C'est sans doute qu'ils sont pas encore assez célèbres.

— C'est probablement mieux ainsi. Reste calme, je t'en supplie, ne me fais pas regretter de t'avoir amené. Je te rappelle qu'il s'agit de mon job.

Pamela savait qu'elle prenait un risque en débarquant à cette soirée avec Jimmy, elle déteste quand il écarquille des yeux devant les personnes médiatisées. Elle le dirige vers un lieu plus neutre, à l'écart, afin de déguster son champagne en toute sérénité. Il lui dit qu'elle en fait un peu trop, qu'après tout il sait se tenir, et que dans son métier, il lui arrive de croiser des célébrités. Elle lui répond qu'en termes de célébrités, il croise surtout des flics, et les empreintes de certains criminels à la renommée locale. Jimmy acquiesce avec une moue, en précisant qu'un responsable du LAPD vaut bien un responsable des studios. Pamela admet qu'il a raison. Elle hume l'atmosphère, la fraîcheur de l'air marin, déboîtée de l'océan, a gravi les collines en frôlant les habitations, ainsi que les cimes des luxueuses plantations. Les feuillages des arbres se laissent bercer par une brise chargée de jasmin, un courant d'air soyeux fait planer des pétales de bougainvilliers qui retombent sur les pelouses et piscines alentour. Jimmy ferme les yeux, prend une profonde inspiration, et propose à Pamela de le laisser un moment, il l'invite à se fondre dans la foule des invités, il sait qu'elle doit s'entretenir avec les gens du métier, politiser un peu tout en sirotant des coupes en ébullition.

La majestueuse maison témoigne du succès de son propriétaire, David Foster. Le producteur heureux qui, il y a deux ou trois ans, avait sorti le western *Mccabe & Mrs Miller* de Robert Altman, converse longuement avec chacun de ses invités, il a l'assurance et la tranquillité de celui qui sait qu'il est en train de réussir sa vie. Il est de ceux qui considèrent qu'une belle voiture, une belle femme et une belle maison font naître assez d'envieux pour mesurer sa propre satisfaction. Chaque syllabe qu'il prononce est dessinée par le même sourire. Pamela se demande comment il réussit ce tour de force. Elle s'intéresse soudain au cadre qui l'entoure, elle vient de surprendre une conversation entre deux femmes aux chignons énormes, l'architecte ayant élaboré cette habitation s'appellerait Richard Neutra. Elle ne le connaît pas, mais les deux convives semblent très bien savoir de qui elles parlent. Elle s'attarde sur les lignes géométriques du lieu, c'est considérablement épuré. De beaux volumes, des rectangles de métal et de verre ont été couchés là, sur ce promontoire survolant la ville et ses lumières incandescentes. La piscine, rectangulaire elle aussi, est prolongée par un bassin épousant les contours du salon, on le traverse aisément grâce à des dalles habilement disposées en ricochets, à fleur d'eau. Le salon est équipé avec le mobilier le plus récent, une peau de zèbre, dont les rayures blanches ont été teintes en orange flashy, se détache sur le sol bétonné. Pamela interroge la robe de l'animal. Dire que ce pauvre mammifère, repeint en orange, a gigoté dans cette peau, il a eu une vie. Il a peut-être même eu des petits, qu'il a élevés au milieu d'herbes hautes, pour les soustraire aux griffes des grands prédateurs.

— Pauvre bestiole, quand j'observe sa peau teintée de la sorte, je me demande qui nous sommes, nous les hommes, pour décider ainsi du destin d'un animal.

Pamela se retourne et découvre un homme dans son dos, il est si près qu'elle devine les effluves élaborés de son eau de toilette.

— Peut-être sommes-nous simplement des prédateurs, pour nous-mêmes et pour le règne animal, lui répond-elle avec une assurance ramollie.

— Oui, vous avez raison. Warren.

Il lui tend la main en se présentant, elle la serre de toutes ses forces, comme si son intention était de lui broyer les phalanges, mais c'est lui qui lui désosse les doigts.

— Pamela.

— On s'est déjà croisés, n'est-ce pas ? Votre visage a ce quelque chose qui fait qu'on retourne le limon de ses souvenirs et de ses pensées.

— Et que voyez-vous dans cette boue sans contraste ?

En disant cela, Pamela se surprend, elle se trouve effrontément inconvenante, mais n'en montre rien.

— Eh bien, dans la nébuleuse de ma mémoire, je devine les contours abstraits d'une jeune femme éduquée, je retiens sa chevelure étudiée, sa blondeur déroulée d'une brosse soyeuse bien que couverte de piquants, je vois aussi son visage gracieux que quelques mèches égarées ne parviennent à effacer.

— Vous vous souvenez essentiellement de l'aspect extérieur, de l'enveloppe.

— J'ai évoqué l'éducation.

— C'est vrai, mais je me demande si c'est une façon de parler à une femme éduquée quand on prétend justement en avoir, de l'éducation.

— Je n'ai pas prétendu en avoir, Pamela.

— C'est juste.

Le fameux Warren se tait et observe la mouche qui se frotte les mains sur le rebord de la coupe de son interlocutrice, l'insecte semble attiré par le sucre contenu dans ce champagne qui pétille toute sa gaieté. Elle souffle sur le diptère à l'écorce sombre, il s'envole. Elle pose alors ses lèvres à l'endroit exact où sa passagère ailée s'était invitée et, d'une légère succion, absorbe une petite quantité d'alcool. L'homme en face d'elle parvient à dissimuler son écœurement, mais il hésite entre s'enfuir et l'embrasser courageusement.

— Nous nous sommes croisés sur un plateau, annonce-t-elle avec sérieux.

— Un film produit par David ?

— Oui.

— Laissez-moi deviner, vous aviez ce rôle dans lequel vous montiez à cheval tout en tirant à la carabine sur des serpents à sonnettes. Et sur les hommes aussi.

— J'avais surtout ce rôle où je vous attendais pendant des heures pour vous maquiller avant de tourner, chaque jour vous étiez plus en retard et votre agent me serinait inlassablement que vous alliez arriver d'une minute à l'heure, c'était son expression. Je suis maquilleuse.

— Maquilleuse, tiens, tiens. Vous connaissez donc toutes les imperfections de mon visage.

— Surtout les imperfections de votre éducation.

Il fait virevolter son rire, c'est assez contagieux. Pamela n'a pas le temps de l'admettre qu'elle rit déjà avec lui.

— Bonsoir.

— Bonsoir. Warren.

— Je suis Jimmy, son mari.

Pamela se retient de lever les yeux au ciel. Forcément, fallait que ça arrive, dès qu'il l'a vue parler avec ce beau gosse, Jimmy est arrivé à la rescousse, comme si elle avait besoin d'aide pour échapper aux pattes malsaines de Warren Beatty. L'acteur reste poliment près d'eux, il fait semblant de s'intéresser à la vie du mari qui lui répond avec beaucoup d'allant, beaucoup d'empressement. Puis, lassé par ce couple dénué de relief, Warren Beatty se hisse jusqu'à un groupe de jeunes femmes aux dos dénudés, qui simulent un semblant d'amitié entre elles, tout en laissant crépiter le champagne entre leurs mains manucurées. Warren savoure du regard leurs poses étudiées et les courbes de leurs fesses, avant de plonger dans cette forteresse de séduction.

— C'est qui, ce con ?

— Warren Beatty.

— L'acteur ?

— Non, Warren Beatty, le joueur de ping-pong... Oui bien sûr, l'acteur qui se tape toutes les nanas qu'il croise, d'ailleurs tu as bien fait d'arriver car j'étais sur le point d'aller me rouler dans ses bras sur la pelouse, derrière les arbres là-bas.

— Tu te fous de ma gueule ?

— Je n'oserais pas.

Jimmy se renfrogne et comprend que Pamela plaisante. Il est à demi rassuré, il lui demande si ça se passe bien pour elle, cette petite soirée. Elle croit déceler de l'ironie, mais il n'y en a pas. Elle lui prend le bras et fait quelques pas à ses côtés, afin que chacun comprenne bien qu'elle est accompagnée, Jimmy est aussitôt rasséréné dans sa vanité. Ils marchent le long des baies vitrées, la chambre est décorée de meubles de style chinois. Deux couples en conversation contre un mur garni d'un délicieux chèvrefeuille évoquent leurs animaux de compagnie. Une femme raconte qu'ils ont fait imprimer les noms de leurs dobermans sur les plaques d'immatriculation de leurs voitures. Ainsi, les deux Maserati, absolument identiques, se distinguent grâce à Rex et Toby, qui ont généreusement accepté que leurs noms soient inscrits sur les plaques des deux engins. On s'esclaffe, on s'admire mutuellement, tout est absolument charmant, cette piscine ne sent pas le chlore, le champagne vient de France, l'air est parfumé de marijuana, il n'y a rien qui puisse angoisser les joyeux invités. Une fois rassuré, Jimmy lâche enfin Pamela, elle navigue parmi les humains rassemblés là, glanant ici et là des paroles dont elle se délecte. Elle tend l'oreille. « Mon agent m'a appelé, il était 8 h 00, j'ai tout de suite compris que quelque chose déconnait, ce type n'est pas du style à se réveiller avant midi, c'est sans doute le seul agent de la ville à mener une vie plus dingue encore que celle des célébrités dont il a la charge. Bref, il me dit : "Diane s'est noyée dans sa piscine." J'ai eu cette réaction étonnante, je lui ai sorti : "Oh mon Dieu, elle va bien au moins ?" Diane me semblait tellement forte, quasi éternelle. Je suis encore sous le choc, et c'était il y a au moins quatre jours. » Plus loin, une sorte de romancier s'entretient avec une femme à la chevelure interminable, il demande à son interlocutrice si, dans une liste de remerciements à la fin d'un ouvrage, on doit commencer par les gens les moins importants ou bien par les plus importants. Crescendo ou decrescendo ? La femme lui répond du tac au tac qu'il devrait plutôt s'en remettre à l'ordre alphabétique. Pamela les connaît bien, ces conversations semi-indigentes, semi-intelligentes, dans les loges des studios, elle n'entend que ça, des émotions mal contenues, des expressions alternant enthousiasme et désespoir, les comédiens passant de l'un à l'autre comme s'ils sautillaient sur des pointillés.

La fumée d'un gros cigare l'incommode, elle s'échappe de ce nuage d'excréments pour rejoindre des gens ne titillant que des cigarettes fluettes. Un jeune comédien la reconnaît, il l'entraîne par le bras, lui demande de ne pas faire la timide et la projette dans un petit groupe d'amis, il la présente comme la meilleure maquilleuse du moooonde. Pamela rectifie en affirmant que dans sa jeune carrière, elle est probablement la seule maquilleuse qu'il ait connue, on le rabroue, on le bouscule un peu, tout le monde est joyeux. On lui demande quelques anecdotes, elle en a bien sûr, mais Pamela sait que ce qui se passe à Hollywood ne doit jamais franchir le rouge qu'on dépose sur les lèvres d'Hollywood. On l'encourage, allez, vous avez bien des trucs à nous dire, des trucs pas forcément dégueulasses. Elle leur avoue qu'elle est désolée, car elle ne connaît que des histoires salaces. Justement, lui crient-ils tous en chœur, elle s'échappe par un joli sourire enjôleur. Les jeunes gens entreprennent alors de raconter ce qu'ils savent, dévoilant des couples inédits, qui n'ont probablement jamais existé. La part de fantasme, de mensonges et de falsification a détrôné depuis bien longtemps la réalité du milieu du cinéma. La plupart des relations extraconjugales que la presse croit utile de déceler et dévoiler au public sont généralement fausses, mais la sinuosité et la légèreté des esprits de la côte ouest finissent par transformer ces rumeurs en histoires vraies, car ces fausses affirmations, loin de dégoûter les protagonistes concernés, deviennent parfois des suggestions que les intéressés s'empressent de vérifier par eux-mêmes en se mettant finalement ensemble. Alors la presse peut s'enorgueillir d'avoir un œil avisé, de serrer au plus près la vérité. Et tout le monde ou presque est heureux, jusqu'au moment où le couple se déchire et se sépare, que les témoins affluent à la sortie des restaus, que crépitent les déclencheurs des appareils photo.

Un type aux cheveux très longs se débarrasse de sa veste immaculée, du même blanc que la robe d'un pélican. Il la lance sur une jarre en béton garnie de fleurs mauves, et se précipite tout habillé dans la piscine pour y rejoindre une jeune femme au chemisier détrempé. Les deux taches couleur vieux rose, arrondies au sommet de ses seins, dépassent la transparence de l'étoffe. Les deux invités dansent en maintenant leurs coupes tout au bout de leurs doigts, quelques perles de champagne glissent dans la liqueur bleutée de la piscine. D'autres jeunes gens, plus ou moins inconnus, les rejoignent aussitôt, des litres d'eau se soulèvent et se renversent sur les rebords du rectangle de chlore, les larges dalles d'ardoise s'assombrissent encore. David Foster observe la scène à distance, s'il y a bien une chose que le producteur déteste, c'est que des gugusses se jettent tout habillés dans sa piscine soigneusement filtrée. Et vas-y que je te déverse de l'alcool là-dedans, et vas-y que je patauge en godasses dans l'eau. Il n'écoute plus son interlocuteur qui reste suspendu à ses dollars, Foster émet une sorte de grognement et, après de longues secondes, sourit au type face à lui avant de reprendre la conversation. Pamela erre parmi les invités, on la salue en esquivant la discussion le plus souvent, ceux qui ont travaillé avec elle savent qu'elle n'est pas du même rang. Elle croise soudain le regard de Jimmy, il s'entretient avec un couple et une autre jeune femme, il y a là James Taylor, Carly Simon, et aussi Julie Christie.

— Donc, vous ne voyez jamais de mort ?

— Non, j'interviens une fois qu'ils sont au frigo, après l'enquête. Je pourrais peut-être en voir si les flics en oubliaient un ou deux dans un placard. Mais ça n'arrive jamais, en général, la maison est dégueulasse, mais nettoyée de ses morts.

— Et c'est long de désinfecter une scène de crime ?

— En général, ça me prend deux ou trois jours. Tout dépend du moment où on a découvert le cadavre, si ça traîne, y a pas mal de bestioles qui débarquent, et c'est le bazar. En fait, dès les premières minutes après la mort, ça arrive de tous les côtés, des mouches essentiellement.

— Forcément.

— Eh ouais, elles viennent pondre leurs œufs ou larguer leurs larves dans les orifices naturels, là où c'est bien humide.

— Logique, pour les aider à se développer.

— Voilà, vous avez tout compris, monsieur. Après, si le cadavre n'est pas découvert au bout d'un mois, on a d'autres vermines qui débarquent, attirées par l'odeur infecte. Au bout de neuf mois, c'est pas fréquent, mais il arrive qu'on ne retrouve pas les morts aussitôt, au bout de neuf mois donc, on a les coléoptères et lépidoptères qui se pointent en hélicoptère. Tiens, d'habitude elle fait marrer cette blague-là...

— Si, si, on a ri.

— Mouais... Eux, ce qui les attire en général, c'est l'odeur de graisse pourrie. Et on continue ainsi de suite, en gros, sur trois ans, un cadavre subit huit vagues de bestioles différentes.

— Ah ouais, quand même.

— On a quatre grandes catégories de bestioles : les nécrophages, ceux-là ils bouffent les tissus humains, les nécrophiles, eux ils bouffent les nécrophages, eh oui, y en a toujours un qui te bouffe à la fin. Ensuite, on a les omnivores, eux, leurs plats préférés c'est les tissus et les poils. Et puis, on a les opportunistes qui utilisent le cadavre comme maison, ils se construisent une jolie petite cabane là-dedans, et c'est la fête au village.

— Impressionnant…

— Ah, la jeune femme impressionnée que voici, c'est Pamela, ma femme.

— Bonsoir.

— Bonsoir Pam, ça va ? Jimmy, je connais très bien votre femme, on a fait quelques tournages ensemble, mais je me souviens particulièrement du western *McCabe & Mrs Miller*, un très bon souvenir.

— Oui, avec Julie on a passé de bons moments, on avait tourné à Vancouver, mais qu'est-ce qu'on avait eu froid, il pleuvait tout le temps.

— La neige aussi, Pam. Il faisait froid comme un téton de sorcière.

— Oui, j'oubliais, la neige.

— Vous voyez, Jimmy, on n'a pas des métiers faciles, nous autres, c'est pas comme vous qui vous contentez d'essuyer deux ou trois traces laissées par des petites bêtes autour des cadavres.

Tout le monde rigole et Jimmy, beau joueur, rit avec eux. Il n'a pas envie de passer pour un imbécile. De l'autre côté de la pelouse, David Foster a quitté son interlocuteur pour pénétrer dans sa maison, direction le salon. Si tout est visible de l'extérieur des baies vitrées, les invités ne sont pas autorisés à entrer. Il s'active autour du vivarium de Raymond, un magnifique boa constrictor de deux mètres cinquante. Il l'extrait prudemment de sa cage de verre, Raymond est très calme, il a mangé hier. Le producteur se propulse à travers la bordée de serveurs en livrée, puis la foule des convives, il marche d'un pas assuré, il porte Raymond dans ses bras, et curieusement, personne ne remarque rien, le champagne et les drogues cheminent déjà dans les esprits. Foster s'approche de la piscine, ils sont maintenant une dizaine à faire les cons dans l'eau. Il glisse un mot ou deux à Raymond, un truc pour le rassurer, comme si son reptile pouvait comprendre les rudiments du langage humain et soudain, il le balance dans la flotte. *Splash*, les douze kilos de la bébête éclaboussent les rigolos qui barbotent dans l'eau. Ils ne comprennent pas aussitôt, mais dès que le serpent s'élance et se met à nager au milieu d'eux, des cris effroyables jaillissent du périmètre de mosaïque. Ça saute en tous sens, ça se bouscule, ils se piétinent les uns les autres, certains boivent la tasse et suffoquent, ça hurle, les mecs qui jouaient les grandes gueules à l'instant piaillent maintenant comme des poussins à la recherche de leur maman. Raymond glisse à la surface, la tête redressée, il est majestueux. La sinusoïdale de son corps fouette l'eau avec délicatesse, le mouvement est hypnotisant, comme un balancier perpétuel. Foster contemple son ami, tout est merveilleusement organisé dans cet organisme, les ondes déclenchées par ses muscles sont quasi voluptueuses, il y a vraiment quelque chose de sexuel dans cet animal. Un type s'effondre en syncope quand Raymond le frôle, il fait maintenant la planche sur le dos, c'est sans doute la première fois de sa vie qu'il parvient à flotter ainsi, avec les oreilles bien enfoncées dans l'eau comme on lui a appris. Le boa constrictor change de direction, s'enroule autour des derniers fêtards qui bondissent d'épouvante. Sur les pelouses, c'est l'effroi, personne ne comprend le geste de cet hôte bien mystérieux. David Foster se tient debout, bras croisés près des marches de la piscine, les derniers convives détrempés sortent de l'eau et en passant près de lui, le traitent de taré, ce qui le fait ricaner. Foster marmonne un truc, une réflexion grince entre ses dents, il n'aime pas que les gens se baignent habillés chez lui. L'ensemble des invités demeure interdit. Cigarette et verre à la main, ils sont soudain inquiets pour la santé mentale du producteur. Quand tout le monde s'est enfin extrait de ce piège de mosaïque, un des mecs y retourne et ramène sur le bord le type dans les vapes, il le tire par une manche comme s'il s'agissait d'un lépreux ou d'un pestiféré. Raymond se hisse à son tour sur le dallage en ardoise, David le rejoint, le boa se contracte et rassemble ses anneaux. Sans se précipiter, David Foster le recueille en douceur. Le serpent s'enroule sur son avant-bras, il tend sa tête et ses petits yeux noirs comme un sceptre sur un poing ganté d'écailles luisantes. David adore les couleurs et les motifs de son corps, ce cocktail de brun ambré, comme un bon cognac, avec des tonalités de crème de whisky, c'est pour lui une illustration de la perfection. Ce reptile représente certes une sorte de compagnon distant, mais pour David Foster il est avant tout un des plus beaux gestes de la nature. La scène a stupéfié la majorité des gens présents qui, pourtant, en ont déjà vu d'autres en soirée. La fête se vide sensiblement, certains se sauvent en proférant des menaces, le son de la musique redouble, elle ensevelit aussitôt les mécontents et leurs promesses d'avocats. Jimmy et Pamela s'attardent parmi les fidèles, l'hôte des lieux, sans s'intéresser à eux, daigne soudain leur consacrer quelques instants, elle lui raconte qu'elle a tourné sur quelques-unes de ses productions, ça le laisse insensible, puis un type se met au piano, un demi-queue noir déposé sur la pelouse. Ils se taisent et inspectent les premières notes.

— Joli, n'est-ce-pas ? demande Foster.

— La musique ? réagit Pamela.

— Non, le piano.

— Les pianos ouverts, ça m'a toujours fait penser au capot des bagnoles arrêtées sur le bas-côté de la route, le moteur en surchauffe ou complètement cramé. Les pianos sont des instruments accidentés, et souvent, leurs passagers, les pianistes, sont des grands blessés de la vie.

Le visage de Foster opère un mouvement semi-circulaire pour se tourner vers Pamela. Il se demande soudain ce qu'elle a sous le capot, celle-là. Il ne l'avait pas vue venir, la petite maquilleuse. Il l'ausculte de haut en bas, d'habitude il fait ça de bas en haut. Son regard s'attarde sur ses fesses, il bloque un peu, puis il considère son compagnon, ou son mari, peu importe, il s'en fout. Il se dit que ce pauvre type s'en tire pas mal avec sa tête de bellâtre écervelé. Il se dit aussi qu'il est tellement con qu'il ne voit même pas qu'il est en train de reluquer l'arrière-train de sa nana. Brusquement, ces deux-là le dégoûtent, il les salue avec un sourire suave et rejoint, en quelques pas, un petit groupe aimanté par une célèbre actrice scandinave, réputée pour être une grande collectionneuse de décennies.

— Ton cul, tu aimais bien qu'il le mate, ton cul.

— Oui, han…

— Répète-moi ça, que je t'entende bien.

— Oui, han… J'ai bien aimé, han… quand il me matait le cul.

— Et tu sais qui c'est qui le mate maintenant ton cul ? Tu sais qui c'est ?

— C'est… Han… C'est toi…

— C'est qui « toi » ?

— C'est toi, mon Jimmy… Han…

— Jimmy qui ?
— Jimmy Felton…
— Et encore ?
— Jimmy Felton, mon petit mari chéri qui me bourre si bien le cul… Han…
— Et ? Quoi d'autre ?
— Et qui va jouir dans quelques instants sur mon dos, han… Parce qu'il sent bien que je suis complè… Han… Complètement trempée…
— Arrrrrrrghhhhhhhhh, oh ma chérie, je t'aime, râââââââh, mon amour, tu es si douce, râââââh, quelle chance on a eu de se rencontrer toi et moi, rââââh, je jouis encore.
— Mon petit mari chéri qui me fait si rarement jouir…
— Roh, ça va, tu vas pas recommencer.

Ils avaient redescendu les collines à bord de la petite Austin jaune citron. Tout au long de la descente, les doigts valides et les moignons de sa main gauche s'étaient immiscés entre les cuisses de sa femme, Jimmy évaluait le renflement soyeux de sa culotte, lui renvoyant des sourires pleins de promesses à mesure que l'étoffe s'imbibait de chaleur humide. Aussi, une barre de chair s'épanouissait en travers de son slip, la texture rugueuse de l'élastique irritait son prépuce décalotté. Pamela traversait la nuit en pleins phares. Pressée d'en finir avec ce cirque, elle accélérait afin d'atteindre la maison au plus vite. Illuminé de méprise, il lui souriait en constatant son empressement, convaincu qu'il était, que rien ne l'arrêterait plus ce soir, et qu'il se soulagerait en s'agrippant à son cul. Jimmy était devenu cette sorte de visionnaire plein d'assurance, qui n'est capable de se projeter que jusqu'à l'heure suivante.

*

Ces deux filles qui marchent pieds nus en bikini dans la rue, ça la dégoûte, Joyce déteste tellement la sensation des pieds nus sur l'asphalte ou le ciment. Elles ont autour de leur cou ce même collier en rondelles de coquillages que tous les surfers du coin portent en ce moment. Elles ont environ dix-sept ans, elles sont plus âgées qu'elle. Joyce devine leurs plantes de pieds sales, elles sont souriantes, le même sourire sale. Elles affichent un bronzage agaçant, délimité par des maillots tout riquiqui. Elle leur fonce dessus avec son skate et les évite d'un beau dérapage, ses roues crissent bruyamment, les deux filles sursautent de peur et engueulent Joyce en la traitant de petite salope, mais elle s'éloigne déjà en se déhanchant nonchalamment. Sa glisse est souple, son skate colle au bitume. En la regardant slalomer entre les touristes avec aisance sur ce ruban sinueux qui longe la plage, on se dit que cette fille n'est probablement jamais tombée. Des palmiers souffreteux émergent du sable, ça discute, ça drague près des barils de pétrole ou de vieille huile, que les skaters alignent et réhaussent d'une tige de bambou. Les touristes s'arrêtent pour les voir escalader cet obstacle d'un bond et retomber de l'autre côté du bambou, sur leur planche à roulettes. Certains se ratent et se relèvent aussitôt, masquant leur douleur, malgré un cerveau qui leur dit déjà qu'ils risquent de déguster pendant des heures. Joyce rejoint Wendy qui elle-même avait rejoint Dwayne chez le coiffeur. Elles sont là, assises près de leur pote qui se laisse tripoter les cheveux par un Latino en chemise blanche. Ils le connaissent bien, Dwayne vient chez lui depuis qu'il a sept ou huit ans. Un second Latino s'occupe d'un autre client, un mec qui fume sa cigarette, tête renversée en arrière, pendant que son coiffeur lui fait son shampooing en lui malaxant les cheveux dans un nuage de nicotine. Joyce refuse de se laisser envelopper dans la fumée du type, elle agite une main pour détourner la trajectoire de la substance malodorante, mais tout ce qu'elle réussit à faire, c'est enrayer sa gorge et tousser fort. Les autres rigolent, Wendy lui tape dans le dos, Joyce se redresse et se précipite vers la porte pour aspirer une grande bulle d'air océanique. Les deux coiffeurs hoquettent de rire à leur tour, sans parvenir à retrouver leur indolence mutique.

Joyce rentre à la maison au moment où le gros type en sueur de l'AmFam, l'American Family Insurance, est de retour. Il s'est garé juste devant l'habitation des Felton et se précipite derrière la gamine pour se présenter à la porte de la baraque en même temps qu'elle. Joyce le salue tout en essayant de retrouver son nom. Wash ? Watch ? Walsh ? C'est ça, Mike Walsh, le gars des assurances. Il lui demande si son père est là, Joyce l'ignore, elle explique qu'elle n'a pas encore mis un pied dans la maison. L'homme admet que la gosse est logique. Il appuie sur la sonnette, le carillon retentit, faisant sursauter Pamela et Jimmy à l'intérieur. Ils n'attendaient personne. Joyce entre et invite le gros monsieur à la suivre. Ses parents sont surpris de se retrouver face à lui. Il leur assure qu'il n'en a pas pour longtemps. Il était dans le coin, il termine sa journée, il en profite pour passer les voir, il a juste une ou deux questions à poser à M. Felton. Ce dernier l'accueille avec un sourire naturel, et le dirige vers le salon, Walsh s'assied, Jimmy demande s'il veut boire quelque chose, l'assureur demande s'ils ont du Campari. Walsh adore mettre ses interlocuteurs dans l'embarras, commencer un entretien par une forme de déception, en général, ça fonctionne bien, la personne perd ses moyens. C'est efficace. Pamela se baisse devant le meuble-bar, elle fait glisser la vitrine de gauche sous la porte en acajou, le reflet de la vitre cachait un habillage capitonné, un simple tissu argenté avec des étagères en verre sur lesquelles reposent de nombreuses marques d'alcool. Walsh s'en doutait, ils n'ont pas de Campari. Une lumière intérieure éclaire la rondeur des bouteilles, ce bar est cependant bien fourni. Jimmy Felton ne s'affole pas, un signe qui indique à Mike Walsh le niveau de sérénité du bonhomme. Pamela les rejoint vers la table basse avec du whisky, et tous tombent d'accord pour un verre avec deux galets glacés à la surface. Elle s'assied en douceur à une extrémité du sofa, jambes parfaitement resserrées et inclinées sur le côté, elle n'en montre rien, mais elle s'agace un peu de la présence du mec des assurances. C'est vrai à la fin, son mec est mutilé, pourquoi s'acharner ? Ce n'est déjà pas évident à vivre pour Jimmy, ni pour elle, car au fond, cette blessure immonde l'incommode, et finit par la dégoûter de son propre mari. La technique de Mike Walsh est simple, il est venu foutre la trouille à Jimmy, c'est une dernière vérification pour s'assurer que son client ne cache rien. S'il ne trouve rien, il lui annoncera avec une innocence feinte, qu'en réalité il venait l'aviser d'une bonne nouvelle. Walsh dégaine deux ou trois questions bien dégueulasses, aux frontières de l'accusation, auxquelles Felton répond avec une brave assurance, il sait qu'il n'a rien à se reprocher. Il sait surtout que Walsh ne sait pas qu'il a des trucs à se reprocher, et que, pour l'instant, son cinéma tient la route. Vingt minutes plus tard, sirotant les derniers millilitres de son whisky, Walsh est conquis, il ne trouvera rien ici, ce pauvre type est nickel, il s'est tranché deux doigts dans un malheureux accident et il doit désormais porter l'alliance de son union avec cette jolie femme à sa main droite, ce qui n'est pas le plus élégant, mais peu importe, une main avec deux moignons étant déjà un défaut d'élégance.

— Bon, je peux vous le dire maintenant, si je vous ai rendu visite aujourd'hui, c'est surtout pour vous annoncer une bonne nouvelle.

— Ça y est, vous me croyez enfin ?

— Mieux que ça, je suis ici pour vous confirmer le versement de l'assurance. Jimmy Felton, on va vous dédommager pour votre accident.

— C'est vrai ? La bonne nouvelle, c'est qu'on n'a pas eu besoin de prendre un avocat.

— Ça, je ne vous le fais pas dire, vous me l'ôtez de ces deux escalopes qui me servent de bouche.

— Voyons, Monsieur Walsh, ne soyez pas si dur.

— Oh, vous savez, Madame Felton, parfois je suis las, je suis constamment en déplacement, je vois rarement mes enfants, et pourquoi ? Pour emmerder les bonnes gens en leur causant des problèmes, en leur posant des questions vicelardes pour leur faire dire ce que je veux entendre, histoire que l'assurance ne paie pas. Vous voyez ?

— Oui, et vous tombez souvent sur des gens qui mentent ? qui inventent des choses ?

— Ça arrive, et il faut que ça arrive, sinon je ne serais pas rentable et on me ficherait dehors avec un bon coup de pied au cul. Oui, je débusque en moyenne deux ou trois tentatives d'escroquerie à l'assurance par mois.

— Pardonnez-moi, mais tout à l'heure, vous évoquiez un dédommagement, avez-vous une idée du montant ? C'est quelque chose d'important, ou c'est juste un dédommagement de politesse pour que je n'aille pas signer un contrat d'assurance chez le concurrent ?

— Ah ça, Monsieur Felton, c'est à vous de juger, personnellement je serais très content avec le montant des réparations que je vais vous annoncer.

— C'est-à-dire ?

— Cher monsieur, sachez que l'AmFam est disposée à vous verser la somme de 92 000 dollars et 65 cents.

Pamela et Jimmy ouvrent des yeux grands comme ça, ils sont estomaqués par la réponse de leur assureur. Certes, ils s'attendaient à une belle somme, Jimmy l'espérait secrètement, mais pas de ce niveau-là. Il imaginait quelque chose dans les 50 000 dollars, mais certainement pas 92 000. Jimmy garde son naturel, il est désormais inutile de contenir sa joie, rester impassible trahirait une manœuvre, il se lève donc et il demande à Walsh s'il peut le prendre dans ses bras. L'homme en sueur est gêné, mais il doit leur avouer, c'est chaque fois au même dénouement qu'il a droit, on l'embrasse et on le prend dans ses bras. Jimmy s'écrase donc contre la surcharge abdominale de Mike Walsh, il ne s'y attarde pas, puis c'est au tour de Pamela de se jeter contre lui avec sincérité. Walsh rougit, il ne pensait pas que Pamela Felton écraserait ainsi le joli contenu de son soutien-gorge contre les deux méduses velues de son torse. Ce que Walsh déteste le plus dans son corps, après sa bouche, ce sont ces deux mamelles, cette poitrine flasque typique de l'homme vieillissant et trop gras. Mais Jimmy s'interroge.

— Et pourquoi 65 cents ?

— Oh, ça, c'est le résultat de savants calculs, on a nos barèmes de base, ensuite on rentre d'autres données, ce qui nous permet d'arriver au chiffre final. Je vous rassure, moi je n'y comprends rien, il y a des gens chez nous qui sont très bien rémunérés pour calculer tout ça. C'est un métier. Et pour tout vous dire, moi je préfère finalement le mien, le contact avec les gens.

Jimmy rumine dans sa caboche, ouais c'est ça, mon con, le contact avec les gens, tu crois que je t'ai pas vu t'écraser la panse contre les nichons de ma bonne femme ? Il se fait peur, il ne voudrait pas que ses pensées traversent le filtre de sa boîte crânienne, pourvu que l'autre ne l'entende pas maugréer de la sorte. Mais il est déjà temps de se séparer, Walsh leur confie qu'ils auront bientôt le versement sur leur compte, dans quatre jours au plus tard et en une seule fois. Il passe la porte, les Felton restent sur le seuil et le regardent partir comme un vieil ami dont on sait déjà qu'on ne le reverra jamais, à cause d'un décès, ou d'un exil, une saloperie comme ça. L'assureur remonte dans sa voiture à la carrosserie scintillante, le moteur gronde, il n'est déjà plus là. Ils referment la porte derrière eux, ils hurlent comme des dingos, Jimmy attrape sa femme dans ses bras, il la soulève, sa tête manque de heurter le lustre en céladon. Il la repose, la serre contre lui, elle se blottit contre son thorax, il glisse une main sous sa jupe, sous sa culotte aussi, et lui plante l'index dans le trou de balle. Pamela est surprise, elle s'en offusque gaiement, il ajoute avec une voix grasseyante, eh, qu'est-ce que tu crois, il m'en reste encore quelques-uns, des doigts. Ils gloussent comme des fous, se gargarisant l'un et l'autre de cette vulgarité, Jimmy étale sa femme sur le sofa, ils s'embrassent dans la bouche, leurs dents s'entrechoquent, un désir brutal les fait rouler sur le plancher, elle ouvre son ceinturon, et libère ce truc lourd comme l'embouchure d'un canon, il remonte sa jupe, abaisse sa culotte et commence à la caresser tout en lui enfonçant sa grosse langue grumeleuse dans la gorge.

— Mais qu'est-ce que vous foutez ? Ça va pas la tête ? Je suis là, moi.

— Oh, pardon ma chérie, on avait oublié que t'étais rentrée.

— Bah, oui, j'étais dans ma chambre. Vous êtes vraiment dégoûtants.

Ils se rhabillent tant bien que mal et se relèvent, un nuage de honte dérive sur leurs visages. Joyce les observe, les bras croisés. Ils lui expliquent pour tout l'argent qu'ils ont gagné, elle leur répond qu'elle sait, qu'elle a tout entendu.

Jimmy n'a pas hésité, pour fêter cette bonne nouvelle, il invite ses « filles » chez *Gladstone's 4 Fish*, ce nouveau restaurant ouvert il y a un peu moins de deux ans. C'est sur Santa Monica Canyon. Les gens disent que c'est cher, mais que c'est bon. On y déguste des fruits de mer directement cueillis dans l'océan installé à deux brasses de l'établissement, le homard y est la star. Joyce n'est pas spécialement excitée à l'idée d'aller là-bas, mais à quinze ans, on suit ses parents sans discuter, surtout quand on apprend que son papa va toucher un paquet de pognon pour l'accident de sa main. C'est vrai que sa blessure n'est pas belle, mais il faut reconnaître qu'avec presque 100 000 dollars en poche, cette infirmité est moins vilaine. En route vers le restaurant, Pamela s'est fait la même réflexion en d'autres termes. Considérant la main mutilée de son mari sur le volant de la Ford, elle s'est dit que ces moignons affreux, elle pourrait même les sucer, maintenant qu'ils valent 100 000 dollars, à 50 000 le moignon, elle s'autoriserait bien cette extravagance, mais pas pendant que Jimmy conduit, ce serait trop dangereux. En conclusion, ses doigts sectionnés deviennent mignons, voilà ce qu'elle finit par admettre. Toujours cette membrane ténue entre la perception et la réalité. Ils se rangent sur le parking adjacent au restaurant, on les accueille avec un sourire extraordinaire, Jimmy et Pamela ont de la chance, une table s'est désistée, c'est la première fois qu'ils se présentent en ce lieu prisé. On dit que les grands noms du cinéma ont amorcé la pompe à fric en y dînant régulièrement après le lancement, puis les simples friqués, en millions de dollars, se sont battus pour supplanter les stars qui n'y venaient plus, et maintenant cet endroit est essentiellement fréquenté par le haut du panier de la société, juste au-dessus de la classe moyenne supérieure, ces braves cadres qui aiment tant imiter leurs modèles, bref, des gens aux moyens bien plus consistants que ceux des Felton. Jimmy est joyeux de circuler jusqu'à sa table, c'est quasi miraculeux, ils sont bien placés, loin des toilettes et de la double porte à battant de l'épicentre des cuisines. Pamela lui tient la main, celle qui leur permet de s'offrir ce restaurant. Seule Joyce ne saisit pas vraiment leur engouement. Elle suit ses parents avec indolence, elle estime que c'est déjà pas mal d'être venue et qu'ils devront se contenter de sa moue blasée, car elle aurait pu rester dans sa chambre à enregistrer des trucs bien plus importants comme les Byrds ou les Mamas & the Papas. Le repas se déroule à merveille pour les Felton, même Joyce se laisse convaincre par le premier homard de sa vie. Elle a quand même hâte que ce repas se termine, tant ses parents sont insupportables à se regarder avec des flots de désir coulissant de leurs yeux. Elle sait que son père a envie de mettre son truc dur dans le truc mou de sa mère, elle le voit. Pamela aussi le voit. Et l'idée lui semble très acceptable, ça Joyce n'a pas de doute là-dessus, sa mère attend son père, l'un et l'autre attendent de rentrer, pour que Joyce referme la porte de sa chambre, qu'elle écoute son fichu radiocassette, le son à fond si ça lui chante, afin que Pamela laisse Jimmy jouer avec la fragilité de son intimité.

Le retour à la maison est joyeux, Joyce les embrasse pour leur souhaiter bonne nuit, avant de se précipiter dans sa chambre. Jimmy se précipite sur la bouche de sa femme qui l'entraîne vers le lit. Les vêtements éclaboussent le plancher, ils sont nus et se défient du regard, ils retardent leur plaisir, accentuent leur désir, ils s'inventent du mystère et ruminent leur impatience, soudain Pamela décide qu'elle veut le faire dans le noir, mais Jimmy rallume, il préfère les pleins phares. Ça ne leur prend pas longtemps pour se départir de leur désir, vingt-cinq minutes suffisent, puis leurs têtes retombent sur le velouté des oreillers, le regard dirigé vers le ciel écaillé de leur chambre. Jimmy se tourne vers sa femme, le dessin de ses sourcils broussailleux lui donne soudain un air grave. Pamela s'inquiète, elle comprend qu'il a quelque chose à lui annoncer. Et c'est ce qu'il fait. Il tente de la prévenir avant de s'expliquer, elle s'impatiente, il la prévient encore, pas des excuses, non, ce n'est pas son genre, mais un truc pour amortir ce qu'il doit lui dire, un coussinet de protection dérisoire, elle n'en peut plus, elle tambourine sur sa poitrine, il ne bloque pas ses poings, il est inerte et désespéré. Il finit par se lancer. Il lui annonce qu'il a recommencé à jouer et que les 92 000 dollars de l'assurance, ils ne vont pas en profiter, car il en doit 98 000 à des joueurs plus chevronnés que lui, plus doués, et surtout plus dangereux. Pamela comprend que l'assurance ne couvrira même pas sa dette et qu'ils devront puiser 6 000 dollars supplémentaires dans leur propre réserve déjà bien maigrelette. Elle le regarde fixement, elle cherche de la honte dans ses yeux, il n'en a pas. Mais il chuchote qu'il est navré, c'est le sommet de sa désolation. Sans ciller, elle laisse naître une larme qui s'épuise en atteignant son cou. Il veut la prendre dans ses bras, elle le repousse.

— Alors pourquoi t'étais heureux ce soir au restau ? Pourquoi ? Alors que tu savais que t'avais 100 000 de dettes, un tas de fric à débourser pour des connards de ton espèce.

— Je ne sais pas, j'étais heureux de me sentir enfin tiré d'affaire, heureux de savoir qu'on n'allait pas vous faire de mal.

— Parce qu'en plus on était en danger... Je ne te comprends pas, t'es dans la merde financièrement et tout ce que tu trouves à faire, c'est de dépenser une fortune dans un restau, pour bouffer ces saletés d'insectes, du homard grillé hors de prix, sous les regards aimants de ta femme et de ta fille. Mais quelle honte. Après ça, on rentre, tu me sautes comme si tout allait bien et juste après, alors qu'on a à peine repris notre souffle, j'apprends que tu as recommencé à jouer au poker. Pardon, que tu as recommencé à perdre au poker.

Jimmy se tait, il absorbe la colère de sa femme, il se sent minable, il sait qu'il l'est. Sur l'autre versant du mur, exténuée à force de tendre l'oreille, Joyce capte des molécules de leur conversation, elle n'est pas certaine, mais son père semble à nouveau dans une sale situation. C'est vraiment un con, ça, elle en est certaine. Déjà qu'elle les entend baiser depuis des années dans la piaule d'à côté, il faut qu'en plus, elle se tape les moments de misère de son père. Ce n'est vraiment pas rassurant d'avoir un tel loser comme paternel, parfois elle se demande comment sa mère supporte tout ça, elle se dit qu'en tant que maquilleuse pour les studios, elle maquille aussi ses déceptions et ses douleurs, elle maquille sa vie, et ça lui suffit pour avancer, pour naviguer entre les aiguillons du chagrin.

*

Elle a remarqué un truc marrant dans la famille. Elle ne les voit pas souvent, mais quand son oncle et sa tante débarquent chez eux à la maison, ils mettent beaucoup d'énergie à les convaincre que les deux cousins sont formidables. Joyce les écoute d'une oreille distraite, mais c'est chaque fois la même gêne, à cause de cette habitude de sa tante, qui, systématiquement, doit exposer les résultats scolaires des deux cousins formidables. Au final, Joyce, ça l'amuse autant que ça lui fait de la peine. Sa tante ne l'a sans doute jamais remarqué, mais ni Pamela ni Jimmy ne commentent les résultats de leur fille, absolument jamais. Ils se contentent de dire qu'elle pousse, que oui, ça grandit, et que ça ne les rajeunit pas. Dès que Joyce s'exprime, sa tante scrute chacune de ses paroles, elle les analyse, par pur souci de comparaison avec les siens. C'est une situation irritante pour la jeune fille, qui déteste être observée de la sorte. Alors elle se tait, c'est l'unique parade contre ces examens déréglés. Pamela a cuisiné un *meatloaf* pour le déjeuner, une sorte de pain uniquement composé de viande de bœuf hachée. Ce plat a vraiment la forme d'un pain qu'on peut découper en tranches. Les patates écrasées l'accompagnant ont régalé la famille et Pamela a dû réfréner Jimmy qui se resservait sous le nez des invités sans rien leur proposer.

Et maintenant, on suggère à Joyce d'accompagner ses cousins sur le front de mer, impossible de descendre là-bas en skate, ils ne savent pas en faire, c'est donc à pied qu'ils rejoignent la plage. Avant de se mettre en route, Joyce a appelé chez Wendy pour la prévenir qu'elle ne la rejoindrait qu'en fin d'après-midi, vers 17 h 00. Les cousins se retournent sur tout ce qu'ils voient. Ils veulent s'arrêter sur chaque étal de marchand de babioles. Ils tannent leur cousine pour savoir ce qu'ils pourraient rapporter chez eux, à Cheyenne, dans le Wyoming. Joyce leur suggère les colliers en rondelles de coquillage. Elle leur assure que tous les surfers en portent, c'est le nouveau truc. Ils se penchent sur les planches recouvertes de tissus d'inspiration indienne, les Indiens d'Asie, ils soupèsent les colliers, soupèsent l'argent qu'ils ont en poche, puis, quand deux filles d'au moins vingt ans s'approchent pour repartir immédiatement avec deux colliers, ils hésitent.

— Hey, tu t'es foutu de notre gueule, c'est un truc de nanas, tes colliers.

— Pas du tout, les garçons en portent, surtout les surfers. Et les filles qui en mettent, c'est surtout celles qui vivent sur la plage.

— Y en a qui vivent sur la plage ?

— Mais non, façon de parler, elles traînent tout le temps ici, c'est tout. Pour des concerts, la glandouille, un peu de surf, elles retrouvent leurs potes sur la plage, quoi. Et le soir elles rentrent chez elles, elles ont une maison, qu'est-ce que vous croyez ?

Ils veulent aller voir les surfers de plus près, ils prétendent qu'ils n'en ont jamais vus. Franchement Joyce est bluffée, elle se demande comment on s'y prend pour n'avoir jamais vu de surfer à un âge aussi avancé que le leur, même en habitant à Cheyenne. Elle les observe en coin, avec leurs bagues et fils de fer en travers des dents, qu'est-ce qu'ils sont laids. Ils traversent le ruban d'asphalte qui ondule au bord de la promenade avec ses boutiques de hot-dogs et de gadgets inutiles. Les cousins font quelques pas dans le sable et retirent chaussures et chaussettes. Ils marchent, malhabiles, avec les chaussettes qui pendouillent dans une main et les godasses dans l'autre. Joyce se dit qu'ils ne comprennent décidément rien à l'atmosphère de la plage, à cette philosophie de vie qui érige chacun des ados qui habitent ici. Des pigeons infects s'envolent à leur passage et se reposent l'instant d'après, leur voltige est synchronisée et peut faire penser à une patrouille d'avions acrobatiques. Les vagues sont là, un bon mètre cinquante, il y a pas mal de monde à l'eau même si ça ferme sévèrement, beaucoup de locaux et quelques types de l'extérieur qui se font accepter du bout des lèvres. Ils ont juste à se faire tout petits, à respecter deux fois plus les priorités, pas question d'aller griller la vague d'un local, sinon la sanction est immédiate, un poing dans la gueule et tu rentres chez toi avec la tronche de travers. Justement, en voilà un qui sort de l'écume et qui se dirige vers le groupe de gamins. Joyce le connaît de vue, elle l'a souvent aperçu dans le coin, c'est un bonhomme d'au moins trente ans, pas sympathique habituellement. Elle l'a toujours senti intolérant vis-à-vis des jeunes, il est arrogant quand il se met à l'eau, idem quand il en ressort, et si elle veut être honnête avec elle-même, elle doit admettre qu'elle ne peut pas le souffrir, ce connard. Il marche droit sur les gosses, Joyce se retourne pour vérifier s'il a un copain dans leur dos, non personne. Il fonce sur eux, il est flippant, il a la gueule en sang.

— Oh, les enfants, vous pouvez m'aider ?

— On n'est plus des enfants…

— OK, OK, Miss, je me suis mal exprimé, mais je suis sérieusement amoché, je crois. Tu veux bien regarder ma blessure et me dire ce qu'il y a ?

Le type aurait trempé son visage dans un saladier de sang en retenant sa respiration pour faire des bulles dedans, il n'aurait pas obtenu d'autre résultat, il est recouvert de ce rouge gluant qui va de la racine de ses cheveux jusqu'au menton, ça lui dégouline même dans le cou. Les deux cousins sont apeurés, ils s'écartent. Joyce s'approche du gars, elle l'inspecte. Elle lui annonce qu'il est bien entaillé et que son œil a l'air coupé lui aussi. Le globe semble atteint. Le pire accident de surf que Joyce ait vu dans sa maigrichonne de vie. Le type lance des jurons, Joyce préfère se taire. Elle comprend qu'il s'est blessé avec un des ailerons de sa planche, ils sont parfois poncés à la toile émeri jusqu'à devenir aussi tranchants qu'un poignard. Le gars demande aux gamins de le ramener à sa bagnole. Les cousins restent sans voix, Joyce demande au surfer s'il compte conduire. Non, il pose juste sa planche dans sa caisse. Ils s'exécutent puis le conduisent jusqu'à une tourelle de sauveteurs. Joyce tremble un peu en montant les marches de l'installation en bois. C'est la première fois qu'elle escalade ces escaliers. Un mât est planté dans le plancher devant la cabine, le drapeau américain essuie la tubulure argentée de son mât, c'est une après-midi dénuée de vent. Les deux mecs de la sécurité font asseoir le surfer, ils ne mettent pas longtemps avant d'appeler des renforts avec leur talkie-walkie. Un pick-up rouge, dont la remorque est équipée d'arceaux et d'une longue planche de surf, traverse la plage à toute blinde au milieu des gens allongés sur leur serviette. Il se range au pied de l'escalier de la tour de sécurité. On évacue le blessé qui maintient une compresse sur son œil abîmé, des gens accourent, alertés par le danger. Le malheur attire. Surtout la souffrance. Les chiens de la plage se précipitent aussi, ces bêtes ont aussitôt capté l'excitation des humains. Sans attendre, le pick-up repart dans l'autre sens avec ses cliquetis de lumière et ses éclats de sirène. Les deux sauveteurs du poste de garde remercient les enfants, ils leur infligent aussi quelques leçons sur les règles de base de la sécurité, une séquence dont Joyce et ses cousins se seraient bien passés, puisque cinq minutes plus tôt on les félicitait pour ce qu'ils avaient fait. Ils rentrent au pas de charge à la maison, les deux cousins sont trop pressés de raconter ce qu'ils ont vécu aux parents. Joyce renâcle à les suivre, leur exaltation soudaine la dégoute un peu. Mais ça la fait marrer de se dire que ces deux imbéciles n'ont finalement pas vu les surfers.

En arrivant devant chez elle, Joyce ne peut contenir un sentiment d'agacement à l'égard de son père, une fois de plus le tuyau d'arrosage traîne sur la pelouse, reptile inerte, abandonné là depuis des semaines. Elle le ranime d'un coup de pied, débusquant des anneaux et des lignes sinueuses d'herbe blanche, privée de chlorophylle. Des plantes mortes achèvent de se dessécher dans leur pot. D'autres pots, vides ceux-là, s'accumulent sur l'eczéma de la pelouse, certains debout, d'autres couchés. Des seaux en plastique traînent parmi eux, des trucs contenant habituellement des fongicides ou autres saloperies à moitié empoisonnées que Jimmy Felton utilise pour son métier. Ce désordre ambiant et cette crasse exaspèrent toujours Joyce, pourtant les tâches ont été méthodiquement réparties, sa mère gère l'entretien de l'intérieur et son père doit assurer les réparations dans la maison et s'occuper de l'extérieur. Mais chez eux, il ne fout rien, il préfère aller soigner son ego à rendre service à des quasi-inconnus qui ne le payent pas, et qui se foutent bien de sa gueule. Pamela et Joyce ne comptent plus le nombre de fois où elles se sont demandé où il était passé, le nombre de fois qu'elles l'ont vu rentrer éreinté, leur annonçant qu'il avait déménagé des amis d'amis, ou qu'il avait repeint entièrement la baraque de l'ami d'un pote, sans qu'on lui donne le moindre billet, tout au plus quelques tranches d'espadon pêché au large de Santa Catalina Island, et ressorties d'un congélo. Cette façon de faire chez les autres ce qu'il refuse de faire chez lui irrite Joyce et sa mère, elles régurgitent de la honte à l'idée que ce père et mari se laisse vaillamment prendre pour un con.

Les cousins jouent maintenant les héros avec l'histoire de l'œil crevé. Les images de la scène reviennent en flashes dans la cervelle de Joyce, leurs tronches effrayées à la vue du sang, leur mouvement de recul, leur veulerie, ça la fait bien marrer, mais elle les laisse narrer leurs exploits de sauveteurs amateurs. Elle s'attarde sur la pendule, ils vont bientôt se barrer à l'hôtel avec leurs parents, se tirer d'ici. Alors elle pourra sauter sur sa planche et rejoindre Wendy. Son père propose de ressortir des bières, il est évident qu'ils n'ont pas arrêté d'en faire jaillir du frigidaire. En sortant de table, les deux frères se sont contentés de glisser jusqu'à la table basse tandis que leurs femmes géraient le nettoyage et le rangement de la cuisine. Puis elles les ont rejoints et ont descendu elles aussi quelques bières, par pur mimétisme, mais avec plus de retenue, sous le regard amusé des deux mâles. L'oncle de Joyce refuse poliment d'en ouvrir une dernière, il veut rentrer à l'hôtel et prendre une douche, il prétend que ce breuvage le fait transpirer. Joyce s'attarde sur le bourrelet de chair émergeant de sa nuque, le col de sa chemise jaune est infusé de sueur, elle s'approche discrètement de lui pour en capter l'odeur, c'est vraiment un truc infect. Au moment d'embrasser sa belle-sœur, un grondement sépulcral surgit des entrailles de Jimmy, un rot qui roule sur la joue de la jeune femme et dont le souffle chaud lui tapisse soudain le visage d'une tiédeur âcre. Jimmy pouffe, sans s'excuser. Joyce, d'aussi loin qu'elle se souvienne, n'a jamais vu son père s'excuser pour quoi que ce soit. Il n'a jamais su intégrer les rudiments de la politesse, alors il s'applique à rire de sa connerie, son frère et sa belle-sœur rient avec lui. Tout ce petit monde remonte en bagnole, une Datsun Cherry rouge, quatre portes, qui a beaucoup séduit la classe moyenne, la marque Datsun surfant encore sur son slogan « DAT » (« *Durable, Attractive and Trustworthy* ») qui avait envahi les affiches et les télés. Alors on se salue avec des sourires heureux, les deux cousins ont soudain l'air chagriné, ils viennent de découvrir qu'ils n'ont toujours pas vu de surfers, et qu'ils n'en verront pas, car dès demain, ils repartent pour Cheyenne.

En retrait du front de mer, il y a ce petit bâtiment blanc avec ses vitrines aux peintures bariolées. Des dessins plus ou moins réalisés par des hippies, des amis du propriétaire, des gens qui traînent dans le coin. D'emblée, on est dévisagé par deux yeux énormes qui déversent des larmes couleur arc-en-ciel, on a aussi des visages emmêlés, retenus par des baisers, et puis de longs cheveux multicolores s'écoulant sur des poitrines dénudées, l'ensemble est encadré de fleurs naïvement stylisées. Tous ces trucs de peinture, c'est assez moche, mais ça a le mérite d'être remarquable de loin. Si les garçons de la bande portent soudain de l'intérêt à cette supérette de quartier, c'est parce qu'on y vend de l'alcool, les gars en consomment de plus en plus. Wendy et Joyce se tiennent à l'écart de ce qu'elles jugent être une dérive évidente, bien conscientes que leurs potes ne sont pas trop à leur avantage dès qu'ils ont décapsulé la totalité de leur pack de Schlitz Malt Liquor. Bien sûr, à quinze ans, ces ados ne sont pas autorisés à s'approvisionner en ce lieu, mais ils ont déniché un nouveau copain, un vieux monsieur asiatique. Le type traîne une cinquantaine ou une soixantaine d'années bien alourdies derrière lui, il possède une barbe courte et blanche qui lui fait le tour des joues et du menton pour rejoindre ses cheveux courts, blancs également, et très ébouriffés au niveau des oreilles. Cette couronne de poils autour du visage peut faire penser aux capuches en fourrure des inuits, ils l'ont logiquement baptisé « l'Eskimo », oubliant presque aussitôt son véritable nom. On peut dire que l'Eskimo est bien sympa avec eux, puisqu'il les fournit régulièrement en alcool. Les garçons lui tendent leurs dollars crasseux et le petit Asiatique se dirige vers la boutique pour revenir avec leur pack de Schlitz. Il ne leur demande rien, il est juste content de les aider, c'est un sacré bonhomme, le cœur sur la main, toujours souriant, jamais la moindre complainte. Wendy et Joyce ont goûté une fois à cette bière, elles trouvent ça dégueulasse. Les garçons s'en défendent, mais au fond d'eux, ils savent qu'ils détestent ce breuvage gazeux. S'ils préfèrent la Schlitz Malt Liquor aux autres bières, c'est parce qu'elle est moins forte, plus fade. Ils l'ignorent, mais pour répondre à la demande croissante des consommateurs, la marque a décidé de réduire ses coûts de production en modifiant le processus de brassage. Du jour au lendemain, les brasseries Schiltz ont remplacé une partie de l'orge malté par du sirop de maïs, puis ils ont injecté une fermentation à haute température dans le mécanisme de brassage, modifiant la méthode ancestrale de la firme. Forcément, le produit a perdu de sa saveur, conduisant inéluctablement à de larges pertes parmi ses plus fidèles clients, mais gagnant les attraits de Byron, Myke, Dwayne et Tony, leurs nouveaux consommateurs. Car la bière fade, c'est ça qu'ils aiment, et ils vivent à l'endroit exact où toute une génération de jeunes surfers et skaters a été initiée à l'idée que la bière était une nourriture parfaitement raisonnable, et peut-être même la plus délicieuse, alors qu'on sait au fond qu'on en déteste le goût. Ce qu'ils aiment dans cette boisson, c'est la sensation de flottement qu'elle leur procure après quelques bouteilles, et les garçons adorent s'envoler sur leur skate en rotant du gaz au nez des touristes et autres passants.

Ils s'impatientent, l'Eskimo est en retard, ça lui arrive rarement. Alors Joyce leur raconte la journée qu'elle vient de passer avec ses cousins, les autres ricanent, il ne fait pas bon habiter Cheyenne et venir en villégiature au bord du Pacifique quand on a une bande de hyènes qui vous juge et vous jauge sur le moindre de vos mouvements, sur votre accent, votre allure et vos réactions. La petite équipe est elle-même impressionnée par l'histoire de ce surfer accidenté, surtout qu'ils le connaissent bien, ce bonhomme, dès qu'il y a du sang, ça les excite, mais ça fait moins les malins dès que ça se rapproche de leur cercle de connaissances. Voilà justement quelqu'un qu'ils connaissent. L'Eskimo arrive avec sa dégaine ramollie de vêtements amples, on le repère de loin avec sa démarche élastique.

— Salut, les mecs.

— Salut, *man*…

Ils l'ont bien dressé, ça fait un moment qu'il ne les appelle plus « les enfants », il les appelle « les mecs », même s'il y a deux filles parmi eux. Joyce et Wendy ne sont pas choquées, ça leur plaît cette idée d'appartenir à une bande de mecs, d'être parfaitement intégrées à eux, même si de mois en mois, elles sentent des regards obliques sur leurs formes épanouies. Les gars ne s'en cachent pas, ils les dévisagent de la tête aux pieds, comme si leur corps n'était qu'un long visage aux traits remodelés. Wendy apprécie cette lourdeur des regards, elle les soupèse, ça la rassure, elle en rajoute, elle s'habille très court, short de jean moulant et effiloché, haut de bikini pour cacher sa poitrine. Elle se dévisse pour respirer, pour gonfler ses poumons. Elle se cambre excessivement et abuse des moues boudeuses sous les regards impuissants de la bande. Joyce, elle, se contente de s'habiller court, exactement comme Wendy, mais dans son attitude rien ne suggère une quelconque sensualité ou lascivité étudiée, elle demeure naturelle, et elle ne veut pas entendre parler de séduction, ce mot est sale dans la géographie de son vocabulaire.

L'Eskimo ressort avec leur pack de bière, il leur rend leur monnaie. Dans son cabas, il a empilé un sac de noix de cajou, des petits oignons de printemps et du blanc de poulet. Il les observe en souriant alors qu'ils s'apprêtent à le saluer et à s'élancer vers la plage.

— Vous savez quoi, les mecs ? Je me demandais si je pourrais pas vous inviter à manger à la maison. Ça vous dirait ?

Ils se consultent du coin de l'œil et restent interdits.

— Ça vous dirait de goûter un plat asiatique ? J'habite à côté.

— Mais les parents ? Ils vont nous attendre pour le dîner. Ils vont s'inquiéter.

— Bah, il suffit de les appeler pour les prévenir, je ne vais pas vous manger, je vous invite seulement à manger.

— OK, pour moi c'est bon.

Tout le monde se tourne vers Dwayne.

— Ben quoi ? Qu'est-ce qu'on risque ? À part une chiasse carabinée…

Ils s'esclaffent et tapent dans la main de l'Eskimo, il la maintient levée devant lui, comme le ferait un chef indien. À tour de rôle, ils claquent cette paume douce et nervurée par les années. Puis, ils trottinent derrière lui, le skate sous le bras, appuyé contre une hanche. Le monsieur asiatique avait raison, il habite tout près, une toute petite maison de planches, avec une sorte d'atelier ou de garage au fond du jardin qui donne sur la ruelle à l'arrière. L'ensemble est entouré de palissades, un bois grumeleux peint de blanc. De la rue, on ne devine pas grand-chose de l'habitation. L'endroit est bien propre. La cuisine n'est pas en formica comme chez leurs parents, le plan de travail est simplement constitué d'un bois brut et huilé, tandis que les rangements sont en bois laqué, certainement quelque chose qu'il a peint lui-même, en jaune citron. Sur les murs, il a encadré des puzzles de vieilles fermes et de granges rouges de l'Oklahoma, on trouve aussi des forêts aux feuillages d'automne. Il ne parle pas beaucoup, il leur sourit. Les capsules de bière font rouler leurs dents sur la toile cirée de la table de cuisine, ils ont tous attiré une chaise à eux, les filles ont de l'eau du robinet dans leurs verres, elles demandent au vieux mec s'il a besoin d'aide, il les rassure, tout va bien. Wendy s'enquiert du téléphone, l'Eskimo lui indique un petit guéridon dans le salon, tout près du canapé de velours à franges roses. Elle appelle ses parents, elle leur ment, elle leur dit qu'elle est chez un copain, avec les autres, tout en se persuadant qu'elle ne ment pas vraiment. Elle reste dîner, elle ne rentrera pas tard. À son tour, Joyce s'empare du combiné, la pastille ajourée du microphone est encore chaude et humide, imprégnée de la voix de Wendy. Elle fait tourner le cadran rotatif en s'arrêtant sur chacun des chiffres qui composent le numéro des Felton. C'est sa mère qui décroche, elle tique un peu et finit par admettre que ça n'arrive pas souvent qu'elle esquive un dîner. Joyce obtient son laissez-passer, un doux « Bonsoir, Maman » et un baiser retentissent dans l'oreille de sa mère, rassurée d'entendre que sa fille conserve quelques scories de politesse. Son père lui assène tout le temps : « Tu vois, il existe un moyen facile et immédiat d'être élégante, c'est la politesse. Remercier et dire bonjour sont les chemins les plus courts vers l'élégance, tant de gens n'y ayant plus recours. » Ça amuse beaucoup sa femme de l'entendre s'escrimer ainsi pour des principes dont il est si peu imbibé, Jimmy Felton n'utilisant quasiment jamais de formules de politesse élémentaire. Ce qu'il exige des autres, il l'exige rarement de lui-même, et ce n'est certainement pas pour cette raison que Pamela l'aime, elle ne sait précisément plus pourquoi elle l'aime, ni même si elle l'aime encore. L'essentiel pour elle est de mener leur enfant vers la vie adulte, sans encombre, un divorce c'est trop de complications, Joyce risquerait d'en souffrir, de desquamer sa confiance. L'Eskimo ne parle pas beaucoup, il les laisse picoler tout en cuisinant, il se délecte, ça l'amuse d'écouter leur dialecte d'ados, Joyce reste sur la réserve, elle trouve leur présence en ce lieu inconvenante, elle estime qu'ils n'ont rien à faire ici. OK, ça fait un petit moment qu'ils le fréquentent, mais de là à se rendre chez l'Eskimo pour une dînette, elle trouve qu'ils ont franchi un gouffre gigantesque en une seule petite pichenette. C'est le genre de situation qui l'inquiète, elle s'attarde sur ses amis, ils bavassent des conneries, ils se bavent dessus et gloussent, pareils à de la volaille. Ce n'est pas la première fois qu'elle les voit se déchiqueter à la bière, elle sait déjà comment ça va finir, ils vont repartir joyeux et insouciants, jusqu'à ce que l'alcool leur torde les entrailles et qu'ils recrachent un jus de glaires sur leurs skates et godasses. Wendy boit de l'eau mais elle diffuse cette impression malaisante d'avoir consommé les mêmes bouteilles que ses congénères, elle se tortille sur sa chaise, tandis que ses potes, identiques à de jeunes macaques, hurlent et rigolent à pleines dents. Ils ont tous le sentiment d'appartenir à la même famille, seule Joyce se maintient à l'écart, allongeant le regard au loin, comme si ni leur amitié ni leurs individualités n'existaient plus. Soudain l'homme les invite à mettre la table, il leur indique où sont rangées les assiettes, les ados se lèvent et s'entrechoquent des épaules, pareils à une colonie de mollusques sur le tapis sablonneux des fonds océaniques. La toile cirée est à peine garnie d'assiettes et de couverts que l'Eskimo y dépose un large bol de riz. Il plante une pince en bois dedans, c'est la première fois qu'ils voient quelqu'un servir du riz avec une pince. Il les sert avec dextérité, un riz très aéré se détache du bol sans effort, rien ne tombe à côté, ils l'observent, un peu estomaqués. Il ajoute des morceaux de poitrine de poulet, il déverse parcimonieusement une sauce épicée, constellée de noix de cajou et de rondelles d'oignons de printemps. Il n'est pas encore assis que Tony s'exclame que son truc est délicieux. Les autres plantent leur fourchette là-dedans et expulsent la même réaction. L'Eskimo leur sourit de satisfaction, il mange avec des baguettes, mais ne leur a proposé que des fourchettes vu leur état d'ébriété avancée. Myke veut quand même essayer, le monsieur poli se lève et lui rapporte deux baguettes de bois ouvragé. Il lui montre la bonne façon de les tenir, Myke le coupe avant qu'il ait terminé ses explications, c'est bon, il a compris. Il les serre avec force entre ses doigts, et soudain, une baguette s'envole, traverse la table en fouettant l'air comme un hélicoptère et heurte Wendy au visage. Tout le monde explose de rire, Wendy avec eux, elle n'est pas vexée, elle se dit qu'ils vivent une merveilleuse soirée. Byron se lève et demande où sont les toilettes, l'Eskimo le renseigne, c'est de l'autre côté, sans préciser. Byron laisse les autres, il trouve un minuscule couloir serti de portes, il ouvre la première et découvre une chambre. Un dessus-de-lit, entre le vert et le kaki, recouvre le matelas de son tissu soyeux. Aux murs sont accrochés deux portraits, Byron pénètre dans la pièce, il approche son nez et ses yeux de ces cadres vitrées. D'une marie-louise ovale se détachent deux visages aux tonalités sépia, probablement les parents de l'Eskimo. Il s'assied sur le rebord du lit, songe à l'Eskimo enfant, il se demande bien quelle tronche il pouvait avoir quand il était gosse, il dérive sur la tête qu'il aura lui-même quand il sera vieux et se désintéresse aussitôt de cette pensée. Il se demande s'il est possible que ses ancêtres aient construit la première ligne de chemin de fer qui a traversé le pays, puis il se dit qu'il ne sait même pas si l'Eskimo est chinois, coréen, japonais ou eskimo... Il se fait marrer tout seul en imaginant leur pote avec une lance, cavalant au cul d'un morse sur la banquise, entouré d'une colonie de pingouins. Il se demande si c'est vrai que les Eskimos te refilent leur femme une nuit, en signe de bienvenue, puis il convient que ça doit être des conneries, et que, de toute façon, ça ne doit pas être facile de tripoter une chatte et des nichons entre des couches superposées de vêtements en peau d'ours ou en peau de phoque. Finalement, il est bien content que l'Eskimo n'ait pas de femme à lui présenter au fond d'un igloo. Il rigole de ses propres conneries, il sait qu'il est à moitié con, et c'est justement ça qui le fait marrer, car c'est mieux d'être à moitié con que de l'être complètement. Il se souvient qu'il a très envie de pisser. Sur la moquette beige, il remarque une pile de revues de motos, il ne savait pas que l'Eskimo s'intéressait à ces engins. Il y en a un paquet, Byron en feuillette quelques-unes, et au moment de les remettre en place, sa maladresse fait glisser une partie de la pile sous le lit. Le voilà à quatre pattes pour récupérer les magazines. Il tend le bras et en découvre d'autres, oh putain, il vient de tomber sur un magot. Il s'agit de revues érotiques en noir et blanc. Il tourne avidement les pages, bon Dieu, quel délice, murmure-t-il pour lui-même, assis sur ce lit, dans cette chambre où il n'aurait jamais dû mettre les pieds. Quelle merveille, y a des nichons partout avec des dialogues à la con dans des bulles. Il parcourt avec voracité ce magnifique roman-photo, se saturant le crâne d'images, pour plus tard. Il se rembourre la cervelle de ces sublimes fesses et poitrines, il regrette seulement qu'il n'y ait pas plus de zoom sur les touffes de poils. Il plonge à nouveau un bras sous le lit, il en reste deux ou trois, il les remonte tel un pêcheur de perles victorieux. Oh, nom de Dieu, il rejette ces dernières revues sur le lit et se redresse, debout, interdit. C'est comme s'il avait déniché un crotale de son trou à pleines mains, et qu'il découvrait avec horreur ce qu'il a extrait de la cavité, relâchant le reptile à ses pieds, mais trop tard, le venin se répand déjà dans ses jambes. C'est exactement la même sensation, il se sent coupable, il a mal agi, il n'avait rien à faire ici, il se brûle à sa propre curiosité, tout devient vertigineux. Il ne comprend rien, il ne comprend pas, il ne savait pas que ça existait ces trucs-là, des magazines comme ceux-là. Pour être bien certain d'être éveillé, il soulève la couverture froissée d'une revue, du bout des doigts, il sent bien que ces pages contiennent de la dangerosité. Il n'y a pas de doute, ce sont bien des images de types qui se tapent des enfants. Des enfants, putain. Byron tourne deux ou trois feuilles, c'est la même histoire à chaque page, les photos sont plus crades, plus sombres que dans les romans-photos avec les nanas qu'il vient de mater, mais tout le monde est à poil, pareil, sauf que là, c'est plus des femmes, c'est des gosses, et des bien plus jeunes que lui. L'autre truc qui l'étonne aussi, c'est qu'on ne voit pas les visages des types, ils ne sont pas cadrés, ils se planquent, ces connards. Soudain, ça cogne dans ses tempes, ses mains sont moites, il referme la revue, remet tout en place. Maintenant, les images de nichons emmagasinées dans son crâne se sont disloquées, effacées, il ne reste plus rien, seulement ces saloperies de mecs qui baisent des gosses. Il vérifie que toutes les revues sont bien rangées comme il les avait trouvées sous le lit, il rectifie aussi la pile de magazines de motos, il retape le dessus de lit en tapotant avec le plat de la main et en lissant parfaitement l'étoffe, il s'enfuit dans le couloir. Dénichant la porte des WC, il s'y enferme, il relève l'abattant et plonge la tête dedans pour vomir un seau d'intestins, de glaires et de tout ce qu'il a dans le ventre, il vérifie qu'il n'y laisse pas son cœur, il pisse là-dessus, s'essuie la bouche avec du PQ et expédie le tout dans les tuyaux d'évacuation. Byron regagne la cuisine, Wendy lui signale qu'il en a mis du temps. Il ne fait aucun commentaire et chacun est libre de penser ce qu'il veut, dérangement intestinal, constipation ou branlette. Byron s'ouvre une nouvelle bière, les autres sont déjà bien lancés, la discussion est joyeuse, même Joyce semble détendue, personne ne remarque la mine tordue de Byron, personne ne détecte que les rires semblent désormais l'offenser. L'Eskimo est radieux, il les observe, il s'enivre de leur jeunesse, il soupèse leurs paroles et charge la garnison, le peuple de ses pensées. Il déverse leurs âmes dans la sienne, il s'imbibe de leurs raisonnements, il ne gâche rien, chaque phrase est un festin. Tony se lève et vacille jusqu'à l'évier, il fait basculer sa tête dans le bac en inox et rend tout son repas. Il s'excuse, il est sincèrement désolé, mais l'Eskimo ne lui en veut pas. Alors, dégoûté de voir Tony s'excuser, des éclats de fureur dans le regard, Byron se précipite dans la chambre et réapparaît avec les revues pédopornographiques. Il les brandit à la vue de tous, l'Eskimo chancelle, pose une main sur la table et retrouve son siège par chance. Il est blanc comme une étoile, un astre éteint depuis longtemps, depuis maintenant.

— C'est quoi, ça ? T'excuse pas, Tony, t'excuse pas, cette ordure ne le mérite pas.

— Aaaah, mais quelle horreur…

— Voilà, Wendy, t'as tout dit, c'est une horreur et c'est ce que je viens de trouver sous son lit.

Tony relève la tête comme il peut de son évier, il parvient à articuler quelques mots gorgés de borborygmes.

— Venez… On… On se tire…

Myke et Dwayne soulèvent Tony en lui passant chacun un bras sous les aisselles, tandis que les bras de leur ami ballottent sur leur nuque. Ils se sauvent sans attendre. L'Eskimo les regarde, apeuré, il tente de les retenir, en les appelant, « mes amis, mes amis », mais il est trop tard, ils sont déjà dehors, le portail est déjà grand ouvert. Et voici que Byron déchire une à une les pages de la revue et les envoie valdinguer dans l'air du soir. Il gueule à qui veut l'entendre : « Regardez, regardez ce que lit votre ordure de voisin, regardez ses lectures, il mate des photos avec des mecs qui se tapent des gosses, des enfants, putains, vous le croyez, ça ? Regardez. » Les feuilles s'envolent et retombent mollement par manque de vent, tandis que l'Eskimo se précipite dans son dos et ramasse les pages éparpillées sur l'asphalte. C'est la panique totale sous ses cheveux blanchis, il poursuit Byron qui essaime les pages au hasard, et quand il ne lui reste que le squelette de la revue en main, la couverture et le dos, il froisse l'ensemble, en fait une boule et la fourre dans la gueule de l'Eskimo qui ne proteste pas. Depuis le milieu de cette rue déserte, ils l'observent longuement, se sentant soudain surpuissants, ils le considèrent dans sa misère et lui tournent subitement les talons, le laissant seul avec sa détresse. Le soleil se débat avec les bras de l'océan, le ciel est tout ratatiné de rouge, ils repartent à pied, le skate à la main, ils sont trop bourrés et trop scandalisés pour glisser sereinement jusque chez eux. Ils se retournent une dernière fois, la dernière image qui leur parvient de l'Eskimo, c'est celle d'un petit bonhomme qui se carapate sur le goudron pour rattraper le reste des feuilles désossées du magazine. On dirait qu'il jappe, qu'il chiale comme un chiot, il rassemble la totalité des pages déchirées et, sans attendre, s'enfonce dans sa maison, en prenant le temps de refermer prudemment son portail de planches blanches. Personne n'a ouvert sa fenêtre, personne n'a ouvert sa porte pour s'avancer sur son gazon, c'est comme si le quartier était à l'abandon. Certes, on a bien entendu brailler des gosses dans la pénombre naissante de la nuit, mais personne n'est sorti, personne n'a compris ou décrypté le message scandé dans la nudité de l'atmosphère. L'Eskimo s'en sort indemne. Il va veiller longtemps, scruter le noir, s'assurer que personne ne se rassemble sur le trottoir. Les jours suivants, il saluera ses voisins avec sa bienveillance habituelle, et ils lui répondront avec une élégance symétrique, convaincu que cet homme discret est le meilleur d'entre tous dans le voisinage. Il pourra à nouveau trottiner jusqu'à sa supérette préférée, convaincu que les gamins n'y mettront plus les pieds, et c'est effectivement ce qui arrivera.

*

Jimmy se bouffe la peau autour des ongles, le rendez-vous n'a pas été facile à fixer. Quand il les a rappelés pour leur annoncer qu'il avait l'argent, début juin, ils l'ont bizarrement laissé mijoter quelques semaines alors qu'ils avaient l'air si pressés et inquiets de sa capacité à les rembourser. Jimmy n'y comprend plus rien. Mais au moins il est soulagé, l'AmFam, l'American Family Insurance a bien versé la somme convenue, et Jimmy a mis le reste. 6 000 dollars quand même, qu'il a fallu aller puiser dans leurs économies à la banque. Pamela aurait pu l'étrangler dans son sommeil pour ça, mais elle ne l'a pas fait, il se demande encore pourquoi. Peut-être parce qu'il est comme certains oiseaux, il ne dort jamais vraiment, Jimmy est très fier de pouvoir se comparer au martinet, cet oiseau qui se pose rarement au sol et qui parvient à dormir tout en volant, une bestiole qui a pour habitude de monter très haut dans le ciel, jusqu'à trois mille mètres d'altitude, et pendant que les courants le soutiennent, il alterne les phases courtes de sommeil en se laissant planer et les phases courtes de veille où il reprend ses battements d'ailes. Ça, Jimmy, ça le fascine, il prétend avoir les mêmes facultés, ce qui est très exagéré, car Pamela, bien souvent, l'a surpris à ronfler en travers de leur lit, alors qu'elle cherchait vainement une place pour allonger ses jambes et mettre ses oreilles à l'abri.

Ah, les voilà, s'exclame-t-il au creux de son crâne. Il les regarde glisser dans son rétroviseur, sans se retourner, comme s'il ne souhaitait pas être aperçu ou reconnu, alors qu'avec sa bagnole, son vieux Break Ford avec son nom, son job et son numéro de téléphone sur la lunette arrière, on peut difficilement le manquer. Ils viennent se garer juste à côté de lui, en marche arrière, prêts à redémarrer à fond la caisse si jamais il y avait du grabuge. C'est bien eux, Big Dirty est au volant, et c'est lui, son ami joueur de poker, qui a choisi ce lieu, le parking du cimetière national lui semblait être l'endroit idéal pour une transaction de pognon, un lieu assez discret, en bordure du San Diego Freeway. La petite église recouverte de tuiles à l'entrée semble déserte, dans les buissons bien taillés qui la cernent, rien n'indique que quelqu'un ait pu s'y cacher, ni même en avoir eu l'idée. En retrait, de chaque côté des allées, des centaines, des milliers plutôt, de stèles blanches s'alignent à la perfection. Quel que soit l'endroit d'où on les regarde, elles restent bien ordonnées, s'étirant sur une ligne sans accroc. Un truc mathématique qui échappe un peu à Jimmy, les maths n'ayant jamais été sa matière préférée à l'école, il leur préférait l'anglais. Là-dessous sont allongés des soldats morts au combat, des personnes qui ont défendu leur pays au prix de leur vie. Leur présence en ce lieu n'émeut plus personne, tout le monde s'en fout qu'ils aient perdu la vie sous la mitraille adverse, mais ils sont quand même là, témoignant de leur engagement, de leur trouille ou de leur courage. Jimmy s'inquiète, les deux mecs ne bougent pas. Ils sortent soudain de leur bagnole et s'invitent dans sa Ford. Big Dirty se pose sur le siège passager, l'autre à l'arrière, ils claquent leurs portières. Dans la voiture d'à côté, ils ont laissé une bestiole inquiète, ce n'est pas un chien, mais un castor d'au moins quarante kilos. Il porte un petit collier avec son nom. Big Dirty l'a extorqué à un Canadien endetté, il lui a pris son fidèle compagnon, et depuis, l'animal le suit partout. Dans son regard angoissé on devine qu'il n'a pas très envie d'être à nouveau abandonné. Jimmy n'en mène pas large, mais il a quand même très envie de rire, la situation lui rappelant bon nombre de scènes de film. Pas de bonjour, rien, on lui demande s'il a bien ce qui lui était demandé. D'un bras, il extirpe le sac de sport qu'il avait planqué sous son siège.

— Voilà, les gars. 98 000 dolls, comme prévu.

Jimmy leur sourit d'un air navré.

— Garde le sac sur tes genoux et ouvre la fermeture, j'ai pas envie qu'un engin explosif me pète à la gueule ou qu'un crotale me morde le trou de balle.

— Les gars, les gars… Faut pas flipper comme ça, on n'est pas au cinéma, et puis on se connaît, depuis le temps qu'on joue ensemble…

— Justement, on se méfie des losers de ton espèce. À peine sorti du lit, tu dois faire des conneries, il te suffit de poser un pied sur le plancher. Et tu sais c'est quoi le pire ?

— Non ?

— Ben, tu vois, les mecs comme toi, ça n'a même pas conscience de nager dans un océan de merde, et pourtant t'en as jusqu'aux oreilles.

— Bon, et si vous recomptiez le pognon au lieu de me faire la leçon ? J'ai pas que ça à faire, j'ai du jus de cadavre à nettoyer, moi. Car moi, j'ai un vrai métier sérieux, contrairement à d'autres...

— Ta gueule. T'as 100 000 balles de dettes et tu la ramènes encore ? Si j'étais toi, je me ferais tout petit, aussi minus que la noix qui te sert de cervelle.

Le type à l'arrière prend son temps. Il sait ce qu'il a à faire, il joue les mecs tranquilles, mais il ne le sera vraiment que lorsqu'ils seront bien peinards, assis à une terrasse au bord de l'océan, avec leurs Long Island Ice Tea ou un simple whisky leur humectant les lèvres. Jimmy leur a facilité la tâche, il a tout segmenté avec des élastiques, des petits paquets faciles à compter, il a envie que ça aille vite. Soudain, une explosion retentit dans leur dos, ils se couchent comme un seul homme, Jimmy se retrouve nez à nez avec Big Dirty. Il n'avait jamais remarqué son nez constellé de points noirs, ça c'est le genre de chose qu'il affectionne, Jimmy, déloger les points noirs, déterrer ces ogives de sébum de leurs silos de chair, il doit se contenir pour ne pas presser ce gros nez difforme entre ses doigts. Les trois hommes se redressent, ça pétarade encore.

— Non de Dieu de bon Dieu, c'est quoi ce merdier ?

— Un dragster, un putain de dragster.

— Bon, ben moi je sais plus où j'en étais.

— Tu comptes nous en parler ? Fais pas chier, y a un connard qui se fait enterrer sur son engin de con, et toi tu chiales pour tes biftons. Recompte-les et ferme-la, on est là pour ça.

Le mec à l'arrière obéit à Big Dirty. Un énorme engin de compétition vient de faire son entrée dans le cimetière, on a fixé un cercueil sur son aileron arrière, une grosse boîte en bois ouvragé et verni, avec des poignées dorées. Un pilote vêtu d'une combinaison ornée de sponsors et d'un casque assorti guide cet étrange bolide dans l'allée principale de ce grand parc verdoyant. Il est suivi de quelques voitures roulant au pas, une dizaine à peine, la famille et les amis sont venus rendre hommage à ce proche qui devait aimer la vitesse et qui roule désormais au ralenti vers sa dernière résidence. Jimmy et ses compagnons d'infortune observent la scène, ils sont comme hypnotisés par ce mec assis sur son gros moteur perfusé de tubulures chromées. Des détonations s'enroulent à la sortie des tuyères, l'ensemble glisse entre quatre roues hors norme. La carlingue de l'engin est décorée d'un dégradé de jaune, orange et rouge, des couleurs vives qui se distinguent sur le fond noir du fuselage. Jimmy sursaute encore, ce con de Big Dirty vient d'éclater de rire. Il en pleure, il essaye d'articuler ses pensées tandis que son acolyte tente d'en recueillir le sens.

— Ah ah ah… un dragster. Ah ah ah… connerie… Ah ah, mieux dispersé en mer. Ouuuuh…

— Moi, ça me viendrait pas à l'idée de faire trimballer mon cadavre dans mon break Ford…

— T'as vu la gueule de ta bagnole ? Ça viendrait à l'idée de personne, t'es vraiment trop con.

Jimmy se rembrunit, il est comme tout le monde, il déteste qu'on le traite de con. L'autre s'exclame que ça y est, le compte est bon, il remet les billets en place, il en tapisse le fond cartonné du sac de sport. Les deux types ouvrent leurs portières et s'éjectent sans saluer Jimmy Felton. Il reste là, main tendue, pour leur serrer la main.

— Tu crois quand même pas qu'on va te serrer tes paluches pleines de moignons ? Qu'est-ce qui t'es arrivé ?

— Rien de grave, un petit accident.

— Tu l'entends, l'autre ? Il dit que c'est rien de grave alors qu'il a paumé deux doigts. Espèce de cinglé, va.

Comprenant qu'ils ne lui accorderont aucune poignée de main, même avec la bonne, la droite, qui est parfaitement indemne, il étire tout son corps et se sert de cette main tendue pour refermer lui-même les portières. Aucune éducation, marmonne-t-il entre ses incisives. Il se dit qu'ils ont raison, il est trop con, il voulait leur serrer la pince alors que depuis le début, ils le traitent comme un demeuré. Il s'attarde sur ce pauvre castor qui se réjouit de les voir revenir à bord, leur véhicule démarre en trombe et disparaît de sa vue à la vitesse d'un obus. C'est décidé, il ne jouera plus jamais au poker avec ces deux gangsters, et mieux que ça, il ne jouera plus du tout au poker, il est guéri, cette affreuse dette lui a fichu la trouille de sa vie. Il n'en est pas certain, mais il a sans doute failli perdre Pamela. Il mesure soudain le cataclysme qu'il vient de frôler. Qui lui laverait ses slips et ses chaussettes ? Qui lui repasserait ses vêtements, mettrait la maison en ordre et ferait la cuisine ? Il réalise qu'il serait bien démuni, bien emmerdé pour aller bosser en restant à peu près propre.

Au sommet du bâtiment qui symbolise l'entrée du lycée, les drapeaux de la Californie et des États-Unis se débattent avec les élans du vent. Ce soir, ce n'est pas comme les autres jours, le lycée ferme ses portes pour les vacances d'été. Joyce ressort par la porte principale de la Venice High School accompagnée de Wendy. Les deux filles trimballent le même sac à dos, elles ont leur skate sous le bras, et deux types accrochés à leurs baskets. Ce n'est ni Tony, ni Myke, ni Dwayne, ni Byron, c'est pas des types de la bande, ceux-là ne connaissent rien au skate, pas même au surf, ils se contentent de jouer au football. Joyce déteste ces mecs qui se la racontent alors qu'ils utilisent des tuniques rembourrées de mousse et des casques avec une grille de protection pour leurs petites gueules. Ils jouent souvent les gros bras sur la piste d'athlé qui encercle le stade du lycée, ils ont des mâchoires bien larges, des cheveux bien coiffés, mais Joyce, c'est tout ce qui la dégoûte, les mecs avec une raie bien délimitée comme celle de son père, elle préfère ses potes aux cheveux longs et crasseux, qui leur tombent dans les yeux. Ils veulent les inviter à une fête demain samedi, pour le début des vacances, ils prétendent qu'il y aura de la musique et de l'alcool. Et aussi une piscine pour faire les cons.

— Votre piscine, là, y aura de l'eau dedans ?

— Bien sûr qu'il y aura de l'eau et elle est assez profonde pour faire des plongeons, qu'est-ce que tu crois ?

— Ouais, ben, si vous voulez nous voir à votre fiesta demain, faudra la vider votre piscine.

— Vider la piscine ? Ça va pas bien chez toi ?

— C'est la condition, sinon, on vient pas. Nous les piscines, ça nous sert de skatepark, comme les haricots de béton sur le front de mer, tu piges ?

— Ouais, mais on va quand même pas vider la piscine pour vous, mes parents vont me tuer.

— Comme tu veux, mec. Tu connais nos conditions, salut.

Les deux types restent sidérés, bloqués près de l'abribus, ils contemplent les deux filles qui s'éloignent déjà, glissant sur leur planche en tortillant du cul. Ils viennent de découvrir qu'ils n'ont aucun pouvoir sur Joyce et Wendy, que ce n'est pas aussi simple que prévu, pas aussi facile qu'avec l'escadrille de *cheerleaders* qui gravite autour de l'équipe de foot des Venice Gondoliers. Wendy est essoufflée tellement elle rit, elle n'en revient pas de l'aplomb de Joyce et de ce qu'elle leur a mis. « La baffe, oh la baffe... », répète-t-elle tout en se déhanchant et en évitant les autres élèves déversés sur le trottoir. Un mec pédale tranquillement sur son BMX, il est accompagné de ses potes qui marchent près de lui, ils ont tous leurs lunch-boxes « Kun-Fu » à la main, avec le portrait de Bruce Lee imprimé sur la boîte. Ils ricanent en se remémorant les bons moments de cette dernière journée. Wendy les frôle avec son skate, Joyce se faufile dans l'écume de son vertige. Surpris, le type au BMX manque de tomber du trottoir, il se rattrape comme il peut et insulte aussitôt les deux filles en skate, mais elles sont déjà loin, bien assez pour ne rien capter de la bouillie d'injures que l'autre a répandue dans la rue. Elles rejoignent le front de mer et se posent dans le sable, les fesses sur leur planche. Ça leur arrive souvent de faire un détour par la plage avant de rentrer, de toute façon les parents n'ont jamais réussi à suivre leur emploi du temps, ça a changé toute l'année, ils font juste confiance à leurs filles, qu'ils voient encore comme des gamines attachées à leur poupée Barbie. Pourtant la sienne, il y a bien longtemps que Joyce l'a enterrée dans le jardin, Pamela a même assisté à la cérémonie. Joyce avait treize ans, elle avait creusé un trou dans un coin de la pelouse à l'arrière de la maison, avec une cuillère, près de l'endroit le plus fleuri. Elle avait dessiné le rectangle d'une tombe, arrachant de l'herbe et un peu de terre, puis elle avait allongé sa Barbie là-dedans, vêtue de ses plus beaux habits. Elle n'avait pas versé de larmes, elle s'était simplement retournée sur l'enfance, retrouvant quelques chagrins, repensant à toutes les fois où elle avait pleuré en voulant fuir les disputes de ses parents, toutes les fois où elle avait espéré trouver refuge dans la chevelure de nylon et les organes en plastique de sa petite poupée. Avant de l'enterrer, une image d'elle avec sa Barbie collée à son nez morveux avait affleuré, le sel de ses sanglots d'alors se mêlant à ses cheveux et à l'étoffe de ses vêtements miniatures. Cette image s'était évanouie, Pamela n'avait rien perçu du voile de tristesse enveloppant sa fille, puis Joyce avait recouvert le petit corps inerte avec de la terre, replaçant la motte d'herbe à l'identique, comme si rien n'était enseveli dans cette zone à l'écart du quotidien, à l'écart du monde.

Joyce se confie à Wendy, elle en a marre de ses parents qui se chicanent à longueur de temps, Wendy lui assure que ses parents sont pareils, et qu'elle aimerait en changer, les rapporter à l'usine des parents, demander le service client et pointer leurs dysfonctionnements, insister pour qu'on les échange, ne pas se décourager au premier refus, rester jusqu'à ce qu'on les lui remplace par des parents fiables, tranquilles et aimants. Joyce rigole, elle comprend tellement sa copine, et inversement. Elle explique à Wendy qu'elle en veut beaucoup à son père de n'être jamais à la maison, avec elle et sa mère. Il est toujours parti, le travail, les copains, le poker. Parfois même, il exécute des travaux pour des gens qu'il ne connaît pas, des peintures le plus souvent, pour des amis d'amis qui lui promettent des tas de trucs qui n'arrivent jamais. On lui promet des sorties en mer, avec toute sa famille, mais jamais ils ne montent à bord d'une embarcation, la dernière fois que les pieds de Joyce ont effleuré le pont d'un bateau, c'était le ferry qui va à Avalon, sur l'île de Santa Catalina. Joyce s'épanche, le regard dans le vide, elle ne voit pas le goéland qui guette la barre de céréales qu'elle vient de faire glisser de son packaging dentelé. Wendy l'écoute. À peine débarqués à Avalon, son père et sa mère s'étaient à nouveau engueulés, elle se souvient encore de l'épicentre de cette dispute, c'était le poker, comme souvent. Son père s'était mis à hurler contre sa mère alors qu'ils traversaient la passerelle, sans aucun égard pour les regards, pour la honte infligée à sa femme, son enfant et lui-même. Il s'était enfui, les laissant en plan toute la journée, errant sur l'île avec une mine renfrognée. La mère et la fille avaient visité les lieux, le cœur lourd, la journée était gâchée. C'est toujours ainsi avec lui, il n'est jamais là, elles ne le voient pas, et dès qu'il faut prendre un peu de vacances, ou partir quelque part un week-end, il fait systématiquement la gueule, comme si la promiscuité avec les êtres de sa famille, avec les êtres prétendument aimés, l'incommodait. En vacances, il devient comme le varan qui vient contrarier le nid de l'oiseau marin qui surveille ses petits. Wendy adore l'image, elle dit qu'elle comprend. Pour le retour en bateau le soir, il était venu s'asseoir près de sa femme et de sa fille, restant silencieux tout le temps du trajet, ne répondant à aucune question de son enfant et encore moins à celles de sa femme. Jimmy Felton étant ce genre de type qui boude comme un gosse. Assis face à eux, il y avait ce couple affreux, un homme en slip de bain jaune avec des moustaches tombantes comme celles des morses, et sa femme, à la poitrine volumineuse, difficilement contenue dans un bikini noir avec une tête de mort blanche imprimée sur chaque sein. Joyce s'en souvient comme si c'était hier, pourtant elle devait avoir neuf ans. Elle lui confie qu'en plus, ce séjour à Santa Catalina, c'était la première fois qu'elle passait un vrai week-end avec son père, d'habitude il n'était jamais là. Il les a accompagnées une seconde fois, une seule fois, et c'était cette année, au Marineland de Palos Verdes, et c'est tout. En général, le week-end, elle reste tout le temps seule avec sa mère, alors elles s'occupent, elles se baladent de friperie en friperie, elle traînent un peu le long des stands de babioles tenus par des hippies, puis Joyce se sauve avec son skate retrouver les amis, et sa mère rentre et fait le ménage le reste du week-end. Elle se réconcilie avec son mari en frottant, elle s'arrange avec la vie en nettoyant ce qui est déjà propre, la maison est toujours étincelante, Pamela ayant deux fiertés, sa fille et l'état irréprochable de sa maison.

Joyce révèle aussi à Wendy qu'elle est fatiguée des autres filles, elle n'a pas supporté celles de cette année en classe. Le fait de n'être que deux, ça la rend heureuse. Rien qu'elles, toutes les deux, contre le reste du monde des filles, c'est merveilleux. Elle dit que voir les autres dans les vestiaires de sport, se dandiner comme des putes, se comparer les fesses, les poils et les nichons, ça l'a rendue dingue cette année, ça lui foutait des haut-le-cœur. Puis les écouter, tout ramener aux garçons, scruter la façon dont ces derniers les perçoivent, ça la dégoûtait. Elles ne sont pas des caramels au chocolat, avec différentes saveurs, qu'on choisit dans une boîte en métal à la sortie des cours. Wendy aime bien l'idée, elle voit exactement ce que Joyce veut dire. Wendy lui demande subitement ce qu'elle pense de Byron, si elle le trouve mignon. Joyce ne sait pas, c'est un pote. Wendy lui demande si elle s'est déjà imaginée en train d'embrasser Byron. Joyce lui assure que non, elle n'a jamais imaginé embrasser personne, elle trouve ça répugnant, leur grosse langue baveuse avec plein de picots de chair dessus, il n'y a pas pire pour elle. Wendy lui confie qu'il y a pire. Joyce ouvre de grands yeux, elle ne comprend pas, Wendy lui annonce que ça se passe plus bas. Joyce la bouscule d'un coup d'épaule et la fait tomber dans le sable. Wendy se redresse, hilare, trop heureuse d'avoir choqué sa pote.

— Tu sais, Tony, il en pince toujours pour toi.

— Oui, j'ai remarqué, il ne s'est pas calmé et ça me gave.

— Qui sait, le soir, peut-être qu'il se touche en pensant à toi.

— Stop, Wendy, ça ne me fait pas rire.

— Non, mais je t'assure, les garçons se tripotent en pensant à nous, ils le font souvent.

— Wendy, s'il te plaît.

— Moi aussi, je le fais. Fais pas cette tête-là, je suis sûre que tu l'as déjà fait.

— Bon, j'ai envie de rentrer, ça ne m'intéresse pas ces conversations-là.

— Rhoooo, t'es pas drôle, si tu veux pas en parler c'est que tu sais de quoi je parle, ça veut dire que tu le fais.

— Wendy, laisse-moi.

— OK, OK, j'insiste pas. Mais j'aimerais bien embrasser Byron et toucher son truc.

— Fais ce que tu veux avec Byron, mais je t'en supplie, ne m'en parle pas.

— Je te ramènerai un peu de son sperme dans un petit flacon et on regardera toutes les deux comment c'est. Si ça se trouve, on voit des trucs dedans.

— Non, mais t'es trop dégueu. Allez viens, on rentre. Ma mère m'attend.

Joyce est très contrariée par la tournure de la conversation, elle déteste les questions autour du corps. Wendy semblait d'accord avec elle quand elle critiquait les autres filles dans les vestiaires, mais elle n'est pas mieux finalement. Elle est comme les autres, elle s'interroge sur le corps, elle fait semblant d'être forte et déterminée, mais elle est comme tout le monde, c'est la peur qui l'anime, Joyce en est convaincue. Plus elles en parlent, plus elles ont peur, et plus elles en parlent, moins elles sont prêtes à le faire, coucher avec un garçon. Elle espère juste que Wendy ne reviendra pas sur le sujet, tout ce qu'elle craint, c'est qu'elle en parle devant le reste de la bande, elle est certaine que ça se retournerait contre elle et que les garçons n'hésiteraient pas à la chahuter sur ces questions. À la limite, elle pourrait en parler avec Wendy, en se forçant, mais jamais de la vie avec Byron, Myke, Dwayne et Tony. Rien qu'en y pensant, ça lui électrise toute la peau, elle tressaille férocement. Les deux amies se séparent sur Lincoln Boulevard. Elles patinent avec légèreté dans l'air du soir, évitant les rares passants et leurs ombres, elles se laissent glisser sur leur skate, elles rentrent chez elles en songeant à cette histoire de piscine vide, elles ont plein d'autres idées en tête.

*

La circulation est fluide sur Melrose Avenue, le soleil escalade lentement la ville. Pamela adore ces petits matins frais, quand la plupart des gens sont encore sous leur douche, à effacer la mousse de leur crâne. Elle vérifie ses cheveux dans son rétroviseur, elle cligne des yeux, dessine une bouche en cœur, puis elle rêvasse. C'est une sonnerie stridente qui la tire de ses rêveries, un type dans une station essence vient de rouler sur le tuyau qui fait sonner la cloche pour avertir le pompiste qu'il a du boulot. Le feu passe au vert, elle s'agrippe à son volant au revers doucement cranté, ses doigts s'ajustent à la structure de Bakélite. Quelques centaines de mètres plus loin, elle tourne à gauche, l'Austin Nash Metropolitan se présente au numéro 5555 de l'avenue, le double portail des studios Paramount Pictures s'élance majestueusement face à elle. Les colonnes torsadées et les arcades ornées de fer forgé l'ensevelissent, la petite voiture jaune citron s'avance jusqu'à la guérite de contrôle. C'est Earl qui est de garde ce matin.

— Salut, Earl, tu es encore bien matinal aujourd'hui.

— Hello, Pam, ouais, je crois bien que mes parents auraient voulu m'appeler Early.

— Ah ah, tu me l'as déjà faite, cette blague.

— T'es sûre ?

— Bon, je file, j'ai un prêt-à-tourner dans moins de deux heures, et Karen Black est toujours très ponctuelle.

— C'est ça, file.

Pamela dirige sa petite Austin vers les parkings, elle se range près d'une Buick Wildcat d'un beau vert pâle, elle ne traîne pas, ses talons pianotent déjà sur la surface bitumée, deux notes qui la suivent dans son sillage parfumé. Au loin, elle aperçoit le fameux château d'eau métallique, agrémenté du logo bleu des studios. Pamela traverse les parkings des camions-loges, elle réalise qu'il reste encore quelques reliques de chez Airstream, elle déteste ces suppositoires argentés, ils sont bien moins confortables que les nouveaux modèles en plastique, plus légers à trimballer, et aux couleurs tellement plus sympas. Elle presse le pas en direction du studio 15, saluant quelques connaissances avenantes au passage. Elle entrouvre une porte métallique trop lourde, et se faufile à l'intérieur du hangar, le contraste avec le jour éclatant du dehors la plonge aussitôt dans la cécité. Ses yeux se soumettent peu à peu aux lueurs artificielles des lieux, électros et machinos sont déjà au boulot. Elle fonce vers les loges, Cheryl, son assistante est déjà là, elle propose un café à Pamela qui la remercie, elle n'en prendra pas ce matin. Tout est en place sous les ampoules des miroirs, les kits de produits cosmétiques sont ouverts sur la table, les couvercles plastifiés des coffrets sont bien rangés le long du mur comme Pamela le lui a demandé. Les brosses et les pinceaux sont alignés par ordre de taille. Cheryl est une fille attentive et obéissante, la meilleure des assistantes. L'actrice Karen Black fait son entrée, elle pousse discrètement la porte comme une inconnue timide et mal fagotée. Elle est l'inverse de tout cela, elle est une star reconnue depuis qu'elle a connu la consécration avec Peter Fonda et Dennis Hopper dans *Easy Rider*. Mais elle a conservé cette spontanéité naturelle qui renforce les arceaux de son charme. Sourire chaleureux, visage robuste, un peu dur, des yeux aux formes asymétriques, voilà pour l'essentiel, et tout cela compose une beauté d'une classe supérieure d'après les journalistes, réalisateurs et producteurs. Pamela ne porte aucun jugement, elle se contente d'être agréable et de s'adapter à l'humeur des hommes et des femmes qu'elle maquille. Karen est de mauvais poil ce matin, elle a très mal dormi, la faute à toutes ces bandes de hippies qui ont envahi Laurel Canyon. Mais elle n'oublie pas de féliciter Pamela pour sa tenue, elle s'attarde sur ses bottes en daim et surtout sa jupe à carreaux rose et vert, elle lui demande le nom de la marque. Et puis, il y a ce poncho de laine à franges que porte Pamela, Karen Black en est dingue. Elle n'omet pas de s'attendrir sur l'allure de Cheryl, l'assistante. Elle prétend qu'elle la trouve craquante. Cette dernière rougit comme si c'était imposé par le règlement et, pour se donner du courage et de la contenance, demande à la comédienne si elle désire un café. Celle-ci hésite et opte finalement pour une moue affirmative. Cheryl s'empresse de quitter la pièce pour rejoindre le coin cuisine et souffler un peu. Fraîchement démoulée de son Kansas natal, ça fait huit mois qu'elle bosse pour Pamela, et elle ne s'y fait pas. Les studios, c'est trop beau, trop grand, trop infini pour elle, Cheryl n'arrive plus à se caler au présent. Jour après jour, le rêve est dépassé, pulvérisé. Pour cela, chaque matin, il lui suffit d'ouvrir les paupières, dans son petit bungalow miteux de Burbank. Elle réapparaît avec une tasse fumante qu'elle pose minutieusement près de l'actrice. Karen Black la remercie en lui touchant la main, Cheryl baisse la tête et rougit.

— Non, parce que tu comprends, ces idiots de hippies font la fête toute la nuit comme si le voisinage n'existait pas. Il faut les voir, les entendre plutôt, ils branchent des amplis sur la terrasse et ils jouent de la guitare jusque très tard dans la nuit. Tous les ratés du quartier sont là, tu les connais sans doute, Stephen Stills, David Crosby, et l'autre là, comment il s'appelle ?

— Neil Young ?

— Oui, c'est ça, Young. Je peux plus les souffrir, ils me rendent dingue. Et faut voir le monde qu'ils invitent, ça résonne dans toute la vallée, l'autre jour je suis allée voir, je suis montée jusqu'à leur baraque, ils roulent tous plus ou moins en Rolls-Royce, y avait que ça de garé devant leur portail. En regardant à travers la haie de bouleaux, j'en ai vu deux qui jouaient au ping-pong à poil sur la pelouse, deux mecs, t'aurais vu le tableau. Tu peux pas imaginer le désordre là-dedans. Ah, ils ont beau suspendre de jolies petites céramiques devant les fenêtres de leur palace de planches, c'est un bordel pas possible. Bon, y avait aussi la grosse là, Cass Elliot, je l'apercevais derrière les branchages, celle-là, elle est dans tous les bons coups, et j'ai vu l'autre blondasse, désolée, Pam, la blonde là, cette grande asperge, comment ils l'appellent déjà, voilà oui, Joni Mitchell. C'est toujours les mêmes. Et ça boit, et ça fume, leur *weed* on la sent jusque dans le bas de la vallée, ça se voit que ces gens-là ne se lèvent pas comme nous pour aller tourner aux aurores. Sinon, juste avant de rentrer chez moi, il m'est arrivé un truc moche, j'ai eu l'air fine, pendant que je regardais à travers la haie, y en a un autre qu'est arrivé avec sa nana, tu le connais, un moustachu. Aux cheveux longs. Impossible de dire s'il est beau ou non. Il joue dans un groupe lui aussi, ils marchent bien.

— Glenn Frey ? Le guitariste des Eagles ?

— T'es trop forte, oui c'est lui, Glenn Frey, la honte pour moi, parce qu'il m'a vue mater à travers les bouleaux. Ils habitent tous dans le coin, quand ils ne font pas la fête chez l'un, ils font la fête chez l'autre, mais nous pendant ce temps-là, on ne dort pas. On les entend hurler dans la nuit, on ne les distingue plus des coyotes. J'te jure, des fois je rêve qu'un spoutnik ou qu'un truc encore bien pire que le scandale du Watergate leur tombe sur la gueule, on verrait s'ils font encore les malins.

— Glenn Frey habite à Laurel Canyon ? Ma fille l'adore, elle n'a pas de posters de lui dans sa chambre mais dès qu'elle peut enregistrer un morceau des Eagles sur son radiocassette, elle jubile.

— Elle a quel âge, ta fille ?

— Quinze ans, c'est son premier jour de vacances aujourd'hui.

— Oui, ben j'espère pour toi qu'elle ne tournera pas comme ces types-là. C'est qu'une bande d'attardés.

— Oh, y a pas de risque, Joyce est plutôt introvertie, pas du genre à faire des bêtises. Dans sa bande d'amis, en général elle est celle qui les freine. Et c'est bien ce qu'on lui reproche. Moi, tant que c'est comme ça, je ne lui reproche rien. J'ai de la chance, elle me ressemble, je n'ose imaginer si elle avait ressemblé à son père.

— Et pourquoi ? Raconte.

— Oh non, ça n'en vaut pas la peine, lui son truc, c'est le poker, je te laisse deviner la suite.

— Ma pauvre.

Sans frapper, le réalisateur du film, John Schlesinger, ouvre la porte de la loge. Il s'avance au milieu de la pièce. Cheryl se fait minuscule, elle redoute ses apparitions. Il salue les trois femmes et observe intensément Karen Black. Il s'adresse à Pamela, il aimerait que les cheveux soient plus structurés, « moins fouillis ». Celle-ci acquiesce avec le sourire, mieux que les brosses et les pinceaux, le sourire est son principal outil de travail. Elle sait au fond que les réalisateurs n'y connaissent rien au maquillage, alors elle leur obéit en leur laissant l'impression de savoir. Elle fait de même avec le plaisir sexuel féminin, elle laisse Jimmy s'ingénier à lui montrer l'étendue de ses talents, et elle attend que ça passe, en général elle n'attend pas longtemps. Pamela rectifie la chevelure de Karen, elle lui fait remarquer qu'il n'a rien dit pour le maquillage.

— Oui, c'est vrai ça, j'avais pas fait gaffe. Tu sais quoi ? John ignore que les femmes se maquillent.

— Bien sûr, deux gouttes de parfum, et on est prêtes.

Les trois femmes rient de bon cœur, Pamela retire les mouchoirs en papier délicatement insérés dans l'encolure de l'actrice, celle-ci se redresse, lisse sa robe, ajuste les manches au niveau des épaules. On frappe à la porte, la styliste entre à son tour, vérifie que la robe est en ordre, elle est tentée de la resserrer légèrement dans le dos avec une épingle à nourrice, elle assure que le pli et l'épingle seraient cachés par la martingale. Mais Karen Black lui confie que tout va bien ainsi. Le premier assistant entre en trombe, il est surexcité, il veut savoir si Karen est OK, elle se penche face à lui et lui décoche sa plus belle révérence, le type s'illumine, ravi d'être dans le timing. Il l'achemine jusqu'au plateau, les électros finalisent les lumières, Karen peut commencer les répétitions. Restée dans l'ombre, Pamela pense à sa fille, elle ne se souvient plus de ce qu'elle avait prévu pour ce samedi, sans doute traîner un peu avec ses amis, ils ne font rien de mal, tant qu'elle déambule avec ceux-là, elle se sent rassurée. Ce n'est pas Jimmy qui s'inquiète, lui il pense qu'une gamine, ça s'élève seule, ou accrochée aux hanches de sa mère.

Joyce a retrouvé ses amis sur le front de mer, Pamela la connaît comme si elle l'avait faite. C'est une expression que sa mère reprend souvent, en général elle s'échappe juste après, avec un petit rire enfantin qui ne lui ressemble pas.

Tony les a rejoints en retard, il arrive un peu de travers, son tee-shirt est déchiré.

— Wow, wow, wow, qu'est-ce t'as foutu ? Tu t'es battu ?

— T'inquiète, Wendy, c'est rien. Vous vous rappelez de mon petit business du samedi matin ?

— Nan…

— Mais si, je vous avais raconté le truc, je me tire en skate jusqu'à Hollywood Boulevard, et je vends des plans avec les adresses des maisons des stars. Et pour faire encore plus vrai, j'ajoute à la main, au stylo-bille, les dernières adresses, pour faire plus actuel et véridique.

— Allez, accouche.

— Bon, forcément, vous vous doutez qu'il y a quelques inexactitudes…

Le reste de la bande rigole déjà en devinant la suite de l'histoire, mais ils veulent tous entendre Tony leur raconter le truc.

— Pas de chance, ce matin, y a un type qu'est venu me retrouver deux heures plus tard, avec son plan à la main, il était en pétard. Le mec, il revient faire chier pour 5 dolls, y en a, franchement. Bref, c'était un Texan, exactement comme on les imagine, avec un chapeau Stetson à la con et des baskets, genre j'suis vieux mais je me prends pour un jeune. Et voilà que le mec me remet mon plan sous le nez, il donne un coup de pompe dans le sac à dos à mes pieds, tout s'étale sur les étoiles, j'ai l'air bien con, y a un attroupement qui se forme, il hurle que je suis un escroc, il prend les autres touristes à témoin, il gueule, regardez, regardez, en brandissant mon plan, cette petite ordure vend un plan avec les adresses des stars, eh bien sachez qu'elles sont toutes fausses, je le jure devant Dieu, c'est que des conneries tout ça, il vous ment, c'est rien que des mensonges. Le Texan n'arrête pas, c'est la honte pour moi…

— Je le jure devant Dieu, ah, ah, ah…

— Attends, Dwayne, attends. Je tente de me carapater en rassemblant les plans jetés au sol, je les enfile aussi vite que possible dans mon sac à dos, mais l'autre me rattrape par le colbac et déchire mon tee-shirt. La foule pousse des cris et lui demande de se calmer, ils disent que je ne suis qu'un gosse. Putain, j'ai quinze ans, ça me gave, ça. Alors le vieux con se calme, il me relâche et je fends la foule comme si je devais monter dans une bagnole de flics, avec une tête de coupable. Et me voilà.

— Tu lui as rendu son fric ?

— Oui, mais il n'en voulait pas, il voulait me corriger, me remettre dans la voie du Seigneur.

Ils se marrent comme des fous, Myke tousse comme s'il avait avalé sa première fumée de cigarette. Byron le pousse et bouscule Tony qui tombe sur les fesses, les garçons roulent dans le sable et font semblant de se battre, Joyce et Wendy sortent déjà leurs sandwiches. Puis, ils s'installent sur leur mur habituel et regardent se déplacer cette grosse anguille molle qu'est la foule. Ils mettent leur papier aluminium en boule et c'est Joyce qui se charge d'aller jeter tout ça. Bien sûr, pour l'impressionner, Tony tente de lancer la sienne directement dans le baril de mazout qui sert de poubelle, il tire à côté, le reste de la clique le rembarre et l'engloutit sous un torrent de coups. Tout le monde est hilare. Ils partent skater le long de la promenade, puis ils s'élancent entre les alvéoles du skatepark, ceux qui les connaissent s'écartent, ils savent comment ils skatent. Les types assis sur leurs planches se taisent et les regardent faire. Wendy est heureuse de leur démonstration improvisée, Joyce n'aime pas ça que les autres s'arrêtent pour les regarder, ça la met mal à l'aise, elle trouve cette attitude prétentieuse. Être là, comme ça, au milieu de gens qui les respectent, ça lui fait mal au bide. Au fond d'elle, Joyce préfère qu'on ne la respecte pas, elle le sait, ce truc est enfoui en elle. Elle aimerait être capable de faire des signes aux skaters spectateurs afin qu'ils réinvestissent leur terrain de jeu, mais elle n'en a pas le courage, elle n'a pas la force de se distinguer. Alors elle préfère s'arrêter pour se poser près d'eux, sur le bas-côté. Un à un, ils retournent glisser entre les courbes de béton lisse, ce qui soulage peu à peu Joyce. Un gars lui demande comment elle s'appelle, elle hésite, la question lui semble incongrue, puis elle se résigne à décliner son identité, elle s'appelle Joyce Felton. L'autre voudrait en savoir plus, comme son lycée, elle s'agace, le jauge d'un regard oblique, le gars est suspendu à sa réponse, petite bouille ronde, cheveux frisés noirs et bandeau rouge de tennisman sur le front, elle répond « Venice High School » en détournant le regard. Sans qu'elle ne lui demande rien, il lui annonce qu'il est à Saint Bernard High School, près de LAX, il entend les avions décoller toute la journée, il précise qu'au bout d'un moment, on ne les entend plus. Elle lui avoue que ses parents habitent en bout de piste près de l'aéroport de Santa Monica, y a moins d'avions qu'à LAX, et surtout, ils sont moins gros, mais y en a quand même. Elle regrette aussitôt de s'être confiée sur l'endroit où elle habite. Puis elle se rassure immédiatement en se disant que ce mec ne va pas la draguer, elle habite trop loin de son quartier. Elle se ravise, les mecs sont comme des chiens, dès qu'ils reniflent une femelle qui leur convient, et même s'ils sont attachés à une chaîne, ils sont capables de s'écorcher le cou et la tête pour se libérer de leur collier et aller la retrouver. Joyce, ça lui fait peur cette misère, et cette énergie que déploient les mecs. Elle se lève et fait signe à Wendy, elle a envie de se tirer d'ici. Wendy ne comprend pas, ils sont bien là, ils s'éclatent. Elle lui demande qui est le petit frisé. Joyce lui répond qu'il ne lui a pas dit son nom, seulement son lycée. Elle la supplie de ne pas insister, elle s'en fiche des garçons. Wendy siffle avec ses doigts, les potes arrivent, les planches se cabrent et frottent le béton avec l'arrière pour freiner, stoppant brutalement. Les gars ne comprennent pas pourquoi il faut déjà partir, Wendy leur annonce qu'un type dragouille Joyce.

— Où ça ? Où ça ? demande Tony. Venez, on va lui péter la gueule.

Tout le monde se marre, puis la petite bande quitte les lieux pour remonter vers sa base, plus au nord, près de son mur. Une fois là-haut, Byron sort des pétards, il en a encore acheté, des bons gros « mammouths », comme il les aime. Les autres trouvent ridicule qu'il passe son argent de poche là-dedans, les pétards, ça ne les amuse pas tellement. Il a pour habitude de les poser au ras de la promenade, appuyés derrière une brique ou un caillou, pour les faire exploser dans les jambes des touristes. Évidemment, ces derniers font des bonds dès que ça pète, et Byron est en larmes l'instant d'après, incapable de contenir ses éclats de rire. Cette fois, il place la charge dans une buse abandonnée, un tuyau de béton sectionné, qui devait charrier des eaux usées jusqu'à l'océan. Il l'enfonce plus loin que le bout de son bras, il allume la mèche du mammouth et, pour faire le con, il entre la tête à l'intérieur, jusqu'au milieu du tronc. Les autres entendent la voix caverneuse de Byron qui rigole, il dit que ça va lui dégager les oreilles. C'est sûr, la détonation risque d'être amplifiée par le tuyau. *Bam*. Une explosion réveille les pigeons du coin qui se dispersent dans le ciel, tandis que les goélands, plus téméraires, se contentent de s'éloigner en quelques cliquetis, sur leurs petites pattes jaunes. Byron ressort de la buse, il est tout ébouriffé et un truc gluant lui dégouline sur le visage. Les autres n'en peuvent plus de rire en le découvrant maquillé de jaune d'œuf.

— Putain de merde…

— C'est quoi ce truc ? On dirait de l'œuf. Qu'est-ce que t'as encore foutu ?

— Oh, ça va, Wendy. C'est juste que j'avais pas vu le nid. Y avait un nid de bestioles, sans doute des pigeons. Mais j'aurais dû me douter, parce que ça puait la merde là-dedans. Les œufs m'ont pété en pleine gueule, c'est tout, on va pas en faire un fromage.

— Une omelette au fromage.

Joyce lui tend un carré de papier essuie-tout qu'elle avait apporté avec ses sandwiches. Byron est tout heureux de pouvoir s'essuyer le museau, il remercie chaleureusement Joyce en la serrant avec force dans ses bras pour lui coller ses joues encore gluantes sur le visage. Joyce se débat, et ce n'est pas seulement pour écourter cette étreinte forcée qu'elle se rebelle, Byron schlingue vraiment. L'après-midi passe tranquillement, ils s'élancent sur leurs planches, un peu blasés et reviennent au point de départ. Les touristes de la fin juin/début juillet ne sont pas les plus cool, ils débarquent avec leurs gamins, et ça gueule dès qu'on s'approche de leur progéniture. De temps à autre, Byron leur assène deux ou trois mammouths dans les pattes, c'est sa petite vengeance scélérate.

Il est un peu plus de 17 h 00 quand débarquent les deux types du lycée qui avaient invité Joyce et Wendy à leur fête. À leurs têtes, les filles comprennent immédiatement quelle fureur va s'abattre sur elles. Les deux joueurs de football s'avancent en gonflant le thorax, les muscles de leurs bras et de leurs poings au maximum de leur tension, ils se positionnent sans aucune crainte au milieu du groupe des skaters. Le plus balaise l'ouvre sans tarder, il a la rage.

— Espèces de petites salopes, vous m'avez fait vider la piscine pour rien.

— Désolées, on a pas pu venir finalement.

— C'est ça, c'est ça. Tu te rends compte de ce que tu dis, connasse ? « On n'a pas pu venir, gna-gna-gna… » Pendant ce temps-là lui, mon pote, il a dû convaincre ses parents d'enlever toute la flotte de la piscine pour toi et ta copine, pour soi-disant faire du skate là-dedans. T'entends ça ? Il a tout vidé, des putains de milliers de litres de flotte.

— Ouais, je peux te dire que mes vieux, ils font la gueule. Mais c'est rien à côté de nous.

Le type est à bout de nerfs, sans prévenir, il balance une grosse baffe à Joyce qui reste immobile, sans réaction, comme s'il ne l'avait pas atteinte. Elle le contemple sans émotion, sa joue est déjà rouge, mais le bleu de ses yeux étincelle d'indolence. La réaction des copains est immédiate, Tony surgit et plaque le type au sol. Dans leur corps à corps, Tony lui enfonce quelques crochets, ratés pour la plupart, l'autre footballeur réplique mais ne manque pas Tony. Les autres se jettent dans la bagarre, les deux intrus ne font pas le poids face à ces maigrichons de skaters, le nombre faisant la différence. Ils s'entortillent et roulent dans le sable, leurs torsades évoquent un combat de serpents, puis une fois les deux gros balaises immobilisés et haletants, les skaters victorieux attendent en silence pour bien immortaliser ce moment, et, sans un mot, ils les relâchent. Tout le monde se relève. Quelques tapes défroissent les vêtements et décapent les croûtes de sable accrochées à la peau. Des souillures de sang colorent les visages, rien de sérieux. Les deux mecs repartent la tête basse, en maugréant. Une fois à distance respectable, ils respectent un peu moins leurs vainqueurs puisqu'ils se retournent et leur adressent un beau majeur dressé vers le ciel. La petite bande explose de rire, les gars sont trop heureux d'avoir secouru les filles. Dwayne lance qu'ils ont bien défendu leur tribu et l'entrée de leur grotte, et que les animaux sauvages ne sont pas près de leur faire la peau.

— Venez, les filles, on va inventer le feu maintenant.

— Hey, mais il me reste des mammouths à faire péter, s'exclame Byron.

C'est la grosse rigolade, tout le monde se tape dans la main, et s'envoie des bourrades de satisfaction. Les gars rabâchent cette histoire de piscine, ils n'en reviennent pas que Joyce ait réussi à la faire vider pour rien. Ils trouvent ça trop fendard. Il n'y aurait pas pensé, avoue Myke, songeur. Wendy est trop fière de sa copine, elle la prend par une épaule, et l'embrasse sur la joue. Mais Joyce n'aime pas ça non plus, elle s'essuie tout en abaissant les sourcils.

De retour à la maison, elle trouve son père enfoncé, thermo-moulé dans son fauteuil devant la télé. Il peut y rester des heures et voir défiler des émissions et des films sans intérêt qui ne l'intéressent pas non plus. Mais il reste là, sans rien faire, à s'abrutir d'images cadencées. Il se lève de temps en temps pour une bière ou une banane, dont il laisse la peau noircir au pied de son fauteuil. Jamais il ne lui viendrait à l'idée d'acheminer les restes de ce fruit jusqu'à la poubelle. Pamela découvre généralement ses déchets le lendemain, en faisant le ménage, à moitié planqués sous le fauteuil. Est-ce une dissimulation volontaire ? Elle ne sait pas, elle se contente de ramasser l'enveloppe du fruit pour la jeter, et c'est ainsi depuis des années, cet homme a ses petits rituels, ses petites manies. Joyce l'embrasse sur la joue, pendant une courte période elle l'embrassait sur le front, puis elle s'est ravisée, trouvant ce geste trop affectueux. Elle file dans sa chambre écouter de la musique, elle en ressort presque aussitôt pour mettre la table, songeant à sa mère qui devrait rentrer sous peu pour se lancer aussitôt dans la préparation du dîner. Elle retourne à sa musique, le radiocassette en alerte, à l'affût de nouveaux morceaux. En ce moment elle aime beaucoup les Byrds, les Buffalo Springfield, et bien sûr les Flying Burrito Brothers, elle adore leur chanson *Six Days on the Road*, elle est super contente car elle a réussi à la coller sur une cassette et depuis, elle fait sans arrêt des « *Rewind* » pour l'écouter en boucle. Elle est fan de leurs fringues, et surtout, elle trouve que Gram Parsons était assez beau avec ses grands yeux sombres et tristes qui tombaient. Elle reconnaît le moteur de l'Austin de sa mère, qui se gare juste devant la maison, derrière celle de son père. Elle en met du temps à arriver, Joyce s'inquiète, elle va voir, elle surgit à la porte pour accueillir sa mère. Pamela serre sa fille contre elle, elle l'interroge sur sa journée, rien de spécial, c'était un samedi normal, un premier jour de vacances banal. Joyce rejoint son lit, la radio n'attend personne, Joyce pourrait manquer des titres qu'elle guette depuis longtemps. En refermant la porte de sa chambre, dans le brouhaha de la télé, elle perçoit les remerciements de sa mère pour la table mise. Pamela embrasse Jimmy d'un baiser délavé, sur la bouche. Il n'y prête pas vraiment attention, gardant les yeux rivés sur son écran de couleur. Elle l'interrompt dans le visionnage de son émission.

— Qu'est-ce que t'as fait de beau aujourd'hui ?

— Rien, j'ai pas bougé.

— T'avais pas de mission ? Pas de boulot ?

— Non rien, c'est calme en ce moment, j'ai pas bougé.

— Te fous pas de moi, j'ai regardé le compteur de ta bagnole ce matin avant de partir, et là je viens de vérifier, t'as fait 60 miles dans la journée. T'es allé où comme ça ?

— Nulle part.

— La voiture a fait 60 miles depuis ce matin et monsieur n'est allé nulle part, on croit rêver. Tu te fiches de moi.

Le ton monte, Joyce baisse graduellement sa radio pour écouter et comprendre ce qu'il se passe encore de l'autre côté de la porte. Jimmy évite le regard de sa femme, il fixe la télé avec lâcheté, elle l'interroge, il ne répond plus, il garde le menton appuyé sur son poing, il serre les dents, il fait le mort, comme si Pamela n'était plus dans la pièce. Soudain il explose, il se lève, il attrape son portefeuille, son blouson et ses clefs de bagnole. Sans un mot, il se tire, laissant la télé gigoter dans le vide. Il claque la porte avec force, toute la maison en tremble, et là-bas, sur son lit, Joyce tremble un peu aussi. Elle entend la Ford démarrer et quitter son emplacement en douceur, elle attend un peu avant de rejoindre sa mère. Elle la trouve devant l'évier en train de laver des carottes couvertes de sable. Elle s'approche.

— Maman…

— Oui, ma chérie.

— Ne pleure pas, ça me fait mal quand tu pleures.

— Pardon, ma chérie.

— Tiens, prends ce mouchoir.

— C'est un torchon, mais ça ira comme mouchoir, merci mon cœur, heureusement que tu es là. Si je reste, c'est pour toi.

— Mais il ne faut pas rester pour moi, même si au fond, j'ai pas envie que vous divorciez. Ne t'occupe pas de mon égoïsme, pense à toi, c'est vrai, j'ai pas envie de déménager, de partir loin de la plage et de mes amis, mais il est temps que tu penses à toi.

— Je ne divorcerai pas, sois tranquille. Je t'aime.

Joyce se contente de serrer sa mère par la taille, incapable de prononcer les mots « je t'aime », elle les trouve trop durs, trop lourds. Elle se demande si elle parviendra à les prononcer un jour. Elle se dit que peut-être, oui, sans doute qu'elle les réserve pour l'amour, l'amour de quelqu'un, un amoureux, quand elle sera plus âgée. Elle ne sait pas. Tout ce qu'elle sait, c'est que ça ne se prononce pas, en tout cas, pas dans sa bouche à elle. Pamela et sa fille vont dîner en bataillant contre les silences, tentant d'avaler quelques morceaux malgré leur gorge nouée. C'est un repas lugubre, avec de la tristesse perfusée de sourires inquiets. Elles vont l'attendre docilement, puis Joyce va rejoindre son lit, éteindre la lumière quand arrivera la nuit. Elle va se blottir dans ses draps, s'enfouir sous sa couverture légère, s'ensevelir avec le désir de disparaître, de s'enfoncer dans l'humus d'un sous-bois, entre les racines d'un séquoia géant. Elle va attendre son père, incapable de s'endormir. Elle surveillera le moindre bruit, le moindre cliquetis, le cri geignard d'un volatile marin, une voiture au ralenti. Elle écoutera sa mère rejoindre le lit conjugal. Puis, vers 1 h 30, elle sursautera en entendant la porte d'entrée s'ouvrir, il posera ses affaires avec fracas, sans aucun égard pour le silence sanctuarisé de la maison. Elle tendra encore l'oreille, percevra un début de dispute à l'orée de leur lit, puis tout s'arrêtera, elle les imaginera tournés l'un et l'autre de chaque côté du matelas, dos à dos, puis se laissera enfin gagner par les plaines du sommeil.

*

C'est encore embouteillé, cette ville va finir par le rendre irritable. Jimmy s'attarde sur cette *homeless*, elle erre, hagarde, sur toute la largeur du trottoir, son bonnet de laine enfoncé sur la tête. Ça lui recouvre entièrement le visage, le truc descend jusqu'au menton. Jimmy se dit qu'elle doit voir un peu quand même à travers les mailles, il se dit aussi que ce bonnet à moitié rouge ou plutôt corail, ça lui fait une tête de champignon, un champignon vénéneux, un peu paumé, se baladant sur Lincoln Boulevard. Ce soir il est heureux, la journée a été bonne, ça fait un petit moment qu'il a remis ça, le jeu. Il fraye à nouveau avec ces types implacables qui rôdent autour des tables de poker. Il a bien tenté d'éviter l'affreux Big Dirty. Mais c'était peine perdue, il l'a encore dans les pattes, c'est plus fort que lui, il faut toujours qu'il se mesure à lui et sa bande, et ce soir Jimmy est content, parce qu'il les a bien baisés. Il roule avec 7 000 dolls en poche. Bien sûr, il n'en dira rien à Pamela, il a décidé de se reconstituer un petit pactole, une cagnotte de jeu, histoire d'amortir d'éventuelles défaites, on ne sait jamais. Pamela est à la maison, il la trouve debout sur un tabouret, elle nettoie les vitres. Ça le fatigue, lui, de la voir tout le temps frotter. Elle le trouve assez joyeux, elle insinue qu'il a bien travaillé. Il lui ment, il lui confie qu'il a nettoyé une scène de crime abominable, avec de la vermine du sol au plafond.

— Là, j'suis sûr que t'aurais pris ton pied. Y avait de quoi frotter, t'y aurais trouvé ton compte.

— Oui, Jimmy, je sais, tout ça est désolant, c'est bien le seul moment où tu participes au ménage, et c'est chez les autres, bien sûr.

Il s'approche de Pamela. La voir debout sur son tabouret comme ça, avec ses fesses qui remuent sous sa jupe, ça lui rappelle qu'ils ont une sexualité commune. Il fourre son nez dans ce qu'il devine être la raie de ses fesses et appuie son appendice nasal dans l'étoffe de la jupe. La fermeture Éclair lui râpe le nez. Elle lui assure qu'elle n'a pas envie, pas maintenant, il grogne que ce n'est jamais le moment, et rejoint son fauteuil sans insister. Il se relève aussitôt pour aller se décapsuler une bière, il allume la télé au passage et se laisse tomber dans son fauteuil crapaud, d'un velours ocre, avec des franges. C'est bon, il est en place.

— Elle n'est pas encore rentrée ?

— Laisse-la tranquille, c'est les vacances.

— Elle est rentrée ou quoi ?

— Non, Joyce n'est pas encore rentrée, elle est avec ses amis. Probablement au skatepark.

— Je vais te faire une confidence. Je sais que tu vas être choquée, mais faut pas m'en vouloir, c'est comme ça, c'est tout. Je n'aime pas notre fille.

Pamela reste inerte, une main en l'air, le caoutchouc de sa raclette à vitres laisse goutter de l'eau souillée sur le plancher. Ça pourrait être ses larmes, elle ne bougerait pas davantage.

— Je ne l'aime pas, je la trouve moche et conne, il n'y a pas grand-chose à ajouter. C'est comme ça, et je crois bien que je l'ai jamais aimée. C'est la vie. Son côté garçon manqué n'arrange rien, faire du skate toute la journée avec ses débiles de copains, ça me fout en rogne, elle ne peut pas avoir des copines, normales, comme tout le monde, et aller sagement chez elles, discuter sur une balancelle et puis rentrer ? Non, faut qu'elle traîne sur le front de mer avec ces idiots maigres comme des raquettes, avec des cheveux longs, comme des saletés de hippies. Tout ça me dégoûte.

— Eh bien…

— C'est tout ce que tu trouves à dire ? Moi, on me sortirait un truc pareil, je l'attraperais par le colbac celui qui me dirait ça.

— J'ai trop de peine pour réagir. Mais comment tu fais pour ne pas voir comme notre petite chérie est magnifique ? Elle est honnête et juste, elle est polie, d'ailleurs tu ne cesses de lui répéter que la politesse est l'accès immédiat à l'élégance, et elle t'écoute, notre fille est parmi les plus polies de ses copines, de ses amis. Tu vois, elle respecte ce que tu lui demandes, elle t'écoute, elle est disciplinée. Et aussi, elle est si prévenante envers nous.

— Envers toi. Toi, elle t'aime. Pas moi.

— Ce n'est pas vrai. Alors dis-moi, tu ne l'aimes pas parce que tu as l'impression qu'elle ne t'aime pas ? Ou bien tu ne l'aimes pas depuis le début.

— Depuis toujours. Je n'aime pas notre fille depuis toujours.

— C'est effroyable ce que tu dis, ce que tu m'annonces là. Je ne sais pas comment je peux trouver la force de te répondre. Tu regrettes sa naissance ?

— Non, j'étais pour, à la base. Mais j'aurais préféré quelqu'un d'autre.

— Un garçon ?

— Pas forcément. Non, une fille différente, plus féminine, et qui m'aime.

— Mais puisque je te dis qu'elle t'aime.

— Non.

— Ce que je ressens chez toi, là, maintenant, c'est une sorte de blessure narcissique.

— Oh, arrête ton cinéma et tes grands discours, on n'est pas dans les studios là, avec un réalisateur à la con.

— T'es bien content qu'ils me fassent bosser les réalisateurs à la con, pour que tu mettes du beurre sur ton pain.

Pamela rapporte sa cuvette d'eau et de détergent vers l'évier. Elle est sonnée. Elle ne s'attendait pas à être exposée à de telles horreurs. La douleur s'amplifie dans sa cage thoracique, elle ne comprend pas comment il a pu avancer tapi ainsi dans les ronces de sa tête, parmi les gravats, les déchets de sa cervelle, sans qu'elle ne décèle rien, sans qu'elle ne s'aperçoive de rien. Ça la dépasse. Elle a de la peine pour sa fille, pour leur fille. Elle, si mignonne, si aimante et gentille. Ça lui semble tellement injuste, tellement cruel. Elle sait que certains parents détestent leurs enfants, mais elle ne s'attendait pas à rencontrer cette affreuse situation sous son toit. Elle s'assied sur une chaise de la cuisine, pendant qu'il fait semblant de s'intéresser à son programme télévisé, enfoncé, vissé dans son fauteuil usé. Pamela se sent vieille et usée elle aussi, elle regrette de n'avoir rien vu venir. Elle tient peut-être une raison suffisante pour divorcer, mais c'est plus fort qu'elle, c'est impossible, elle ne peut s'y résoudre. Non pas qu'elle l'ait dans la peau, son Jimmy, il y a bien longtemps que tout est parti. Mais dans son crâne, elle reste convaincue qu'un enfant a besoin de ses deux parents. Alors voilà, assise sur cette chaise dans la cuisine, c'est fait, tout est déjà décidé, elle ne lui pardonne pas, elle ne lui pardonnera jamais, mais elle va rester. Cinq minutes lui ont suffi pour ne pas dévier de sa destinée.

Joyce ne tarde pas à rentrer, elle les embrasse, elle devine qu'ils se sont encore disputés, elle fonce à la salle de bains et se lave les mains. Sans attendre, elle dresse la table, sans même savoir ce qu'il y aura au dîner. Pamela lui indique de remplacer les assiettes par des bols, ce sera une salade coréenne ce soir. Joyce obéit, sa mère lui sourit comme si elle tenait un couteau entre ses dents. Joyce déteste ce sourire faux qu'elle a de temps en temps, elle détecte sa tristesse, elle sait que ça ne va pas entre eux, elle sait qu'ils viennent d'avoir des mots. Elle ne veut pas en connaître la raison. Elle file se réfugier sur son lit, elle ferme le plus doucement possible la porte de sa chambre, elle attire son radiocassette à elle, elle cherche en bas du lit la K7 sur laquelle il y a cette chanson qu'elle adore, elle en loge une dans le compartiment de l'appareil, elle la parcourt en appuyant régulièrement sur « *Play* ». Impossible de dénicher ce morceau. Elle s'en veut de ne plus noter les titres qu'elle enregistre sur le carton glissé dans le boîtier des K7. Il faut absolument qu'elle inscrive à nouveau les chansons, c'est sa conclusion. Elle la trouve enfin, sa tête fredonne déjà les premières mesures.

I'll light the fire
You place the flowers
In the vase

Elle chante doucement, en silence, elle sait que Graham Nash l'a écrite pour Joni Mitchell, quand ils étaient encore ensemble. Il l'a laissée s'écouler sur les touches de son piano, après une journée passée à faire du shopping sur les boulevards. Joni avait acheté ce vase, ils l'ont rapporté à la maison, et c'est devenu la base de cette chanson, *Our House* de Crosby, Stills, Nash & Young. Voilà, les dernières notes s'étiolent contre la paroi du silence, elle est finie, Joyce la rembobine jusqu'au début pour la réécouter. Elle se recroqueville dans son lit, elle songe à ce couple merveilleux qu'ils formaient tous les deux, elle sanglote avec une main dans la bouche pour étouffer les bruits, elle ne veut pas qu'ils l'entendent de l'autre côté de la porte. Cette beauté, cette mélodie traduit si bien l'harmonie des deux musiciens, et tout ça est tellement loin de la vie qu'elle mène ici, tellement loin du poison quotidien que ses parents ingèrent et lui font digérer.

La petite bande profite à fond des vacances, les semaines passent et se disloquent, les parents n'ont jamais vu leurs gosses avec des pieds aussi sales, aussi noirs. Le truc c'est qu'ils skatent très souvent les pieds nus maintenant, et qu'ils privilégient le skate de descente. Ils s'élancent sur une route perchée en haut d'une colline, et descendent jusqu'en bas, en priant pour qu'un camion n'arrive pas en face. Bien sûr, il faut choisir des pentes quasi vierges de véhicules, c'est plus simple pour parvenir vivant en bas de la colline. Joyce et ses potes sont comme les autres, ils explorent la ville et se refilent les bons plans. Les parents n'ont pas le choix, aucun des gamins n'ayant le permis, il faut désormais se relayer en bagnole et les déposer sur les spots réputés tranquilles et sécurisés. Aujourd'hui, c'est Pamela qui les emmène, elle a emprunté le Ford break de Jimmy, il n'a étrangement pas protesté. Il s'est dit qu'elles seraient parties un bon bout de temps, sans doute la moitié de la journée, et qu'au moins on ne le ferait pas chier. Pamela a engrangé toute l'équipe dans la bagnole, direction le sud, c'est vraiment pas tout près cette nouvelle adresse, car désormais, ça se passe à Spyglass Hill. Ça fait une sacrée trotte, mais heureusement, exceptionnellement, ça roule bien cet après-midi. Aussitôt arrivés, ils sautent du véhicule comme s'ils étaient parachutés d'un Lockheed C-130 Hercules au Vietnam, ils retirent leurs godasses et saluent à peine Mme Felton. Seule sa fille s'approche d'elle en vérifiant que les autres ne leur prêtent pas trop d'attention, puis Joyce embrasse sa mère sur une joue, et lui serre, discrètement, maladroitement, deux doigts, afin de lui transmettre toute sa gratitude. Pamela est heureuse de constater combien sa fille est éduquée et reconnaissante. Elle peut remonter tranquillement vers la maison, ou faire quelques courses avant de rentrer. Par la vitre ouverte, Pamela exhorte sa fille d'être prudente, elle serre les poings sur le volant et enclenche le contact. Joyce la regarde manœuvrer la Ford Country Squire de son père, elle l'accompagne du regard jusqu'à ce que la courbe d'asphalte la fasse disparaître de sa vue. Sa langue est lourde dans sa gorge, une angoisse naît, celle de ne jamais revoir sa mère vivante. À son tour, elle dépose ses chaussures sur le bas-côté de la route, juste sous un panneau « Ralentir », Wendy et les gars sont surexcités à l'idée de se taper cette descente qu'ils attendent depuis si longtemps. Les autres, sur le front de mer, se sont tellement vantés avec les pentes de Spyglass Hill qu'ils ont hâte, ils ne seront pas les premiers à essayer ce spot, mais certainement pas les derniers.

Tee-shirt blanc, short bleu ciel haut sur les cuisses et passementé de jaune pâle, chaussettes hautes assorties, que Joyce retire et roule en boule dans ses baskets, exactement comme Wendy. La copine porte elle un short très court en denim qui prolonge la vie d'un de ses vieux jeans, des filaments de tissu effiloché lui donnent un air plus désinvolte, ce qu'elle est déjà. Ses genoux sont protégés par des genouillères, elle a aussi des coudières de cuir et des gants. Wendy joue la fille émancipée, mais elle écoute encore ses parents. Les garçons sont pieds nus eux aussi. Tony porte des bandeaux en éponge aux poignets, bleu et jaune comme ceux de Björn Borg, son tennisman préféré. Il arbore lui aussi un short taillé dans un jean, le sien descend jusqu'au-dessus des genoux, il a découpé de grosses franges assez moches dedans. Les autres sont vêtus à l'identique, mais sans les franges. Les garçons portent tous leur tee-shirt noué à la ceinture, ils vont entamer cette descente torse nu, exposant leur peau à de futurs reliefs de croûtes coagulées. Les blessures sont intégrées à la glisse, elles représentent plus ou moins une forme de politesse à l'égard de la discipline. La chaussée est bien lisse, presque neuve, c'est comme s'ils sentaient encore les effluves et la vapeur de l'asphalte surchauffée, qu'un gros bulldozer est venu écrabouiller sous son rouleau compresseur. Ils s'élancent dans une longue courbe, leurs planches oscillent d'un bord à l'autre de la route, traçant des lignes sinusoïdales et reptiliennes, cette glisse chaloupée leur permet de freiner et de maîtriser en apparence leur vitesse. Les deux filles sont à l'avant, Joyce la blonde, avec ses cheveux flottant au vent, et Wendy la brune, suivie par la comète de ses cheveux sombres. Tony, Dwayne, Myke et Byron s'ajustent à leur vitesse et tous défilent en file indienne, déchirant des vagues imaginaires, flirtant avec les notions d'ambulances et de civières. Là-bas, dans la vallée, on aperçoit des maisons, aussi blanches et minuscules que des moutons isolés dans leurs pâturages. Joyce balance ses bras afin d'équilibrer ses déhanchements, ses mouvements sont gracieux, sa chevelure scintille sous un soleil prudent, des nuages s'étirent à l'horizon, figés par la splendeur du paysage. Ils évitent un groupe de garçons. L'un d'entre eux est allongé au sol, il se tient les deux avant-bras contre le ventre, comme s'il avait pris une balle dans l'abdomen. Joyce ralentit un peu, obligeant les autres à freiner aussi, un léger sentiment de frayeur vient de les effleurer, mais le mec blessé est déjà loin, tant la pente est raide sur cette portion de route. Ils serrent à droite dans les virages, inquiets à l'idée de rencontrer une grosse cylindrée. La voie est libre pour le moment, Joyce crie, un petit cri aigu que les autres reprennent comme des sauvages, ils hurlent comme des bêtes, ils rient, Myke se déconcentre et manque de tomber, il se rattrape d'un habile dérapage. La descente s'accélère, avec le vent, Joyce sent que son tee-shirt se plaque contre sa poitrine. Des types remontant à pied en profitent pour la siffler, Wendy leur crie « vos gueules », les mecs les insultent gentiment. Les arbustes du bas-côté défilent dans les rétines, s'ils prenaient conscience de leur vitesse, ils seraient effrayés, car comment tenir pieds nus, debout sur des planches de bois ridicules, garnies de quatre roulettes en polyuréthane, montées sur de simples rotules d'acier ? Il y a de quoi flipper quand on considère cette mécanique basique, comparée avec la vitesse qu'elle peut développer. Ils boivent le vent des collines, ils s'en emplissent les poumons, ils inhalent de la liberté pure, leurs yeux pleurent, l'air ne peut les assécher.

Leurs mouvements déhanchés sont synchronisés, ils conduisent un ballet inédit, parfaitement huilé mais si peu répété. Les voir descendre est hypnotisant, seul le bruit de leurs roues frottant l'asphalte peut rendre cette vision réelle dans l'incandescence de cette après-midi d'été. Une bagnole surgit alors qu'ils aperçoivent le bas de la route, ils étaient bien calés à l'intérieur de leur virage, mais elle les a quand même surpris, un tressaillement se répand le long des échines, la mort, ils n'y songent pas, ils ne pensent qu'à la douleur, pas celle des parents, mais la leur. Arrivés tout en bas, ils stoppent d'un dérapage rageur et s'immobilisent sur le bas-côté. Ils sont essoufflés mais ils hurlent, ils se prennent dans les bras, se tapent dans les mains, chacun frappe de toutes ses forces les gants de Wendy, ils sont invincibles, et pourtant ce n'est que lundi. Ils marchent nus pieds sur la chaussée brûlante, Dwayne leur fait remarquer que le véritable danger de Spyglass Hill, c'est ça, le bitume surchauffé qui leur brûle le dessous des pieds. Ils partent dans un grand rire, l'adrénaline, la peur, tout s'accumule à l'embouchure de leur bouche, ils exultent, ils hurlent comme s'ils étaient désespérés, alors qu'ils sont simplement heureux. Byron se range sur le trottoir et se met en position pour faire du stop, avec un pouce relevé, les autres ricanent, ils n'ont aucune raison de compter sur une bagnole, ils en ont croisé si peu. Soudain se présente un pick-up tout défoncé. Ils lui font de grands signes comme les rescapés d'une île déserte. Byron reste calme et serein, il relève légèrement son bras, avec le pouce bien dressé, le type les dépasse en les dévisageant puis décide de s'arrêter plus loin, il passe un bras par sa portière et leur fait signe de monter, il les ramène là-haut. Ils se regardent et foncent, ils sautent par-dessus la ridelle rouillée de la remorque et escaladent le tas de branchages fraîchement coupés que le conducteur charrie. Il leur demande si tout est OK et il s'élance dans la montée, ça va prendre du temps, car son moteur semble fatigué.

Ils vont multiplier les descentes sous le soleil, la plupart des montées se feront à pied, ne trouvant pas d'autre pick-up pour les remorquer là-haut. Puis, épuisés de sensations et d'émotions, ils vont attendre en bas que la mère de Wendy vienne les chercher, c'est ce qui était prévu. Elle arrive avec une heure de retard, ça aussi c'était prévu quand on connaît un peu Lisa, la mère de Wendy. Ils embarquent euphoriques en se serrant dans sa voiture, on retire la tablette du coffre pour que Dwayne et Tony puissent se caler à l'arrière, comme des chiens épuisés après une longue escapade. On ne s'entend plus dans l'habitacle tant ils sont surexcités. Les commentaires jaillissent de toutes parts, la jeune femme qui les conduit les écoute poliment, heureuse de constater que sa fille est accompagnée de si gentils adolescents. Elle les envie un peu, plus jeune, elle n'a sans doute jamais passé d'aussi bons moments, elle se souvient qu'en vacances elle s'ennuyait fermement. Elle attendait patiemment la venue de sa cousine, elle ne la voyait que tous les deux ans, et dès qu'elle arrivait, celle-ci s'enfermait pour lire des romans ou des conneries de ce genre. Au moins, avec le skate, sa fille Wendy prend l'air, et elle vit une aventure perpétuelle qui lui fera des souvenirs inoubliables quand elle sera adulte, quand il sera temps pour elle de promener un bambin gazouillant dans une poussette-canne. Le retour vers Lincoln Boulevard est long, le trafic est intense, ça roule au ralenti. Dwayne et Tony sont assoupis dans leur coffre, ils roulent toutes fenêtres ouvertes mais l'air qui s'y engouffre n'est pas suffisant pour rafraîchir les bras et les visages. Ils se passent la gourde que la mère de Wendy avait oublié entre deux sièges, ils ne savent pas de quand date cette eau avec son drôle de goût, mais ils la boivent avidement.

La voiture les dépose enfin dans leur quartier, Wendy continue avec sa mère, Tony décide de raccompagner Joyce, elle n'y tient pas trop mais elle ne sait pas trop non plus comment le détourner de cette idée. Sur le bord de la route, ils rencontrent ce snack qui vend des hot-dogs et des hamburgers. Le restaurant semble vide, au point que son propriétaire, un petit chauve tout grassouillet, gesticule auprès de sa femme, une grande brune pulpeuse, devant leur parterre de fleurs à l'entrée du parking. Ça amuse Tony de les entendre commenter ce pauvre truc semé au début du printemps. Joyce se laisse prendre au jeu, le mec tend le bras vers chaque espèce, s'attardant sur la beauté des couleurs, il s'émerveille de voir tous ces pétales, comme des centaines de papillons au repos. Sa femme acquiesce à sa poésie, elle a toujours adoré son petit côté poétique, c'est d'ailleurs avec ça qu'il l'avait charmée, jusqu'au moment où il lui avait sorti son gros pénis disproportionné et qu'il lui l'avait collé sous le nez. En attendant, elle l'écoute, admirative, son petit chauve l'attrape par la taille, elle se blottit contre lui, il la tient fort par une hanche, sans pouvoir penser à autre chose qu'à la perruque de clown bouclée et fournie qu'elle a entre les cuisses. Tony n'en est pas là, il se contenterait bien de la bouche de Joyce. Mais elle le voit venir, il lui propose un hot-dog, elle réplique aussitôt que ses parents l'attendent pour dîner. Il s'exclame que c'est toujours la même chose avec elle, elle lui confirme qu'elle dîne chaque soir. Il goûte moyennement son ton moqueur. Il lui propose un soda, elle cède. Ils se dirigent vers le restaurant, le couple près de son parterre de fleurs le quitte à regret. Quand les tenanciers découvrent que ces jeunes clients ne les dérangent que pour des sodas, ils sont à deux doigts de leur annoncer que l'établissement est fermé. Les ados s'assoient en vis-à-vis sur de larges banquettes de skaï rouge. Tony se lance, il lui parle du Grateful Dead, Joyce connaît bien l'animal, elle sait que ça reste son groupe préféré. Elle lui répète, sans méchanceté aucune, qu'elle les déteste, mais qu'en revanche, elle aime leur imagerie et leurs pochettes. Elle lui explique que leur graphisme est entièrement emprunté à l'artiste tchèque Alfons Mucha, limite plagiat, et que l'imaginaire du mouvement Flower Power dans la contre-culture s'en inspire aussi. Tony n'en a jamais entendu parler. Il lui avoue qu'il est estomaqué par tout ce qu'elle connaît, et il en profite pour lui poser une main sur l'épaule. Elle s'en doutait, ça la fatigue de savoir à l'avance ce que va faire un garçon. Alors elle prend la main de Tony et la repose sur la table, là où elle était. Il s'empare de son soda, aspire une grande lampée qui lui remonte jusque dans le nez, ça le picote et lui soulève des larmes. Il reste con, s'excuse, il lui demande de ne pas se méprendre, c'est le soda qui le fait chialer. Joyce a envie de rire, Tony n'a que quinze ans mais déjà tous les réflexes du mâle. Il respire un grand coup et lui demande pourquoi elle ne veut pas sortir avec lui.

— Parce que je n'en ai pas envie. Et ce n'est pas dirigé contre toi, j'ai juste pas envie de me mettre avec quelqu'un.

— Tu me trouves moche ?

— Mais non, Tony, t'es pas moche, t'es même mignon, c'est pas la question.

— Tu l'as déjà fait ?

— Quoi ? Et toi, tu l'as déjà fait ? Non, alors fiche-moi la paix avec ça.

— Et Wendy, elle l'a fait ?

— C'est pas mon problème, et je ne suis pas Wendy.

— Elle l'a fait ou pas ?

— Non, elle ne l'a pas fait. Je ne crois pas. Elle me l'aurait dit, sinon.

— T'as pas envie de le faire pour savoir ?

— Ça va pas, non ? On est des potes, on reste des potes.

— Mais moi, je t'aime bien. Et un peu plus.

— T'as qu'à te dire que je t'aime un peu moins. Fin de la discussion.

Joyce aspire rapidement son Fanta à l'orange, elle n'en laisse rien, elle se lève et lui demande s'il vient. Il finit le sien, ils payent chacun leur part, et saluent les deux excités qui se pelotaient derrière le comptoir, Joyce a bien vu leur petit manège. Les deux jeunes n'ont pas passé le seuil de l'établissement que les proprios bouclent la porte et abaissent les mailles de leur rideau métallique. Ils se précipitent derrière le bar, s'allongent dans les odeurs de sciure et de bière, il lui soulève le bas de sa robe, tandis qu'elle dénoue son ceinturon de cuir et d'acier. Les deux gamins traversent la cour sans se douter que ces deux-là sont déjà en train de le faire, de s'embrasser avec des langues dures et baveuses qui géométrisent la profondeur de leur bouche, pendant que leurs sexes se congestionnent de sang et d'une humeur huileuse.

*

Le Papou s'est encore distingué, un homme sur Oakwood s'est fait dérober le cerveau il y a quelques jours. Jimmy regrette de ne pas être sur cette affaire, c'est juste à côté, il aurait presque pu y aller à pied. Il est bien conscient de ne pas être le seul nettoyeur de scènes de crime dans cette ville, et il faut que chacun puisse manger, mais quand même, c'était vraiment dans le voisinage. Il se demande si la police parviendra à le coincer un jour, le Papou, on est en septembre 1974 et ça fait quasiment dix ans qu'il nargue les forces de l'ordre, découpant des calottes crâniennes à un rythme assez régulier. Forcément, le fait que ce criminel ait agi non loin de leur quartier, ça remue les habitants de la rue, on les voit se regrouper en grappes devant les maisons pour évoquer ce crime, la peur et toute l'horreur de la situation. Jimmy se mêle parfois à eux, comme toujours il faut qu'il aille fanfaronner, il est bien conscient de sa vanité, et ça le désole, mais il est incapable de se contenir, il faut qu'il parle de lui, de ce qu'il sait, de ce qu'il a vu et de ce qu'il fait. Jimmy est constamment perché sur cette crête dangereuse qu'il arpente sous le regard d'autrui, avec d'un côté la pente de son narcissisme et de l'autre, celle de son propre dégoût. Alors il leur avoue, car lorsqu'il se confie, il commence par se mettre en position de faiblesse, il « avoue » afin que son auditoire soit immédiatement captivé. Il leur avoue qu'il a travaillé avec le Papou, il explique la subtile nuance, ils ne font que se croiser, puisque son rôle consiste à nettoyer les forfaits du criminel, après l'intervention de celui-ci. Dès ses premières explications, Jimmy sait qu'il a capté son public, alors il déroule, et les gens s'exclament, collent leurs mains à leurs joues, ouvrent de grands yeux. Ils sont impressionnés d'avoir ce Felton comme voisin, ou bien simplement agacé par la vanité de ce connard. C'est selon. Cette fois, le Papou est bien certain d'être devenu

« l'ennemi public n° 1 », le statut tant mérité qu'il convoitait depuis des années. Voilà, il y est enfin. Tous les médias relaient ce nouveau meurtre, il peut même s'en délecter car les journalistes déversent désormais tous les détails, c'est très impressionnant, même pour lui, pourtant à l'origine de cet emballement, lui l'acteur principal de ces atrocités. Toutes les polices du comté l'ont dans le viseur, mais pour l'heure, personne ne sait quelle tête il peut avoir, ni même s'il s'agit d'un Blanc ou d'un Noir. Jimmy a sa petite idée, mais il la garde pour lui. Il suffirait pourtant de gratter un peu pour avoir son avis sur la question. Il n'en dira rien, mais il est convaincu qu'il s'agit d'un Blanc, car ce tueur lui semble bien trop intelligent. Jimmy ne s'embarrasse pas avec les considérations racistes, il dit ce qu'il pense, ou plutôt, il ne le dit pas.

Lorsqu'il joue, il se lâche davantage, on lui reproche assez de ne pas se concentrer. Ces derniers temps, il s'est beaucoup déplacé, Anaheim, Long Beach, Pasadena, il en a vu des salles sordides aux lumières tamisées de nuées de moustiques. Les parties sont arbitrées par les bouteilles de whisky, Jimmy s'est imposé une règle, il ne boit rien, on lui en veut un peu, mais la sobriété lui permet sans doute de perdre moins. On l'emmerde à propos de cette abstinence, il leur répond qu'il a un grave problème au foie. Alors, bien que contrariés, ses adversaires finissent par le laisser tranquille. Jimmy va mal, il est embarqué dans la centrifugeuse du jeu, dans sa vie il a connu des périodes sans jouer, parfois même des séquences qui ont pu durer des années, mais il lui suffisait alors d'entendre prononcer une seule fois le mot « poker » pour que ça lui file des crampes d'estomac, c'était comme si son ventre se vidait par une bonde mortelle aspirant tout son corps, son esprit, ses espoirs et ses remords, pour le rendre douloureusement pesant. La simple prononciation de ce mot lui retournait les viscères, l'absorbait dans la nuit, le brûlait à la lueur des étoiles, son ventre devenait lourd, aussi lourd qu'une planète constituée uniquement d'excréments, et ce jeu pour Jimmy, le poker, est devenu au fil des décennies aussi dangereux qu'un trou noir. Ces derniers temps, depuis février dernier exactement, on parle beaucoup de ces choses bizarres, car ces deux types, Bruce Balick et Robert L. Brown ont détecté un astre massif au centre de notre galaxie. Ils l'ont baptisé Sagittarius A*, oui avec un astérisque, comme une étoile. Depuis, ils ont expliqué à toutes les télés qu'un trou noir, même si son nom pourrait le laisser supposer, n'est pas un endroit de l'espace qui se vide, bien au contraire, c'est une région de l'espace où s'accumulent d'énormes quantités de matière, comme un aimant attirant de la limaille de fer. Et ce qui est le plus effrayant, c'est que le trou noir est pratiquement invisible, par contre, on peut le détecter à la matière happée dans ses contours, aspirée par cette force noire. Gigantesque siphon de l'espace, le trou noir fascine par sa violence, le phénomène étant provoqué par une masse suffisamment concentrée pour qu'elle ne cesse de s'effondrer sur elle-même du fait de sa propre gravitation. En toute modestie, c'est exactement ce que ressent Jimmy dès qu'on évoque le jeu, ou le poker. Il le vit comme un effondrement sur lui-même, et il est presque heureux que des astrophysiciens aient enfin mis un nom sur son malheur, il se débat désormais avec le trou noir de son addiction, et ça ne lui réussit pas, car il en devient acerbe, revanchard, fragile, seul son métier parvient encore à l'extraire de cet enfer, mais pour combien de temps ? Qu'y a-t-il de passionnant à se traîner dans cette vie ? Que lui reste-t-il en dehors du poker et de la vermine qui souille les cadavres ? Il ne sait pas vraiment, il aimerait être à nouveau un enfant, croire en ses chances, regarder à nouveau les culottes de la voisine qui sèchent sur leur fil, cavaler avec son frère, manger des sucres d'orge qui collent aux dents et obéir à ses parents. C'est loin tout ça, et maintenant, il est lui-même un parent meurtri par cette rumeur grondante au fond de lui, celle qui lui dicte qu'il n'aime pas son enfant.

Jimmy a des résultats décevants au jeu, sa dette grossit à mesure qu'il joue, les autres seraient tentés de l'expulser, mais comme ils savent qu'il paye dès qu'on le menace, ils le laissent se faire dépouiller. Felton est devenu leur rente, ils ont rarement vu autant d'acharnement dans la médiocrité. Le gars se fait plaisir en jouant, et il leur rapporte du pognon, comment se passer d'un tel imbécile autour d'une table ? Jimmy Felton est devenu irremplaçable. Alors on lui tape dans le dos, on lui assure qu'il va se refaire, qu'il va les mettre au tapis un jour, mais c'est lui, Jimmy, qui accumule les déconvenues, lui qui s'enfonce dans le désespoir, pas ces salopards qui le poussent à s'autodétruire. Pamela se doute bien qu'il a remis ça, mais par peur, elle préfère ne pas connaître sa réelle situation. Elle est comme la femme délaissée qui se sait trompée, qui ne fait aucun reproche et accepte encore épisodiquement une étreinte ordinaire, le rapprochement réglementaire. Mais ça lui fait mal de devoir imaginer le niveau du désordre, l'intensité de la débâcle. Parfois elle souhaiterait qu'il lui rende des comptes, afin de savoir s'ils vont sombrer dans la misère, où s'ils vont encore pouvoir rembourser l'emprunt de leur masure, mais elle préfère se taire, se laisser envelopper du voile blanc de la lâcheté, de l'aveuglement harmonisé. Oui, Pamela s'organise avec son idée du désastre. Puisqu'elle ne sait comment l'arrêter, elle le laisse faire, en espérant secrètement qu'il en crève.

La rentrée scolaire, c'est déjà du passé, on a jaugé, jugé les profs, ils sont tous nuls cette année, un peu comme l'an dernier. Les garçons ont laissé tomber l'Eskimo, ce vieux cinglé flippant, mais ils ont une autre combine pour récolter de la bière, c'est aléatoire mais ça marche assez bien maintenant. Ils se postent à l'entrée d'un débit de boisson, ils repèrent les bonnes gueules et ils leur filent du fric pour que les mecs achètent l'alcool à leur place. Ils les choisissent jeunes, tout juste vingt et un ans c'est le must, ceux-là n'ont pas encore oublié la galère de se fournir en bières et la plupart du temps, ils se montrent solidaires. Mais parfois, certains arrogants sont contents d'exhiber leurs nouveaux privilèges de l'âge, ils refusent et ça leur fout la rage. Alors ils s'adressent aux hippies, ces gens-là ne savent pas dire non, à part peut-être pour la guerre. Pour le reste, ils disent oui à tout et parfois ils réapparaissent avec du rhum ou de la téquila dans les bras. Aujourd'hui, c'était du rhum, et ça les a bien secoués. Plus un ne tient debout, excepté Joyce qui commence à en avoir assez de ces séances de beuverie. Les autres lui reprochent de ne pas participer, on lui dit que si elle buvait, elle s'amuserait elle aussi. Elle n'en est pas convaincue. Ils sont affalés sur la plage, près de leur mur, la foule des grands jours est rassemblée, on donne un concert sur la plateforme, des bikers ont fait le déplacement, ils ont l'air déçu par cette musique mais restent là, debout près de leurs machines, ils sortent des bières de leurs blousons et les descendent eux aussi. Le sable est poussiéreux, les pigeons semblent contrariés par tous ces humains qui piétinent leur territoire, il leur reste le ciel, mais ces volatiles passent plus de temps à fouiller le sol qu'à s'étirer les ailes en vol. Un groupe se démène sur scène, la chanteuse porte une jupe courte en velours rouge, une veste taillée dans la même étoffe et un chapeau haut-de-forme noir, les mecs qui l'accompagnent sont en salopettes de jean bariolées de broderies merdiques. Joyce les trouve tous ringards, et leur musique n'est pas mieux, on dirait des trucs des Byrds frelatés, en tout cas c'est complètement raté. Tony lui assure qu'ils sont défoncés, elle lui demande à quoi il voit ça, il ne lui répond pas. Les gens dansent et se bousculent devant la scène, tout le monde semble aussi joyeux qu'énervé, des gosses s'occupent dans le sable crade, le contour de leur bouche est souligné de confiture ou de chocolat, ces gamins se grattent la tête, on ne les a pas coiffés depuis des mois, on aperçoit parfois une main, un bras, quelqu'un qui passe et donne l'impression qu'ils ne sont pas abandonnés, les mioches ont l'air très occupés à remplir leurs seaux de poussière et de merde de pigeon. Devant l'état de Wendy, une bonne âme se propose de les ramener, c'est une femme, elle dit qu'elle rentre tôt car elle est infirmière, elle bosse ce soir et dans deux heures elle prend son service. Ils acceptent de se traîner jusqu'à sa bagnole, un vieux break, ils enfoncent leurs skates là-dedans et poussent Wendy dans le coffre. Elle leur assure que tout va bien, mais au moment de claquer la porte du hayon arrière, elle se propulse à genoux vers l'extérieur, le corps tendu au dehors, elle vomit son rhum et ses boyaux. Elle semble assommée par la décharge d'énergie, son corps puise dans ses dernières ressources pour expulser de son ventre cette liqueur onctueuse, mélange d'alcool et de glaires. L'odeur est infecte, un filet épais s'étire de sa bouche non-stop et rebondit sur le parechoc de la voiture, l'infirmière fait un peu la tronche, mais les autres s'affairent autour de Wendy, sans se préoccuper des contrariétés de la dame. Joyce est debout près d'elle et lui retient doucement la tête, Wendy n'ayant plus la force de la maintenir seule. Si on ne la retenait pas, elle se vomirait dans le cou, dans l'encolure de son tee-shirt, elle rentrerait chez elle parée d'un collier de glaires. On la laisse immobile, les garçons peinent eux aussi à rester sur leurs jambes. Cette première cuite, Wendy s'en souviendra longtemps, jusqu'à la fin de sa vie. Ça sert à ça, l'alcool, à se créer des souvenirs. Depuis cet été, Joyce a amorcé un virage discret, elle les voit moins, elle prend toujours autant de plaisir à côtoyer sa bande et à skater avec eux, mais dès que ça tourne à la beuverie, elle le vit mal, elle se sent exclue et n'a aucune envie de rentrer dans leur petit jeu. On l'a traitée de trouillarde, de fille à papa, mais ça ne la déstabilise pas, Joyce n'a pas cédé, elle refuse de s'alcooliser, que ce soit en public ou à l'abri des regards. Les liens ne sont pas déformés ou altérés, elle les voit juste un peu moins, c'est tout. Parfois, quand elle se tire de la maison avec son skate, elle sillonne la ville seule, à la recherche de nouvelles surfaces, de nouveaux espaces lisses et bétonnés. Les autres ne lui en veulent pas de s'émanciper, ils savent depuis toujours que Joyce est beaucoup plus sage qu'eux. Ça ne la rend pas moins intéressante, à leurs yeux elle est plutôt intrigante, et ça n'empêche pas Tony de partager ses envies, de lui montrer combien elle compte pour lui, mais Joyce demeure hermétique aux flatteries et même aux sentiments sincères. Elle l'a éconduit bon nombre de fois, les autres ne comptent même plus, mais Tony ne parvient pas à faire une croix dessus.

L'été va s'estomper sans prévenir, les plus sensibles le sentent déjà dans l'air. Ils redoutent la blessure de l'hiver, quand les températures extérieures n'atteindront plus que seize degrés, et qu'au-dessus des maisons blotties dans les collines, on apercevra des filaments de fumée s'échappant des cheminées des plus chanceux. Jimmy aurait aimé offrir une maison avec cheminée à sa famille, il n'y est pas parvenu. Quand il pense ainsi, il oublie systématiquement d'inclure Pamela dans ses démarches, c'est comme si cette baraque il l'avait payée seul, c'est comme s'il remboursait la banque à lui seul, il omet que sa femme participe autant que lui à l'effort de financement, et que cette maison, elle l'a choisie tout autant que lui, et bien sûr, elle aussi déplore cette absence de cheminée, elle a tout autant de regrets que lui. Cette curieuse façon de se croire seul insupporte Pamela, c'est comme si ses efforts à elle ne comptaient pas, comme s'il était le seul à ramener du pognon à la maison, alors qu'en l'occurrence, le pognon, il s'ingénie surtout à le dépenser, à le consumer dans ses conneries. Son égoïsme, son ego tout court lui rétrécissent la pensée. Avec le temps, elle le trouve plus inconséquent, plus insensé, c'est comme s'il se vidait de son intelligence, comme si les réflexes l'emportaient sur la raison.

*

Ce week-end, Jimmy est là, c'est une situation suffisante pour inquiéter Pamela. Il n'est pas au poker, il ne tond pas la pelouse d'un vieux détraqué, ne repeint pas les murs d'un handicapé du pinceau, non, il est là, près d'elle, et aucune absence ne se profile à l'horizon. Joyce est inquiète elle aussi, sa présence annonce probablement quelques tourments. Sa femme l'interroge, elle veut comprendre ce qu'il fait là, à la maison, il s'agace.

— Tu veux que j'me barre, c'est ça ?

— Non, pas du tout.

— Faudrait savoir, tu gueules tout le temps parce que je suis absent, et quand j'suis là, tu gueules encore, alors je fais quoi, moi ?

— Premièrement, je ne gueule pas, et ensuite, je m'interroge, c'est tout. C'est bien normal, t'es jamais avec nous le samedi, ni le dimanche et soudain, *pouf*, tu réapparaîs, j'ai juste envie de comprendre.

— Ben, y a rien à comprendre, je suis là, point. C'est terrible ça, faut décortiquer tous ses faits et gestes maintenant, j'ai l'impression d'être chez les flics parfois.

— Vraiment ?

Il la regarde, interdit, il n'insiste pas, il préfère se taire. Jimmy sait qu'il a tort, et il n'est pas aussi habile qu'il le souhaiterait dans le maniement de la mauvaise foi. Pamela se rengorge de cette demi-victoire, elle lui a fermé son clapet, et ce n'est pas si fréquent. Si elle tenait un carnet, c'est probablement ce qu'elle écrirait ce soir sous sa petite lampe de chevet. Joyce ne parvient pas à se satisfaire de ce répit d'apparence fragile, elle sent qu'elle évolue au-dessus d'une zone de subduction, le bonheur, comme toujours, sera bientôt englouti dans le malheur, elle en est convaincue. Elle ne peut jamais savoir à l'avance d'où ça va partir, l'épicentre de ses tracas est volatil, parfaitement indétectable. Jimmy leur propose d'aller faire un tour. Assaillies d'angoisse, la mère et la fille s'interrogent du regard. Il y a de quoi, c'est seulement la troisième fois de sa courte vie, la troisième fois en quinze ans, que Joyce va faire quelque chose avec son père pendant un week-end, la troisième fois qu'il va les accompagner quelque part, le temps d'une après-midi. Il leur demande si ça leur dirait de monter à l'Observatoire. Pourquoi l'observatoire Griffith ? demande Pamela. Jimmy n'a pas vraiment de réponse, il se disait juste que ça serait sympa, rien de plus. Joyce leur demande ce qu'ils pensent d'aller jusqu'à Santa Barbara, de se balader sur la plage, regarder les surfers puis de pique-niquer devant le coucher de soleil, comme les gens le font en été. Son père objecte que le temps est déjà un peu frisquet, qu'on est maintenant en novembre et que l'été n'est plus qu'un lointain souvenir. Pamela trouve l'idée étonnante, incongrue, mais si elle peut irriguer du malaise ou de la gêne dans le cortex de son Jimmy, elle n'a rien contre.

— C'est vrai ça, on ne va jamais à Santa Barbara, on a dû y aller une fois avant notre mariage.

— Et moi, j'y suis jamais allée...

— Pour voir quoi ? C'est loin, y en a au moins pour une heure et demie de route. Pourquoi on irait là-bas ?

— Ben, pour voir, pour se promener le long de la côte.

— Mon chéri, je te trouve soudain bien pointilleux sur le nombre de kilomètres à parcourir, il me semble que d'habitude tu es moins regardant...

Jimmy comprend que c'est le bon moment pour la fermer, il cède, c'est bon, en route pour Santa Barbara donc.

La Pacific Coast Highway est dégagée dans leur sens, c'est moins vrai de l'autre côté des glissières de sécurité. Pamela est très intriguée par la situation, elle se demande finalement ce qu'ils font là, tous les trois, sur cette route en direction du nord. Jimmy semble préoccupé, c'est sûr, cette escapade le contrarie. Il voulait être sympa ? Eh bien, qu'il soit sympa. Ça semble simple pourtant, mais ça ne l'est pas. Le soleil d'automne escalade bravement le ciel, Joyce fait même remarquer que ça tape derrière les vitres. Elle demande l'autorisation d'abaisser sa fenêtre, son père refuse. L'océan scintille, ses reflets argentés blessent les yeux dépourvus de verres fumés, la voiture est silencieuse en dehors de ce monologue du moteur. Joyce demande si on peut allumer la radio. Sa mère l'allume sans se préoccuper de l'avis de Jimmy. Joyce reconnaît aussitôt *Top of the World*, un titre des Carpenters. Elle les adore, elle fredonne avec eux, son père fredonne son agacement, il dénature la chanson en réinventant des paroles douteuses. Pamela lui pince la cuisse, il la dévisage, outré, qu'est-ce qu'elle lui veut, celle-là ? Sa femme se focalise sur sa main gauche, il ne lui reste que le pouce, le majeur et l'index pour tenir le volant, elle s'attarde sur les deux moignons dégoûtants de ses phalanges sectionnées. Ça fait un moment qu'elle a compris ce qui leur était arrivé à ses doigts, elle sait que Jimmy s'est volontairement mutilé pour toucher la prime, et le gars des assurances le sait aussi, mais il n'est pas parvenu à le coincer. Il a touché son fric et il l'a aussitôt remis dans la balance de ses dettes, pour revenir à zéro. Pamela n'a jamais pris le temps d'imaginer tout ce qu'ils auraient pu faire de cet argent. Et puis, ces dollars lui appartenaient, il a donné deux doigts pour l'obtenir son pognon. Elle ne saisit toujours pas la part de désespoir et de courage qu'il lui a fallu. Pour commettre ce geste, il fallait sans doute plus de désespoir que de bravoure, ça suffisait, et ce n'était sans doute pas si compliqué, finalement. Elle ignore ce qu'il a dans le crâne, est-il conscient que sa femme connaît son secret, que sa femme a éventé sa misérable mise en scène ? Probablement que non. Drapé dans son arrogance, il en est loin. C'est même, peut-être, une des seules questions sur laquelle il est serein.

— Qu'est-ce qu'il y a ?

— Non, rien, je regarde tes doigts, et je me demande si ça fait mal.

— Parfois, oui. Il m'arrive de ressentir ce truc étrange, c'est comme s'ils étaient encore là.

Pamela a très envie de lui balancer son mensonge à la gueule, un de plus, mais elle se ravise, ce n'est peut-être pas le moment de l'irriter alors qu'il est au volant, elle se méfie de son impulsivité. Avec Joyce, elles ont préparé des sandwiches, cheddar, salade, mayonnaise, tomates, pastrami, pain de mie, elles ont tout empilé et enfermé chaque rectangle dans du papier aluminium. La glacière est rembourrée de blocs de glaçons tirés du freezer, Pamela n'a pas oublié le coca et a aussi ajouté des bières. Comme ça, tout le monde sera content au moment de déguster ce pique-nique face à la mer. Soudain, elle demande à Joyce si elle a réfléchi à Noël, si elle a déjà une petite idée de ce qu'elle voudrait comme cadeau. Sa fille est prise au dépourvu, elle lui confie qu'elle n'en sait rien. Joyce n'a pas une appétence particulière pour Noël, c'est rarement une période calme, chaque fois son père est sur les nerfs, car ce sont des moments balisés, des moments auxquels il peut difficilement se soustraire. À Noël, il erre comme un prisonnier dans la baraque, bien obligé de rester en famille, et cette promiscuité avec les siens le rend ombrageux. Il s'emporte pour un rien, il les insulte, cette trêve du poker, il la vit comme un sevrage sans perfusion. Joyce se souvient du jour où il l'avait mise en garde contre tout le folklore de Noël, il avait tué son imaginaire d'un seul coup. Elle avait sept ans, et Jimmy avait tué le père Noël sous ses yeux, avec un discours parfaitement réfléchi, un sale truc éructé contre l'avis de sa femme. Jimmy avait été clair, elle se souvient encore de ses mots comme si c'était hier. « Ici, c'est fini les conneries du père Noël, tu ne verras jamais un père Noël avec des bottes dans un putain de déguisement rouge et blanc faire l'imbécile chez nous, c'est pas ce connard qui va t'apporter des cadeaux, non, c'est pas lui, parce qu'il existe pas. Je veux que tu saches que ton père a bossé dur pour t'offrir ce sapin, et ces cadeaux de merde, ta mère aussi a bossé dur pour ça, et c'est pas un putain de clown qui passe par la cheminée qui t'apporte tout ça, t'as remarqué qu'on n'avait pas de cheminée ? Non, t'as pas remarqué… Voilà, c'est pas lui, c'est nous, avec notre sueur, moi si je m'emmerde à nettoyer des apparts dégueulasses quand des gens tuent d'autres gens, c'est pour toi que je le fais, et c'est moi seul qui fais ça, pas ce rigolo en costard rouge qu'on voit partout à la télé et sur les murs des voisins. Compris ? » Joyce avait effectivement bien compris, elle n'avait que sept ans et il lui parlait comme si elle en avait quinze, mais c'était bien rentré dans sa jeune tête, pas trop cabossée à l'époque. Elle n'avait pas pleuré, elle avait simplement observé son père avec de l'épouvante dans le regard, sa mère s'était approchée, elle l'avait prise par les épaules et l'avait couverte de baisers, demandant à son père de s'éloigner d'un mouvement de translation.

— Tu te souviens du jour où tu m'avais expliqué que le père Noël n'existait pas ?

— Non, ça ne me dit rien.

Joyce n'est pas dupe, elle sait qu'il ment. Il s'en souvient très bien. Elle est tentée de le titiller là-dessus, mais elle sait aussi que ce n'est pas le moment. Elle se tait. Pamela dissimule son pincement de cœur, elle suffoque en repensant à toute cette terreur. Elle n'a jamais fait la comptabilité de tout ce qu'elles ont subi, mais parfois des rochers affleurent à marée basse, ce sont les écueils de cette vie saumâtre, cette vie qu'elle partage avec son enfant et son mari belliqueux.

Le trajet a paru plus court que prévu, la musique à la radio a sans doute dilué quelques rancœurs.

— J'adore vraiment Glenn Frey.

— Qui ça ?

— Glenn Frey, le mec des Eagles.

— Tu t'intéresses au foot toi maintenant ? Il joue à quelle position ?

— Toi, tu t'intéresses toujours aussi peu à ta fille. Quand elle parle des Eagles, c'est pas l'équipe de Philadelphie, c'est le groupe qu'elle écoute en boucle.

— Comment je pouvais le savoir, moi ? Glenn Frey... Glenn Frey... Jamais entendu parler...

Joyce se concentre sur le paysage, désolée d'avoir déclenché de la discorde entre ses parents, elle s'approche au plus près de la vitre pour effacer le reflet de son visage. La tristesse l'emporte loin de l'habitacle, loin de cette banquette arrière, et de la nuque de ses parents. Elle se voit au-dessus d'elle, penchée sur elle-même, elle murmure une sorte de prémonition, elle dit : c'est mon corps qui flotte sur cette berge inondée de chagrin. Pamela lui demande ce qu'elle a dit. Joyce esquive sa question. Elle est presque étonnée quand son père leur annonce qu'ils sont arrivés. Ils se garent non loin du centre, sa mère déniche des pièces pour le parcmètre, ils laissent la glacière dans le coffre, ils partent juste se balader. Le vent s'est levé, ils se demandent si le pique-nique sur la plage était une bonne idée. Mais le doute est aussitôt balayé par la découverte de l'architecture des lieux, Joyce a toujours aimé observer les immeubles de commerce et d'habitation, c'est son penchant purement urbain, skate, asphalte et béton. Elle n'est pas très fan de ces murs enduits de blanc, de ces arcades et de ces toits en tuiles d'inspiration méditerranéenne, ce n'est pas vraiment ce qu'elle préfère, mais elle est contente de découvrir cette ville. Ils marchent jusqu'à la jetée. Des bâtiments de planches, repeints chaque année, accueillent les touristes avec leur enseignes colorées et faussement vieillies. La jetée est vidée de ses visiteurs, novembre n'étant plus vraiment la saison. Des chevalets et des ardoises inclinées indiquent tout de même ce qu'on mange dans chacun de ces établissements. On peut y être servi à toute heure, jusqu'après minuit. C'est cher et ça schlingue la bouffe industrielle maquillée en pêche du jour, les Felton savent déjà qu'ils ne vont pas regretter leurs sandwiches. Un serveur fait gicler de la flotte depuis un tuyau d'arrosage, il noircit méticuleusement les planches autour de son restaurant. Il abaisse poliment le jet afin qu'ils passent, ils le remercient d'être aussi prévenant, il leur sourit. C'est toujours la même chose sur ces jetées commerciales, on trottine de restaurant en restaurant, on s'arrête devant une boutique de babioles, on se propulse tout au bout du ponton de planches, puis on se prend l'air marin en plein visage. Alors, on consulte l'horizon, l'immensité de l'océan, c'est un instant intense, on se sent tout petit, puis on fait demi-tour. Parfois on trouve des pêcheurs qui font tourner le moulinet de leur canne à pêche de manière énigmatique, on s'y attarde un peu en se demandant ce qu'ils peuvent bien remonter d'un endroit pareil, de ce trou d'eau défiguré par les piliers de la jetée.

Ils quittent cette construction de planches sans aucun regret et regagnent la voiture, qu'ils déplacent jusqu'au bord de la plage pour éviter d'avoir à porter la glacière sur une trop longue distance. Pamela a prévu une couverture à carreaux, celle-ci a appartenu à ses parents. Un homme lance un bâton à son chien qui s'en désintéresse royalement. L'homme marche vers le bâton, le ramasse et le lance à nouveau, son chien relève la tête, observe son maître et semble se demander à quoi il joue. Des promeneurs en short et gilet marchent le long des eaux mourantes, ils trempent leurs pieds dans la fraîcheur iodée tandis qu'ils tiennent leurs baskets à la main. Pas de surfer aujourd'hui, l'océan est très diminué. Joyce déclare qu'elle a faim, Jimmy est plutôt silencieux. Pamela s'active, comme toujours. Ils extraient les sandwiches de leur papier alu, et y laissent de belles empreintes de dents. Pamela s'interroge, Jimmy semble ne pas avoir d'appétit. Il lui confirme qu'il n'a pas très faim et repose son rectangle de pain de mie dans la glacière. Pamela lui propose une bière, il acquiesce, elle lui décapsule une bouteille, il la boit comme s'il ingurgitait de l'eau oxygénée, c'est presque le même goût amer. Il attend qu'elles aient fini leur repas puis il se lance. Il a quelque chose à leur annoncer. Il est encore endetté. Pamela est furieuse, elle comprend qu'il les a bluffées, elle se demandait bien pourquoi, soudain, il désirait passer du temps avec elles. Ça n'arrive absolument jamais, il voulait les attendrir, les amadouer. Elle s'en veut de s'être laissé berner. Elle est vraiment déçue qu'ils les prennent à ce point pour des imbéciles. Faire autant de mystère pour ses défaillances, sa faillite du bonheur et sa faillite financière, non vraiment, ce n'était pas nécessaire. Pamela est tellement en colère qu'elle en reste sans voix. Elle le dévisage, il a le regard fuyant, toujours la même lâcheté, aucun courage, il ne peut l'affronter autrement qu'avec des cris et des claquements de portes. Alors elle préfère se taire, il serait capable de les laisser là en plan, se tirer avec la voiture à deux heures de route de la maison, sans autre possibilité de rentrer que le bus ou pire, le stop. Elle s'imagine quelques instants avec sa fille sur le bord de la route, elle se ressaisit, il est hors de question que ça leur arrive, qu'il les abandonne ici, alors elle mime la docilité. Elle lui demande pour combien il en a, il lui répond entre les dents, d'une voix de phtisique, qu'il doit 32 000 dollars à des gens. Ce terme « des gens », ça pourrait la faire sourire si la situation n'était pas aussi tragique, ces fameux gens ne sont pour elle qu'un ramassis d'escrocs, des pauvres types, des mafieux anonymes. Jimmy a le regard vide, il ne les implore pas, il reste inerte, désamorcé. Maintenant que c'est dit, il contemple l'océan, sans une pensée pour ce qu'il y a dedans. De soulagement, il n'en a pas, il est seulement inexpressif et las, comme s'il avait fait le tour de son existence, comme s'il était allé trop loin et qu'il se laissait emporter vers une contrée nouvelle et dangereuse, un bonus non désiré. Il avance, abattu, exténué. Joyce fouille son regard, il est luisant, il sautille de larmes. Du menton, elle fait un signe à sa mère, qui ne comprend pas, alors elle enfonce ses poings dans ses yeux pour lui décrire son père. Pamela hausse les épaules, ça ne la touche plus. Joyce agrandit ses yeux tout en levant les mains, paumes vers le ciel avec un air de dire « qu'est-ce qu'on fait ? ». Pamela lui fait signe d'attendre. Joyce est dégoûtée, pour une fois qu'ils faisaient une sortie avec son père, il faut toujours qu'il abîme tout. Le vent soulève le sable, des marbrures blanches se forment et flottent à la surface d'un sol bien lisse, dans la zone où l'océan s'est retiré. Ses mocassins en daim, à franges, sont recouverts de sable, elle secoue ses pieds pour s'en affranchir. Un jeune pélican se laisse porter par les courants ascendants, il dérape dans le ciel en lorgnant sur les victuailles étalées dans l'encadrement de la couverture à carreaux. Des promeneurs s'enivrent, happés par les éléments, leurs Kway faseyent, frappés par les rafales. L'image est intéressante, l'un est en jaune, l'autre en orange et le dernier porte un coupe-vent kaki. Une belle harmonie de couleurs sur le décor azuré installé en arrière-plan. Jimmy ne s'embarrasse guère avec de telles considérations, sous son front, c'est la misère, son avenir est en état de démolition.

Le retour vers la maison est silencieux, pas de musique ni de conversation. Joyce a bien tenté d'activer un semblant d'échange avec sa mère, mais Pamela n'en avait pas la force. Chacun regarde désormais dans des directions opposées, vaguement intéressé par le paysage qui passe tout près d'eux. Seul Jimmy contemple la route, il le fait par obligation, il est le conducteur, il s'attelle à cette mission tout en songeant qu'un simple coup de volant et un plongeon vers l'océan suffirait à l'exonérer de ses malheurs.

*

Jimmy est content de lui, il a bien bossé aujourd'hui, il a presque terminé les peintures dans la maison qu'il retape. Il fait ça chez l'ami d'un pote, le gars est plein de pognon, il possède un restau et un bateau, un gros modèle avec deux moteurs de trois cents chevaux. En attendant que Jimmy ait terminé de repeindre la baraque, le type vit avec sa femme sur leur bateau, amarré au ponton. Il dit qu'il aime bien cette nouvelle vie, mais il dit aussi qu'il est content de savoir que ça reste provisoire. Au fond, il n'aimerait pas vivre de cette façon au bord de l'eau avec le bruit des drisses qui claquent toutes les nuits sur leur mât, avec les désœuvrés qui viennent frotter leur rafiot à longueur de journée, les types qui aspergent de la flotte partout au jet, qui rincent leur pont, qui rincent les pontons et qui rincent même l'eau du port. Cette vie-là n'est pas faite pour lui, alors il espère que l'autre là, comment il s'appelle déjà ? Il ne sait même plus, il espère qu'il n'en a plus pour longtemps chez lui avec ses peintures et ses pinceaux, parce que faudrait pas qu'il s'éternise, voilà où il en est dans sa tête, pendant que Jimmy sirote tranquillement une mousse au comptoir d'un bar sombre en fin d'après-midi, satisfait de sa journée. Il ne le sait pas encore, mais l'autre friqué, celui pour qui il s'est lancé dans ces travaux, ne le paiera pas. Il n'y a pas de raison, la question de l'argent n'ayant jamais été évoquée. Il ne lui proposera même pas un tour de bateau, rien, ni même deux ou trois tranches de thon, encore moins la queue d'un espadon. Il prend Jimmy pour ce qu'il est, un pauvre type narcissique qui cherche l'amour d'autrui ou de la reconnaissance sous n'importe quelle forme, un gars qui veut se forger une belle image, celle d'un type sympa, agréable, que tout le monde apprécie, et qui, pour cela, est prêt à se sacrifier pour des inconnus qui auront peu d'égards pour lui. Le propriétaire du restau, et du bateau, se dit qu'il a bien raison de profiter de lui, ce genre de type ne mérite pas mieux. En attendant, Jimmy est d'humeur joyeuse ce soir dans ce bar, il s'attarde sur les clients alentour, il reconnaît ce vieil habitué qui s'énerve sur un flipper, il le pousse, le soulève. Le type a les cheveux longs, des bacantes impressionnantes, il est maigre, vêtu de noir, petit mais réhaussé de bottes pointues. Jimmy l'a souvent aperçu dans cet établissement, il enfile tout son fric dans ces bières et ce flipper. Le serveur, qui a envie de briller, s'approche de Jimmy.

— T'as vu, il se la donne, hein ?

— C'est sûr, il est à fond. Et il est là chaque fois que je passe.

— Ouais, c'est un habitué. Il passe tous les jours quand il est pas en tournée. Un musicien, le gars.

— Quel genre ? Du clavecin ? Nan, je déconne.

— Du rock, des guitares, je ne connais pas, mais il paraît que c'est bien.

Jimmy n'y prend pas garde, mais le mec qui était accoudé près de lui au zinc vient de sortir son engin. Il pisse contre les panneaux de bois du comptoir comme s'il était aux pissotières. Il conserve son air dégagé, absolument naturel, et le serveur accroché à ses pompes à bière ne peut rien déceler depuis l'autre côté du comptoir. Forcément, ça ne rate pas, il en met plein les chaussures de cuir cirées de Jimmy.

— Hey, mec ! Qui t'autorise à te soulager sur mes chaussures vernies ?

— Ce qui m'autorise ? C'est ta gueule de con, avec ta raie bien coiffée sur le côté, c'est ton allure de plouc qui s'ignore, le connard qu'a sans doute levé une petite femme avec une belle petite gueule mais qu'a rien à foutre avec un loser de ton espèce. Tu me suis ?

Jimmy évalue rapidement ses chances de l'emporter s'il lui décoche une mandale, mais l'autre a déjà les mains libres, le pénis remis en place, et surtout il fait une tête de plus que lui. Ça compte. Le barman s'interroge, il n'est pas certain d'avoir bien compris, il fait le tour du comptoir et découvre la mare de pisse sur le parquet. Le grand mec prend Jimmy au dépourvu et l'accuse comme un rat. Le barman pince le nez de Jimmy avec son essuie-tout en éponge, le truc dégueulasse qui lui sert à décrasser le zinc, et le reconduit aussitôt vers la sortie. Jimmy avait déjà réglé sa note. Il ne proteste pas, il sait que c'est inutile, il ne s'en sortirait pas, les éléments sont contre lui, le type avait l'air vraiment mauvais, une de ces ordures toxiques qui s'ingénient à nuire, à polluer la vie d'autrui. La dernière chose que Felton entend avant que la porte ne se referme sur lui, c'est un flipper qui claque et son esclave de rocker qui jubile d'un cri rauque. Il ne comprend pas, il était si heureux avant d'entrer ici, et le voilà puni, mais puni de quoi ? Jimmy ne croit pas à cette justice universelle dont parle Pamela, elle considère que tout se paye un jour et qu'un jeu d'équilibre égalise les vies, elle ne saurait dire s'il s'agit d'une justice divine ou autre, elle ne sait plus trop si elle est croyante, non, elle croit simplement que dans la nature – car elle considère que l'homme appartient à la nature –, elle croit que dans la nature quand on fait un sale coup à quelqu'un, on reçoit aussi un coup, on est corrigé, ça peut prendre du temps et venir de n'importe où, mais ça finit toujours par arriver. C'est sa conception de la vie. Lui, Jimmy, ça le fait bien marrer toutes ces conneries, surtout de voir Pamela s'interroger sans cesse sur sa propre existence, toujours là à essayer de comprendre en quoi elle a mal agi pour mériter une vie si compliquée. Pour Jimmy, ce sont les naïfs qui croient en la justice, cette dernière n'existe simplement pas, et encore moins dans les tribunaux. Jimmy est convaincu que la justice de ce pays ne repose que sur les dollars.

En rentrant, il trouve Pamela en grande discussion avec Joyce : depuis qu'elle est entrée en « 10e grade » au lycée, ses résultats se sont effondrés. La mère souhaiterait comprendre, mais sa fille est mutique, elle n'a aucune explication à proposer. Elle se contente d'ânonner qu'elle ne sait pas. Face au désarroi de sa mère, Joyce suggère finalement que les cours sont peut-être un peu plus durs cette année, elle a été prise au dépourvu, giflée par surprise, mais ses notes devraient se redresser. Pamela n'est pas convaincue, elle est inquiète. Elle caresse la joue de sa fille avec le dos de sa main. Le père qui ne s'occupe jamais de rien tente d'intervenir.

— Qu'est-ce qu'il y a encore ?

— Rien…

— Je vois bien vos têtes.

— C'est Joyce, ses notes sont en chute libre.

— Le lycée a appelé ?

— Pas encore.

— Ben, alors qu'est-ce que tu t'emmerdes avec ça ? Joyce va en remettre un coup et allez, c'est reparti. Hein, Joyce ?

— Oui…

Jimmy se décapsule une bière, il se garde bien de leur raconter l'épisode au comptoir de ce bar où il a ses habitudes. D'ailleurs, sa femme et sa fille ignorent tout de ses habitudes, elles savent juste qu'il a un métier et qu'il joue aussi au poker.

La tapisserie orange et marron de la chambre de Tony est recouverte de posters du Grateful Dead, et aussi de quelques images de skate. Joyce lui demande pourquoi il n'aime pas la tapisserie, il lui répond qu'il l'adore, c'est lui qui l'a choisie. Si les rouleaux de tapisserie « Grateful Dead » ça existait, c'est ça qu'il aurait choisi, mais comme ça n'existe pas, il se contente de punaiser des posters sur ses murs. Joyce lui demande si ses parents l'ont engueulé en voyant le résultat, Tony répond que ses parents n'ont rien à dire, que c'est sa chambre. Joyce se dit que ça ne se passerait pas comme ça avec son père. Tony lui demande comment est sa chambre, elle lui décrit son univers, des murs peints en mauve, sauf un, peint en jaune, Tony fait une grimace, du parquet peint en blanc et un radiocassette posé sur un tapis rose. Joyce lui révèle que son appareil d'enregistrement, c'est le truc le plus important de sa chambre, plus important que son lit même. Il ne l'écoute plus, il la regarde intensément, il n'en revient pas d'avoir réussi à l'amener chez lui, il se dit que ça doit bien vouloir dire quelque chose, sinon elle ne l'aurait pas suivi. Il la dévisage et se tait. Joyce regarde loin devant elle, bien décidée à l'éviter. Elle est submergée par la gêne, mais très consciente de sa présence dans cette chambre, elle est parfaitement calée sur le présent, elle ne se projette pas, elle est là, assise sur le plancher, adossée au lit de Tony qui lisse maintenant ses cheveux châtains entre ses doigts comme s'il voulait en faire des bracelets tressés. Sans prévenir, il l'embrasse sur la joue. Joyce ne réagit pas. Tony se dit qu'il peut explorer plus loin, il se tord le cou et pose ses lèvres sur les lèvres de Joyce, elle ne réagit pas davantage. Sa langue pointue barbouille ses lèvres pour se faufiler entre ses dents, mais Joyce n'en démord pas, ses mâchoires sont bloquées. Elle ne le repousse pas avec ses mains, mais avec ses dents, un mur de dents qui la préserve. Tony abandonne, il s'écarte d'elle, il considère son visage, Joyce est si belle, il pourrait le crier. Il se contente de la regarder maintenant, elle est immobile, elle le regarde dans les yeux, aucun mystère, aucune séduction, juste des yeux bleus qui le regardent. Tony ne comprend plus rien. Il touche un peu ses cheveux blonds, ils sont doux et fins, beaucoup moins gras que les siens. Elle ne dit rien, à son tour il trouve la situation embarrassante. Une flaque de soleil, renversée sur le parquet, glisse lentement vers les pieds de Tony. Ils sont sales. Il regarde par la fenêtre, il lui demande si elle veut qu'il tire les rideaux, Joyce ne répond pas. Elle se hisse sur le lit et s'allonge sur le dos. Tony ne comprend vraiment plus rien. Joyce retire son tee-shirt et son pantalon, elle les laisse tomber sur le plancher, elle est en soutien-gorge et culotte. Tony est bluffé. « C'est quoi ce bordel ? », se demande-t-il silencieusement. Joyce regarde le plafond, aucun regard n'est adressé au garçon. Tony escalade son lit, une barre brutale vient de surgir dans son slip, un truc qui le limite dans ses mouvements. Il est tenté de glisser une main dans son jean pour remettre la chose bien droite, il n'en fait rien, il se contente d'absorber cet inconfort qui soudain le rend heureux. Il devine que ce n'est pas le moment de parler, il aimerait bien qu'on le guide mais Joyce est comme absente, livide. Il se demande bien dans quel ordre il doit agir. L'embrasser, puis la dévêtir ? Embrasser, elle n'y tient pas, la déshabiller direct alors ? OK, mais dans quel ordre ? La culotte en premier ? Le soutien-gorge d'abord ? Ça tourne très vite dans la tête de Tony, il reste penché au-dessus d'elle, sa chevelure dégringole à la verticale et lui masque une partie du corps de Joyce, les pointes de ses cheveux effleurant son ventre. Soudain, il est tenté de la caresser avec ses cheveux, mais il abandonne aussitôt cette idée, convaincu qu'elle trouverait ça débile. Il faut qu'il agisse, sans traîner, sinon elle serait bien capable de se rhabiller, mais quoi faire bordel ? Ils font quoi au cinéma ? Ils s'embrassent. Mais Joyce ne veut pas, tant pis, il tente à nouveau, il se penche complètement sur elle et farfouille ses lèvres avec les siennes, il lui plante la langue là-dedans, en plein milieu, rien à faire, il est bloqué par le mur de ses dents. Il se redresse, un peu rouge et honteux, il ne pensait pas que le truc qu'il attendait depuis si longtemps serait aussi difficile, c'est vraiment infernal, il se demande si tout le monde le vit aussi mal. Bon, il se lance, il glisse une main sous le dos de Joyce, il passe son autre main de l'autre côté, leurs deux visages se rapprochent, elle peut sentir la nappe de chaleur qui jaillit de son nez, c'est assez désagréable, mais elle ne bronche pas. Elle le regarde dans les yeux maintenant, elle le laisse faire, ça ne l'amuse pas, mais elle le laisse faire. Elle s'interroge, cette façon de s'escrimer comme ça au-dessus d'elle, est-ce que ça lui demande du courage, à lui ? Elle a surtout l'impression qu'il est animé par un désir incontrôlable. Elle ne croit pas au courage, pas ici, pas maintenant. Sa maladresse l'oppresse, elle découvre qu'il n'a jamais ouvert de soutien-gorge de sa vie, elle admet que ça ne doit pas être facile avec son dos plaqué sur le lit, elle se dit qu'elle pourrait redresser le buste, un peu, mais elle n'y tient pas, il doit se débrouiller, il n'a qu'à savoir ce qu'il veut. Elle reste les deux bras dépliés, inertes, le long de son corps. Elle ne comprend pas, il aurait quand même pu s'entraîner à dégrafer les soutiens-gorge de sa mère, il n'est pas très futé, il se doutait bien qu'un jour il y serait confronté. Il lui suffisait de traîner du côté de ses placards en son absence, de s'emparer d'un modèle et de faire l'essai, le fermer, puis l'ouvrir, et recommencer jusqu'au moment où le geste devient fluide, et pourquoi pas passer l'étoffe de dentelle sur soi, pour manipuler le mécanisme dans son dos, comme une femme le ferait. Bref, Tony n'a jamais eu l'idée de s'entraîner, et le temps qu'il met à dégrafer cette chose couleur chair exaspère la jeune fille, elle préfère rester les yeux fermés désormais. Elle n'a plus envie de le voir ahaner au-dessus d'elle, comme un cheval maladroit et excité fouillant l'orifice d'une jument. Elle a déjà vu ça une fois, ça compte parmi ce qu'elle a vu de plus hideux dans sa vie. La bestiole, le mâle, s'appuyait sur une femelle indolente, son truc se tordait, ne trouvait pas l'entrée, et lui, avec sa tête d'abruti, la gueule ouverte, un morceau de crinière lui tombant entre les deux oreilles, jusque dans les yeux, bataillait comme si sa vie en dépendait, c'était désolant, une affreuse tristesse avait bouleversé Joyce. Et ça l'avait poursuivie longtemps après avoir quitté ce ranch, où sa mère l'avait amenée alors qu'elle travaillait sur un tournage, un western. Joyce devait avoir dix ans et Pamela n'avait trouvé aucune solution de garde ce jour-là. Tony lui fait penser à ce cheval, il a l'air aussi démuni que lui. Elle a soudain très envie d'en rire, elle se retient, elle se doute qu'il lui en voudrait et surtout qu'il pourrait très mal réagir. Enfin, il parvient à détacher les agrafes. Il s'applique à faire passer les bretelles, une, puis deux, il soulève le soutien-gorge de Joyce, il le dépose religieusement dans un coin du lit, et s'immobilise, il est à genoux, les deux mains appuyées sur ses cuisses. Une énorme masse s'est formée dans sa gorge, de la taille d'un nid, l'air passe encore, mais c'est à peine s'il respire. Joyce le contemple, elle se demande ce qu'il fout, il est bloqué. Tony est scotché, c'est magnifique. Il regarde des seins, les seins de Joyce, c'est la première fois qu'il a le droit de regarder des seins, de prendre le temps qu'il veut pour les regarder. C'est presque ingérable pour lui, il se dit qu'il pourrait partir en fumée, se disloquer ici, disparaître devant tant de beauté. S'il était croyant, il prierait pour ne pas s'évaporer dans l'instant. Il a peur, il est convaincu que ce n'est pas réel et qu'il va être transporté dans une autre dimension, ailleurs, au milieu d'une guerre, avec des engins effrayants, des robots tueurs, une bataille dangereuse, quelque part sur Pluton. Tony parvient à déglutir, il ne sait pas s'il a le droit de toucher, il soulève une main pour s'approcher des seins, mais Joyce lui bloque le poignet sans se précipiter, elle le repose sur sa cuisse, exactement là où il était. Elle devine de la déception dans son regard, elle s'en fiche, il s'en sort déjà bien. Tony s'attarde sur les deux cimes rosies de sa poitrine, il n'a jamais rien vu de plus beau. Ses seins s'affaissent très légèrement sur le côté, leur galbe est opulent. Les périmètres triangulaires, traces de bronzage de son bikini, soulignent son ravissement, il a très envie de les toucher, de les lécher, de s'y frotter, mais ce n'est apparemment pas au programme. Alors son regard glisse vers l'entrejambe de Joyce, il pose un doigt sur le rebord de sa culotte, elle ne réagit pas. Il se demande ce qui est autorisé, il se demande tellement de choses. Du dos de la main, il caresse ses cuisses, mais Joyce la retire aussitôt. Il ne regarde plus son visage, il fixe cette culotte, cette minuscule cible, et d'un coup, passant un index de chaque côté, là où le tissu est le moins épais, il fait glisser le sous-vêtement le long des cuisses bronzées. Joyce ne l'aide pas, elle ne soulève pas le bassin, il tend les bras pour atteindre ses chevilles et faire passer les pieds par le triangle de tissu. Il dépose la culotte près du soutien-gorge, il crève d'envie de la renifler, mais il se retient. Ce truc devient inhumain. Il découvre son pubis. Il n'en revient pas d'être là, chez lui, sur son lit, avec Joyce nue face à lui. Ses poils sont blonds, légèrement plus foncés que ses cheveux, cette minuscule fourrure est presque transparente, il devine des choses à travers, il a très envie de regarder, dans son slip s'écoule une substance onctueuse, il est au sommet de son excitation, il se place près des pieds de Joyce, pour regarder, il tente d'ouvrir ses jambes, elle les maintient aussi serrées que ses dents. Il ne comprend pas, elle se met nue et il ne peut pas la toucher. Joyce voit bien que Tony est désemparé, ça lui est égal, elle est nue, ça devrait lui suffire, il y a une semaine encore rien ne pouvait laisser présager une telle situation, elle est quand même chez lui, dans sa chambre, sur son lit. Qu'est-ce qu'il veut de plus ? Joyce se jure qu'il n'obtiendra rien de plus, il fera bien ce qu'il veut avec tout ça, mais pas exactement ce qu'il veut, voilà, le paquet est livré, il regarde et c'est tout, c'est déjà bien assez, cette issue est déjà démesurée. Tony arrache son tee-shirt de sa peau, il débloque son ceinturon et retourne son jean d'un coup, comme la peau d'une bête écorchée. Il s'apprête à retirer son slip, mais Joyce lui maintient soudain les deux bras, il n'ira pas plus loin, elle ne veut pas voir ce truc qui bat contre le bas de son abdomen, il lui demande : « Pourquoi ? Mais pourquoi ? On n'est pas obligé de le faire, juste se toucher un peu, s'enlacer, je t'aime, Joyce. » Elle pose un poing fermé sur sa bouche, elle ne répond rien, et elle ne veut plus l'entendre. Qu'est-ce qu'il croit ? Qu'il peut disposer de son corps comme ça ? C'est elle qui choisit le chemin que doit prendre son corps, c'est elle qui décide de la destination, et Tony n'est pas forcément une destination.

Celui-ci est paumé. À genoux près d'elle, il enfonce maintenant une main dans son slip rouge, il s'enduit le gland avec la texture veloutée qui s'écoule du méat de sa verge. Il commence à se masturber. Joyce ferme les yeux avec force, elle ne veut pas voir ça. Tony est surexcité, il s'active sur cette chair tendue, l'élastique de son slip lui brûle le poignet, il s'en fout, il est concentré, la bouche ouverte, le regard fixe, il emmagasine des images, il fait coulisser sa main avec force sur son pénis, son poing est toujours dans son slip, on ne voit rien, seulement un va-et-vient rapide sous l'étoffe de coton étirée à son maximum. Son avant-bras remue de plus en plus vite, sa bouche est de plus en plus grande, il ferme à demi les paupières, fait des yeux blancs, il jette sa tête en arrière, des cheveux se collent à ses lèvres humides, il se répand dans sa main, dans son slip, une tache sombre imbibe le coton rouge, il s'essuie la main contre le tissu, à l'intérieur, puis, il finit de s'essuyer contre ses fesses, il frotte la paume et le dos de sa main contre la peau de ses fesses. Il renifle un grand coup, inspire profondément et dévisage à nouveau Joyce.

— Wouaaaaaaah, c'était dingue.

— Qu'est-ce qui était dingue ?

— Ben ce truc, là, de faire ça devant toi.

— J'ai pas regardé. Je ne veux rien voir.

— Rien savoir non plus ?

— C'est ça, rien savoir.

— Alors on est ensemble ou quoi maintenant ?

— Tu la fermes, Tony, je te demande juste de la fermer, de rien dire aux autres, promis ?

— Ben, ce sera dur de rien dire.

— Comme tu veux, c'est donc la dernière fois que tu me vois comme ça.

Joyce se redresse, elle aperçoit la tache humide sur son slip, c'est assez dégoûtant. Elle se rhabille à une vitesse surnaturelle, Tony n'a pas le temps de comprendre qu'elle est déjà debout, en tee-shirt et pantalon. Elle enfile sa veste de survêtement Hang ten, avec le fameux symbole de la marque, deux plantes de pieds avec les dix orteils bien dessinés dans son dos. Joyce adore ce survête, elle le porte tout le temps depuis que l'hiver s'est allongé sur la ville, et que des pigeons gonflés de plumes ébouriffées vagabondent sur la plage. Joyce attrape son skate, Tony veut lui parler, l'embrasser, l'approcher, finir sur quelque chose, mais elle ouvre déjà la porte de sa chambre, elle se propulse dans les escaliers. Tony arrive dans son dos, il tente d'enfiler son jean, Joyce est surprise de trouver la mère du garçon en bas, elle la salue poliment, pendant que l'autre remet enfin son froc à l'endroit sans déceler le sourire de sa mère, amusée de voir son gringalet de fils, avec ses côtes apparentes, courir après son amie qui s'évanouit déjà dans la multitude, dans cette épaisseur ouatée d'hydrocarbures qui enveloppe la ville.

*

Il pince les lèvres, tout en maintenant ses paupières closes. Pamela s'applique à déposer de fines couches de fond de teint sur le visage parfaitement rasé du comédien. Elle prend son temps, elle profite de ce maigre répit pour souffler, elle n'en peut plus de ses conneries, encore un membre de cette vaste famille des « Moi-je ». Il parle beaucoup, c'est souvent ainsi avec les jeunes comédiens, la peur les enveloppe et les étouffe, alors pour s'en dégager, ils arrachent l'écorce de leur éducation et blablatent comme s'ils avaient des choses à raconter. L'autre n'existe plus, ils finissent par croire que leur interlocuteur n'a jamais rien vu, rien entendu, ils se mettent à nu sans qu'on ne leur demande rien, et avancent ainsi dans la plaine de leur naïveté, incapables de déceler la gêne occasionnée par ces paroles déversées de la benne de leurs souvenirs. Pamela se dit qu'elle en tient un beau ce matin. Un sacré beau spécimen, un de ceux qui n'ont même pas les antennes. Normalement ils en possèdent, et c'est justement ce qui leur permet de sentir qu'ils font chier le monde avec leur misérable vie, mais non, celui-ci n'a pas d'antennes, il n'est pas près de se taire, alors elle lui badigeonne la bouche de crème, c'est le seul moyen qu'elle ait trouvé pour qu'il la ferme. Elle a disposé des Kleenex en éventail autour de son col afin de protéger sa chemise, cette collerette vaporeuse accentue le ridicule de son allure prétentieuse. Dès qu'il comprend qu'il peut à nouveau ouvrir la bouche, il fait quoi ? Il ouvre la bouche.

— J'en étais où ?

— Vous étiez en France...

— Oui, c'est ça. Donc, comme je le disais, ces imbéciles de Français sont convaincus qu'ils détiennent un talent culinaire rare, qui imprégnerait toutes les couches de leur société, vous voyez ce que je veux dire ?

— Oui, oui, très bien.

Pamela vomit ceux qui lui servent du « Vous voyez ce que je veux dire... » et du « Écoutez... », ça la rend dingue de subir la bouillie verbale qui s'écoule de leur tête, de leurs organes.

— Rien qu'un exemple. J'étais invité sur la French Riviera pour le Festival de Cannes, et voyez-vous, alors que nous venions de nous mettre à table, un homme en livrée s'est approché avec une sorte de terrine, pour nous vanter un fameux pâté de lièvre, soi-disant une spécialité française. Je n'avais jamais entendu parler de cette chose, le lapin me faisant déjà horreur, mais je ne sais ce qui m'a pris, j'ai soudain eu envie de suivre ses conseils pour le laisser déposer une tranche au milieu de mon assiette en faïence de Gien, encore une spécialité locale, si je me souviens bien. J'ai découpé un minuscule morceau de cette chose, je me revois piquant le quadrilatère de chair avec ma fourchette, je sens encore ce goût particulier dans ma bouche et je dois avouer que j'ai trouvé ça étonnamment bon. Je m'en délectais, même. Jusqu'à ce qu'une sensation étrange me picote la langue. Bien embêté, je me suis tourné, comme pour éternuer, et du bout des doigts, j'ai extrait cette saveur piquante de ma bouche pour l'observer au creux de mon autre main. Attendez, attendez, vous allez voir.

— Mais je vous attends, je suis très impatiente de savoir ce qui vous est arrivé, et je suppose que Cheryl, mon assistante, se languit elle aussi de connaître la suite.

— Bien. Vous ne devinerez jamais ce que j'ai trouvé dans ma paume… Figurez-vous qu'il y avait une petite touffe de poils, probablement les poils de l'animal. Et au beau milieu, un plomb cabossé. J'ai tout de suite compris : ce plomb, affaibli pour une raison ou une autre, n'a pas réussi à transpercer la peau du lièvre pour s'enfoncer directement dans sa chair, mais il a quand même déchiré la membrane protectrice, emportant une petite circonférence de poils, des poils se sont donc retrouvés plantés à l'intérieur des muscles de la bestiole, truc de dingue, non ?

— Oui, je dois le reconnaître.

— Ensuite, celui qui a préparé la bête lui a soigneusement ôté la peau sans se douter que des poils étaient planqués dans la chair. Il a séparé la viande des os, puis a haché l'ensemble, mélangé tout ça dans une mixture de je ne sais quoi, pour balancer le truc quelques heures au four. Et hop, son pâté était prêt, le truc délicieux que tous les Français adorent déguster le dimanche ou je ne sais quand. Vous voyez ?

— Oui, je vois. Cheryl, je constate que vous n'en perdez pas une miette. C'est intéressant, n'est-ce pas ?

— Oh que oui, Pam, je raffole de ce genre d'histoires.

— Et c'est donc moi, oui moi, qui me suis malheureusement retrouvé avec l'affreux petit bout de peau et ses poils au fond de mon gosier. Je vous laisse deviner... Vraiment, ce moment de ma vie était une abomination, rien qu'en y repensant, je retrouve le goût de cette chose dans ma bouche, c'est... C'est... Eurrrrrrrk...

Le comédien, emporté par la justesse de ses souvenirs, se laisse soudain submerger par un dégoût irréversible, incapable de retenir les soubresauts de son diaphragme, il dégueule son petit déjeuner sur la table, souillant quelques godets de couleurs au passage.

— Oh, je suis tellement désolé, tellement, eurrrrrrrrk...

Il se propulse vers les sanitaires du studio à la vitesse de la lumière qui dégueule, tandis que Pamela se précipite sur ses produits cosmétiques entachés d'une liqueur de bile. Elle le maudissait dès l'instant où elle l'a vu passer la porte de la loge, mais maintenant, elle pourrait lui faire ravaler, laper, toute la merde qu'il a déversée sur ses outils de travail. Cheryl éponge les tablettes de couleurs avec des Kleenex, elle tamponne délicatement les rectangles de plastique et leurs godets en évitant de froisser les carrés incrustés de poudre. Pamela fulmine, son matériel est foutu, elle n'a plus qu'à racheter des couleurs. Même si Cheryl parvient à limiter les dégâts, tout est dégueulassé par cette puanteur, impossible d'étaler cette odeur de vomi sur le visage des stars de la Paramount maintenant. Pas plus que sur la tronche de ces jeunes comédiens affables. L'autre réapparaît, Pamela n'a même pas eu le temps de maugréer contre lui, elle aurait pourtant bien envie de l'encastrer contre un mur de la loge, cette couille de coyote.

Le prêt-à-tourner, c'est dans vingt minutes à peine, il n'est plus temps de filer chercher de nouvelles couleurs. On frappe. Une fille des bureaux du studio se présente, essoufflée. Elle demande Pamela Felton. C'est important. Pamela s'exaspère, elle sature, c'est trop pour ce matin. Elle veut savoir qui souhaite lui parler avec autant d'impatience. Sa fille, peut-être, la secrétaire des bureaux ne sait pas exactement. Pamela lui demande d'être précise. La jeune femme s'autorise à penser qu'il s'agit bien de sa fille, et que Pamela doit aller lui parler, là, maintenant, c'est urgent. La maquilleuse se tourne vers le comédien qui vient de rejoindre son fauteuil. Elle s'excuse plus qu'il ne s'est excusé lui-même pour le désagrément causé. D'un regard, elle demande à son assistante de limiter la casse, de rattraper cette mélasse. Elle lui fait confiance, depuis le temps que Cheryl la voit badigeonner de crèmes et de poudres toutes les personnalités en vogue qui se planquent dans le secteur des collines, elle devrait facilement y parvenir. Pamela s'élance derrière la secrétaire, elles traversent les rues séparant les studios à vive allure, les pointillés cadencés de leurs talons résonnent entre les hautes constructions. Pamela garde les yeux fixés sur les mollets galbés de cette fille, elle est plutôt moche mais a de jolies formes et surtout de magnifiques jambes, elle en déduit qu'elle a été engagée essentiellement pour sa silhouette. Elle se ravise, se trouvant légèrement cruelle, mais trop tard, elle l'a pensé. Mais le penser sans le dire, est-ce aussi grave ? Elle en conclut que ça peut parfois être plus grave, puis elle se laisse submerger par la honte, mais elles arrivent déjà au secrétariat. Le combiné d'un téléphone est posé sur un grand agenda ouvert, Pamela se dit que l'interlocutrice qui l'attend ne l'attend certainement plus avec tout ce temps qu'elles ont mis pour arriver jusqu'ici. D'une voix qui se veut assurée, elle engage la conversation, mais personne ne répond, elle se lance à nouveau.

— Allô ?

Rien, personne ne répond, mais elle devine une respiration à l'orée du combinée, de l'autre côté.

— Allô ?

— Maman...

— C'est toi, ma chérie ?

Mais Joyce se tait à nouveau. Un silence ensevelit la conversation.

— Mon cœur, que se passe-t-il ?

Joyce reste silencieuse.

— Il s'est passé quelque chose ? C'est Papa ? Ne me dis pas que c'est Papa.

— Maman...

— Je t'écoute, mon cœur. Tu peux me parler, il n'y a personne autour de moi.

La secrétaire lui adresse un sourire bienveillant et s'éloigne ostensiblement du bureau.

— Tu es à la maison ? Tu veux que je rentre ? Tu as besoin que je rentre ? Mais tu sais, je suis au studio. Tu veux que je rentre, c'est ça ?

— Maman…

— Mais enfin, Joyce, que se passe-t-il ? Tu vas me le dire ?

Une sonnerie continue vient soudain interrompre la respiration lointaine de la jeune fille, Joyce a raccroché. Sans s'affoler, Pamela repose le combiné sur son socle, elle est tentée de rappeler, elle pose une phalange dans un des trous du cadran, elle commence à le faire tourner, puis elle se reprend, songeant que c'est inutile, sa fille ne décrochera pas le téléphone. Elle est inquiète, elle imagine tout de suite le pire, Joyce est peut-être sur le point de se faire embarquer chez les Hare Krishna ? Un de ces petits cons en toge orange et sandalettes l'a peut-être approchée à la plage et lui a renversé les idées ? Elle sait que parfois ces types s'intéressent aux ados qui traînent sur le front de mer, Joyce lui a déjà raconté des trucs. Elle se souvient qu'un jour un Krishna s'était assis près de sa fille, au bord de leur mur, et pendant un long moment il avait partagé avec Joyce son histoire de toxicomanie, sa désintoxication et tout ça. Joyce avait avoué à sa mère que Wendy, qui était avec elle, était à deux doigts de se laisser embarquer, non pas dans la drogue, mais dans la secte. La chose qui l'en avait empêchée, c'était le ridicule du gars avec sa tête rasée et sa houppette brune à l'arrière de son crâne. Joyce avait confié à Pamela que Wendy avait été sauvée par cette coupe de cheveux grotesque, alors qu'elle était sur le point de se laisser enrôler par cet illuminé. Pamela était ressortie effrayée de cette conversation, elle découvrait alors à quoi tiennent les garde-fous d'une éducation, elle les trouvait soudain bien fragiles face au tsunami de ces idolâtres de Krishna. Une autre fois, un Krishna avait abordé leur petite bande, il prétendait avoir ouvert une pizzeria végétarienne avec d'autres adeptes comme lui, les gamins l'avaient suivi jusque là-bas, pour voir, se demandant bien à quoi ressemblaient des pizzas végétariennes, le type et ses potes leur avaient offert une pizza à chacun, puis ils étaient repartis contents de la pizzeria, avec plein de magie dans les yeux. Un type avait même offert un tee-shirt à Byron, un machin trop grand, un truc de sa fabrication, des grands cercles décolorés à l'eau de javel, en suivant une technique de plis. Byron le porte encore, il est en lambeaux mais il le porte toujours, car il l'adore. Pamela, en apprenant ces incursions des Krishnas dans le groupe d'adolescents, avait immédiatement appelé les autres parents, Joyce en avait ressenti une grande honte, car la plupart des géniteurs de ses amis avaient seulement souri, prenant Pamela Felton pour une alarmiste écervelée, nourrie aux fictions hollywoodiennes. Pamela n'en était pas ressortie vexée, même si elle avait bien ressenti le désengagement des parents et même de la défiance à son égard, elle s'était simplement dit qu'ils étaient bien cons de ne pas porter plus d'attention à ces problèmes-là, et d'une façon plus large, à l'éducation de leurs enfants. Bien sûr, on avait charrié Joyce après cet épisode, elle était devenue la petite chose à sa maman, la petite fille en sucre d'orge, loin de l'image de skateuse intrépide qu'elle s'était érigée dans les alvéoles de béton du skatepark.

Toute la journée, la maquilleuse s'est demandé si elle n'aurait pas mieux fait de quitter son tournage pour faire un saut à la maison, et percer le secret de ce mystérieux appel de sa fille. Mais elle est restée, elle a fait le job, apportant des retouches étudiées aux visages trop luisants sous les feuilles de gélatine accrochées aux projecteurs. Puis, quand est venue l'heure et que le réalisateur a crié « Fin de journée », Pamela Felton s'est précipitée vers sa petite

Austin Nash Metropolitan jaune citron pour se propulser dans ces embouteillages qui caractérisent cette ville depuis une bonne décennie et martyrisent ses plus vieux démons. De retour à la maison, elle vient de retrouver Joyce sur son lit, écoutant de la musique en rêvassant, le skate appuyé debout contre son meuble de bibliothèque, un truc en bois récupéré dans une vente d'objets à petit prix organisée par The Salvation Army. En fait de bibliothèque, cette relique en placage accueille essentiellement les K7 stéréo de sa fille, qu'elle possède en grand nombre maintenant. Voulant comprendre ce qui chagrinait tant Joyce en milieu de matinée, Pamela s'est assise sur le rebord de son lit, pour parler. Mais sa fille se souvient à peine de l'avoir appelée.

— Tu te fous de moi, là ?

— Non, je ne me fiche pas de toi, c'est juste que c'était sans importance.

— Non mais, tu ne t'es pas entendue… Tu disais, « Maman », « Maman », avec une voix déchirante, j'ai failli en pleurer.

— Mais c'est rien, t'inquiète pas, juste un blues passager.

— Une histoire de cœur ?

— Mais non, Maman, ne dis pas n'importe quoi.

— Tu n'as pas de petit copain ?

— Mais non, ça m'intéresse pas.

— Pourtant, Wendy m'a dit que Tony t'aimait bien, il aurait un faible pour toi…

— Elle t'a dit ça quand ?

— Je ne sais plus, elle me l'a dit, c'est tout.

— Je la déteste.

Joyce se redresse sur son lit, elle vient se coller à sa mère qui est ravie de la serrer dans ses bras, ça fait si longtemps qu'elle n'a pas senti la chaleur de sa fille contre elle. Elle tente une dernière salve de questions pour en avoir le cœur net.

— Dis-moi franchement, ça n'avait rien avoir avec une secte ? On ne t'a pas retourné la tête avec leur Hare Krishna ? Réponds-moi sincèrement, j'ai besoin de savoir.

— Mais nooooon… Ne t'inquiète pas, ma petite Môman, je te dis que j'ai juste eu un blues passager, d'un coup, tout est devenu trop grand, l'avenir, l'amour, la mort, la peur de te perdre, de vous perdre… C'est un mélange de tout ça, je crois que c'est normal quand on a quinze ans, non ?

— Bien sûr, oui, je comprends, ma chérie, on passe tous un peu par là à un moment ou à un autre.

Joyce se détache de sa mère et se rallonge, Pamela regagne le salon en refermant le plus doucement possible la porte de la chambre de sa fille, elle maintient sa main sur la poignée, pensive. La maquilleuse se dit que sa fille maquille bien la réalité, elle ne l'a pas crue un seul instant avec son histoire de spleen adolescent, elle se dit qu'elle aimerait bien aller rôder un de ces jours du côté du front de mer, observer un peu ce qu'il s'y passe, vérifier que les types en toges orange ne s'approchent pas trop près de sa fille et de ses petits camarades skaters. Mais comment trouver le temps, avec ces journées harassantes au studio ?

Le soir même, elle informe Jimmy de ce coup de fil étrange reçu en matinée. Comme à son habitude, il évacue la question, et ne prend même pas la peine de démouler la moindre réponse de son cerveau obscurci par le jeu. Les errements et tâtonnements adolescents de Joyce ne l'ont jamais intéressé, la matière psychologique le rebute, il refuse toute forme de questionnement sur l'état mental d'autrui, les strates entremêlées du cerveau humain, il s'en tient le plus éloigné possible. Il faut aller bien, c'est tout. Autour de lui, il faut se démerder pour aller bien, il est hors de question qu'on vienne l'importuner avec les méandres du doute ou du chagrin. Pas de psychologie, pas de pleurnicheries, chacun doit se débrouiller seul avec ses misères, surtout sa fille, il est inutile qu'elle convoque son père, et c'est aussi valable pour la mère.

*

Les filaments de lumière attachés aux voitures s'étirent comme les rubans des méduses dans la profondeur de la nuit. Les familles confortablement garnies d'argent accourent et se perdent sur les boulevards, se télescopent aux vitrines et, assises à des tables de restaurant, suggèrent leurs envies de cadeaux aux uns et aux autres. C'est Noël. Les fratries et dynasties les plus pauvres se calfeutrent dans leurs masures de planches, nichées au cœur de la ville. Leurs gosses attendent que ça passe, que Noël décline, et que les sales souvenirs de l'année passée se rembobinent, afin d'accéder à autre chose. Les enfants des familles aisées se laissent guider sur Wilshire Boulevard, et trottinent jusqu'à *Bullocks*, ce grand magasin de pierres et de métal empilés, qui leur évoque invariablement une construction de Lego. Les gamins s'habillent de leurs plus beaux vêtements et font la queue pour y voir le père Noël qui les attend assis sur son trône de velours. Ils accompagnent leurs parents dans les allées boursouflées de jouets, de cadeaux, de stewards et d'hôtesses d'accueil, puis ils en ressortent estomaqués, ou totalement blasés si l'on considère les plus petits. Ces derniers se contentent de tendre un bras en direction des faux sapins de Noël perchés au sommet des lampadaires, installations légères, colorées d'étoiles électrisées. Le plus impressionnant des arbres de Noël restant le sapin géant édifié sur le toit de la tour Capitol Records : c'est une construction électrifiée, pas un conifère mais un immense cône illuminé de rouge et de lumières dorées, le tout surmonté d'une étoile absolue qui scintille au-dessus de la ville. L'an dernier, pour la première fois depuis 1958, il n'y avait pas eu d'arbre au sommet de Capitol Records, en raison de la crise énergétique, le fameux choc pétrolier, mais cette année le sapin électrifié s'est bien rattrapé, il est somptueux. Chacun y voit ce qu'il veut, l'ombre du bonheur, ou l'incandescence tenace du malheur, il n'y aura pas de jaloux, tout le monde aura droit à son tour de manège, la vie les fera asseoir successivement sur les deux bestioles, idyllique et maléfique.

C'est Noël depuis quelques semaines, et la tradition a encore été respectée chez les Felton. Il y a dix jours, Pamela a traîné sa fille jusqu'à la grande parade. Elles se sont blotties contre les badauds pour voir passer le défilé, les carrosses illuminés, les chars décorés, les fanfares, quelques célébrités à bord de décapotables, les sept nains de Blanche-Neige avec des bonnets et des gros nez, tout le monde était là, les enfants les plus petits se bousculaient sur les épaules des papas, les mamans donnaient la main aux plus grands et répondaient à leurs sourires. C'est Noël et tout le monde s'en fout maintenant de la démission de Nixon au mois d'août, c'était pourtant la première fois qu'un président américain lâchait ses fonctions avant la fin de son mandat, mais tout le monde en avait soupé de ce scandale du Watergate, personne n'en voulait plus de cette affaire qui remorquait journaux et télévision depuis de longs mois, il avait eu ce qu'il méritait, le père Nixon, et c'était très bien qu'il soit remplacé par son vice-président, Gerald Ford, malgré sa tronche de dur malhonnête qui n'inspire pas confiance à Pamela. C'est l'impression que ça lui fait chaque fois qu'elle aperçoit son portrait dans la presse. C'est Noël, et Pamela, tout comme l'opinion publique, est bouleversée par le drame du 13 novembre, lorsque Ronald DeFeo Jr a abattu son père, sa mère et ses quatre frères et sœurs, dix-huit, treize, douze et sept ans, au beau milieu de la nuit. Ça s'est passé à l'autre bout du pays, dans ce petit patelin d'Amityville, à quarante-cinq miles à l'est de New York, mais cette histoire lui zigzague encore entre les vertèbres de l'échine. Pamela s'est beaucoup nourrie de ce meurtre ces derniers temps, et Jimmy, en grand spécialiste, l'observait avec un air goguenard. Tous les membres de la famille ont été abattus dans leur lit, autour de 3 heures du matin, avec une arme de chasse, une carabine Marlin Model 336 de calibre 35. Deux balles pour les parents, une seule pour les enfants. Le père et la mère ont vaguement survécu, assez longtemps pour se traîner jusque dans le couloir, voulant sans doute appeler les secours, vérifier comment allaient leurs enfants, puis ils se sont effondrés sur place, la poche de sang de leur cœur cessant brusquement de ballotter. On a retrouvé des boîtes de munitions vides dans la chambre de l'aîné de la famille, Ronald DeFeo Jr. Le lendemain, il s'est expliqué à la police avec ces mots : « Une fois que j'avais commencé, il m'était simplement impossible de m'arrêter, tout est allé trop vite. » Ajoutant qu'il aurait été manipulé par une entité qu'il a appelée « le diable ». Ce truc du diable, Pamela n'y croit pas, mais ça lui brûle quand même le sang, ça l'incommode.

Pour Noël, Joyce a reçu un casque stéréo qu'elle peut brancher sur son radiocassette. Son père finissait par ne plus supporter cette « musique de hippie » qui dégouline de sa chambre, c'est ainsi qu'il a baptisé la musique de Joyce, lui qui ne jure que par Roy Orbison et Elvis. Entre les goûts musicaux du père et de la fille, une véritable fêlure s'est dessinée pour s'agrandir, aussi large que la croûte escarpée du Grand Canyon. Ses Byrds, Crosby, Stills, Nash&Young, America et Flying Burrito Brothers, lui Jimmy, ça le fout en rogne, il a envie de soulever son fauteuil crapaud et de lui faire traverser la fenêtre du salon peinte en bleu. Il lui est arrivé de le brandir au-dessus de sa tête, mais chaque fois il l'a reposé pour se rasseoir dedans, sans bien savoir s'il était lâche ou finalement raisonnable. Pamela, elle, en revanche, aime beaucoup ce qu'écoute leur fille, elle adore toutes ces guitares mélodiques soutenues par du chant à plusieurs voix. La chanson qu'elle fredonne le plus souvent, depuis qu'elle l'a entendue sortir des baffles du fameux radiocassette, c'est *Ventura Highway* du groupe America. Celle-ci, elle l'adore et elle la chante à tue-tête dans les embouteillages, dès qu'elle l'intercepte à la radio.

C'est un lendemain de Noël habituel chez les Felton, la guirlande du sapin a clignoté toute la nuit, ses ampoules colorées sont tellement brûlantes qu'elles font germer des cloques sur les mains si on les touche. Après un sommeil perforé de cauchemars, Joyce s'est levée plus tôt que les autres jours. Les rues sont désertes ce matin, son skate s'écoule sur les plaques de béton. Vêtue de sa veste de survêtement Hang ten, la jeune fille dégringole jusqu'au front de mer. L'océan est aussi plat et coupant que de la tôle, les pigeons restent plantés dans le sable, immobiles, le plumage gonflé, ébouriffé, ils ont l'air malades, ils ont seulement froid. Le ciel est noir et les goélands immenses. Ils sont nombreux à guetter les résidus de déchets depuis les hauteurs, ils glissent entre les nappes d'air en espérant repérer un morceau de bagel tombé par terre, une vieille frite ramollie par la nuit, ou mieux, une carcasse de pigeon. Tout est mort, ici. On aperçoit des promeneurs au loin, ceux qui sortent leur chien. Un gamin, neuf ans à peine, joue près de la promenade avec une petite voiture dans le sable, sa main écrase l'engin qui trace des courbes dans la poussière. Il fredonne une chansonnette. « Au sommets de mes spaghettis recouverts de fromage, j'ai perdu ma pauvre boulette de viande quand quelqu'un a éternué. Elle a roulé sur la table puis sur le sol. Et puis ma pauvre boulette de viande est partie par la porte. » Joyce connaît cet air que chantent les gamins. Et le gosse, elle le connaît aussi, il traîne souvent dans le coin, on dit de lui que c'est un enfant clochard, il vit dans la rue, sans parents, un orphelin qui court et s'époumone pour échapper aux forces de police. Joyce tente de s'approcher doucement, elle n'a pas envie de l'effrayer. Le gosse l'a repérée depuis longtemps, il a la même acuité visuelle que les goélands. Elle le connaît mais ne connaît pas son nom. Il n'a jamais personne avec qui jouer, toujours seul, mais il n'est pas trop sale pour un enfant clochard. Il a installé ses affaires près d'une poubelle, un paquetage militaire en toile, un gros boudin kaki presque aussi grand que lui. Un truc refermé par un mousqueton. Là-dedans, il a entassé ses vêtements, du savon pour les cheveux et la peau, Joyce décide qu'il ne doit pas avoir de shampooing, elle se dit qu'un galet de savon doit lui suffire pour remplir toutes les options, même les dents. Elle pose ses fesses sur sa planche de skate, à trois ou quatre mètres du gamin. Elle dessine des conneries dans le sable avec le rebord de ses semelles.

— Salut. Ça caille, non ?

— Je trouve pas. J'aime bien quand y a pas de soleil.

— Tu te fous de moi... T'aimes pas la pluie quand même ?

— Si, je préfère la pluie.

— Bah, pourquoi ?

— Parce que ça nettoie les rues.

— Oui, c'est important des rues pas trop sales.

Joyce rit de sa propre réplique, il la regarde, interloqué, il n'a pas du tout envie de rigoler.

— Je m'appelle Joyce. Et toi ?

— Travis.

Joyce se penche et lui tend la main, le gosse est méfiant, mais au bout de quelques secondes, il glisse une paume dans celle de la jeune fille. Sans le moindre sourire. De toute façon, Joyce ne souriait pas non plus. Le gamin s'attarde sur un goéland venu rôder près de sa poubelle. Le volatile, plein d'assurance, observe les deux humains tout en veillant à rester à distance. Soudain, il décide de s'aventurer sous le sac plastique de la poubelle, elle-même suspendue à un grillage métallique. L'armature cylindrique est fixée à un poteau mais ne descend pas jusqu'au sol, ce qui permet à l'oiseau marin de se faufiler sous l'installation. Joyce semble amusée par le manège de la bestiole. Avec son bec, le goéland tire de toutes ses forces sur le fond du sac alourdi de déchets. Comme ça ne vient pas, il pique dedans avec le crochet pointu de son bec. Puis il entreprend de tirer à nouveau sur la membrane plastifiée. D'un coup, le film de la poubelle se déchire et le contenu se répand sur le sable. L'oiseau s'est écarté d'un simple battement d'ailes pour ne pas être enseveli, et maintenant, il fait le tri en plongeant sa tête dans les détritus. Il avale de gros morceaux de bouffe molle, des trucs à moitié moisis qui lui alourdissent l'estomac. Ce n'est probablement pas la première fois qu'il opère ainsi. Joyce est soufflée par son intelligence, s'engouffrer dans la poubelle par le haut ne lui aurait pas permis d'en ressortir, et il le sait, il se serait débattu avec ses ailes trop larges, incapable de les déployer au fond de ce trou, et ses petites pattes n'auraient pu le soulever, elles sont tout juste bonnes à marcher dans le sable, sur les rampes des baraques ou sur les toits. Il aurait agonisé là-dedans après avoir expédié de la nourriture dans les contreforts de son jabot. Le gosse s'intéresse longtemps au goéland, jusqu'à son envol vers ce ciel au gris infini. Joyce l'interpelle.

— Hey, c'est intelligent, ces bêtes-là.

— J'achète...

— Franchement, il m'a bluffée.

— Je le connais, celui-là, il fait ça tout le temps.

— Comment tu le reconnais ?

— Il a deux plumes blanches au cul.

— Ah ouais ? Dis-moi, Travis, tout à l'heure tu disais que t'aimes bien la pluie parce que ça nettoie les rues. Pourquoi tu dis ça ?

Le gamin hésite longuement, il observe Joyce, puis détourne le regard, s'intéressant à nouveau à la petite voiture qu'il pousse dans la poussière. Enfin, il lui répond à mi-voix, sans la regarder.

— J'aime bien les rues propres parce que je dors là. C'est tout.

— T'as pas de maison ?

— Non.

— Des parents ?
— Non.
— Tu fais comment pour bouffer ?
— Comme le goéland.
— Pourquoi tu voles pas dans les boutiques ?
— Je veux pas de problèmes avec les flics.
— Mais y a bien un centre pour héberger les enfants comme toi ?
— Arrête, j'suis plus un gosse.
— T'es pas un adulte non plus.

Le gosse se tait, il n'en dit pas plus, et Joyce reste avec ses questions. Ça turbine dans son crâne, elle essaye de s'imaginer à sa place, elle tente de visualiser une journée de ce gamin, elle se voit en errance, à la recherche de nourriture, elle se voit à la recherche d'un endroit pas trop dangereux pour dormir, un lieu calme, loin du tourbillon touristique de la plage. Elle s'attarde sur l'enfant, elle réalise qu'il n'est pas si maigre, mais il est loin d'être gros, il faut le reconnaître.

— Et pour te laver, tu fais comment ?
— Dans la mer, avec du savon.
— Et ton savon, tu le voles alors ?
— J'ai un couteau, alors je découpe des morceaux sur les espèces de gros citrons accrochés aux murs des chiottes publiques, ou dans les restaus.
— Pas con.
— Et sinon, je fais le tour des téléphones publics, je récupère la monnaie oubliée.
— Et t'en ramasses ?
— Assez, ouais.
— Assez pour quoi ?

— Pour m'acheter du 7 Up, c'est la nourriture que je préfère.

— OK.

Un autre gamin débarque avec ses parents. Il étrenne son cadeau de Noël, une voiture nitro radiocommandée. Ça fait un de ces boucans et ça pue l'essence, l'enfant tente d'arracher la télécommande des mains de son père qui se tient derrière lui, avec le boîtier de télécommande en bandoulière. La bagnole fait des embardées et de longs dérapages dans les virages. Elle tourbillonne comme une mouche tombée sur le dos, et son moteur désarticule le silence matinal. D'une moue, Joyce indique à son jeune camarade qu'elle est navrée. Le gosse a bien compris qu'elle ne pensait pas au bruit, la grande fille est dégoûtée de ce truc d'amour entre cet enfant gâté et ses parents admiratifs. Il se dit que c'est pas parce qu'il est orphelin que les autres enfants n'ont pas le droit d'avoir des parents et qu'il faut les jalouser. Si Joyce pouvait entendre son raisonnement, elle serait estomaquée par sa sagesse et sa maturité. Le gamin s'intéresse à la voiture de l'autre, il observe les mouvements du bolide et, quand celui-ci se retourne en butant sur une bordure, il espère sincèrement que le jouet n'est pas cassé. L'autre gosse, télécommande en main, commence à se familiariser avec l'engin. Les poumons enflés d'orgueil, il se tient bien droit tout en repoussant son père qui accepte finalement de le laisser faire. Soudain, Joyce demande à Travis si ça lui plairait de venir déjeuner chez elle à midi. Le jeune garçon la regarde, interloqué. Pourquoi elle ferait ça ? Il n'a besoin de personne. Il lui demande si elle habite loin, juste au-dessus de Lincoln Boulevard, lui répond-elle. L'enfant hésite. Il demande qui il y aura là-bas.

— Ma mère et mon père, c'est tout.
— Pas de frères et sœurs ?
— Rien de tout ça.
— Pourquoi tu fais ça ?
— Parce que je me sens seule, comme toi.
— J'ai jamais dit que je me sentais seul, moi…

Joyce réalise son erreur, elle se tait. Travis garde un long silence lui aussi, puis il accepte, à condition que ses parents ne lui posent pas de questions. Joyce le lui promet.

Arrivés devant la petite maison rose aux fenêtres bleues d'Indiana Avenue, Joyce hésite à faire entrer le gosse directement. Elle se demande si elle doit le laisser attendre une ou deux minutes sur la pelouse pour prévenir ses parents. Elle se dit que le temps de parlementer, le gamin aura disparu, mieux vaut l'acheminer avec elle jusque dans la maison, sans leur laisser le choix. Jimmy est encore verrouillé à sa télé, Pamela est assise au bord de la table de la cuisine, une fiole de dissolvant embaume la maison, des taches ensanglantées imbibent des flocons de coton. Elle se tient bien droite sur sa chaise, sans effleurer le dossier, ses cheveux sont relevés en un chignon nostalgique, un de ceux qu'elle arborait sur les photos de ses vingt ans. Avec le pinceau implanté dans le bouchon d'un flacon, elle applique un vernis rouge éclatant. Elle est concentrée, il s'agit de ne pas franchir les limites de ses ongles. En apercevant sa fille accompagnée de ce gosse à moitié dépenaillé, elle sursaute et manque de barrer ses doigts d'une ligne incandescente. Son geste est contenu, aucune trace de vernis ne vient entacher sa peau, Pamela maîtrise l'art de calfeutrer ses émotions sans déborder sur ses réactions. Jimmy tourne la tête vers la porte d'entrée.

— La porte, bon Dieu. Vas-tu me refermer cette porte ?

Joyce s'exécute et s'empresse de leur décrire la situation de l'enfant. Elle leur présente Travis, elle les rassure, il n'est pas question de l'héberger, seulement de l'inviter à manger, dans l'esprit de Noël. Jimmy se retourne vers sa femme, il déteste s'atteler à ce genre de décision. Pour ces conneries, comme il le dit si bien lui-même, il préfère s'en remettre à elle. Pamela acquiesce avec un oui hésitant. Elle considère le pauvre gosse et se demande si on peut être absolument certain qu'il est à la rue. Elle se dit qu'il est peut-être recherché par la police, et qu'elle se met en infraction en l'accueillant, elle ne sait pas. Elle finit par se résoudre à l'idée qu'il n'est pas interdit d'offrir un repas à quelqu'un, d'où qu'il vienne.

— Ce midi, ce sera de la saucisse, tu aimes la saucisse ? Je vais faire des *corn dogs*.

Travis valide la saucisse en ouvrant de grands yeux et en opinant de la tête. Pamela lui décoche son plus beau sourire. Il la dévore du regard, il est estomaqué par sa beauté. Comme cette maman est belle, se répète-t-il dans les profondeurs de son petit crâne encrassé. Pamela termine avec ses ongles, Jimmy se renfrogne, il n'aime pas cette idée de garder ce morveux pour le déjeuner, il ne sait rien de lui, il est peut-être dressé ou entraîné pour voler les braves gens comme eux. Il l'observe à distance, il admet qu'il est mignon, il a une bonne tête à faire de la publicité aux côtés de Ronald McDonald, et c'est justement ça qui l'inquiète. Il se désintéresse assez vite de cet être miniature qui vient soudain emplir leur maison. Joyce s'empresse de mettre le couvert pour soulager sa mère, cette dernière la remercie tout en lui signifiant qu'il est beaucoup trop tôt pour cela, car la cuisine est loin d'être prête. Mais elle ne lui en veut pas,

Joyce met toujours la table, et elle débarrasse, elle utilise tous les moyens à sa portée pour soulager Pamela laissée désespérément seule face aux tâches quotidiennes de la maison. Jimmy ne trempe jamais ses mains dans l'eau savonneuse de l'évier quand elle est teintée de liquide vaisselle. Il ne s'approche jamais de cette bouteille plastique remplie d'une onctuosité verte. Et il en est ainsi pour toutes les tâches ménagères. Pamela décide finalement de sortir des saucisses orange fluo du frigo, elle les dépose sur le plan de travail en formica, et approche le reste des ingrédients. Elle sort une boîte de Quaker Corn Meal, une farine à base de maïs qui lui servira à paner les saucisses, et elle trouve des bâtonnets de bois en haut d'un placard qu'elle ouvre rarement. Ça ne lui prend pas longtemps pour mélanger dans un bol le cornmeal avec de la farine, du sucre et de la levure. Dès que la pâte est uniforme, elle lui ajoute du lait et un œuf. Puis, après l'avoir bien laissée reposer, elle plante un bâton dans chaque saucisse qu'elle trempe et roule dans la pâte. Et hop, elle les balance la tête en bas dans la friteuse, en veillant à ne pas faire tomber les bâtonnets dans l'huile bouillante. Trois minutes suffisent pour que la panure de maïs soit frite. Elle dépose des crottes de moutarde et de ketchup sur le rebord des assiettes, irrigue la table avec de l'eau du robinet rafraîchie au frigo, puis elle appelle les enfants. Jimmy, qui a entendu l'appel destiné aux gosses, ne se fait pas prier. Tel un vieux reptile, il déplace sa panse jusqu'à sa chaise de cuisine et s'installe à table le premier. Il n'attend pas que les autres soient assis pour se servir, il s'empare d'une poignée de *corn dogs*, sans se préoccuper ni de sa famille, ni de leur jeune invité. Le gamin se pose sur la chaise qu'on lui indique, puis s'efforce de ne pas se précipiter sur la nourriture, mais il ne résiste pas longtemps à cette délicieuse odeur de friture. Joyce l'avait accompagné se laver les mains, le laissant effectuer une toilette de chat, avant de regagner sa chambre pour lui faire écouter sa musique préférée. L'enfant se moquait bien de sa musique, s'intéressant plutôt aux posters de skate punaisés sur la tapisserie des murs. Il répétait en boucle qu'elle était chouette, sa chambre, tandis que Joyce lui souriait d'un air navré. Heureusement, l'appel de sa mère les invitant à rejoindre la table, l'avait délivrée. L'ado et le gamin ont trottiné jusqu'à la cuisine pour y retrouver le père de Joyce en train de se goinfrer. Travis a englouti ses trois premières saucisses tel un goéland vorace, Pamela lui a proposé de se resservir, il ne s'est pas fait prier, il était affamé.

Une fois repu, il s'est sauvé. Il les a longuement remerciés, Joyce lui a demandé s'il voulait être raccompagné. Pour aller où ? lui a-t-il demandé. Elle est restée bête, il l'a rassurée, lui expliquant qu'il vivait dans un trou, sous les pilotis d'une maison inhabitée. Elle lui a promis de le retrouver un de ces jours sur la promenade du front de mer, il semblait dérangé par cette idée, évacuant toute notion de lien avec un autre humain. Elle lui a demandé s'il savait retrouver son chemin, il lui a répondu que tous les chemins étaient les siens. Joyce est encore restée conne.

*

Tout le monde a repris les cours avec de nouveaux souvenirs en tête. Certains, pendant ces vacances de quelques jours, n'ont pas été à la fête. Les parents de Dwayne, en guise de cadeau de Noël, lui ont annoncé qu'ils allaient divorcer. Il s'en est confié aux amis de la bande. Joyce était vraiment peinée pour lui, et pas seulement parce qu'elle s'identifiait à Dwayne à cause de cette latence irréversible du futur divorce de ses parents. Elle est en effet convaincue que Pamela et Jimmy ne resteront pas ensemble. Elle s'imagine que cette décision serait juste, surtout pour sa mère qui subit les mensonges de son père, son addiction au poker et son état larvaire dès qu'il s'agit de lever son cul du fauteuil crapaud du salon. Mais, par pur égoïsme, elle ne souhaite pas ce divorce, elle est effrayée à l'idée de quitter la maison où ils habitent, quitter sa chambre, son quartier, cette idée la rend malade. Il y a une phrase prononcée par Dwayne qui l'a accrochée, elle a trouvé ça très beau, et très douloureux aussi, c'était comme de la poésie, c'est quand il a parlé des gens auxquels on est attaché, des gens auxquels on est arraché. Joyce aurait pu en pleurer rien qu'en l'écoutant parler. Elle s'est même dit que ce n'était pas Tony qui risquait de s'exprimer de la sorte devant ses amis, il n'est pas assez sensible pour cela, il veut toujours jouer les durs, et ce n'est pas le genre de gars à avouer ses faiblesses de garçon. Elle est bien certaine que Tony ne versera jamais une larme devant elle. En attendant, ils continuent à se voir. La plupart du temps, ils vont chez lui, elle se met nue, elle s'allonge sur le dos, elle lui interdit de retirer son slip et ne l'autorise pas plus à la toucher, le seul geste qu'elle admet, c'est qu'il l'embrasse, ou plutôt qu'il pose sa bouche sur ses lèvres, la langue, c'est interdit. Alors Tony s'exécute, il se masturbe dans son slip qu'il imbibe de sperme et ça s'arrête là. Joyce ne veut rien voir, le savoir c'est déjà suffisant pour elle. Tony la questionne constamment, est-ce qu'ils s'aiment ? Est-ce qu'elle l'aime ? Joyce ne répond pas, ces questions hissent entre eux une palissade de mutisme. La dernière fois, alors qu'elle était allongée sur le lit, les yeux mi-clos, un son rugueux l'avait sortie de sa torpeur. Un Polaroïd, c'était une saleté d'appareil photo Polaroïd, l'image avait glissé dans la main de Tony qui la contemplait avec délectation. Joyce avait surgi hors du lit et lui avait ôté le rectangle cartonné des mains, pour le froisser, le déchiqueter jusqu'à ce qu'elle puisse s'assurer qu'il ne restait plus une trace de sa silhouette alanguie. Tony se lamentait en répétant, mais pourquoi ? mais pourquoi ? Joyce achevait de lacérer l'image sans même lui répondre. Elle lui avait adressé un regard plus que douloureux, un regard glissant vers la haine, bien que dissimulé par des cheveux. Elle détestait cette idée qu'il emporte des preuves, des poinçons de cette relation, et surtout des moments de son corps. Si les souvenirs ne le satisfaisaient pas, il pouvait bien s'enfuir, elle ne le retenait pas. Tony aurait adoré obtenir une image de Joyce nue, la garder cachée chez lui, quelque part sous son lit, où ailleurs, car il se méfie de sa mère qui change souvent les draps en son absence, le samedi. Il n'en peut plus d'attendre, il se demande quand ils le feront, il est accroché à cette perspective, ligoté à cette idée de lui enfoncer sa bite. Il se dit que ça ne peut plus durer, ça devient ridicule cette situation, elle s'allonge nue, il se fait du bien tout seul, elle se rhabille et elle repart. Tony trouve que ça n'a plus de sens, il croyait que le sexe c'était un truc de progression, un endroit, un royaume luxuriant dans lequel on avance pas à pas. Sauf que lui il stagne, c'est comme s'il restait les fesses posées sur un rocher, à contempler une princesse à moitié endormie qui se réveille et le gifle dès qu'il tend la main vers sa touffe poilue. S'il n'a pas encore parlé de cette relation aux autres, c'est parce qu'il a trop honte, le reste de la bande se foutrait de sa gueule, de son incapacité à faire évoluer les choses. Il se sent comme un explorateur en tongs sur la banquise, bloqué au camp de base.

Les élèves du lycée traînassent dans les couloirs, les cheveux sont de plus en plus longs chez les garçons, ils portent des pantalons de velours pattes d'eph et des blousons assortis, ce qui leur donne l'impression d'être en costume comme leur père et ainsi, de pouvoir se la raconter en regardant les filles qui gesticulent en jupes, collants de laine et vestes de jean. C'est l'hiver et on a ressorti les pull-overs, les saveurs sexy du printemps et de l'été se sont envolées, chacun se calfeutre comme il peut pour lutter contre le froid. Il fait plus froid qu'un nuage tombé du ciel. Il fait au moins quatorze degrés, treize parfois, janvier n'a jamais semblé aussi long. Et cette pluie continue qui arrose la ville depuis quelques semaines a fragilisé certains palmiers des avenues, ce qui a contraint les autorités à prendre des dispositions sans attendre, pour gérer certains arbres plus abîmés que d'autres. Des bûcherons venus d'on ne sait où ont escaladé les troncs pour sectionner à la tronçonneuse les palmes jaunies par l'excès d'eau, déplumant nombre de palmiers, sous les regards effrayés, ou amusés, des habitants. Myke s'en réjouit encore auprès de ses camarades.

— Si vous aviez vu ça, c'était dingue, y avait un mec qui montait là-haut comme un singe, il tronçonnait les branches pourries, fallait pas rester là-dessous quand ça dégringolait, de toute façon y avait des flics pour baliser la rue. Alors, quand le premier palmier a été presque nu, il s'est passé un truc de malade, des rats, des dizaines de rats ont quitté le haut de l'arbre, ils grimpaient sur la tête du bûcheron, ils lui dévalaient dans le dos, dans le froc, le mec hurlait, flippé par ces saletés de bestioles avec leurs longues queues sur son nez. En bas c'était pas mieux, la foule s'est mise à crier, on reculait tous, les flics aussi, les rats quittaient leur cabane, ces petits cons s'étaient installés en haut des palmiers, et personne n'était au courant.

— Truc de maboule mental.

— Ouais.

— Ils sont partis où les rats ?

— Ben, sous ta baraque, pourquoi ?

Tout le monde rit, même Wendy, elle ne prend jamais ombrage quand elle est ciblée par les moqueries, c'est sa principale qualité, même si on se moque rarement d'elle.

— Et après ?

— Ben, après, ça a fait pareil. À chaque arbre nettoyé par les bûcherons, y avait une tripotée de rats qui s'enfuyaient, on les voyait se carapater à la queue leu leu, c'était comme une invasion.

— Des putains d'aliens à la queue rose.

— Comme vous, les mecs, leur rétorque Wendy.

Toute la bande part dans un éclat de rire qui fait se retourner les autres lycéens dans ce couloir bruyant. Mais aussitôt le calme revient, un silence anormal vient décolorer le hall et les couloirs, comme le truc des oiseaux qui se taisent avant une catastrophe imminente. Sauf que la catastrophe, on dirait bien qu'elle est déjà arrivée. M. Spindler, le professeur d'anglais, vient de faire une apparition remarquée. C'est comme s'il portait des boules de bowling de boue en guise de chaussures. Les épaules de son imperméable sont assombries par la pluie, ses cheveux longs ruissellent sur son nez, il avance à une cadence de *pumpjack*, on sent que rien ne l'arrêtera, il laisse derrière lui une trace de couture boueuse, des pointillés marronnasses qui jurent avec le revêtement de linoléum orange. Même ses élèves les plus hostiles semblent touchés par sa détresse. Il s'achemine vers la salle des professeurs avec une étrange détermination, comme s'il était en mission. Ça sonne, un martellement métallique et aigu ricoche entre les murs. Wendy et Joyce se dirigent vers leur classe, suivies de Byron et des autres garçons. Tony fait la gueule, mais Joyce n'a rien remarqué. Quand Tony fait la tronche, ça ne se voit pas, même un neurochirurgien aguerri ne pourrait capter la moindre contrariété dans son cerveau, la faute à sa jovialité innée. Après quatre minutes de chahut et de rires intenses, tout s'effondre dans un silence. M. Spindler se tient debout face à eux, il a retiré une partie de la boue qui lui crottait les godasses, le cours peut commencer.

— À ceux qui s'interrogent sur mon état : je vais vous renseigner. Pas d'inquiétude majeure à avoir, j'ai simplement tout perdu cette nuit. Merci de ne pas me poser de questions en dehors de celles directement liées à notre cours. Et vous aurez ma reconnaissance éternelle.

Un tapage prévisible s'installe entre les quatre murs de la classe, M. Spindler le laisse s'épanouir quelques instants puis y met un terme d'un claquement de doigts sonore. Personne ne comprend comment les os et les muscles de sa main peuvent produire un tel truc, un son aussi fort. Ce prof d'anglais est un personnage en tous points, mais ce qui le distingue le plus des autres, ce sont les décibels de ses claquements de doigts. Les lycéens se taisent, le cours commence. Comme la dernière fois, Spindler va les faire travailler sur *Rue de la sardine*, le roman de Steinbeck. Par expérience, il sait que les élèves accrochent bien avec ce texte dévoilant les multiples facettes de l'être humain, à la fois triste et attachant, joyeux et insouciant. C'est assez distrayant pour que les ados l'écoutent dix à quinze minutes, selon leur humeur. Tout le monde scrute le visage du prof, ils sont estomaqués par ce qu'il vient de leur annoncer, ça veut dire quoi « tout perdre » ? Un truc d'amour ? des gosses qui meurent ? une voiture qui vient se fracasser contre une autre, avec des morts. C'est quoi « tout perdre » ? Ça turbine dans leurs jeunes cervelles, chacun aimerait savoir, ou comprendre, ils s'en tapent bien du cours, ils se contentent de déchiffrer une intuition sur le visage de M. Spindler. Et puis toute cette boue sur ses godasses, c'est quoi ? « C'est sûr qu'il a eu un accident », chuchote Wendy en direction de sa voisine. Joyce ne réagit pas, elle est sans doute la seule ici à ne pas avoir envie de savoir, ça ne l'intéresse pas. L'excitation de ses petits camarades pour le malheur la laisse indifférente, les quelques mots de Spindler ne l'ont pas touchée, c'est comme si elle n'avait rien entendu. Le prof leur lit un passage de quelques pages, il relève le nez et les interroge. Il leur demande ce qu'a voulu dire Steinbeck dans ces lignes, il voudrait savoir ce que ça évoque pour eux. Il est debout face à eux, l'ouvrage dans une main, tandis qu'il s'appuie sur le bureau avec son autre poing. Personne ne réagit et le silence s'amplifie. Alors il se rassied sur la chaise à roulettes capitonnée d'un tissu bleu roi. Il les regarde une dernière fois, allonge ses bras devant lui sur le plateau du bureau, il plonge son visage dedans et commence à sangloter. La gêne de l'audience est irriguée vers le silence. M. Spindler hoquette comme un enfant malheureux. Puis il se lance. Sans relever le visage, réfugié dans ses bras, il leur explique ce qui l'a terrassé, sa voix résonne contre le bois du bureau.

— Avec ma femme et nos deux filles, nous vivons dans une petite maison de planches héritée d'un oncle, c'est dans les collines, un bel endroit, on voit l'océan de là, mais ça reste modeste. Tous les deux ans avec ma femme on la repeint, on l'entretient, elle est belle avec ses murs blancs. Mais depuis quelques jours, on a commencé à avoir peur avec cette flotte qui n'arrêtait pas de tomber. La maison est posée sur une corniche, ça doit bien faire soixante-dix ans qu'elle est vissée à son terre-plein, en plein ciel. Il n'y avait pas de raisons d'avoir peur, mais j'avais quand même peur. Puis, au petit matin, il devait être 5 h 30, on a entendu un grand craquement, une sorte d'effondrement. Avec ma femme on s'est levés, on s'est habillés en hâte, j'ai mis mon imper et on est allés voir ce qui se passait. C'était dingue, une partie de notre pelouse avait disparu, comme déchirée et partie plus bas, on s'est penchés au bord, et grâce à la lune, on a compris la gravité du glissement de terrain, des failles énormes lacéraient la paroi de la colline, il ne fallait pas traîner. On a foncé à la maison, on a habillé les filles et on a regagné la voiture dans le chemin à l'arrière. On n'avait pas encore ouvert les portières qu'un fracas épouvantable nous a fait sursauter. Les filles ont crié, on s'est retournés, et on a juste eu le temps de voir notre chère petite maison se faire engloutir dans la pente. Quand le boucan s'est arrêté, on a rentré les filles dans la voiture et avec ma femme on est allés voir. Il ne restait rien, rien du tout, tout était broyé, submergé de boue, la maison était aplatie, écrabouillée, il n'y avait plus rien à en tirer. Nous sommes retournés à la voiture, j'ai déposé ma famille chez ma sœur, puis je suis remonté voir. Notre terrain a été effacé, rayé de la carte, ma vie, notre vie. Puis je suis venu directement ici, pour assurer mes cours...

— Mais monsieur, faut pas rester là, faut rentrer chez votre sœur, avec votre famille.

— Monsieur, venez, on vous ramène à votre voiture.

— Non, il faut que je prévienne la directrice.

— On vous accompagne à son bureau si vous voulez.

Spindler relève la tête, des lanières de morve s'écoulent de son nez, le blanc de ses yeux est rouge, c'est la première fois qu'il aperçoit des molécules d'humanité chez ces jeunes ados qui semblent se désintéresser de tout. Il se redresse, on lui offre un Kleenex, il se rend vaguement présentable et les suit du même pas que ces prisonniers vaincus par l'adversaire.

*

La pluie s'est éloignée, le front de mer s'est asséché, il est donc temps de ressortir skater. Aujourd'hui, c'est samedi, et Joyce aimerait bien qu'on l'aime. Quand l'horloge de la cuisine a basculé sur 00 h 01, Joyce a pris un an, elle a soudain eu seize ans, sans rien faire, comme ça, en dormant. Comme chaque année, son père va oublier son anniversaire. À peine réveillée, elle s'achemine dans la cuisine, déjà habillée. Elle ne sort jamais de sa chambre en culotte et tee-shirt long, pas son genre, elle enfile ses vêtements dès qu'elle se lève car elle prend toujours sa douche la veille au soir. C'est son organisation. Elle sait déjà que ce matin, elle ne prendra pas son bol de céréales Quisp, à la mascotte de petit martien qui décolle avec son hélice d'hélicoptère sur la tête. Elle trouve Jimmy assis, là, devant ce grand bol dont il laisse toujours un tiers de café refroidir au fond pour le balancer dans l'évier. Joyce n'a jamais compris qu'il gaspille autant, qu'il ne termine jamais son café, elle le reprend parfois en lui demandant de ne pas en préparer autant. Il s'en tape. Elle s'approche de lui, l'embrasse sur une tempe, puis s'assied face à lui, les bras croisés, appuyés sur la table en formica. Interloqué, il relève le museau.

— Qu'est-ce que tu me cherches encore, toi ?

— Rien.

— Bah, alors ? Qu'est-ce que t'as à me regarder comme ça ?

— Rien.

— T'es bien énigmatique ce matin. Tu veux que je termine mon café, c'est ça ?

— Nan...

— Eh bien regarde, aujourd'hui je le bois en entier, t'es contente comme ça ?

— Nan...

— Quoi ? T'es pas contente ? Mais qu'est-ce que t'as dans la caboche, bon Dieu ?

— Rien.

C'est ce moment que Pamela choisit pour surgir d'à côté avec un joli gâteau d'anniversaire et seize bougies enflammées, plantées dans la crème chantilly de ce magnifique Angel Cake aux fraises. Une fois de plus, elle s'est levée à l'aube pendant que Jimmy ronflait sa liqueur de cauchemars, afin de préparer cette offrande sucrée pour sa petite chérie. Une fois de plus, Jimmy n'a rien décelé, rien capté, il a oublié comme tous les ans. Pamela dépose délicatement le gâteau au milieu de la table et elle embrasse sa fille avec ferveur, celle-ci se laisse blottir dans les bras de sa mère et ça pourrait durer des heures.

— C'est ton anniversaire ?

— Oui, c'est mon anniversaire. Tu sais quel âge j'ai au moins ?

— Euh… dix-sept ans ? Je me trompe ? Euh…

— Oui, tu te trompes, cette année j'ai seize ans.

— Bon, c'est pas facile, ça change tous les ans…

Jimmy croit que sa blague est drôle mais elle ne fait rire personne dans la maison, même pas lui. Il sait qu'il est dépassé par la vie de son foyer, par la vie affective, il se sent isolé au sein de sa propre famille et il sait aussi, au fond de lui, qu'il est le seul artisan de cette ruche terreuse qui l'enferme jour après jour, en dehors de cette zone d'amour, loin de Pamela et leur fille. C'est sûr, c'est plus compliqué de penser à l'anniversaire de son enfant quand on ne l'aime pas. Il faut l'admettre, la vie vous amène à d'étranges points de chute parfois. Pamela invite sa fille à souffler ses bougies, Joyce emplit sa poitrine d'oxygène et de fumée carbonée, et elle recrache le creuset de ses poumons sous la forme d'un beau nuage de CO_2. Elle expire ses dernières lamelles d'air, et parvient, de justesse, à effacer les seize bougies. Elle manque de s'étouffer, son père ricane tandis que sa mère lui tape doucement dans le dos, elle fait encore partie de ces gens qui s'imaginent que taper dans le dos d'une personne qui s'étouffe, ça la soulage. Joyce a les joues rouges, les yeux embués de larmes, elle rit pour les rassurer, mais son rire est entrecoupé de fragments involontaires. Alors Pamela, qui s'était éclipsée, réapparaît aussitôt avec un joli paquet orné d'un nœud spectaculaire. Jimmy regarde sa femme, le visage empli d'interrogations, il sourit, il joue l'enthousiasme et l'émerveillement, mais son cinéma et sa mauvaise foi de comédien médiocre sont vite abattus, renversés. Il s'en fout bien de tout ça. Il n'a plus qu'à la fermer et observer le bonheur inquiet de sa femme et de leur fille. Joyce s'empresse de dénouer le ruban fuchsia, elle déscotche méthodiquement le papier d'emballage et sourit en grand dès qu'elle reconnaît la boîte. Sa mère lui a offert des coudières et des genouillères en cuir, la meilleure marque. Il y a quelque temps encore, elle aurait trouvé ça naze de s'équiper de la sorte, se protéger était alors vu comme une attitude de débutant, mais depuis peu, et ça, Pamela, c'est un truc qu'elle a bien capté, c'est jugé plutôt classe. Il est désormais très élégant de skater avec un top niveau tout en portant des coudières et genouillères, mais attention, pas de casque, faut pas exagérer, ça modifie la trajectoire des cheveux et altère la photogénie. Car il faut penser aux appareils Instamatic des touristes aussi. Joyce embrasse longuement sa mère, puis par souci d'égalité, elle embrasse furtivement son père. Il la serre un peu contre lui, dans un souci d'imitation, mais sa fille se dégage prestement. Jimmy balbutie quelques mots, il est embarrassé. Il admet secrètement qu'il n'aurait jamais eu l'idée des coudières et des genouillères, ça l'épate de voir combien Pamela connaît leur fille, il se dit qu'il a peut-être une femme formidable. Sans attendre, Joyce a passé son équipement, elle s'est emparée de son skate et contemple maintenant sa silhouette dans la glace en pied du meuble de salle de bains. Elle se trouve plutôt à son avantage, elle est déjà convaincue que Wendy voudra s'offrir les mêmes protections, les siennes sont devenues ringardes. Joyce se prépare des sandwiches en hâte, elle enferme une part d'Angel Cake dans un Tupperware, elle remplit sa gourde et s'enferme dans sa chambre quelques minutes, et réapparaît avec son petit sac à dos dans lequel elle enfourne sa nourriture pour la journée. Pamela est prête elle aussi, elle embrasse Jimmy sur la bouche, tandis que Joyce se contente d'une joue. La mère et la fille n'attendent pas que ce timide soleil de janvier soit beaucoup plus haut dans le ciel pour franchir la porte de la maison, l'une s'évapore dans la ville en glissant sur son skate, l'autre déloge son Austin jaune citron de sa place de parking, pour s'élancer sur l'asphalte et ses imperfections.

Jimmy est content que le temps ne soit plus à la pluie, ça commençait à le démanger du côté de ses deux doigts amputés, c'est pas forcément des conneries le truc de la pluie qui gratte les membres raccourcis. Parfois, aussi, ça lui fait comme de l'électricité, comme s'il ressentait le prolongement de ses doigts sous la forme d'un réseau ou d'un tissu électrique. Il ne sait pas exactement comment définir cette sensation, mais la trace laissée, c'est une impression détestable, et quand ça se prolonge, il est convaincu qu'il pourrait se jeter d'une fenêtre située en étage élevé, non, il n'y songe pas souvent, mais ça peut arriver que cette idée effleure son désir de paix. À une époque, Joyce n'était pas encore née, il jouait à se faire peur en bagnole. Mais c'est surtout à Pamela qu'il faisait peur, dans ces années-là, elle le trouvait fou, elle lui trouvait de la force, elle pensait qu'il avait le don d'accélérer la vie, il l'accélérait tant et si bien que parfois ils ne sont pas passés loin de la fin de leur vie. Son truc, c'était de foncer sur les voitures arrivant en sens inverse, et au dernier moment, Jimmy se recalait sur la bonne voie, toujours étonné que le mec d'en face ne donne pas un coup de volant similaire pour lui échapper au dernier instant, geste qui aurait conduit à un choc frontal et une issue fatale. Mais non, chaque fois les gens d'en face restaient bloqués en état de sidération, ils juraient contre celui qui arrivait droit sur eux sans jamais envisager de l'esquiver, alors Jimmy se contentait d'éviter la voiture dont le klaxon hurlait de peur et de fureur, le bruit strident passait près de lui comme un train en gare, et il était finalement content de ne pas rencontrer sa ferraille. Ça, Jimmy, ça l'a toujours étonné cette passivité des gens, cette façon d'accepter leur destinée, alors ils se sentait soudain très puissant, ragaillardi à l'idée de modifier leur destin. Sa mégalomanie, il l'exprimait au volant. Et Pamela n'exprimait que cris et reproches, insultes aussi, estimant qu'une fois de plus, il avait manqué de les tuer. Il lui rétorquait que l'amour les rendait immortels, elle lui demandait de garder ce genre de conneries pour lui, alors il ouvrait sa braguette, et elle acceptait de s'adoucir entre ses cuisses pendant qu'il conduisait, provoquant parfois des embardées beaucoup plus dangereuses. Ils étaient jeunes, ils ne savaient pas comment échapper à la mort, ni même à la vie, ils savaient juste qu'il leur fallait un réservoir bien garni, des galons d'essence et des pneus bien gonflés, de quoi cracher sur l'horizon et tout ce qu'on leur avait promis. Ils se croyaient libres, et ils l'étaient.

Il a passé la journée enfoncé dans son fauteuil crapaud, à injurier les animateurs télé, à hurler avec les coyotes au milieu d'un épisode de *The Wild Wild West*. Il adore le personnage de James West, joué par cet acteur, Robert Conrad, héros de la série. Ça le regonfle de visionner ce genre de programme, il se sent moins minable, non pas qu'il s'identifie, mais au moins, il se dit qu'en restant là à mater la télé, il n'est pas accroché à la pénombre d'une table de poker. Pamela bosse au studio, ça arrive parfois le samedi aussi, il se dit que ces grosses boîtes de cinéma n'ont aucun respect pour le temps de repos de leurs employés, mais au moins, elle a du boulot, ce qui n'est pas trop son cas ces jours-ci, l'industrie du meurtre serait-elle en berne en ce moment ? Jimmy s'interroge, il voudrait que ça reparte, il se dit qu'il est grand temps qu'on attrape des types par la peau du dos pour leur flanquer la tronche contre le bitume, les laisser écrasés dans leur propre sang, il se dit qu'il va falloir que des lames de couteau se plantent dans des tripes et de la peau, qu'il a besoin de balles qui ricochent sur les os, qu'on éclate toutes ces petites gueules qui ne méritent que ça. Bordel, y a bien une scène de crime à nettoyer dans les parages ? Y a bien un connard dans le coin qu'a essayé d'hériter de sa mère en lui écourtant l'existence, d'un coup de masse sur le plafond du crâne ? Y a bien du sang et des boyaux quelque part à nettoyer ? OK, il n'est pas le seul sur le marché, mais ça devient pesant cette impression d'inactivité, ça fait au moins quinze jours qu'il n'a pas bossé, pourtant d'habitude, au moment des fêtes, il y a ce qu'il faut, ça s'engueule, ça se déchire, et bien souvent ça ne s'arrête qu'une fois le drame arrivé. À Noël, les engueulades se règlent souvent avec la mort, dès qu'un des protagonistes s'effondre, l'engueulade se dissipe, résultat garanti. Jimmy n'y comprend plus rien, l'an dernier il avait vraiment bien bossé pour les fêtes, c'était une bonne année, mais là, rien, envolés les bénéfices. C'est qu'il a besoin de se refaire, sa dette avoisine maintenant les 35 000 dollars, et ça lui crible le bide de sensations bizarres, comme s'il était aspiré en dedans, comme si le néant le guettait. Il se lève et file au garage ouvrir le congélateur, une brume volatile s'échappe de ses profondeurs. Jimmy remue quelques morceaux de viande, le crissement des aiguilles de givre sur les parois glacées lui fait penser à des blocs de polystyrène qu'on frotte entre eux. Ce n'est pas agréable mais ce n'est pas désagréable non plus, c'est juste un son neutre et très identifiable qui lui évoque de bonnes choses, comme par exemple, plonger son bras dans ce rectangle froid pour en ressortir les restes de la bûche glacée de Noël. Pamela avait pris soin de la remettre dans son emballage et de planquer la chose tout au fond du congélo car elle se doutait que Jimmy risquait d'y faire un tour. Peine perdue, il l'a déglinguée, sa saleté de planque, la bûche était rangée sous des sacs de haricots rouges et sa préparation « maison » destinée au chili con carne. Raté. Il est ravi de se servir dans son dos, elle a beau tenter de déjouer ses plans, c'est toujours Jimmy qui gagne en attendant. Il regagne le salon en passant par la cuisine. Équipé d'une cuillère à soupe, il s'enfonce à nouveau devant la télé avec un plateau et la bûche sur ses genoux. Il appuie méthodiquement sur la structure imitant parfaitement le bois, la cuillère décroche un ourlet de glace pralinée. Jimmy s'en délecte, il s'empare sans attendre d'un joli champignon rouge, il croque dans le sucre et laisse une autre portion de glace rejoindre son palais. C'est tellement bon qu'il en ferme les yeux. Il se dit que c'est toujours ça que Pamela et Joyce n'auront pas, il ne leur vole pas un dessert, mais de la liberté, cet acte est un acte politique, il s'agit de sa liberté, ça, Jimmy en est bien conscient. Est-il naïf ou simplement un égoïste injuste ? Car dans la réalité, il a toujours fait exactement ce qu'il a voulu faire, sans connaître d'entrave. Cette vengeance est assez basse puisqu'il se venge contre une mutilation existentielle qui n'existe pas. En attendant, il savoure et son rythme cardiaque est au ralenti, il se sent bien, seul chez lui, sans personne pour l'emmerder, et il se dit que faire de la spéléologie dans le congélo demeure une activité saine. Il reste les yeux fermés, la cuillère à la bouche, comme suspendue par les délices de la glace. Alors, un énorme fracas le tire de son ravissement. La vitre principale de la fenêtre du salon vient d'être pulvérisée.

Gagné par la terreur, Jimmy a maladroitement expédié sa bûche glacée contre le mur derrière la télé. Il se retrouve à terre, le parquet est maintenant jonché d'éclats de verre. Il se redresse, il veut comprendre ce qui se passe dehors. Planqué derrière le dossier de son fauteuil crapaud, il explore la rue, du moins ce qu'il est en mesure d'apercevoir : rien, ni personne. Il attend d'être bien certain que rien ne bouge pour se mettre debout. Il se parle à lui-même, à voix haute, une méthode bien peu efficace pour évacuer la trouille.

— Putain de bordel de merde, c'est quoi ce merdier ? Il se passe quoi ici ? Hein ? C'est quoi ça ? Alors on peut plus regarder peinard la télé avec une petite glace, faut qu'on vienne emmerder Tonton Jimmy ?

Il avance avec prudence à travers le salon, sa voix est chevrotante, il n'en mène pas large, le Jimmy Felton. Le triptyque de la fenêtre du salon a bien dégusté, seule la vitre centrale est explosée, mais il n'en reste rien, juste quelques dents acérées sur leurs gencives de mastique. Qui a fait ça ? Il se le demande. Un avertissement pour le pognon qu'il doit ? C'est bien possible. Il connaît tellement de types capables de commettre ce geste, comment savoir ? Et il a tellement de griefs dans son sillage, ça fait du monde tout ça. C'est sûrement pour lui rappeler cette saleté de dette, Jimmy n'a aucun doute là-dessus. Il tend le cou dehors, personne n'a réagi dans le voisinage, la rue est vide, tout le monde s'en fout de la fenêtre éclatée des Felton. Jimmy tente de se souvenir s'il connaît un mec qui répare les fenêtres, aux studios doit bien y avoir un gars de la déco qui peut lui faire ça au black ? Il va appeler Pamela, elle doit savoir, elle va lui trouver un gus qui sait gérer ce genre de truc. Il regarde autour de lui et se demande soudain avec quel objet on lui a pété sa vitre.

— Nom de Dieu, c'est quoi ce bordel ?

Un sac plastique, un truc de supermarché, est bloqué dans un coin du salon, il est tout boursouflé, c'est assez gros. Jimmy se penche, le contenu est enveloppé dans un second sac. C'est lourd.

— Qu'est-ce qu'il y a là-dedans ? Oh, putain. C'est quoi cette merde ?

Une brique a été utilisée pour lester le sac et briser la vitre. C'est une vieille brique piquée, couverte de mousse sur une de ses faces, mais le plus dingue, c'est le fric. Il y a là-dedans une sacrée quantité de pognon. Il s'assied sur le plancher afin de reprendre ses esprits, il s'en fout des copeaux de verre qui lui piquent le derrière. Il y a une belle somme là-dedans, les dollars sont crasseux, rassemblés en petits paquets inégaux, serrés par plusieurs tours d'élastique. Il cherche un mot ou quelque chose, rien, aucun message. Il se met à flipper, il ne veut pas d'histoires, il n'a rien à voir là-dedans, si les mecs d'un gang viennent frapper à sa porte, il leur remettra directement le fric sans qu'ils aient besoin de le demander. Il n'a rien à voir avec leurs combines de drogue, ou leur trafic d'armes, il ne veut surtout rien savoir et bien sûr, il restera aussi muet qu'une langue arrachée. Si un mec se présente à la porte, il lui tend son magot et au revoir messieurs-dames. Il a recompté deux fois, le sac contient 38 000 dollars, une sacrée somme. Il se dit que ça serait quand même super si les gangs ne passaient pas réclamer leur pognon, s'ils ne s'apercevaient pas de leur erreur. Ça lui permettrait d'absorber sa dette sans effort. Mais Jimmy l'admet, pas la peine de rêver, l'idée, là-maintenant, c'est surtout de s'en sortir vivant.

*

Comme il restait quelques éclats de verre, Jimmy a sorti l'aspirateur. C'était sans doute la première fois qu'il s'en servait à la maison et quand il a fallu remplacer le sac plein, il était bien ennuyé avec son tuyau qui n'aspirait plus rien, incapable qu'il était de trouver où Pamela rangeait les sacs pour l'aspirateur. Il a fini par laisser tomber. Il se souvient qu'un jour Pamela lui avait proposé de lui apprendre à utiliser le lave-linge, il avait refusé, il avait même trouvé cette proposition dégradante. Il trouvait ces nouvelles résolutions féminines malsaines, allant parfois jusqu'aux frontières tordues du féminisme. Et là, il stoppait net, comme une mule soudée à sa charrette, il refusait d'aller plus loin, c'est ça parfois Jimmy, c'est surtout ça. Il a protégé le trou dans la fenêtre avec un panneau de contre-plaqué qu'il est allé acheter chez *Million Article Thompson*, et a fixé le truc avec du gaffeur hyper-résistant qu'il a trouvé au même endroit.

Pamela contemple les dégâts, ils ont bien amoché la fenêtre, elle en convient. Elle avoue qu'elle a peur, elle ne se sent plus en sécurité avec cette vitre crevée et ces liasses de billets tombées d'on ne sait où. Elle propose de les remettre à la police, mais Jimmy l'en dissuade, car si les types du gang reviennent, et qu'ils n'ont plus l'argent, ils sont foutus. Pamela tente d'analyser la situation, qu'est-ce qui peut bien pousser quelqu'un à se séparer d'une telle somme en la balançant dans la première barraque venue ?

— L'urgence, la peur peut-être ?

— Écoute donc ta fille, c'est pas bête ce qu'elle dit.

— Maman, arrête, j'ai rien dit de spécial. Et surtout, je me serais bien passée de tout ça le jour de mon anniversaire, on a presque oublié que c'était mon anniv aujourd'hui.

— Mais nooooon, ma chérie, on n'a pas oublié, viens là que je t'embrasse.

— Non, laisse-moi…

— Mais pourquoi chez nous, bordel ?

— Ne jure pas devant Joyce, s'il te plaît. Merci. C'est tombé chez nous par hasard, il fallait que quelqu'un s'en libère, s'en soulage, sinon il se faisait prendre.

— Prendre par qui ?

— Par un plus méchant que lui.

— Bah alors, pourquoi ne pas planquer son sac sous un arbuste dans un jardin ?

— Le manque de temps, je te dis, il a lancé le truc et il s'est sauvé, le mec devait être poursuivi, c'est comme ces dealers qui jettent leur drogue n'importe où, juste avant que la police ne les attrape. Ils n'ont plus rien sur eux, pas de preuve, pas de flagrant délit, ça doit être une histoire du genre.

— Mais, mais… ça va se passer comment quand ils vont revenir ?

— N'aie pas peur, ma chérie, Maman est là, et Papa aussi.

— Pourquoi on ne part pas chez oncle Eddy ? On serait à l'abri là-bas, non ?

— Non, Joyce, je te le redis, c'est non. On ne va pas aller déranger oncle Eddy pour une fenêtre cassée.

— Une fenêtre cassée et 38 000 dollars tombés du ciel, mon chéri, je te le rappelle.

— Oui.

Ils se rassemblent tous les trois autour de la table et entreprennent de recompter les billets. Joyce les supplie d'arrêter, elle dit que ça va leur porter malheur. Mais les parents ne l'écoutent plus. Elle se renfrogne et file dans sa chambre, elle n'a pas envie de les voir s'exciter sur de l'argent qui ne leur appartient pas. Elle s'allonge sur son lit, attire son radiocassette à elle, cherche un boîtier dans sa table de nuit et enfonce la K7 dans l'appareil. Équipée du casque qu'ils lui ont offert à Noël, elle recherche le morceau qui va lui colorer le cœur en mauve, faire voler les lanières de ses souvenirs, et la dépecer de toutes ses douleurs. Elle maintient son index appuyé sur la touche « *Rewind* », et quand les mollettes numérotées du compteur atteignent 042, elle stoppe brutalement le rembobinage. Elle enfonce la touche « *Play* », alors s'élève en stéréo, dans la cathédrale de son crâne, les paroles de ce nouveau morceau d'America, son groupe préféré du moment.

This is for all the lonely people
Thinkin' that life has passed them by…

Sur la table de la cuisine s'amoncellent les petits paquets de billets crasseux. Jimmy se demande à voix haute ce qu'il adviendrait de cet argent si le gang ne venait pas le récupérer. Pamela l'arrête immédiatement dans son délire, qu'il n'y compte pas, ces gars-là ne laissent pas 40 000 dollars s'envoler comme des flocons dans le ciel, ils les talonnent, ils les suivent à la trace, et s'ils pouvaient planquer un signal radio dans chaque billet, un système émetteur, ils le feraient. Le gloups qui sort de la gorge de Jimmy est presque audible, ce n'est pas avec ce fric qu'il remboursera sa dette.

— Non, Jimmy, ne compte pas régler tes conneries avec cet argent. On va le ranger bien gentiment, faut qu'on trouve un endroit sûr dans la maison, et on leur donnera sans discuter. On est bien d'accord ?

— On est d'accord, oui, oui… Et on le planque où ce pognon ?

— J'ai ma petite idée, viens.

Pamela remballe toutes ces liasses puantes dans leur sac, elle laisse la brique verdâtre de côté, elle se dit qu'ils ne la réclameront pas. Elle file au garage avec Jimmy dans son sillage, elle fonce vers le congélateur, déplace des blocs de viande qui s'entrechoquent dans un crissement de verre pilé, une écume glacée surnage en volutes au-dessus de l'appareil et lui enveloppe le visage, elle se redresse, inquiète, elle ne trouve pas ce qu'elle cherchait.

— Tu as fait quoi de la bûche glacée ?

— Quoi la bûche glacée ?

— Ne mens pas, tu l'as terminée ?

— Disons que j'étais en train d'y goûter devant la télé quand la brique a pété la fenêtre, j'ai dû la balancer parce qu'elle était pleine de bris de verre.

— Tu l'as balancée où ?

— Dans l'évier, je l'ai fait disparaître avec de l'eau chaude.

— Et la boîte en plastique ?

— Je l'ai enfoncée tout au fond de la poubelle.

— Tu l'as cachée donc…

— Oui, en quelque sorte…

— Tu es incorrigible. Dans tous tes gestes, tu mens.

Ils se taisent, chacun jaugeant la portée de cette dernière tirade. Mais Pamela le coupe dans ses pensées en exhibant la boîte de bûche glacée sous son nez. Elle la rince sous le robinet, elle s'applique à la sécher puis allonge habilement le sac de billets au creux de ce récipient improvisé. Elle referme le truc, elle fonce au garage, l'autre la suit comme un caneton, Pamela enfonce la boîte au fond du congélo, tout au fond, elle la tapisse de viande et elle referme le lourd couvercle blanc, ses joints s'aimantent avec un souffle singulier. Voilà, une bonne chose de faite, pensent-ils en simultané. De retour dans le salon, Jimmy se réinstalle dans son fauteuil, il demande à sa femme si la règle des « un an et un jour », c'est un truc qu'on trouve seulement au cinéma ou dans les livres. Elle lui avoue qu'elle n'en sait rien.

— Non, parce qu'au bout d'un an, on pourra dire que cet argent il est à nous, nan ?

— Peut-être, je ne sais pas. Mais en attendant, ne t'avise pas de régler tes dettes avec ça. J'ai pas envie de risquer ma peau pour tes conneries. Et d'ailleurs, ce fric tombé de nulle part, il ne serait pas en lien avec ta dette ?

— Bah non, justement. Je leur en dois du fric, alors ils vont pas m'en donner…

— Oui, tu as raison, je suis bête.

— Mais non, ma chérie, tu n'es pas du tout bête…

Elle se tient debout près de lui, il en profite pour poser sa main invalide sur sa cuisse la plus proche, il soulève sa jupe en daim et la caresse jusqu'à atteindre le devant de sa culotte. Avec le dos de l'index et du majeur, il glisse sur l'étoffe satinée couleur chair, dessinant des cercles et des contours obsédants. Il appuie légèrement sur le bourrelet de poils pubiens, il enfonce les phalanges rescapées dans le renflement douillet, puis attire Pamela sur ses genoux. Elle se laisse guider, elle n'est pas hypnotisée, seulement amusée. « Cette main, oh *my God*, cette main, comment je peux le laisser me toucher ? » Voilà à quoi pense Pamela. Soudain, elle se redresse, elle s'éjecte d'un coup de ses genoux et du fauteuil crapaud, elle s'approche du mur derrière la télé, elle vient de détecter une tache étrange, comme un rectangle, on dirait du chocolat. Il la regarde, navré.

— Bah oui, comme tu t'en doutes, j'ai sursauté comme un con.

— Tu as eu peur ? Oh, le pauvre bichon…

— Je voudrais bien t'y voir, toi, t'es là peinard chez toi, à regarder la télé…

— À manger de la bûche glacée…

— Si tu veux, m'emmerde pas avec ça, et soudain, *gling gling gling*, ta vitre explose et y a du verre partout, alors oui, j'ai sursauté, et la bûche a volé.

— Je te vois, Jimmy Felton, je te vois t'empiffrer dans ton fauteuil, t'offrir les restes de cette belle glace que je réservais pour un de ces soirs au dessert. Tu ne changeras jamais.

— J'en ai pas l'intention.

Joyce ressort de sa chambre, elle s'attelle à sa tâche, elle met la table. Elle les trouve plutôt en harmonie ce soir, elle en conclut hâtivement que l'argent apporte finalement une certaine paix dans les ménages.

*

Rien n'est plus compliqué que de chier à la guerre, c'est à ça qu'il pense au volant de sa Ford Country Squire, Jimmy est tellement heureux d'être né après la Seconde Guerre mondiale. Il est songeur ce matin, et il se demande bien comment il s'en serait sorti sur les plages de Normandie. Aujourd'hui, il espère juste qu'il ne connaîtra pas la troisième, ou qu'il sera suffisamment vieux pour ne pas y aller. Il en a marre des infos, il n'en peut plus d'être saturé d'infos, de toutes ces conneries sur le pays, sur le monde, il veut s'enfermer, ne plus rien entendre de tout ça, il ne veut découvrir la guerre que lorsqu'elle frappera à sa porte, et si c'est une bombe atomique qui le dérange, c'est encore mieux, il n'aura même pas besoin d'y aller, un éclair blanc, la brûlure d'un nuage de feu, un souffle fort, puis la mort, pas de bla bla, des vies arrachées net, c'est ce qu'il préférerait, mais le pire n'est même pas certain.

Le boulot a repris, il était temps, il n'en pouvait plus de compter les goélands sur le toit des voisins. Qu'est-ce qu'il s'est emmerdé ces derniers jours, le temps n'avançait pas, il aimerait tellement que le pognon planqué au fond du congélo lui revienne pour de bon, histoire d'aller régler sa dette à ces deux cons. En attendant, il joue moins, en général ça se calme au moment des fêtes, tout le monde se range dans sa petite famille, embrasse les oncles et les tantes, sourit aux petits enfants, raconte des anecdotes cruelles arrivées à des potes lointains, mais pas si éloignés que ça, tout le monde rigole et s'empiffre de victuailles plus ou moins bien préparées, on a passé de beaux vêtements et devant les gens rassemblés, chacun fait une trêve avec son conjoint. C'est tous les ans la même cérémonie merdique, et tous les ans les joueurs oublient un peu le poker, juste quelques semaines, c'est comme une pause dans leur névrose.

Ça ne l'arrange pas vraiment d'aller nettoyer du crime du côté de Watts, au cœur des gangs, mais au moins c'est du travail. En voyant passer sa bagnole avec la publicité sur la vitre de son hayon arrière, les types se retournent et il les voit le mettre en joue dans son rétroviseur et éclater de rire sous leurs grosses casquettes de couleur. Ça le gave, cette ambiance, il sent que le moindre écart peut devenir fatal, il n'aime pas venir par ici. Un type qui vit dans une caravane garée sur le trottoir remplit son bidon de flotte à la bouche d'incendie adjacente, il est aussi relax que s'il descendait à la fontaine, alors que ce qu'il fait là est parfaitement interdit par la loi. Sa caravane est toute pourrie, du carton occulte les fenêtres, Jimmy se dit qu'à la maison ils sont un peu logés à la même enseigne avec leur contre-plaqué qui remplace la vitre du salon, à cause de ce vitrier qui ne passe jamais. Jimmy a beau l'appeler tous les deux jours, le mec lui promet qu'il viendra le lendemain et bien sûr, il ne passe pas. Des fils électriques pendent à des poteaux peu réglementaires, on sent bien que le jus est détourné, démultiplié, des lignes sauvages sont étirées des pylônes, on tisse un maillage anarchique par-dessus les baraques, on broute des transfos au bord de l'implosion, c'est rien que de la débrouille ici. Y a des bagnoles partout, sur chaque terrain, on ne sait pas si ces baraques sont des maisons d'habitation ou des garages automobiles. Ça sent le trafic, y a des camionnettes, des camions, Jimmy se demande ce qu'il peut bien y avoir là-dedans. Les types le matent salement, il est repéré, il prend un air dégagé, parfaitement décontracté, alors qu'en réalité, ça lui tourbillonne dans le ventre, il aurait bien besoin de s'arrêter pour se soulager. C'est dingue ça, la trouille lui tombe direct sur le bide, à chaque fois ça lui fait ça. Il se demande si tous les hommes sont comme lui, si la chiasse n'est pas simplement la liquéfaction de leurs pensées. Les mecs restent assis dans le froid sur les marches des baraques, aujourd'hui c'est tombé à treize degrés, ils le suivent du regard alors qu'il passe au ralenti. Ils sont tous en pantalon de jogging et gros blouson bouffant, Jimmy se demande à quel gang ils appartiennent, on lui montre des *guns*, des calibres énormes et rutilants qui transperceraient son véhicule d'une simple pression de l'index. Jimmy regarde bien devant lui, il les jauge du coin de l'œil, toujours aussi épaté par l'angle d'incidence des globes oculaires. C'est pas drôle d'aller bosser dans cette zone, mais c'est sans doute encore moins drôle d'y vivre, avec toute cette violence, ces clans, ces appartenances, faut vraiment pas se perdre en chemin, emprunter la route qu'on ne devrait pas, limite si on n'est pas immunisé quand on s'avance ici avec une peau de Blanc, on sait d'emblée que le mec n'appartient à aucune chapelle, ils s'est soit égaré, soit on l'a appelé, il est en mission pour un job, une connerie, une livraison, alors on le surveille, mais on le laisse filer, il n'est une cible que si on souhaite s'amuser.

Il repère enfin les rubans étirés par la police, un type en uniforme surveille l'entrée de la maison. Jimmy fait les présentations, il montre sa carte en même temps qu'il indique sa fonction inscrite sur la lunette arrière de sa Ford. Le gars semble las, il a froid, il lui fait signe de passer. Jimmy émet un long sifflement en pénétrant dans le salon, ça a pas mal bastonné par ici. Tout est renversé, les murs sont dégueulassés de sang, de tripes et d'excréments. L'odeur est épouvantable. Il comprend maintenant pourquoi le policier de faction ne souhaite pas se mettre au chaud pour surveiller la maison. Cette saleté d'odeur lui traverse le corps et s'inscrit sous son front, il se demande bien comment il se débarrassera de ça, car dans son classement personnel de la putréfaction, celle-là est dans le *top ten*. Il redescend à sa voiture, ouvre le coffre et revient chargé de son équipement. Jimmy sent que l'autre n'est pas très causant, c'est toujours la même chose avec ces flics qui jouent les plantons, ils trouvent leur rôle dégradant, ils en ont honte alors ils n'ont pas envie de s'épancher, de se confier, ils veulent rester transparents en espérant être aussitôt oubliés. Jimmy se met au travail sans tarder, il a de quoi faire. Pendant qu'il râcle, qu'il ramasse, qu'il essuie, il n'a qu'une chose en tête, son pognon, planqué au creux du congélo. Les jours passent, et personne n'est encore venu le réclamer, alors forcément Jimmy se prend à rêver, ce serait vraiment une aubaine s'il pouvait effacer sa dette avec ce magot. Passé midi, il marque une pause et déchire à pleines dents son sandwich au pastrami. Il se dit que Pamela aurait pu lui mettre de la mayonnaise, il déteste quand elle oublie la mayonnaise. Il sort en combinaison sur le pas de porte. L'autre est là, une clope au bout du museau, il se demande ce qu'il lui veut, le nettoyeur, il ne pensait pas tomber sur un tel emmerdeur.

— Dis-moi, tu bosses souvent dans le coin ?

— Je suis du coin, d'ici, si tu préfères.

— Ah ? Alors tu vas peut-être pouvoir m'aider.

— Vas-y, raconte.

— T'aurais pas entendu parler d'un paquet de pognon qu'aurait disparu ?

— Quelle taille le paquet ? S, M, L ou XL ?

— Disons M.

— Combien ?

— Quarante.

— Quarante mille ?

— Ouais.

— Hummm… Ça taille pas du M, ton truc, c'est plutôt du L.

— Comme tu veux, allons-y pour du L.

— Nan, parce qu'il faut être précis quand on parle pognon… J'ai rien entendu de ce côté-ci. Mais j'suis pas le mieux placé. Si tu veux, je peux demander à mon neveu, il est dans les affaires…

— Non, non, je ne voudrais surtout pas déranger.

— Et ton info, tu la tiens d'où ?

— Un truc de hasard, j'ai entendu ça aux courses.

— Mec, y a jamais de hasard, même les balles perdues, elles sont jamais vraiment perdues, si t'en prends une, c'est que tu la méritais, mais toi t'avais oublié que tu la méritais. On n'oublie pas les conneries des autres, mais on oublie vite les siennes. Tu piges ?

Jimmy s'attarde sur ce grand Noir en uniforme de poulet, il ne voudrait pas lui manquer de respect, mais il se demande si avec ses théories fumeuses il ne le prendrait pas pour un con. Il déteste les flics déguisés en Monsieur je-sais-tout. OK, tout le monde ne peut pas commander à la passerelle d'un porte-avions, mais quand même, les ramenards de son espèce, ça lui sort par les orbites. Mais ce n'est ni le lieu, ni le moment pour l'ouvrir.

— Oui, je pige.

— Bien. Si tu veux, je peux me renseigner.

— Non, non, ça ira, je te remercie.

— Laisse-moi dix minutes, je reviens.

Le gars descend l'allée avec ses belles bottes bien cirées, et enfourche sa moto, puis il disparaît au bout de la rue. Jimmy commence à se demander où ça va le mener tout ça, il commence à regretter, il aurait mieux fait de la boucler. Il n'a pas le temps de se faire trop mal que le gars réapparaît déjà, il est suivi d'une voiture, une Buick Electra de 1970, le coupé marron qui plaît souvent aux cons. Quatre caïds se déracinent de la caisse, ils portent tous la même casquette bleue. Ils suivent leur copain motard. Jimmy est pris d'une furieuse envie d'aller à la selle, même dans sa tête il le pense de la façon la plus polie, car il ne voudrait en rien offusquer ces messieurs.

— Voici mon neveu. Ted, salue le monsieur.

— Salut, ça va ? C'est toi qui fais le ménage ici ?

— Bonjour, oui, c'est bien moi.

— T'as vu, y en a d'autres qu'ont fait le ménage avant toi, ha, ha ha...

— Ouais, on dirait bien, mais pas avec les mêmes outils que les miens.

— Ah ça non, hi, hi, hi... Alors c'est quoi cette histoire, y aurait du fric qui voyage, quelque chose qui s'évapore ?

Les quatre gros balaises se rapprochent ostensiblement de Jimmy, comme s'il devait leur susurrer des infos au creux de l'oreille.

— J'ai pas grand-chose, mais j'ai entendu ce truc aux courses, y aurait des types qui courent après 40 000 dollars.

— Et ?

— Et quoi ?

— Ben, c'est qui ces types ?

— J'en sais rien, moi, c'est justement le truc que j'ai pas entendu, c'est le morceau qui me manque...

— Attends, attends, tu nous fais déplacer pour des salades, t'as rien de plus à nous dire ?

— Bah non, je crois qu'on s'est mal compris, je me demandais juste qui pouvait avoir paumé une somme pareille, et votre oncle m'a dit qu'il avait une idée pour me renseigner, et c'est là qu'il a fait appel à vous.

— Tu te fous de ma gueule, là ?
— J'oserais pas...
— J'étais tranquille en train de me rouler un stick, on me dit, viens, faut que tu te ramènes, moi je me ramène, et toi tu me dis que t'as rien à me dire ? On est où, là ? On est où ?

Le gars commence à secouer Jimmy, il le bouscule et l'expédie contre le sofa du salon. Sa combinaison de protection est déchirée, ce n'est pas bien grave, mais la façon dont ce jeune type l'a balancé, ce n'est vraiment pas une façon de faire avec un gars qui bosse et qui ne demandait rien à personne. Felton trouve cette attitude assez humiliante, s'ils n'étaient pas quatre, s'ils n'appartenaient pas un gang et s'ils n'étaient pas armés jusqu'aux dents, il lui collerait une patate en pleine poire à ce jeune trou du cul. Mais bon, ils sont quatre, ils sont tous membres du même gang et en plus ils ont des flingues, alors forcément, Jimmy préfère regarder s'il n'a pas un peu de poussière sous les ongles, ou des choses urgentes de cet ordre-là. Le Ted salue son oncle, ils s'enfoncent tous dans la Buick Electra, Jimmy se demande comment ils y parviennent avec leurs gros culs, il se relève et se remet au travail. Le policier aux belles bottes montantes s'inscrit dans la porte de la baraque, il reste silencieux, il observe Jimmy, à quatre pattes sur le plancher, qui racle des restes d'estomac et de foie. Jimmy regrette profondément d'avoir évoqué cette histoire de pognon, que pouvait-il obtenir ? Rien, il fallait être naïf pour s'imaginer que cette histoire pouvait se raccorder aux caïds de Watts. OK, le monde est petit, mais faut quand même pas exagérer, il est assez grand pour que ces types n'aient jamais entendu parler des 40 000 dollars volatilisés. Mais qu'est-ce que j'suis con, qu'est-ce que j'suis con, se répète Jimmy dans l'espèce de sauce barbecue qui lui sert de cervelle.

— Dis donc, t'es pas gêné, toi ? Tu fais venir mon neveu, et quand il est là, t'as plus rien à lui dire…

— Je crois qu'on s'est mal compris, je n'avais pas vraiment d'infos, mais au contraire, j'en cherchais.

— Et tu crois vraiment que mon neveu et ses petits copains, c'est le bureau des objets perdus ?

— Non, non, j'ai pas dit ça. Je t'assure qu'on s'est mal compris, et puis tu es parti direct sur ta moto, j'ai pas eu le temps de t'expliquer.

— C'est ça, dans cinq minutes ça va être de ma faute. Allez, ferme ta gueule et bosse.

Jimmy lui adresse un regard entamé par la haine. Il déteste l'arrogance de ce motard. « Descendu de sa moto, ses ailes de géant l'empêchent de marcher », il a lu ça quelque part, ça devait être un poème d'un de ces cons de beatnik, mais ça correspond bien à ce flic.

En rentrant à la maison, Jimmy trouve un mot glissé sous la porte. Le réparateur de vitres est enfin passé, il déplore leur absence, il indique qu'il ne sait pas quand il repassera. Et merde, ça ne s'arrêtera donc jamais… murmure Jimmy, seul au milieu du salon avec ce petit billet griffonné en main, le truc qui l'achève après cette saleté de journée.

*

Les rideaux sont tirés et se superposent avec légèreté comme deux mains jointes sur l'abdomen d'un défunt. Le soleil n'a pas désarmé, il se faufile à travers l'étoffe et inscrit deux obliques dorées sur le tissu soyeux du dessus de lit. Joyce est allongée sur le dos, elle ne fait aucun effort. Il la regarde en souriant, il ne touche pas son corps. Après de longues minutes de contemplation, Joyce retire ses chaussettes sans les mains, elle se contente de les faire glisser le long de ses chevilles avec le gros orteil opposé, elle se griffe et réalise qu'il serait temps qu'elle se coupe les ongles. La chaussette gauche s'envole dans la chambre, il regarde sa trajectoire d'un air amusé, en attendant de voir où la chaussette droite va atterrir. Joyce dénoue la boucle de son ceinturon, elle fait glisser le zip de son pantalon, il sent qu'un barrage de salive vient de céder, il déglutit douloureusement. Elle soulève les fesses, libère ses cuisses et ses jambes de ce jean évasé, elle le fait glisser du lit en le poussant avec les talons, le ceinturon fait un bruit mat en dégringolant sur la moquette beige. Elle est maintenant en culotte et tee-shirt, une simple culotte de coton bleu ciel, elle trouve qu'il fait chaud, elle le regarde, de subtiles gouttes de sueur perlent sur son front, il est immobile, il la laisse faire, c'est elle qui décide. Alors elle se redresse et retire son tee-shirt, le tissu rouge est jeté au sol, retourné comme une peau de bête encore chaude, une bête qu'on vient de tuer. Même à l'envers on devine la silhouette en impression, un squelette vêtu d'un costume qui skate, et juste en dessous, c'est écrit *Less Work, More Skate*. Joyce ne bouge plus, ses joues sont rouges, elle est en culotte et soutien-gorge. Il l'observe, sa gorge est imbibée de bave et pourtant, elle ne lui a jamais paru aussi sèche. Elle se redresse à nouveau, elle dégrafe son soutif et fait tomber ses bretelles sur ses biceps, elle hésite, et balance soudain le sous-vêtement, loin, de l'autre côté de la pièce. Avec une adresse involontaire, elle l'expédie sur le dossier d'une chaise, le truc atterrit en équilibre parfait, quelqu'un de minutieux n'aurait pas fait mieux en le déposant délicatement. Tout est lent dans cette chambre, il fait chaud, elle se rallonge lentement, ses seins s'écrasent avec la docilité des méduses échouées, un renflement s'alourdit de chaque côté de son torse, ses aréoles rosies se contractent et se flétrissent, le froid malgré la chaleur de l'endroit. Joyce croise les bras sur sa poitrine, pour se réchauffer, il s'imagine qu'elle se cache ou qu'elle souhaite se protéger, il ne comprend rien, mais ça lui est égal, il goûte chaque instant, et dans son slip, il sent cette force principale qui bat contre les boutons rivetés de sa braguette, l'instant est délicieux, il laisse Joyce agir, il ne voudrait pas saccager ce magnifique cérémonial. Elle étend les bras, soulève à nouveau ses fesses et fait passer sa culotte teintée de ciel par l'horizon de ses talons, elle la fait glisser hors du lit et reste les bras ballants le long de son corps. Il s'efforce de s'attarder sur son beau minois, ses cheveux blonds sont éclatés autour de son visage, l'image est mémorable, il tient bon, il ne regarde pas plus bas. Puis, n'en pouvant plus, il s'adresse à l'enclos de ses hanches, son regard glisse, il trouve un fabuleux tourbillon de poils clairsemés, blonds eux aussi, quoique plus foncés ils marquent la jonction de ses cuisses. Joyce est nue. Il est habillé. Elle tend une main vers les boutons de son pantalon, tout est serré autour de son entrejambe et si difficile à manipuler. Elle les détache un à un, et chaque fois on entend les grondements sourds des boutonnières, il semble satisfait qu'elle le libère. Elle soulève le bas de sa chemisette, c'est sa façon à elle de lui indiquer qu'il est temps de la retirer. Il obéit, en prenant le temps de la déboutonner. Il a songé un instant à la passer par-dessus tête, mais il s'est ravisé, ne voulant trahir aucune impatience. Il s'active avec lenteur, et dans un mouvement continu, il délivre ses jambes de son jean. Joyce regarde le plafond, ses yeux sont inertes, stables dans leurs orbites.

Il attend un signal de sa part. Il garde son slip, une tache de liquide pré-séminal assombrit le bleu de son slip. Il est heureux de constater que le hasard fait bien les choses, Joyce portait une culotte bleu ciel et lui un slip d'une météo identique, c'est sans doute un présage, ou au moins un message, il ne voit que du positif quand les coïncidences de la vie réunissent les êtres avec des détails miniaturisés. Elle tend à nouveau le bras, effleure l'étoffe de coton, c'est assez étonnant qu'une telle douceur renferme autant de fermeté. Il obtempère. Très méthodiquement, il fait glisser le slip sur ses jambes, petit téléphérique intrépide qui redescend les collines de ses tibias. Il le fait tomber du lit avec une imprécision naïve, battu par ses émotions, par tout ce qui lui arrive. Joyce tremble, il le voit, il lui demande si elle a froid, elle lui répond qu'elle crève de chaud. Il est à genoux près d'elle, les deux mains posées sur ses cuisses à lui. Il a les bras tendus et son sexe surgit au milieu de lui. Joyce évite de le regarder, elle lui demande de commencer, elle le dit ainsi.

— Vas-y, fais-le.

— Oui.

Il répond oui, et c'est tout. Il obéit. L'instant est simplement magique, unique, il pose une main sur les poils de Joyce, elle frémit. Il n'en revient pas, c'est complètement dingue, il s'approche, avec deux mains, il lui écarte les cuisses, elle ne réagit pas, elle se laisse faire, il les ouvre plus grandes, il se déplace entre ses jambes, il est toujours à genoux, il se déplace aussi maladroitement qu'une otarie sur le sable. Il s'attarde sur ce qu'il voit, l'image est incroyable, les ourlets de ses lèvres sont d'une blancheur inquiétante, avec deux doigts, il les ouvre, dévoilant entièrement le clitoris qu'il effleure. Elle lui montre de l'agacement, elle lui fait signe de ne pas tarder. Il voudrait rester là encore, regarder, toucher, dorloter, humecter. Elle perd patience, avec une phalange il touche l'embouchure de son vagin, aucune sécrétion ne l'accueille, il crache alors dans la paume de sa main, deux fois, et enduit cette merveille de construction, cet enchevêtrement de plis et de replis, il enduit son sexe de sa salive, il prend son temps, il crache à nouveau dans sa main, et inspecte délicatement l'intérieur et ses abords immédiats avec un doigt. Joyce semble de plus en plus impatiente. Il s'interroge sur la nature de son désir avant de comprendre qu'il ne s'agit pas de désir, il s'agit surtout d'en finir. Elle avance une main griffue vers ses hanches, elle plante ses ongles dans sa peau et l'invite à se rapprocher, se rapprocher tellement, qu'elle le veut en elle, à l'épicentre de son intimité. Il est effrayé, surexcité mais effrayé. Il prend son sexe d'une main, il crache dans l'autre main et colle un peu de cette texture onctueuse sur la hampe de sa verge. Il dirige son gland entre ses lèvres, Joyce tressaille, son visage se crispe, découvrant des dents parfaitement blanches. Il fait glisser ce gland violacé de haut en bas, comme s'il devait repeindre une porte. Puis il s'enfonce, il avance lentement, il ondule des hanches pour faciliter le passage. La progression est lente, c'est tout sec et tout collé là-dedans. Joyce grimace, et lui il est tellement heureux de le faire, de faire ça, il n'en revient pas, il se croit dans le tourbillon d'une saloperie de rêve, pourtant c'est bien lui qui enfonce son sexe dans celui de Joyce, c'est à peine croyable, c'est presque impossible. Elle le laisse faire, elle lui fait confiance, elle a entièrement confiance en lui, c'est très désagréable comme sensation, mais la confiance l'aide à effacer ses émotions. Alors il se lance, très lentement, il appuie profondément, et c'est comme si quelque chose résistait, il appuie plus fort, ça passe, Joyce lui sert toujours ses grimaces, il s'est introduit entièrement, il peine à le croire, mais c'est ainsi, c'est bien réel. Il entame un va-et-vient régulier, très lent. Joyce est agrippée au dessus-de-lit, les doigts violemment crispés. Il se nourrit de son beau visage, du soleil de ses cheveux, de ses seins bouleversés, il a le regard fixé sur cette poitrine qui se laisse bercer. Joyce maintient ses yeux fermés, elle les ferme très fort, il voit des plis tout autour, il y a des larmes aussi, ses paupières ne peuvent contenir les sanglots, elle est silencieuse, il continue. Il s'avance en elle, il avance dans le temps, il aimerait le maintenir, que cela dure toute une vie, il accélère, il sent qu'il va jouir, il va éclater, il s'active de plus en plus vite. Joyce devine qu'il va se répandre en elle, elle ouvre les yeux, effrayée.

— Sors ! Sors !

— OK, OK...

Il s'extrait d'elle, il se redresse et, à genoux entre ses cuisses, il jouit dans sa main, un jet chaud lui emplit la paume, il se relève, s'empare d'un Kleenex et s'essuie du mieux possible avant de revenir délicatement sur le lit. Il voit Joyce introduire un doigt dans son vagin, elle le ramène devant ses yeux, elle l'inspecte, une lueur de sang s'est déposée sur la phalange de son ongle. Il lui apporte un autre Kleenex afin qu'elle se sépare de la trace ensanglantée. Elle frotte son doigt sur le voile de cellulose et le lui rend. Il veut parler, la prendre dans ses bras, elle le rejette et lui indique de se taire. Elle se propulse hors du lit, elle se rhabille sans un mot, ni un regard pour lui. Il reste désemparé, comme un faon abandonné. Alors, il s'empare lui aussi de ses vêtements, il remet son jean, sa chemisette. Il en oublie son slip, qu'il glisse sous le sommier du bout du pied. Il regarde les deux photos encadrées au mur, les portraits de ses parents, il est ému. Il tire sur le bas de sa chemisette qui remonte à cause de son gros ventre. Il aperçoit son visage en reflet dans le cadre de sa mère. Sa barbe courte et blanche arrondit son visage, elle dessine le pourtour de son menton et de ses joues pour rejoindre ses cheveux courts, blancs eux aussi. L'Eskimo ouvre la porte de la chambre, il file à la cuisine et sert deux verres d'eau du robinet. Il tend l'un des verres à Joyce, elle le fait tomber dans sa gorge, elle était assoiffée. Il lui demande si ça va, elle ne répond pas. Elle l'avertit qu'elle va partir, elle lui demande de ne pas la raccompagner à la porte. Une fois sur le seuil, elle se retourne et le remercie. Elle le voit assis à la table de la cuisine, il semble épuisé, ses joues sont encore rouges, il semble heureux, et saturé d'incompréhension. Elle ferme derrière elle, le plus doucement du monde, elle tient son skate au bout de son poing, la palissade de bois, peinte en blanc, la protège des regards, le portail tourne maintenant sur ses gonds, elle le referme prudemment, puis Joyce jette sa planche au sol, elle atterrit dessus l'instant d'après, elle s'élance dans la ville avec ce sentiment d'être toujours la même, bien que quelque chose ait changé.

Joyce est allongée sur son lit, elle a tiré un plaid sur son ventre et ses jambes, elle a froid, elle songe à nouveau à cette journée étrange de l'été dernier qui a tant marqué sa vie, c'était en juillet, les vacances étaient bien entamées, Tony lui tournait déjà autour, elle n'avait encore cédé sur rien, il patientait dans son coin. Ils n'étaient même pas encore ensemble. Et quand, quelque temps plus tard, elle a accepté de se livrer à lui, et d'amonceler les séances dénudées, sans se toucher, Tony était bien incapable de se douter, et il en est toujours parfaitement incapable, que Joyce l'avait déjà fait. Si elle lui avait raconté, il ne l'aurait pas crue, encore moins avec l'Eskimo. Ça l'aurait probablement révolté. Il serait allé lui péter la gueule et l'aurait laissé pour mort, ou paralysé. Joyce ne regrette pas de n'avoir rien dit. Depuis, elle trouve une forme de réconfort auprès de Tony, il l'ignore encore, mais il n'est pas près de la baiser. Elle se contente de le regarder s'exciter, devenir dingue à en crever, devant l'archipel de ses formes.

*

Jimmy est dans son dos, le gars est enfin passé pour la fenêtre. Il est arrivé avec sa fourgonnette et ses plaques de verre accrochées aux flancs du véhicule. Le type a déplié un établi au milieu du salon, il a déposé un rectangle transparent qu'il dégrossit maintenant à l'aide d'un diamant. Jimmy, c'est plus fort que lui, doit absolument rester dans ses pattes pour lui raconter sa vie. Il s'épanche sur les travaux qu'il fait à droite à gauche, sans se douter que ça met l'autre en rogne.

— Dites-moi, Monsieur Felton, êtes-vous au courant qu'en faisant du black comme ça, vous prenez le boulot des pros ?

— Faut pas exagérer, c'est pas pour ce que je fais. Je rends service.

— Peut-être, mais vous vous faites payer.

— Justement non, je fais vraiment tout ça pour rendre service, j'vous dis. Bon, de temps en temps, on m'offre trois ou quatre tranches d'espadon, des trucs pêchés au large. Mais jamais de pognon.

— Vous avez des principes… Vous me faites bien rigoler tous, avec vos petits boulots, histoire de mettre du beurre sur votre pain. Moi, je m'en fous, du travail, j'en ai, mon carnet de commande est plein, mais votre truc, là, c'est quand même pas très réglo.

Joyce est de retour à la maison, son père lui demande comment ça va l'école, toujours la même phrase qui n'attend pas de réponse. C'est sa spécialité, il pose une question et il passe aussitôt à autre chose sans attendre la réaction ou la réponse de son interlocuteur. Jimmy, au fond, n'a jamais d'interlocuteur, il est encastré dans les contreforts de son égoïsme. Il ne regarde pas les autres, il ne les écoute pas, il fonce vers l'origine de sa connerie, il est comme les saumons qui s'échinent à batailler à contre-courant, pour crever épuisés sur leur lieu de naissance. Jimmy, c'est un peu ça aussi, mais son but ultime, c'est la quintessence de sa bêtise, il se débat là-dedans, c'est tout. Joyce se faufile entre l'établi et les débris de verre, le type ajuste du mastic sur le cadre de la fenêtre. Il demande à Jimmy ce qui a bien pu briser cette vitre ainsi. Joyce surprend son père à mentir avec une aisance hors norme, comme s'il décrivait une situation réellement arrivée. En un instant, il monte un scénario que les professionnels des studios pourraient signer.

— Vous me croyez si vous voulez, c'est un truc complètement dingue qui nous est arrivé. Ça doit se produire une fois dans une vie, et encore, plutôt une fois dans une ville. Vous savez sans doute que de temps en temps, des cailloux interstellaires franchissent notre atmosphère, ce sont des débris de météorites ou de saloperies dans le même genre, les trucs dégringolent du ciel, la plupart du temps ils se désintègrent avec les frottements de l'air, c'est ce qu'on appelle les étoiles filantes, mais certains de ces cailloux, de ces gravillons de l'espace sont tellement durs qu'ils résistent et s'effondrent au sol, alors bien sûr, ils tombent souvent en mer ou dans les déserts, mais il arrive que ça dégringole sur des zones habitées. Vous me croyez si vous voulez, mais c'est une de ces pierres qui est tombée chez nous, à l'oblique, *bam*. Si ma femme ou ma fille avait été dessous, je serais déjà en train de pleurer au cimetière et à ramasser les couronnes de fleurs renversées par le vent.

— Mais il est où l'impact de votre caillou ? Je ne vois rien sur le plancher.

— Très bonne question, le truc s'est effondré en plein sur mon fauteuil préféré. Vous voyez le fauteuil crapaud d'un velours ocre, là-bas ? Eh bien, on en avait deux comme celui-là. Et la caillasse est tombée sur le deuxième, en plein dessus, et c'est l'épaisseur des coussins qui a amorti sa chute.

— Ça n'a pas traversé ?

— Non, on a retrouvé le truc incrusté au cœur de la mousse.

— Eh bien, on peut dire que vous avez eu de la chance.

— Exactement, de la chance, vous ne croyez pas si bien dire. Depuis, j'ai été déposer le caillou, un machin tout noir et dur comme du métal, dans un institut d'astronomie relié à l'université de UCLA. Ils vont sans doute l'étudier, les élèves en auront pour un petit moment à retracer sa vie, son origine, sa trajectoire. Je me demande comment ils peuvent bien calculer tout ça, j'en sais rien, j'y connais rien.

— Excusez-moi, serait-ce indiscret si je vous demandais ce que vous faites dans la vie, Monsieur Felton ?

— Ah, ça aussi, c'est une longue histoire, mon métier consiste à nettoyer les scènes de crimes. Dès que l'enquête est bouclée, que les prélèvements sont faits, on m'appelle et je remets tout en ordre.

— Vous êtes femme de ménage, quoi ?

— Non, je ne dirais pas ça comme ça, disons que je m'occupe de tout ramener à la normale après le chaos.

— Ah, je vois, vous êtes une sorte de héros détaché et modeste.

— Si vous le dites…

Joyce est estomaquée par le niveau de connerie de son père, elle ne peut croire que l'autre avale ces foutaises, elle voit bien qu'il se fout de la gueule de son père, et Joyce, ça lui retourne les viscères.

Le gars a fini de remplacer la vitre, il la nettoie sommairement, on devine des traces de doigt sur les rebords, le gras du mastic, c'est encore Pamela qui va s'y atteler, c'est elle qui va frotter. Jimmy, ces considérations, ça lui passe au-dessus de la boîte crânienne. Joyce s'est enfuie dans sa chambre, elle n'a plus envie d'entendre son père, bavard avec les autres, mais toujours à faire la gueule dans sa famille. Voilà ce qu'il leur inflige. Jimmy a déposé quelques dollars dans les mains caleuses du vitrier, l'autre a remballé son matériel et s'est volatilisé avec sa fourgonnette. En tripotant le peu de fric qu'il a remis au gars, ça lui a fait comme un flash. Un désir irrésistible d'en finir avec sa dette l'a enseveli, comme ces gosses qui creusent des trous trop profonds à la plage et qui y restent, étouffés par la paroi qui s'effondre sur eux. Jimmy n'a plus le choix, il doit le faire, il pourrait en crever s'il n'agit pas. Il n'en a plus rien à foutre de ces connards qui ont paumé leur pognon chez lui par erreur, il niera jusqu'au bout, il n'a rien vu, rien récupéré, il n'est au courant de rien. Ces gangs ne lui font plus peur, il n'est plus temps de penser, d'imaginer, il faut bouger. Il fonce au garage, ouvre le congélo en grand et remue le bordel qu'il y a là-dedans. Tout au fond, il déniche la boîte de bûche glacée. Il réapparaît dans la cuisine, il sépare le couvercle de sa base, le sac de billets est toujours là. Mais il découvre avec horreur que tout le fric est collé en un seul bloc. La détresse est soudain dégoupillée dans son cerveau, elle éclate et inonde tout son être. Il s'assied, désemparé, les billets sont friables et très fragilisés, il pourrait les émietter à vouloir les séparer, comme ces saloperies de gâteaux croustillants qui ne tiennent pas dans une cuillère au moment de les manger. Alors il se projette avec son butin jusque dans la salle de bains, il sort le sèche-cheveux et entreprend de décongeler son bloc de pognon en maintenant l'appareil au-dessus à faible puissance. Il prend son temps, préférant un bruit modulé plutôt que de faire du boucan, il n'a pas envie d'éveiller l'attention de Joyce, mais il n'est pas tellement inquiet, il sait qu'elle rêvasse sur son lit, embarquée dans sa musique avec ses écouteurs qui lui aplatissent le crâne. Les liasses finissent par se décongeler, il divise méticuleusement les petits paquets de billets. Jimmy est soulagé, il se dit qu'il revient de loin. Une fois que l'ensemble est parfaitement sec et décongelé, il range tout dans le sac et réinjecte le truc dans la boîte de bûche glacée. Il appelle Big Dirty, il ne répond pas. Forcément, il n'y a aucune raison qu'il soit chez lui en fin d'après-midi. Il décide d'appeler ce bar où il passe pas mal de temps à jouer. Ça sonne au *Rubber Moon*, ça sonne longtemps, puis le patron décroche le combiné. Oui, Big Dirty est là, mais c'est pas le moment de l'emmerder, il est assis à sa table, et il perd. Jimmy annonce au patron qu'il a de quoi le consoler.

— OK, ramène ta fraise. Mais je ne veux pas de bordel.
— J'te dis qu'il sera content.
— Pointe-toi d'ici une heure.
— J'arrive.

Jimmy ne prend pas le temps de prévenir Joyce qu'il sort, il fait comme il a toujours fait, il claque la porte et s'évanouit dans la ville. Allongée sur son lit, elle se demande où il s'échappe encore, déjà le truc du sèche-cheveux tout à l'heure, ça l'a intriguée, mais elle a compris depuis, il est allé récupérer le fric glacé au congélo pour rembourser sa dette et il l'a décongelé avec l'appareil chromé qu'utilise sa mère. Elle a mis un peu de temps à comprendre, mais il était si improbable qu'il prenne une douche et qu'il se fasse un brushing en milieu d'après-midi que Joyce a finalement décrypté ce qu'il fabriquait dans son dos. Et comme toujours, il s'est enfui, embarquant son portefeuille, ses clefs de bagnole et son veston, il a claqué la porte de la maison, puis celle de sa voiture, et la Ford a glissé sur l'asphalte, fidèle, attentive et réconfortante, comme à chaque fois qu'il met le contact et débloque le neiman de la colonne de direction.

Jimmy est embrumé d'inquiétude et de légèreté, son esprit ne saurait définir quel état privilégier. Alors il roule, les sourcils froncés, les paupières lourdes, une boule d'angoisse cristallisée au creux de son estomac. Sa boîte de bûche glacée est planquée dans un sac de courses qu'il a glissé sous le siège passager. Il se met à siffloter un air inconnu, il invente, ça n'a rien de mélodieux. Ce sifflement aigu qui sort de son bec délimite l'étendue de sa trouille, il préfère se taire. Il est bien conscient que le jour où un gang le retrouvera et viendra frapper à sa porte pour récupérer son pognon, il sera un homme mort, il sait cela, et pourtant, il va utiliser cet argent qui ne lui appartient pas. Il ignore comment il trouve assez de ressource pour faire cette connerie, mais il y va. Il veut que Big Dirty soit content de lui, qu'il comprenne bien que Jimmy Felton est quelqu'un d'honnête qui honore ses dettes. Il se gare au plus près du *Rubber Moon*, il veut éviter de marcher trop longtemps dans la rue avec son paquet de dollars. Il aperçoit déjà le mur de pierres peintes en rouge du bar, la partie haute de la paroi est surmontée de plaques d'ardoises assez disgracieuses, une longue pancarte courant tout le long du bâtiment indique en lettres bâton inclinées *Rubber Moon* dans une couleur dorée, c'est parfaitement hideux, et la double porte en bois, qui s'apparente plus à une palissade qu'à une entrée, ne fait rien pour arranger l'ensemble. Une enseigne lumineuse jaillit de la façade, et indique le nom du lieu avec les mêmes lettres ambrées. En atteignant un tel sommet de laideur, personne ne peut manquer cet établissement qui pourtant se voudrait discret, tant on y joue d'argent dans les coulisses. Jimmy quitte la lumière timide de l'avenue. En cette fin janvier, le soleil est aussi pâle qu'une bouée flottant dans le port de Marina Del Rey, avec ses algues rayonnant tout autour, cheveux verdâtres et sans attrait. Jimmy s'enfonce dans l'épaisseur obscure de cette institution, les nuances de tabac l'embrassent dès qu'il passe la porte, elles le guident jusqu'au bar où il commande deux Golden Cadillac, la boisson préférée de Big Dirty, un cocktail à base de liqueur Galliano et de crème de cacao. Puis, il précise la raison de sa présence au patron.

— J'ai appelé tout à l'heure, je dois voir Big Dirty.

— Tu crois que t'es le seul à avoir le numéro du *Rubber*?

— Non, mais j'suis le seul à vouloir voir Big Dirty.

— Pas faux, en général, ça se carapate quand il est dans les parages. Va derrière, mais le fais pas chier, il joue, et je crois bien qu'il perd.

Jimmy passe les anses de son sac plastique autour de son poignet gauche, il tient fermement les deux verres d'alcool, un dans chaque main, il s'applique, il n'oublie pas qu'il a deux doigts en moins, puis ils se dirige vers cette arrière-boutique qu'il connaît si bien. L'endroit est plus enfumé que la grande salle, des volutes gazeuses s'entremêlent dans des mouvements bleutés. Big Dirty relève le menton, mais en apercevant Jimmy, il le rabaisse aussitôt, guidé par de la contrariété. Son castor domestiqué se traîne dans la pièce, il porte un nouveau collier de cuir muni d'une clochette qui exhume chacun de ses déplacements. Bee Gees est un beau spécimen de trente-cinq kilos pour un peu plus d'un mètre de long, queue comprise. Son maître lui donne des bûches à ronger, essentiellement du bouleau, mais aussi de l'herbe, des feuilles et des fruits, il lui offre surtout des pommes, et Bee Gees en est dingo. Dès que le castor s'impatiente, il tape avec sa queue sur le plancher afin de manifester son envie de rentrer. Big Dirty n'obéit à personne, excepté à son fidèle compagnon qui le suit partout depuis trois ans. Autour de la table, Jimmy compte trois autres types, deux inconnus entourent Legless, le mec en fauteuil roulant. C'est un bon, lui, il en a plumé des inconscients. Il a trouvé refuge dans le poker dès qu'il s'est vu condamné à se traîner dans cette vie de misère. Legless n'a pas eu de chance, surtout au moment de se marier. Il devait avoir vingt-deux ans et il enterrait sa vie de garçon avec ses potes. Vers minuit, lors de cette fameuse nuit qui avait fait basculer son existence, il s'était allongé, rétamé, dans un canapé, puis il s'était vomi dessus avant de s'endormir d'un sommeil lourd. Ses copains, aussi esquintés que lui, avaient toutefois trouvé la force de faire une dernière connerie avant de s'allonger eux aussi. Ils lui avaient rempli ses bottes de cow-boy avec de la mousse expansive de polyuréthane, le truc s'était mis à gonfler et lui avait bloqué les jambes dans ses bottes, ils riaient comme des demeurés, stupéfaits d'être aussi vivants. Au réveil, le lendemain, il s'était retrouvé avec des jambes mortes, dépossédées de leur sang, celui-ci ayant déserté les cellules de ses pieds. Le pauvre gars ne souffrait même pas, il avait fallu découper ses bottes de cow-boy au couteau, puis extraire la chair de la mousse, sans le blesser. Précaution inutile, le malheureux ne ressentait plus rien. Le mariage avait été repoussé, on l'avait amputé des deux jambes, la mariée s'était barrée et depuis, on l'avait rebaptisé Legless. Aujourd'hui, il se déplace en fauteuil et éclate tous les petits prétentieux qui se croient arrivés au poker, c'est son unique plaisir, après les putes.

Jimmy dépose un verre de Golden Cadillac devant Big Dirty, sa coupe était vide. L'autre l'affronte d'un regard mauvais, Jimmy fait tinter les deux verres en trinquant, et il porte le cocktail à ses lèvres. Il absorbe une minuscule gorgée de ce breuvage nervuré de jaune, puis annonce la couleur.

— J'ai ton fric.

— Et tu crois que c'est suffisant pour me couper dans ma partie ?

— Trente-six mille fois suffisant, mon ami.

— Fais voir.

Jimmy dépose le sac sur la table et en retire la boîte de bûche glacée. Big Dirty part dans un rire incontrôlable. Tout le monde se regarde, inquiet.

— Regarde-ça, Bee Gees, un gentil monsieur t'a apporté une bûche à grignoter.

Tout le monde s'esclaffe sur le même ton. Sauf Jimmy qui ne sait pas trop si on se moque de lui. Il se contente de déloger le couvercle et d'aligner les dollars sur la table. Une exclamation retentit. Big Dirty se lève, il va chercher son sac de sport, ouvre le zip et dépose sa machine à compter les billets au milieu des cartes et des verres. Il aspire une gorgée d'alcool vite fait, adresse un clin d'œil à Jimmy, et branche la machine. Puis il attrape son gros castor et le relâche sur la table, près de l'engin électrique. Alors, Bee Gees, qui est bien dressé, griffe le commutateur pour mettre le truc en marche, tout le monde rigole, le castor observe alors ces humains en inclinant la tête de travers, on devine de l'incompréhension dans le regard de l'animal. Big Dirty, gros molosse à la sale gueule, commence à enfiler les billets crasseux dans l'appareil, il y entasse les liasses, et voit les chiffres tourner avec un air satisfait. Trente-six mille dollars. Il y a bien trente-six mille dollars, c'est exactement ce que Jimmy Felton lui devait. Big Dirty lui envoie une grande claque dans le dos, il trinque pour de bon, et lui demande s'il veut se joindre à eux. Jimmy ne préfère pas, il vient d'éponger ses dettes, il leur annonce qu'il attendra au moins jusqu'à la semaine prochaine pour s'endetter à nouveau. La tablée est hilare. Les couillons beaux perdants sont toujours des personnages succulents autour d'une table de jeu. Felton termine son verre, puis il les salue solennellement d'une poignée de main féroce, dont les autres vont ricaner sitôt la porte refermée.

*

Wendy et Dwayne accueillent Joyce par une accolade, ils sont heureux de se retrouver aux abords de la promenade, le ciel est désembué, on devine des avions qui rayent le plafond, en route pour leur destination. Plus modestement, quelques pélicans et goëlands se partagent les résidus des cieux, ils patientent dans la fraîcheur de ce mois de février, en attendant qu'arrive le printemps. Les autres arrivent, Tony, Myke et Byron s'éjectent de leur skate, ils soulèvent leur planche d'un coup en appuyant sur le pied arrière, et la récupèrent habilement d'une main, comme si leur skate n'avait jamais frotté le bitume. On se fait des *hug* comme pour se consoler après une disparition, ils sont simplement heureux de se retrouver sur leur spot, même si c'est la basse saison, et qu'il fait froid, pas plus de seize degrés, c'est quand même plus sympa de se voir en dehors du contexte scolaire. Myke reproche soudain ses absences à Joyce, il trouve qu'ils ne la voient plus beaucoup depuis un moment. Elle se défend, assène qu'il exagère, il la reprend au vol en affirmant que ça fait maintenant des mois qu'elle est distante.

— Ne me dis pas que tu bosses tes cours…

— Eh bien oui, je bosse mes cours. Voilà, ça te va ?

— Non, ça ne me va pas. Tu nous snobes.

— Mais pas du tout, qu'est-ce que tu vas chercher ?

Tony semble gêné, il se tâte, il sait que la colère de Joyce peut tout pulvériser, il décide de la défendre.

— Je vais vous dire, moi, pourquoi vous la voyez moins. C'est parce qu'avec Joyce, on se voit plus…

— Non ?

— Eh, eh…

— C'est vrai, Joyce ?

Elle regarde Tony avec des lueurs vipérines dans le regard, il ne s'y soustrait pas. Il lui avait pourtant promis de ne rien dire, elle est dégoûtée, elle a envie de sauter sur son skate et de filer loin d'ici, glisser entre les touristes, sur des kilomètres et se jeter dans le port du *Queen Mary*, se laisser envelopper d'eau froide, et laisser ses poumons boire l'océan. On la dévisage, on la questionne.

— C'est des conneries ou quoi, Joyce ?

— Non mais raconte, Joyce.

— C'est vrai que vous êtes ensemble ?

— Oui, c'est vrai. Mais lâchez-moi avec ça, j'ai pas envie d'en parler.

— Mais c'est génial.

— Hum...

Tony est super fier, il se renfle le jabot comme ces affreux pigeons qui fouillent la plage et ses environs. Byron et les autres garçons le chahutent, on lui bloque le cou sous un bras pour lui faire un shampooing. Les phalanges repliées, le majeur fermé mais dépassant du poing, on lui frotte les reliefs osseux du crâne, chacun s'applique à bien lui mélanger les cheveux, comme avec des caillasses. Tony se débat, il est haletant, sa longue chevelure s'épanche dans sa bouche, il souffle pour recracher les cheveux qui collent à sa salive. Les autres le secouent, il est malmené sous les cris, Joyce les regarde faire, elle sait qu'elle a le pouvoir de les faire cesser, mais Tony l'a bien cherché. Wendy intervient, elle leur dit que ça suffit. Les garçons relâchent Tony. Ils sont aussi heureux qu'essoufflés. Myke a vraiment une drôle de tronche maintenant qu'il est devenu végétarien, il pensait devenir plus beau, plus attrayant, mais son visage a éclaté en une sorte de plaie purulente, et ça lui va tellement mal qu'il se laisse pousser les cheveux en anarchie afin de dissimuler ce qu'il peut de son faciès. Personne ne se moque de lui, mais pendant un moment ils ont pensé qu'il suivait une bande d'Hare Krishna, et que l'idée d'arrêter les burgers, ça lui venait de là. Depuis, Myke les a rassurés, il n'aurait jamais suivi ces types, son truc de bouffer végétarien, c'est juste pour emmerder ses parents. Mais il est bien d'accord que filer chez les Hare Krishna, ça aurait eu plus de gueule, ses vieux auraient bien dégusté.

Se sentant observée, Joyce se retourne brutalement. C'est Travis, l'orphelin, il l'observe avec son air de petit malin. Il est là-bas, près d'un banc, elle le rejoint en patinant dix mètres sur son skate. Le truc dingue, c'est qu'il porte un pull que Joyce adore, elle en rêve depuis longtemps, elle n'a jamais su où le trouver, et c'est Travis, le petit clochard qui porte ce pull qu'elle a tant espéré. Elle lui demande d'où il le tient, il semble étonné de la question, il bredouille qu'il l'a déniché dans une poubelle, il lui montre les trous. Joyce s'en tape des trous, elle aimerait tellement avoir ce chandail, avec ses dégradés de couleurs orange et mauve, elle est tentée de lui demander le pull en échange de quelque chose, un truc à bouffer, un autre pull. Mais elle se ravise. Elle essaye quand même une ruse.

— Il est pas un peu grand pour toi, ce pull ?

— Tu crois que j'ai le choix et que je vais dans les magasins pour demander aux dames, bonjour, vous auriez du *small* ?

— Ouais, je me doute que non.

— Tu le trouves pas beau mon pull ?

— Au contraire, je le trouve canon.

— Il te plaît vraiment ?

— Bah, c'est-à-dire que je rêve d'avoir le même.

— Tiens, je te le donne.
— Non, je peux pas. T'en as besoin, il fait froid.
— J'en ai un autre.
— Vraiment ? T'es sérieux, là ?
— Ouais, prends-le.

Alors le gosse des rues fait passer le pull par-dessus sa tête, et le tend à Joyce. Il lui demande de l'enfiler. Elle est très gênée, mais elle obéit. Le reste de la bande qui goûte la scène à distance ne comprend rien à la situation. Joyce lui propose d'échanger avec son sweat Hang Ten, Travis refuse. Il sort un second pull de son sac marin, il semble plus chaud, celui-là. Il fait émerger sa tête de l'encolure et rigole en dégageant ce qui lui reste de dents. Joyce rit avec lui, ils se tapent dans la main, elle lui demande s'il veut venir avec sa bande de copains, il ne préfère pas, il aime mieux rester seul. Il attrape son gros sac en forme de boudin, vérifie le mousqueton, le fait basculer à l'arrière d'une épaule et la salue. Elle le regarde descendre la promenade avec son balluchon, le gamin marche sans se retourner, elle est attristée, elle a le sentiment de l'avoir volé, d'avoir volé quelqu'un qui ne possède rien, elle a envie de courir après lui, mais elle décide de rejoindre les autres, ce pull il est trop bien. Évidemment, ils veulent comprendre, elle leur annonce que c'est son petit pote, qu'elle l'avait invité à déjeuner à la maison au moment de Noël. Ils le trouvent bizarre, elle leur confirme qu'il vit sous les pilotis d'une maison et qu'il n'a plus de parents, qu'il se débrouille seul. Ils lâchent quelques exclamations, ils sont fascinés par son courage. Wendy s'interroge, elle la trouve cachotière.

— On te voit de moins en moins, et on découvre que tu sors avec Tony et que tu as un nouveau pote de sept ans...

— Neuf ans.

— OK, ça reste un gamin. Bref, c'est de moins en moins facile de te voir, Joyce. C'est pas un reproche, je dis juste que j'aimerais passer plus de temps avec toi, comme avant.

— Comme avant quand ?

— J'en sais rien, comme quand on passait nos aprèms au skatepark.

— T'exagères pas un peu ? On se voit, non ?

— Moins qu'avant…

Joyce préfère en rester là, cette conversation commence à l'irriter, elle estime ne devoir de comptes à personne, surtout pas à ses amis. Ils s'élancent sur leurs planches, Tony tente de se rapprocher d'elle, mais elle lui balance un coup de coude dans les côtes, il part en vrille et manque de renverser la planche de l'étal d'un marchand de colliers et de babioles. Toute la bande rigole, même Tony, qui se relève avec des loupes de larmes plein les yeux.

Pamela a pu finir tôt ce soir, elle est heureuse de retrouver sa maison, Joyce vient de rentrer, elle a vu ses amis, et Jimmy est encastré dans son fauteuil crapaud, devant la télé. C'est une soirée comme une autre qui se profile à l'orée du salon. Elle a déversé un sac de courses sur la table de la cuisine, elle a réfléchi à ce qu'elle doit cuisiner ce soir, elle aime bien anticiper au dernier moment. Mais avant de commencer et de passer son tablier, elle va se livrer à une petite inspection, elle fait ça deux ou trois fois par semaine, ça ne lui prend pas longtemps, il lui suffit de tendre un bras au fond du congélo.

— Oh, le salaud. La boîte de bûche glacée a disparu. Jimmy ?

— Oui ?

— Viens voir un peu, là…
— T'es où ?
— Au garage.
— Oh, tu me fais chier.
Jimmy décide de rester planté dans l'épaisseur de velours qui l'accueille si confortablement, il entend Pamela l'appeler encore une fois, il enfonce la tête entre ses épaules et clavicules, il sait déjà que ça va frotter dans les entournures. Sa femme se poste face à lui. Elle lui demande où est passé le fric. Il lui répond que personne ne l'a réclamé et ne le réclamera jamais. Elle lui rappelle qu'il ne devait pas y toucher, et que si les mecs d'un gang remontent la trace du fric jusqu'à eux et qu'ils rappliquent, ils sont foutus. Jimmy se contente de fixer l'écran de télé, il évite le regard de Pamela, il est fuyant. Elle se dirige vers la télé et l'éteint sans lui demander son avis. Elle veut qu'il s'explique, elle sait qu'il est allé rembourser le pognon qu'il devait à cause de ses éternelles dettes de jeu, mais elle veut l'entendre, ce minable, ce menteur, ce lâche de mari. Elle est debout face à lui, jambes écartées comme dans un western, prête à dégainer. Elle l'interroge, il ne répond pas. Elle sait qu'il est allé là-bas, qu'il a remis la boîte de bûche glacée à un de ces connards qui le plument en toute tranquillité. Elle déteste sa faiblesse, il n'est pas fiable, il n'a aucun orgueil, et il lui ment constamment.
— Alors ? J'attends… Avoue que t'es allé remettre le fric à ces cons. De l'argent qui, je te le rappelle, ne nous appartenait pas.
— Tu commences à me faire chier.
— Ah oui, c'est gênant de devoir s'expliquer quand on a bien déconné. Tu te rends compte de ce que t'as fait ? Dans quelle merde tu nous mets ?

— Tu vas pas commencer à m'emmerder avec ces conneries…

Jimmy se lève d'un coup, il écarte sa femme du bras, il attrape son portefeuille, ses clefs de bagnole, enfile un truc chaud et claque la porte de la baraque. Les murs tremblent comme si c'était le Big One, elle maudit sa faiblesse, faible avec les forts, mais fort avec les faibles. Quel minable, murmure-t-elle pour elle-même. C'est sûr, avec elle, il s'autorise des volte-faces, il se permet de mal lui parler, mais là-bas, avec ses abrutis du poker, il rampe, l'échine basse, avec les omoplates qui lui ressortent dans le dos, comme un pauvre coyote efflanqué qui fuit le canon du fusil qu'on vient de lui montrer. Elle pourrait crier, s'envelopper de sa propre rage, mais elle préfère laisser sa colère flétrir. Joyce les a entendus depuis qu'elle est revenue du garage, Pamela ne souhaite pas incliner plus de peine sur les épaules de sa fille, elle la sait fragile. Elle n'ignore pas que la relation tumultueuse qu'elle entretient avec son mari ratatine l'image que leur gamine pourrait avoir de la vie de couple en général.

La mère et la fille vont passer la soirée seules devant leurs assiettes, à tenter d'avaler quelque chose. Elles échangeront des banalités, évitant méticuleusement le sujet du père. Puis, quand il sera l'heure, elles se propulseront vers la salle de bains pour mâchonner du dentifrice. Joyce ira se coucher dans un lit d'angoisse, elle va guetter de longues heures le retour de son père, travestissant chaque bruit en cliquetis de serrure, mais non, elle se trompera souvent. Et puis, tard dans la nuit, enfin endormie, elle se réveillera en sursaut et surprendra quelques pas, un jeu de clefs, le bruit de son portefeuille sur le meuble de la cuisine, elle sera à peine plus rassurée, vient-il récupérer ses affaires pour partir loin d'elles ? A-t-il bu ? Va-t-il engueuler sa mère ? Tenter de lui faire l'amour ? Joyce sera effrayée, elle attendra dans le noir, scrutant le moindre son, le moindre début d'histoire, elle ne respirera plus que les résidus de ses propres poumons. Il ira finalement se coucher sans rien dire, s'allonger après avoir éteint les lumières qu'il avait allumées. Les petits déclics des interrupteurs rassureront un peu Joyce, elle écoutera le silence, elle le soupèsera et quand elle sera bien certaine que rien ne surgira plus de cette journée, elle acceptera de perforer l'essentiel de son malaise.

*

Joyce ne supporte plus le moindre cri, ni le moindre bruit. La cendre qui tombe d'une cigarette, c'est encore trop bruyant. Elle en veut aux torrents de colère de son père, à ce fracas surgissant chaque fois de nulle part, qui emporte tout sur son passage, charriant des débris d'amour et d'espoir. Le seul refuge à peu près convenable reste sa chambre et la lueur tombant de son radiocassette. Elle laisse la musique s'écouler de son casque, elle se retranche à l'abri des guitares, c'est sa part d'au revoir. Depuis quelques mois, elle a trouvé une nouvelle amie, elle la guette, elles se guettent, elles s'épient sans que personne ne veuille de mal à l'autre. Joyce lui a donné un nom Speedy-Spider, c'est une grosse araignée noire qui se développe dans sa chambre. En réalité, elle se déplace plutôt lentement, toujours dans l'encoignure du plafond, elle est surtout visible à la nuit tombée. Un soir, elle peut se trouver au-dessus de la porte, le lendemain au-dessus du lit. Joyce ne craint pas qu'un jour elle se laisse tomber sur son visage, la bestiole lui a rechargé le peu de confiance qu'il lui restait dans l'estomac. Speedy-Spider gesticule même quand elle se sent observée, elle ne craint pas ce grand mammifère allongé sur son lit. Joyce s'est renseignée, elle a trouvé des infos dans un livre sur les araignées à la bibliothèque du lycée, c'est une *Aptostichus atomarius*, elle appartient à la famille des mygalomorphes, bien que de plus petite taille qu'une mygale. Pamela a ces bêtes en horreur, Joyce s'est battue pour maintenir son amie en vie, sa mère voulait lui mettre un coup de balai, l'écrabouiller dans un coin du plafond et nettoyer son humeur jaunâtre avec une éponge de la même couleur. Mais la fille a su convaincre la mère de laisser s'épanouir le petit arachnide sous son toit. Il n'existe aucune complicité entre Speedy-Spider et l'humaine, la complicité est à sens unique, seule Joyce ressent quelque chose pour l'animal. Elle aimerait la prendre dans la main, la soupeser, ça ne doit pas peser bien lourd une sauterelle pareille, mais elle craint une éventuelle morsure, Joyce ignore quels sont ses moyens de défense et si elle est dangereuse pour l'homme. Elle préfère ne pas savoir. L'animal l'hypnotise, elle se dit qu'à part la nourriture et d'éventuels prédateurs humains, son araignée n'a pas beaucoup de soucis à se faire. Avant de convenir qu'elles sont finalement, à peu de chose près, dans la même situation, Joyce doit aussi bouffer, tout en se préservant des connards de l'humanité, c'est quasiment la même équation.

Son père est sorti sans donner de précision, il est encore probablement guidé par le jeu. Il lui arrive de gagner, c'est rare, mais tout ce qu'il gagne il le réinjecte aussitôt dans sa connerie, il rejoue, jusqu'à ce qu'il perde, comme si c'était son but d'avoir les poches vides.

Sa mère est dans la salle de bains, elle est allongée dans la baignoire. L'eau est teintée de volutes brunes, la couleur diffuse à travers une dizaine de sachets de thé qu'elle a jetés sous l'écran liquide. Certains surnagent, d'autres se débattent, un peu à la manière des montgolfières, dans l'eau du ciel. C'est un truc qui lui a été rapporté sur le tournage de *Chinatown*, à l'automne 1973, Faye Dunaway lui avait donné ce conseil, elle adore se prélasser ainsi dans son bain, enveloppée d'odeurs suaves et lointaines, de plantes cueillies sur d'autres continents. Elle se confiait pas mal à Pamela lors des rares moments d'apaisement, ce tournage avait été éprouvant. L'ambiance était médiocre, Roman Polanski et Faye Dunaway avaient une relation compliquée, conflictuelle, mais la comédienne trouvait quelque peu de réconfort auprès de sa maquilleuse, toujours à l'écoute et discrète. Les rapports entre Jack Nicholson et Polanski avaient été plus simples, à l'exception du jour où l'acteur avait refusé de tourner une ultime scène pour un match de baseball qui se jouait à la télé. Une brouille musclée avait ravagé le plateau, le comédien était tranquillement assis devant son téléviseur quand Polanski avait surgi et s'était emparé de l'appareil, le brandissant en l'air pour l'exploser sur le sol, ce qui avait entraîné la fureur de cette grande gueule de Nicholson. Pamela avait détesté ce tournage, même si Dunaway avait été plutôt correcte avec elle, bien que suffoquant dans les déferlantes de son propre narcissisme. Mais elle doit reconnaître qu'une forme d'échange s'était amorcée entre elles, et qu'au final, une complicité temporaire s'était créée, pour disparaître dès l'instant où le premier assistant avait crié « fin de tournage ». C'est toujours ainsi lors de ces réunions d'ego, le tournage ressemble à une grande colonie de vacances où déchirements et histoires d'amour éclosent, puis tout retombe dès qu'on range les bobines de pellicule, les premiers rôles s'évanouissent dans la ville, laissant machinos et électros ainsi que tout le personnel périphérique, comme Pamela, avec une étrange sensation d'abandon, voire des émotions d'orphelinat.

Pamela remet de l'eau chaude, elle se prélasse dans son bain nervuré de thé, elle ne s'est pas encore lavée, pas encore savonnée, elle rêvasse en songeant à la hauteur du mercure dans sa vie, elle estime la température avant l'éventuelle implosion de son couple. Elle se dit qu'en se mariant avec Jimmy, c'était vraiment la loterie, elle ne connaissait rien de lui, certes, elle avait coché quelques cases, il ne buvait pas, il avait un travail, mais aujourd'hui, en 1975, les femmes demandent à cocher bien d'autres cases, les choix s'affinent, les exigences semblent plus importantes dans l'éclosion et l'organisation d'un couple. Ils sont partis tous les deux sur la route, se découvrant avec le poids du temps, à la faveur du chemin parcouru. Très tôt, elle a compris la mesure de son erreur, mais Joyce était déjà là, il n'était plus question de la livrer à la fragmentation d'un divorce. Pamela a découvert assez vite les mensonges à répétition de son mari, comprenant qu'il n'avait que ce mode d'expression, le mensonge. Elle a aussi détecté son égoïsme dès les premiers mois, mais elle pensait naïvement s'y accoutumer, et son amour pour lui effaçait encore majoritairement ses défauts. Elle en a avalé des saloperies au cours de cette existence, son addiction pour le jeu, les dettes qui en découlent, les mensonges à peine dissimulés, son éloignement, son manque d'affection, il n'y en a que pour lui, lui et encore lui. Il s'enveloppe religieusement dans son propre orgueil, il se fâche à la moindre opposition, à la moindre contrariété, il hurle quand on le déstabilise, il se sauve avec son éternelle compagne, la lâcheté. C'est la veulerie qui le caractérise principalement, confortée, appuyée des contreforts de la trahison. Pamela a le regard fixé sur le plafond, elle remet de l'eau chaude, recouvrant les pointes de ses seins qui émergeaient de la plaque liquide. Elle remue le bassin pour mélanger l'eau chaude aux flaques d'eau froide. Des filaments de chaleur lui lèchent les hanches, les poils blonds de son pubis flottent sous la surface, avec cette lascivité qu'ont les algues marines, elle éteint la cataracte d'eau brûlante et plonge entièrement son corps sous cet écran bienveillant. Elle reste ainsi longtemps, elle compte secrètement la résistance de ses poumons, elle remonte à cinquante-quatre, quand les six cents millions d'alvéoles pulmonaires qui gèrent ses échanges gazeux la brûlent en profondeur. Ses larmes ruissellent sur son visage avec l'eau du bain, elle songe à Joyce, à tout ce temps qu'il n'a pas passé avec elle, à toute cette éducation qu'il ne lui a pas prodiguée. Une absence dans la maison, un trou dans la tiédeur des fondations, voilà ce qu'il est, il va, il vient, il joue, il s'endette, et à la moindre remarque, il implose. Pamela se dit qu'elle aurait dû le quitter il y a bien longtemps, depuis qu'elle a réalisé qu'il vit seul au milieu d'elles. Aujourd'hui, elle empile les sentiments contradictoires, lui accordant sa clémence dès qu'il cède un peu d'attention, un regard, un échange, une simple question, rien de spectaculaire, juste quelques molécules de bienveillance, le rayonnement d'une forme de civilité. Pamela ignore à quel degré leur fille souffre de la disparition du rôle paternel, à quel point ce père redevenu enfant lui inspire encore un échantillon de sentiments. Peut-on éprouver de l'amour pour une entité invisible, autre que Dieu ? Pour un être qui n'est plus vraiment là, dont on entend seulement le rasoir électrique, qu'on surprend à vociférer devant sa télé, ou à mâcher bruyamment ses aliments, mais qui n'a plus une once d'amour à proposer aux deux femmes qui l'entourent. Joyce peut-elle aimer cet homme, ce père invisible mais tumultueux, celui qui était si grand quand elle était enfant, et qui, très vite, a trébuché dans les étages de la respectabilité ? Pamela s'interroge en pleurant, elle efface ses larmes dans les paumes de ses mains mouillées, elle n'effacera pas ce malheur qui alourdit les moellons de son cœur. Elle évacue un peu d'eau en actionnant la bonde chromée, un tourbillon se forme et aspire quelques sachets de thé. Elle referme l'orifice, l'eau se laisse découper sans protester, elle rouvre le robinet émaillé d'une pastille rouge, un trait de chaleur pénètre l'élément fluide et diffuse à travers la baignoire pour remonter jusqu'à l'estuaire de sa bouche. Cette douceur sur ses lèvres et à la racine de son nez lui semble insurmontable, elle se laisse glisser sous le masque liquide, les gros traits secs et croûtés de ses cheveux se raniment et ondulent à l'orée de son visage. Sa chevelure en suspension lui procure un bien-être satisfaisant qui lui rappelle ses premières baignades dans l'océan, quand elle faisait la planche sur le dos, du soleil plein les prunelles, portée par cette puissance innocente qui caractérise les enfants. Elle regagne la surface pour s'emparer du savon, des lueurs nébuleuses blanchissent la brune sépulture de son corps, coquille de ses souvenirs et de ses remords. Pamela reconnaît le clic de la lampe de chevet de sa fille, elle se couche pour disparaître à la lisière des cauchemars et des rêves. La mère s'active, exécute son shampooing et se lève brutalement pour s'enrouler dans une serviette de bain. Elle vide la baignoire et rattrape les sachets de thé, elle les dépose dans une petite coupelle ajustée au lavabo.

*

Au lycée, les notes de Joyce ont décroché. Wendy s'interroge, elle lui demande comment ça va avec Tony. Joyce lui répond que tout est normal avec Tony. Wendy veut savoir s'ils l'ont fait, Joyce est catégorique, elle lui répond que non. Elle confirme seulement que Tony l'a déjà vue nue.

— Il t'a vue à poil et vous l'avez pas fait ?

— Non.

— Mais comment t'as fait ? Il devait être comme un dingue.

— On fait tout le temps comme ça.

— Quoi ? Mais lui ?

— Quoi, lui ?

— Il en veut forcément plus.

— Qu'est-ce t'en sais ? Il se contente de ce qu'il a. Il regarde et il se touche.

— Nan ? Et toi, tu ne fais rien ?

— Je ferme les yeux.

— Il se touche jusqu'au bout ?

— Oui.

— Et sa bite, tu l'as vue ?

— Non, il fait ça dans son slip, je lui ai interdit de me montrer son truc.

— Non, mais… t'es pire que Fidel Castro, dans le genre dictateur…

— Non, c'est Tony qu'est pire que Fidel Castro.

Joyce se fait de moins en moins visible au creux de ses amis. Chaque fois qu'ils la voient, ils le lui reprochent. Elle leur parle de ses notes, du fait qu'elle décroche, elle doit bosser plus pour remonter la pente, et aussi, parfois, elle fait du baby-sitting, elle garde des gosses du quartier pour gagner un peu d'argent. Ils lui disent qu'elle n'a qu'à en demander à ses parents, elle est comme eux, elle ne manque de rien. Elle évoque alors ses désirs d'indépendance, elle aime cette idée de gérer son temps et son argent. Ils la regardent comme une entité extraterrestre tombée de sa galaxie. Elle les rassure, elle a toujours autant besoin de leur compagnie, ils sont ses amis, mais elle grandit, elle rencontre d'autres priorités. Elle aime skater avec eux, elle ne reviendra pas là-dessus, mais sa perception de l'adolescence et tout simplement de la vie évolue. À chaque fois qu'elle leur tient ce discours, elle les abandonne à leur perplexité. Tony étale les mains à l'horizontale, paumes vers le ciel, l'air de dire « vous voyez, je vous l'avais dit, il n'y a rien à faire, elle est comme ça ». Wendy est partagée entre tristesse et colère, elle a confié à Joyce qu'elle n'aimait pas cet éloignement, elle lui a avoué qu'elle aurait pu lui donner un rein, qu'elle aurait tout fait pour elle, et la voir s'échapper ainsi, ça lui remue le ventre, elle ne comprend pas. Joyce se veut toujours rassurante, elle lui certifie qu'elle n'a besoin de rien, et surtout pas d'un rein, qu'il n'y a rien à comprendre.

Il est midi, Joyce est allongée sur son lit. Dans le noir. Ses rideaux sont tirés, elle ne souhaite pas que sa mère les ouvre. Ce n'est pas la première fois que Pamela surprend sa fille incrustée dans son matelas, incapable de se lever. Elle sait que ça ne va pas. Chaque fois, elle vient s'asseoir près d'elle, les deux femmes parlent de la chute des résultats scolaires de Joyce, la mère voudrait aider sa fille, l'accompagner, l'aider à se relever, ou simplement à se lever de son lit, mais semaine après semaine, Joyce semble s'éloigner du courage, et de la petite fille inquiète qu'elle a été. Elle est désormais au-delà de l'inquiétude, et ce matin, elle confie à sa mère qu'elle songe au suicide. Elle songe à tous ces jours où elle n'est pas morte. Pamela est dévastée par cette révélation, elle pose une main sur l'épaule de sa fille, elle se penche sur elle, l'embrasse près de la tempe, elle lui dit qu'elle est là, qu'elle fera tout pour elle, toujours, que c'est son rôle de mère. Elle ne comprend pas, elle est abasourdie par l'immense chagrin qui s'abat soudain sur elle. Les rayons du soleil frappent les rideaux, les plis et replis font alterner l'obscur et la lumière, leur texture de toile orangée varie du brun au jaune tant le soleil s'échine derrière les carreaux. Sur le parquet, on devine la lueur d'un trapèze, la clarté du jour s'effondre ici en une tache un peu floue. Pamela questionne sa fille qui lui répond par des grognements gentils. Maintenant qu'elle a révélé ce qu'elle avait sur le cœur, elle s'est refermée sur les secrets de sa cervelle. Pamela tente de creuser, elle s'ingénie à élaborer des questions aux contours fleuris, mais Joyce reste mutique. Pamela lui parle du bonheur, tout en lui avouant l'aversion qu'elle a pour ce mot, lui concédant de la laideur. Elle précise sa pensée, elle est convaincue que chaque être humain peut accéder à une forme de quiétude, au calme, et guérir ses guerres intérieures. Elle lui demande si elle est en colère contre son père. Joyce s'étonne de la justesse de la question, mais elle ne réagit pas. Sa mère lui assure qu'entre elles, il y aura toujours un dialogue. Naïvement, Pamela s'en remet à ces notions d'échange. Elle répète que le dialogue peut tout résoudre, à la manière de ces hommes politiques assénant ces banalités sans y croire. Pamela, elle, y croit. Elle se sent capable de porter sa fille, elle veut la porter jusqu'à ce qu'elle se redresse, pour marcher à nouveau, elle n'envisage pas de la soulever, de la soupeser, inerte dans ses bras, les membres relâchés, jusqu'à un cercueil de chêne et de satin. Elle parle seule, d'un murmure doux et terrifié, elle maudit son mari qui ne s'est jamais préoccupé de leur fille et qui ne s'en occupera jamais. Elle lui a pourtant dit, elle lui a parlé, il sait que leur fille va mal, qu'elle se perd dans les écueils de l'adolescence.

— Ma chérie, tu ne prends pas de trucs ? Tu ne te drogues pas, au moins ?

— Maman…

— Je pose la question.

— Si je me shootais, je ne te le dirais pas, tu penses vraiment que je te dirais : « Oui, Maman, je me drogue et j'attendais que tu me poses la question » ?

— Bon, au moins, me voilà en partie rassurée.

Joyce est surprise par l'impuissance et la naïveté de sa mère. Elle se dit qu'elle n'est pas pressée d'être mère à son tour, être désemparée ainsi face à son enfant malheureux, ça ne lui fait pas envie. Elle se demande pourquoi ses parents se sont lancés dans cette entreprise, avoir un enfant. La contraception existait, pourquoi n'ont-ils pas pris leur temps ? Pourquoi se sont-ils conformés à l'ordre général, avoir une maison, une voiture, puis un enfant, comme les voisins ? Certes, c'est une attitude très banale, et dans ces moments d'euphorie, on ne doit pas penser au cheminement éducatif, au parcours de sa progéniture, mais Joyce se demande si le désir de son père, d'avoir un bébé, était aussi ardent que celui de sa mère. Elle entend Pamela qui la questionne, ses mots échouent au seuil de ses pensées.

Elle songe à ce qu'elle a été, à ce bébé dans l'utérus de sa maman, une petite fille dans une grande, exactement comme les poupées russes. Joyce est très gênée avec les dates de naissance, elle n'apprécie pas cette idée que les gens puissent remonter les mois jusqu'à la conception du bébé. Janvier, décembre, novembre, octobre, septembre, août, juillet, juin, mai, voilà c'était en mai 1958, elle imagine tous les gens du voisinage se disant que ses parents ont eu des relations sexuelles pendant le mois de mai 1958 puisqu'elle est née en janvier 1959 et qu'elle a maintenant seize ans. Pour elle, c'est comme s'ils avaient tous été témoins de la scène, comme s'ils les avaient vus, sa mère nue, sans défense, à quatre pattes sur le matelas de leur chambre, avec ses longues jambes, ses longs bras, ses seins fermement arrondis, et ses cheveux ballottant au rythme de ses fesses. Et son père, nu, lui aussi, derrière elle, à genoux lui aussi, tenant sa mère par les hanches, avec une force de chimpanzé, lui raclant le vagin avec son pistil humain. Elle leur en veut aux voisins, d'avoir su que sa mère avait accouché, elle leur en veut d'avoir calculé le moment de cet acte, elle est convaincue qu'ils ont su ce que son mari lui faisait, comment il s'y prenait. Ils ont su que Pamela n'a pas eu Joyce longtemps dans les bras, on l'a allongée sur son ventre, elle a pris sa première goulée de lait puis a disparu dans le scaphandrier d'une couveuse. Pendant trois semaines, ses parents ne l'ont aperçue qu'à travers le hublot de la porte hermétique de la salle des couveuses. À terme, mais cependant trop maigre. Pas finie, direction la couveuse. Pas le choix. Sa mère n'avait plus qu'à lui tirer du lait qu'on lui injectait à coups de biberons, c'était désormais leur seul lien après neuf mois passés dans le bain de son ventre. Le médecin avait expliqué à Pamela que le placenta avait cessé de jouer son rôle dans les derniers jours et que l'enfant était née affamée. Elle avait pensé que c'était bien la peine de quitter la famine de ses origines du Middle West si c'était pour la retrouver au creux d'elle-même, à l'épicentre de son ventre. Joyce déteste penser à sa naissance, ainsi qu'à tout ce qui y est relié. Elle se demande parfois si en coupant le cordon ombilical, ce ne serait pas mieux de couper la vie. Pamela l'interroge doucement, Joyce la rassure, elle lui affirme que ça devrait passer, il s'agit juste d'un spleen passager. Sa mère insiste, elle évoquait tout de même l'idée du suicide il y a quelques instants. Ce sont des conneries, sa parole a écrasé sa pensée, mais Pamela ne semble pas convaincue, elle caresse les cheveux blonds de sa fille qui s'est maintenant redressée, appuyant son dos contre son oreiller. D'un mouvement lent et répétitif, elle passe et repasse sa main sur la chevelure de son enfant. Ce geste a le don d'agacer Joyce, mais elle ne souhaite montrer aucune contrariété, elle a tant de peine pour sa mère qui se débat dans le fracas de sa vie d'ado, qui se mobilise seule contre les déferlantes de l'adolescence. Elle devine des larmes dans ses yeux, Joyce sait qu'il n'y a rien de pire au monde que de voir sa mère pleurer, rien de pire. Pamela renifle légèrement, puis efface une larme, l'imbibant discrètement sur le rebord d'une manche de son chemisier.

— Ne pleure pas, Maman. Je te promets que ça va aller.

— J'aimerais bien, mais je m'inquiète pour toi.

— Ça va aller, ça va passer. C'est juste l'adolescence, on est un peu perdu, et puis on renaît et tout recommence, on est bien, comme quand on était enfant.

— Étais-tu seulement heureuse, enfant ?

— Mais oui, allez, ne t'en fais pas, je vais déjà mieux, le fait d'avoir parlé m'a un peu m'a soulagée.

— Tu n'as rien dit.
— Mais si, allez, ne pleure plus, Maman.
— J'aimerais te croire…
Les deux femmes se serrent très fort l'une contre l'autre, Joyce saute de son lit, attrape quelques vêtements et se dirige vers la salle de bains. Son père n'est pas là, maintenant Pamela demande à sa fille, depuis la cuisine, ce qu'elle aimerait pour le déjeuner. Joyce lui répond que des restes lui suffiront.

*

Casquette sur le nez, elle dissimule son visage, elle marche dans la ruelle qui réunit l'arrière des maisons sur deux rues. Les poubelles ne sont pas toutes ramassées, c'est plutôt dégueulasse et repoussant, la plupart des jardins sont obturés par des palissades et des grilles. Une famille, probablement des Mexicains, a installé des étagères à ses fenêtres, des ouvertures qu'ils n'ouvrent jamais, sur les planches ont été disposées des poupée mexicaines bariolées, il y en a des dizaines, certaines jouent de la guitare, certaines sont des hommes, le plus souvent des femmes, il y en a pour tous les goûts et cette profusion ajoute au désordre ambiant de l'allée. Rares sont les gens qui s'aventurent ici, l'arrière des baraques étant plutôt considéré comme un espace stérile et disgracieux. Un chat se prélasse dans une flaque de lumière. Dès qu'il détecte Joyce, il redresse la tête et s'échappe vers une habitation. Joyce s'arrête et l'observe, sa peau est soyeuse et ondule au soleil, ses omoplates lui dessinent de la maigreur, il est jeune et il est comme elle, il ne connaît pas encore son heure. Avec une petite clef, elle ouvre un portail de planches peintes en blanc. Toute la palissade de cette maison est ainsi constituée, la pelouse est joliment entretenue, un mignon garage de planches, peint en blanc lui aussi, recouvert de tuiles, avec une fenêtre ornée de jolis rideaux, a été discrètement érigé à l'arrière du jardin. Il semble qu'on y entrepose des outils, du matériel de jardinage, de vieilles choses usées et un peu de bois pour la cheminée. Elle frappe avec les os de son index à la porte arrière de la maison, l'Eskimo l'accueille avec sa mine joviale habituelle, il l'entraîne sans un mot vers le garage, il ouvre la porte avec deux tours de clef. Les lieux ne ressemblent pas vraiment à un garage, on découvre une sorte de vestibule avec un fauteuil au velours desquamé, des cadres enfermant des puzzles avec des paysages du Massachusetts, un pot de fleurs séchées. En se penchant, on peut constater qu'elles ont été piquées dans un bloc de mousse verte, un truc rectangulaire et synthétique permettant de faire tenir les tiges debout. Joyce aime planter ses phalanges là-dedans, les enfoncer, c'est une sensation satisfaisante, une émotion agréable, chaque fois l'Eskimo la réprimande avec sa douceur habituelle, il ne veut pas qu'elle mette les doigts dans ce pot. Il ouvre une seconde porte qui donne sur une sorte de chambre avec un lit. Ce n'était vraiment pas un garage, plutôt une chambre d'ami. Deux tables de nuit l'encadrent, elles supportent des lampes identiques. Pas de plafonnier, l'endroit est sobre, toujours ces fameux tableaux en puzzles qui escaladent les murs de papier peint à fleurs. C'est simple et suranné, mais on doit bien y dormir, on n'entend rien ici. Même les avions qui crachent leur kérosène en décollant de LAX semblent bien insignifiants depuis ce refuge. Joyce s'assied sur le dessus-de-lit kaki, exactement le même que celui qui recouvre le lit dans la maison de l'Eskimo. Son aspect à la fois rêche et soyeux interroge toujours la jeune fille. Elle passe machinalement une main dessus et le caresse sans y penser. L'Eskimo la laisse, il se retire dans le jardin. Joyce regarde autour d'elle, il a brûlé des bâtons d'encens, et a sans doute aéré depuis la dernière fois, comme toujours. Elle aime sa gentillesse, sa disponibilité et son côté toujours prévenant. Elle est convaincue qu'il aurait fait un bon père s'il avait eu des enfants. Elle tire les rideaux, ils ont été conçus dans une étoffe lourde, ils sont d'un bleu ciel rugueux censé cacher le ciel. Elle a glissé son skate et son sac musette de l'armée sous le lit, elle attend, les genoux à angle droit, elle cherche la position parfaite comme on l'apprend aux élèves ou aux employés de bureau, afin qu'ils ne se fassent pas mal au dos. Le temps lui semble long, l'Eskimo lui avait dit de venir à 14 heures quand elle l'a appelé, elle espère qu'il ne s'est pas trompé, en général il est précis, il lui fait rarement perdre son temps.

Elle entend soudain le portail qui se referme, l'Eskimo le verrouille à clef. C'est ainsi, il le fait par habitude, machinalement, et ses invités ont toujours l'impression d'être un peu ses prisonniers, c'est sa façon à lui de prendre directement l'ascendant. Il est perfusé de petites manies bien rodées et réfléchies. Il y a longtemps que l'Eskimo a tué le hasard, il quadrille chaque compartiment de sa vie avec la vigilance du Navy Seal endolori par la perte d'un ami au combat, oui, il a la même méticulosité dans les gestes, la même capacité d'anticipation, et la même absence d'émotion, en apparence. Il se présente dans l'entrée de la chambre avec un grand mec, costume à carreaux verts et beiges, un peu comme un plaid qu'on jette sur un sofa, cravate, chemise blanche. Le type exsude l'after-shave de chez *Macy's*, plus ou moins le même truc qui traîne sur la tablette au-dessus du lavabo chez elle, son père se fournit là-bas. En tout cas, cette odeur lui dit quelque chose. Ce type, Joyce ne l'a jamais vu, il tend les 2000 dollars à l'Eskimo, qui les recompte avec une dextérité hors norme. Il plisse les yeux pour indiquer à Joyce que le compte y est, il lui remet la totalité qu'elle glisse dans sa musette pendant que le mec a le dos tourné. L'Eskimo s'excuse, il quitte la chambre, il précise qu'il n'est pas loin, ils peuvent l'appeler s'ils ont besoin, il referme doucement derrière lui, comme s'il s'agissait de la chambre d'un nourrisson qu'on ne souhaite pas réveiller. Le type demande à Joyce comment elle s'appelle, elle lui répond qu'on l'a baptisée Dusty. Elle est tentée de lui annoncer qu'elle ment, que c'est une invention, mais elle préfère ne pas le perturber, elle veut préserver ses moyens afin que ça ne dure pas trop longtemps. Il lui demande son âge, elle lui affirme que l'Eskimo l'a déjà renseigné, il acquiesce, alors elle lui répond qu'il connaît son âge. Le type n'est pas aussi curieux qu'il en a l'air, il est surtout gêné et il meuble la rencontre avec des fadaises, pour tenter de reprendre son souffle. Il a peur, Joyce le devine, il transpire des mains, c'est un signe. Il retire ses chaussures et grimpe sur le lit, il tape sur ses cuisses comme pour indiquer à son chien qu'il est temps de saluer son maître. Joyce comprend la gestuelle dominant-dominé, elle s'installe près de lui, il tente de l'embrasser, elle s'écarte et lui indique qu'elle n'embrasse pas. Elle lui demande si l'Eskimo lui en a parlé, il reste évasif. Bien entendu que le vieil Asiatique lui a annoncé le programme, elle a confiance en sa minutie, mais l'autre voulait quand même vérifier qu'il était possible de déborder sur l'herbe souillée de goudron du bas-côté. Il vient de comprendre qu'il doit rester sur la route qu'on lui a indiquée. Il soulève le sweat-shirt rose de

Dusty, il le retourne complètement pour faire disparaître le graphisme arc-en-ciel. Le vêtement mis à l'envers dévoile ses petites billes cotonneuses qui lui garantissent absorption et douceur. Le gars s'attarde sur le soutien-gorge de Dusty, sa bouche est alourdie comme une remorque, il ouvre de grands yeux fiévreux, le brun de ses iris est aussi luisant que des signaux lumineux, tout semble tragique dans ce regard. Il l'aide à retirer son pantalon, les pattes d'eph permettent de retirer les deux jambes d'un seul coup, et de l'envoyer gicler avec son ceinturon contre les rideaux. Elle est maintenant en culotte et soutif, il se déshabille en hâte, son pantalon se prend dans ses chevilles, il jure, il balance ses chaussettes rayées dans un même mouvement de translation, ce n'est pas simple à retirer car il porte des chaussettes à orteils, il semble assiégé par la transpiration. Il s'en tient à ça, il reste en slip, un kangourou blanc. Dusty devine déjà ce qu'il y a dedans, l'homme est excité, c'est évident. Il désosse les armatures de son soutien-gorge pour l'abaisser au-dessous de la poitrine, il regarde, immobile. Alors il dégrafe le fermoir dans son dos, il s'y reprend plusieurs fois avant de désunir les petits crochets de métal. Il jette l'étoffe à l'aveugle, il n'a d'yeux que pour ces deux proéminences de chair, les seins nuancés de Dusty. Il enfouit son visage dedans, il se frotte, il est rasé de ce matin mais elle ressent quand même les picots abrasifs de sa barbe naissante. Il vise ses mamelons, les embrasse, il bave comme un nourrisson, il s'imbibe de sa propre salive, on dirait qu'il pleure, elle se demande s'il ne s'enduit pas le visage de sa morve. Elle est tentée de s'écarter mais elle le laisse faire. Il lui tète les seins, c'est très irritant, c'est même insupportable, l'image, la scène, autant que la sensation. Il la mordille comme on mordillerait un capuchon de stylo.

— Aïe…

— Oh, pardon.

Il se dégage. Le torse de Dusty est rouge, sa poitrine est irritée, ça la fatigue, ces imbéciles, ils ont tous les mêmes codes, les mêmes gestes, ils sont tellement prévisibles, aussi limités et primaires que des reptiles. Il lui ôte sa culotte, curieusement il la dépose sur le rebord du lit, comme une offrande. Il lui écarte les jambes avec douceur. C'est rare qu'ils lui débusquent la touffe sans ménagement, mais ça peut arriver. Il prend son temps. Sa verge émerge de l'élastique qui lui découpe la base du gland. Dusty aurait presque envie de ricaner, tant c'est ridicule, mais au fond, elle n'a pas envie de rire, elle veut seulement en finir. Il l'observe, il pose une main sur ses poils blonds, il la masse, elle joue le jeu, elle imite une croûte de plaisir, elle ferme les yeux pour émettre quelques sons obliques, à l'unisson avec ses gestes comme si cet individu avec une quelconque action sur le plaisir féminin, sur sa vie. Il semble satisfait de ce qu'il fait, elle le guette à travers ses paupières, il ne la quitte pas du regard. Il éprouve sa toute-puissance, il est l'homme qui touche cette gosse, il est l'homme qui lui offre ses premiers émois de jouissance. Dusty peut lire ses pensées sur ses grimaces, elle se dit que ce pauvre connard n'est sans doute pas capable de se taper des vraies femmes de son âge. Il a quel âge ? Elle se le demande, il a au moins trente ans, facile, plutôt trente-cinq, elle ne sait pas, il est plus jeune que son père, mais pas de beaucoup. Il retire son slip, il se crache dans une main et s'enduit la bite de salive, il crache à nouveau, il humidifie son gland et tente de s'enfoncer en elle. Son corps résiste, ses lèvres et son vagin sont aussi sec et fripés que l'intérieur d'une noix. Il insiste, il s'avance, doucement, elle est sur le dos, il a les bras tendus sur le lit, il est au-dessus d'elle et de plus en plus en elle, il avance, les contours de son sexe s'engagent lentement dans la fente de la jeune fille. Alors il fait marche arrière, il se crache à nouveau dans la main, il serre sa bite et fait coulisser son poing, il recommence. Il franchit plus facilement Dusty, il la franchit tellement qu'il s'affranchit soudain de la douceur qu'il avait montrée jusqu'à présent. Il fait des allers-retours rapides, c'est mécanique, c'est inhumain, c'est sans doute masculin, se dit-elle. Il ne lui faut pas longtemps pour rougir, pour que son cœur et ses poumons s'emballent, elle sait qu'il ne sera pas long, alors elle le repousse d'un coup, elle le sort d'elle et commence à lui secouer la bite en la serrant fort avec sa petite main. Entre ses doigts, ce sexe paraît énorme, mais c'est juste un truc dans la norme. Elle bataille avec le centre immédiat de sa vie, avec ce sceptre relié à ses entrailles, elle l'entoure d'un garrot de sang et de haine, il ne remarque rien à sa peine, du sperme s'envole dans la pièce, il en retombe sur l'épaule de Dusty, elle déteste cette odeur ammoniaquée. Elle relâche ce sexe affreux, il est déjà tout fripé. L'homme s'approche, elle s'imagine qu'il veut l'embrasser, elle tente de le repousser, en vain, il voulait seulement lécher le sperme sur son épaule, d'un coup de langue, il se réapproprie son bien. Joyce pourrait vomir, elle se lève et se rhabille en hâte, il l'implore, il lui demande d'attendre, de ne pas faire si vite, de sa verge s'étirent encore quelques gouttes de semence, il s'essuie sur le dessus-de-lit sans égard pour son hôte et la lessive qui s'ensuivra. Il accepte enfin d'enfiler ses vêtements, il est debout près d'elle, il semble immense, davantage qu'à son arrivée, il peine à refermer les boutons de sa chemise, trop perturbé par ce qui vient de lui arriver.

Joyce ouvre la porte, l'Eskimo n'était pas loin, il a passé toute la séance debout sur son fauteuil. Cet été, il a percé un trou dans la cloison, puis il a dissimulé une sorte d'œilleton dans un tableau-puzzle, un vide qui correspond exactement à une fenêtre œil-de-bœuf, dans le grenier d'une grange, au milieu des plaines. Ainsi, il a pu observer cette séquence avec beaucoup d'intérêt, exactement comme toutes les précédentes. Il n'a jamais pris d'argent à Joyce, il lui laisse la totalité, il ne lui prend que du plaisir puisqu'il se masturbe debout sur son siège en la matant avec ses pédophiles. Il organise les rencontres, il a son réseau, et il négocie le prix. C'est toujours 2000 dollars, il n'y a jamais aucune discussion, ils sont tous OK. C'est ce que Joyce avait décidé en revenant le voir, en lui demandant d'assoupir sa virginité pour l'accompagner vers la prostitution. Bien entendu, elle ne lui avait pas demandé cette faveur de cette façon. Il n'avait pas beaucoup hésité, emporté qu'il était par l'ivresse d'une telle situation. Depuis il n'a plus jamais touché Joyce, et aujourd'hui, il se porte garant de sa sécurité. Un jour, il a eu à montrer la lame de son katana, menaçant de trancher en deux la carcasse d'un idiot qui ne respectait pas le contrat. Le type s'était rhabillé, et avait filé sans jouir et sans revoir son pognon. Depuis, l'Eskimo a décliné toutes les demandes de rendez-vous de cet individu, il l'a dissuadé de remettre les pieds dans le quartier, ils ne sont pas près de le revoir. La clientèle est mouvante, on se refile le numéro de l'Eskimo, il accepte les nouveaux au compte-goutte, préférant œuvrer pour des habitués.

Joyce s'excuse pour le dessus-de-lit souillé, il la rassure, ce n'est rien, il a l'habitude de faire des lessives, c'est son rôle, sa mission. Il n'aime pas quand elle est triste, mais elle est toujours profondément triste. Elle passe alors dans la maison, elle se douche, il a mis à sa disposition les mêmes savon et shampooing que chez elle, elle lave ses cheveux avec du « Gee, your hair smells terrific », exactement comme chez ses parents, afin qu'aucune odeur étrangère n'attire l'attention de sa mère. Pour son père, elle n'est pas inquiète, il se fout de tout, il ne pense qu'à lui, et ce n'est certainement pas l'hygiène de sa fille qui l'empêchera de dormir. C'est rare, mais parfois il arrive que l'Eskimo réserve deux rendez-vous le même jour, il n'aime pas cela car c'est assez périlleux à organiser, il faut laisser de la marge entre deux séances, et Joyce préfère aussi se laver entre deux pédophiles.

En sortant de la douche, il lui propose thé ou Coca, elle préfère le Coca, elle recompte son fric, elle le planque dans un double fond qu'elle a cousu dans son sac, elle attrape son skate, et salue l'Eskimo, elle lui promet qu'elle l'appellera dans pas longtemps.

Elle ressort par le portail à l'arrière de la maison, celui qu'empruntent les hommes, l'allée est déserte, comme toujours. Le chat est à nouveau là, étendu sur un couvercle de poubelle, du métal brûlant. Cette fois, il ne prend pas la peine de s'éloigner en l'apercevant. Elle s'élance sur sa planche, ses roues encaissent les saccades des segments de béton disjoints. C'est la mélodie qu'elle préfère, c'est le signe que c'est fini. Elle arrive toujours en marchant, mais repart systématiquement sur son skate, à fond, avec les grillages et les palissades de la ruelle qui défilent devant ses yeux échoués.

*

Se retrouver près de leur mur, il n'y a finalement rien de meilleur. C'est un mois de mars heureux, les touristes ne sont pas encore trop nombreux, les températures remontent, et ils sont tous réunis, même Joyce est de la partie. La veille, au lycée, ils se l'étaient promis, « demain on skate en bande comme au bon vieux temps ». Ils s'étaient cogné les poings pour sceller cette décision, et maintenant ils sont là, en short et tee-shirt, avec leurs planches rayées, lustrées par les émotions. Tony s'élance le premier, il aimerait bien que Joyce le rejoigne à l'avant, qu'ils skatent à l'unisson, mais elle lui refuse ce plaisir, se contentant de se déhancher au milieu de la meute. Arrivés à « Muscles Beach », ils s'arrêtent au bord des installations, il y a là des grands blonds, des grands Noirs, tous exposent leur viande surgonflée, ils font penser à ces plastiques à bulles, ces trucs de protection, on a envie de prendre une aiguille et de faire dégonfler leurs muscles. Un gros Noir débarque avec une clique de gringalets, ils délogent un grand blond de sa machine à tractions, le type se met sur le côté, il maugrée, mais la loi du nombre l'invite à la fermer. Le gros Noir s'impose, il s'assied sur le siège et ramène devant lui, avec les bras, des panneaux de métal qui semblent peser une tonne. Ses biceps se gonflent et se dégonflent, une simili-foule s'approche pour observer le phénomène qui empile les tractions sans broncher. Les potes comptent en donnant de la voix, son objectif c'est clairement d'atteindre cent. Alors Byron, sans se préoccuper du molosse et de ses petits copains, commence à compter lui aussi, il compte d'une voix forte, dans le désordre, histoire de perturber les types. Vingt-huit, vingt-neuf, quatre-vingt-douze, soixante-treize, cent cinquante-huit, quatre cent trente-deux... Le gang de Noirs se retourne, ils semblent avoir perdu le fil de leur pensée, ils ne savent plus où ils en sont. Le gros mec repère Byron, il tend le bras dans sa direction, et c'est toute sa bande de gringalets qui s'élance après les gringalets en skate, Wendy et Joyce patinent vite, elles se retournent, les mecs sont après eux, ils courent étonnamment vite. Ces types doivent s'entraîner, faire de la piste ou un truc du genre. Il faut éviter les touristes, les gosses en poussette, les cons avec leurs glaces. Dwayne ferme la marche, il renverse l'étal d'un vendeur de foulards, leurs poursuivants l'évitent habilement, ils sont toujours à leurs trousses et ça commence à leur ficher la frousse. Les skaters se faufilent sur la promenade qu'ils connaissent par cœur, ils distancent peu à peu la bande de Noirs, les types s'essoufflent, réduisent progressivement leur foulée et s'immobilisent, les mains sur les genoux. Byron hurle de joie, les autres l'accompagnent, ils rient, ils pleurent de rire, ils sont essoufflés mais ils continuent de patiner, il s'agit de laisser une bonne distance entre eux et les autres. Ils dépassent le skatepark, ils se dandinent tranquillement, ils se retournent souvent. C'est bon, ils ne risquent plus rien. Ils posent un cul dans le sable, en conservant les pieds sur les planches, ils commentent la scène, ils piaillent, les paroles se chevauchent, saturées d'excitation. Tony n'en peut plus de rire, Joyce est dans le même état, Wendy lui tape sur les cuisses, tellement heureuse de retrouver son amie. Myke, Dwayne et Byron se rapprochent en se traînant dans le sable, ils se prennent dans les bras, comme ces sportifs en pleine communion, avant ou après un exploit.

Retrouvant leurs esprits, ils repartent à l'aventure, puis ils s'arrêtent pour observer cette mamie déglingos qui fait du roller au milieu de types torse nu, en rollers eux aussi. Elle porte un tee-shirt dont l'inscription clame « *Good girls go to heaven. Bad girls go backstage* ». On compte aussi quelques nanas en maillot, juchées sur des rollers colorés, réhaussés de chaussettes hautes qui leur prennent les genoux. La vieille se dandine avec un poste radio bloqué sur une épaule, un son craquelé sort des haut-parleurs, l'appareil crache sa musique joyeusement pourrie au maximum de sa puissance. C'est ce truc de Billy Preston, sorti l'an dernier, *Nothing from nothing*, c'est tout ce que Joyce déteste, cette ambiance décontractée, positive, heureuse, ça lui fout les jetons, et elle se méfie de ceux qui écoutent cette musique-là. Les autres s'attardent sur la mamie, elle danse avec son poste, elle n'a aucun sens du rythme, elle oscille de la tête, elle se croit dans la cadence, elle sourit à tous, la scène est plutôt pitoyable. Joyce la jauge, cette vieille la dégoûte avec ses biceps qui pendent comme des ventres de merlan. Et puis, son tee-shirt flashy, dessiné à l'eau de javel, qui se veut provocant avec sa phrase creuse, ça la débecte. Elle vomit ses cuisses musculeuses, et son gros cul qui remplit ce short en satin bleu électrique. Parmi toutes les couleurs de la Terre, celle que Joyce déteste le plus, c'est le bleu électrique, il fallait donc que cette femme porte cette couleur pour compléter le tableau. Elle fait signe à Wendy, il est inutile de rester là à regarder toute cette laideur, elle n'aime pas non plus les rollers.

Joyce s'éloigne du groupe avec Wendy, elles s'arrêtent près de ce jongleur, elles l'ont déjà croisé, mais c'est chaque fois plus impressionnant de le voir. Le type, un Noir maigrichon avec des tresses enroulées sur son crâne et serrées dans un bonnet aux couleurs du mouvement rastafari, jongle avec des balles et une tronçonneuse. Bien sûr, la chaîne tourne, la poignée étant bloquée avec du gaffeur sur le mode « *On* ». Ça fait du boucan, son truc, et ça pue l'essence, mais un cercle d'admirateurs s'est rassemblé autour de lui, à bonne distance. Tout le monde attend qu'il se découpe un bras, mais ça n'arrivera pas. Et au fond, personne ne souhaite vraiment cela. Les copains ont rejoint les filles, Myke se met à hurler « vas-y, sans les mains maintenant », la foule rigole et s'offusque de ses mots outranciers. Des mamans lui adressent des regards noirs, se demandant où il a été éduqué. Myke s'en fout de leur avis, de leurs récriminations, il aime juger et ça ne le dérange pas d'être jugé. Joyce songe à son père, à ses deux doigts tranchés par le couteau électrique. Elle le plaint, elle n'aimerait pas avoir deux doigts en moins. Le jongleur est habile, la machine pétarade et couvre les applaudissements, les balles s'envolent au-dessus de sa tête, la tronçonneuse suit le même chemin, elle bascule en l'air et retombe, il la rattrape d'une main et la relance pour lui faire poursuivre sa rotation, c'est très impressionnant, une seule erreur et il se tord de douleur sur l'asphalte ensanglanté. Mais le garçon est concentré et confiant, il s'est sans doute beaucoup entraîné, moteur éteint d'abord, puis allumé, il repose sa machine au sol, il la met sur « *Off* ». Une contagion d'applaudissements parcourt l'assistance, le type retire son bonnet, ses tresses dessinent une sorte de nid, il pourrait élever des oiseaux là-dedans, il passe parmi les gens, certains s'enfuient avec l'intention de ne pas lui céder d'argent, d'autres lui offrent des billets d'un dollar. Il sourit à tous, même à ceux qui décampent. Arrivé devant Joyce, Wendy et les garçons, ils lui font une moue, c'est leur façon d'avouer qu'ils n'ont rien à lui offrir. La prochaine fois, leur lance-t-il, alors ils acquiescent, soulagés qu'il ne les ait pas pris en grippe.

C'est une belle journée, ils se sentent vivants, le ciel aussi est vivant, deux pélicans traversent la plage en s'étirant vers une destination inconnue. Joyce aime les pélicans, davantage que les goélands, elle les trouve courageux de plonger comme des kamikazes sous l'écran de l'océan pour rapporter quelques poissons. Ça l'a toujours fascinée de les voir tomber du ciel, le cou tendu en avant, les ailes écartées comme les ailettes d'une bombe, elle s'est toujours demandé s'ils ferment les yeux au moment de l'impact, elle espère que oui, car il y a de quoi se faire mal. Si elle croyait en la réincarnation, c'est l'oiseau marin qu'elle choisirait pour nouvelle enveloppe, certainement pas ces saletés de pigeons ou de goélands. La petite bande glisse entre les stands de colliers heishi, ces trucs en rondelles de coquillage que portent les surfers, un couple vend des tee-shirts de toutes les couleurs avec un lettrage immédiatement identifiable qui dit « *Woman's place is on my face* ». Joyce trouve ces tee-shirts dégoûtants, elle ne comprend même pas qu'ils soient vendus à la vue de tous, directement sur la promenade. Le type qui les vend a des moustaches tombantes, des sortes de baccantes, sa copine porte ce tee-shirt, elle semble très fière de gonfler ces mots avec la franchise de sa poitrine abondante. Un type vend des rollers en forme de bottes de cow-boy, sa nana fait une démonstration devant leur stand, elle se dandine en tee-shirt bleu marine très court, short de satin ocre, et longues chaussettes bicolores, mais chose étrange, ses rollers sont montés sur des bottes de cow-boy brodées de l'ours californien, les roulettes sont du même brun. C'est assez laid d'après Joyce, rigolo d'après Wendy.

Ils ne s'attardent pas, un attroupement réunit là-bas des dizaines et des dizaines de gens. Ils veulent comprendre ce qui s'y passe. Une voiture de patrouille des Lifeguards est garée en travers, son gyrophare rouge envoie des éclats de lumière, la foule est de plus en plus compacte, la petite bande se faufile, Joyce et Wendy se retrouvent au premier rang. Un homme en short rouge et tee-shirt blanc ramasse un pauvre skate bien amoché, tout minable, une antiquité qui devait rouler sur les trucks. Il dépose l'engin sur la banquette arrière de la bagnole, les gorges se nouent, c'est un skater qui s'est blessé. Les sauveteurs s'affairent autour de lui, personne ne s'affole, Joyce est masquée. Wendy lui affirme qu'il s'agit d'un gamin. Soudain Joyce entrevoit la jambe du gosse, sa blessure est terrible.

— Fracture ouverte...

— Quoi ?

— On voit l'os qui ressort, c'est dégueulasse.

— Quel os ?

— J'en sais rien moi, le tibia, ou je sais pas quoi.

— Je vois rien.

— Tu ne perds rien, c'est pas beau à voir, je préférerais avoir rien vu.

— Arrête tes conneries, Joyce, t'es comme nous tous, t'aimes bien reluquer le malheur des autres.

— Oooh non...

— Quoi non ? T'es comme nous.

— C'est Travis, mon petit pote, le petit clochard.

Joyce sort du rang et s'avance vers les sauveteurs, Wendy tente de la retenir, une femme en short rouge et tee-shirt blanc lui demande de regagner les rangs.

— Mais je le connais, il s'appelle Travis.

— Ne vous en faites pas, mademoiselle, il est entre de bonnes mains, on va s'occuper de lui. Ne restez pas là.

Les garçons se pressent contre les filles, Tony en profite pour se coller dans le dos de Joyce, elle se retourne et le repousse énergiquement, il baisse le regard. Les sauveteurs immobilisent sa jambe, l'enfant retient ses larmes, parfois un cri plaintif lui échappe, il est courageux, dur au mal. Maintenant ils comptent jusqu'à trois, ils le soulèvent à l'horizontale tandis qu'on glisse un brancard sous son corps. On le recouvre entièrement d'une couverture, excepté son visage et sa jambe brisée, et on l'achemine sur le pick-up. Les Lifeguards remontent à bord, un homme et une femme se tiennent près de l'enfant, sur le plateau arrière, ils lui parlent gentiment, ils le rassurent. Avant que la bagnole ne démarre, Joyce entend la femme demander à Travis où habitent ses parents. Des larmes ensevelissent immédiatement ses yeux, elle écrabouille ses poings dans leur creux, elle renifle, s'essuie. Wendy a surpris son fracas, elle sait que ce petit bonhomme la touche, elle se souvient qu'il lui avait offert son propre pull-over et que Joyce l'avait regretté plus tard. La patrouille actionne la sirène et se fraye un passage, la foule peut désormais regagner le lit de la promenade, onduler le long de la plage, commenter, se rassurer, parler sans rien savoir, et regagner le limon de sa destinée.

*

Joyce n'a plus revu Travis. Le petit clochard a disparu, on l'a peut-être expédié dans un centre pour orphelins, on l'a peut-être placé dans une famille qui fait ça pour du pognon… Elle ignore tout de ce qu'il est devenu. Elle pense souvent à lui, ça lui déchire le cœur de l'imaginer loin de la plage, loin de son trou, sans son sac de marin. Elle regrette profondément de lui avoir pris son chandail, elle n'ose plus le porter, il lui paraît maudit. Elle se demande à quel âge il a fini seul, et comment il a pu échapper aux services de l'enfance, aux autorités, il se démerdait quand même vraiment bien pour un gamin. Elle n'est pas certaine d'être capable d'en faire autant, même à seize ans, même si elle gagne de l'argent.

Joyce a eu une longue discussion avec l'Eskimo, ça avait mal tourné avec un client. Elle accepte l'idée qu'il regarde pendant qu'elle le fait, ce n'est pas le problème, et il n'y a pas d'histoire de fric entre eux, il lui laisse tout pourvu qu'il puisse se tripoter en la matant. Elle lui reproche seulement d'être intervenu tardivement, il a encore fallu sortir le katana, mais il est arrivé bien trop tard, occupé qu'il était à se branler. Joyce a paniqué, pensant y laisser sa vie. Elle veut bien arranger les affaires de son minable de père, le renflouer quand c'est nécessaire, en ruinant sa propre vie pour des décennies, probablement sa vie entière, mais curieusement, elle ne veut pas crever ici, elle ne souhaite pas mourir dans cette chambre en le faisant. Le type n'était qu'une petite crotte, un rouquin nauséabond, râblé, court sur pattes, mais avec des mains larges comme des pelles à pizza. Il s'est permis de contourner gravement les règles. Pendant qu'il s'activait sur elle, il a tenté de l'étrangler, ses doigts tellement rustiques ont façonné son cou d'une façon si déplaisante pour ses carotides et sa trachée que Joyce n'est pas passée loin. Elle a tenté de crier, mais il lui a renfoncé sa peur dans les poumons, l'Eskimo l'a vue se débattre, ses bras dessinaient des ailes d'ange, comme dans la neige en hiver, mais sur un dessus-de-lit kaki, alors il a compris, il a surgi avec le katana, le rouquin avait conservé sa chemise, il lui a glissé la lame dans le dos, et d'un coup sec, il a séparé l'étoffe en deux. Le froid dans son dos a soudain inquiété ce petit con, il s'est retourné et il a vu le vieil Asiatique avec sa tête d'Inuit le menacer d'une arme imposante, un truc capable de trancher un bison à l'encolure, d'un seul coup. Il s'est redressé, il a arraché les lambeaux de sa chemise et s'est mis en garde, pour le combattre à sa façon, avec un art martial quelconque, karaté, ju-jitsu, peu importait. Son art à lui, l'Eskimo, c'est la découpe. Avec son sabre de soixante centimètres de long, il y a forcément peu d'adversaires. Pour rigoler, il a attrapé le rouquin par un sein, il a tiré sur le mamelon et lui a tranché le bout de chair en une section de seconde. L'autre a gueulé, l'a traité de grand malade, ça pissait le sang, il a bouchonné sa chemise et s'est fait un point de compression du côté du cœur, il faisait moins le malin. Gentiment, l'Eskimo lui a apporté une compresse, du sparadrap et un tee-shirt propre, le petit rouquin est reparti avec ça, pendant que l'Eskimo lui assénait les règles sans relâche, on n'étrangle pas, on n'étrangle pas... Il a refermé le portail très doucement derrière l'homme, et il a rejoint Joyce, elle était habillée, percutée par la terreur. Elle était assise sur le lit, ses genoux ramenés entre ses bras, bien serrés, elle était douloureusement recroquevillée, et elle n'aurait pas fait autrement si elle avait voulu retrouver le ventre de sa maman.

Wendy a appelé Joyce trois fois dans l'après-midi, au téléphone. Sa mère la croyait avec elle, Joyce lui ment, elle lui rafraîchit la mémoire, elle lui assure avoir déjà parlé de ses baby-sitting, elle lui montre même un billet de 10 dollars. Pamela s'en souvient maintenant, oui c'est vrai, elle fait pas mal de gardes le samedi maintenant, elle est plutôt fière que sa fille s'organise pour gagner un peu d'argent. Joyce n'est pas du tout fière de mentir à sa mère, ça lui arrive extrêmement rarement. Pamela lui demande chez qui elle était, Joyce improvise, elle prétend avoir gardé la nouvelle demi-sœur de Dwayne, elle rappelle à sa mère que ses parents sont divorcés et que son père s'est aussitôt remis à la colle avec une bonne femme qui a une gosse, une gamine de quatre ans, et c'est donc Dwayne qui l'a mise sur ce plan de baby-sitting. Pamela trouve la situation idéale, elle se doute qu'elle aura maintes occasions de garder cette enfant, ou d'autres. Joyce acquiesce tristement, elle avoue que tout se fait par le bouche-à-oreille. Pamela ne perçoit pas l'immense douleur qui ensevelit sa fille à cet instant, celle-ci se retourne pour cacher ses larmes et annonce qu'elle va rappeler Wendy sans attendre. Elle se dirige vers le téléphone, elle s'assied sur le parquet, dans le petit espace entre le mur et le meuble où siège l'appareil, elle sait déjà qu'elle risque d'en avoir pour un moment. Quand Wendy appelle avec autant d'impatience, c'est qu'elle a vraiment un truc à dire.

Ça devait arriver, elle l'a fait, voilà ce qu'elle crie dans l'écouteur, au point que Joyce est contrainte d'en décoller l'oreille. Elle est si heureuse, elle s'exprime d'un débit continu, pas moyen d'en placer une. Joyce l'écoute sagement, Wendy est si excitée qu'elle en oublie son interlocutrice, elle sait à peine à qui elle parle, mais elle parle. C'est arrivé très vite, il n'y a pas eu d'observation pendant des semaines, ni même des jours. Joyce tente de se mêler à la conversation.

— C'est qui ?

— Tu ne devineras jamais.

— Ben, raconte.

— Tu te souviens du mec de la piscine, celui qui organisait la fête, là ? Tu lui avais fait vider sa piscine.

— Le footballeur ?

— Ouiiiiiii ! C'est luiiiiiiii !

— Ah ?

— Ben, t'as pas l'air contente pour moi… T'es jalouse, ma Joyce, t'es jalouse parce qu'avec Tony, vous l'avez pas encore fait, parce que t'as peur, c'est tout.

— Wendy, je ne suis pas jalouse.

Joyce écoute Wendy lui débiter ses conneries de jalousie, si elle savait, elle fermerait ses petites dents pour un bon moment, tant elle se sentirait ridicule. Joyce n'a jamais compté les clients, elle ne sait pas exactement combien de fois elle s'est allongée sous ces types, mais une chose est certaine, elle se souvient de l'haleine de chacun d'eux, elle n'oubliera jamais le souffle chaud pulsé de leur gueule, pas plus qu'elle n'oubliera leur visage, ils sont tous inscrits dans sa boîte crânienne, incrustés dans les plis de sa vie. Elle pense à tous les efforts qu'elle doit développer pour que ces types restent dans le droit chemin, toute l'adresse qu'il faut montrer pour qu'ils ne la retournent pas sur le lit, elle refuse qu'ils la retournent, elle se sentirait trop vulnérable de le faire comme les chiens et elle a aussi très peur qu'ils le fassent d'une manière inappropriée, ce que l'Eskimo leur a minutieusement interdit.

Wendy lui explique comment ça a commencé, ce n'était pas son initiative, c'est lui qui a tout fait. Ce type, elle s'en fichait, et depuis que les garçons de la bande les avaient dérouillés à la plage, lui et son pote, elle s'en tenait à distance au lycée. Mais au fond d'elle, elle doit bien admettre qu'elle le trouvait mignon.

— Arrête, il a une mâchoire proéminente, on dirait qu'il a avalé un casque de football.

— Tu es jalouse, ma Joyce, tu es jalouse…

— Pas du tout.

Wendy développe, il l'a coincée dans les escaliers du lycée, c'est d'une banalité. Il lui a demandé une bêtise, un prétexte, et Wendy a tout de suite compris ce qu'il tentait de faire, il l'avait repérée, la petite brune aux cheveux flottants dans les escaliers, aux cheveux flottants au self le midi, et aussi en cours de sport. Il savait que ce ne serait pas facile après l'épisode de la bagarre à la plage, il savait beaucoup de choses, mais il se trompait également sur beaucoup de choses. Ça s'est présenté bien plus facilement qu'il ne l'espérait. Elle lui a demandé de but en blanc s'il voulait un « *date* » avec elle, le gars s'est trouvé un peu désarçonné par la question, avant d'acquiescer brutalement. Ils ont descendu les escaliers en courant, avant de se raviser et de remonter tout là-haut. Le lycée se vidait, c'était la fin de journée, il n'y avait plus personne au dernier étage. Wendy explique de quelle façon ils sont entrés dans une classe, comment il l'a plaquée contre un mur, comment ils se sont enroulés dans les rideaux pour s'embrasser, elle décrit sa grosse langue bien baveuse, Joyce l'écoute avec la nausée à l'embouchure des lèvres. Il commençait à la toucher, Wendy ne s'est pas démontée, elle l'a touché aussi, mais plus bas. Alors ils ont décrété qu'ils ne pouvaient pas rester là, ils sont redescendus, tout était fermé, il restait bien quelques bagnoles sur le parking des profs, mais la porte principale était verrouillée, ils ont traversé le jardin rachitique du lycée, avec ses plantations merdiques, genre « à la française », puis ils ont escaladé le grillage, c'était facile et excitant cette expédition aux saveurs interdites. Le footballeur l'a ramenée chez lui, expliquant que ses parents étaient absents, son père est pilote sur des long-courriers et sa mère hôtesse pour la même compagnie. Ce soir-là, elle était à Singapour et son père traînait du côté de Londres. La maison était vide, excepté un petit chien affamé de croquettes pour chien. Ils ont foncé dans sa chambre. Il avait donc tout prévu, choisissant minutieusement la date, car il savait ses parents absents ce jour-là, il n'a eu qu'à choisir Wendy et c'était parti. Il ne pensait pas que ce serait aussi simple, et Wendy non plus, elle n'aurait jamais imaginé le faire ainsi, n'importe comment, et avec n'importe qui. Sa chambre était décorée avec une évidente médiocrité, des fanions de football à la gloire de son équipe, les Gondoliers, les « Gondos » comme ils s'appellent eux-mêmes au lycée, du bleu, il y avait du bleu partout, des maillots sous cadres, bleus aussi, des coupes, des médailles dans des vitrines, même le dessus-de-lit était imprimé de leur logo avec ce petit moustachu qui pousse sa gondole au bâton ou à la rame. Wendy a fait celle qui était impressionnée alors que cette chambre lui donnait presque envie de se sauver. Il l'a jetée sur le lit, saloperie de footballeur, a-t-elle pensé, mais elle était trop excitée pour lui en vouloir et pour laisser passer pareille occasion. Elle raconte à Joyce qu'elle avait très peur d'avoir mal, elle lui explique qu'elle a dû lui demander de ralentir le protocole pour la déshabiller, il fallait constamment le freiner, elle a retardé au maximum le moment où elle s'est retrouvée nue, heureusement, il avait l'air habitué, il avait certainement initié une bonne partie des filles du lycée, elle l'observait, elle avoue qu'elle le trouvait trop beau. Joyce n'en peut plus de ses conneries, mais c'est sa copine, Wendy, elle lui doit bien ça, elle doit l'écouter raconter l'histoire de ce type qui l'a dépucelée. Wendy s'attarde sur la façon dont il s'y est pris, elle était terrorisée.

— Tu verras, c'est pas évident, et leur truc est énorme, énorme je te dis, tu te demandes comment ça peut rentrer. Tu verras.

— Oui, Wendy, je verrai.

Elle lui confie que ça lui a fait mal, que tout le temps que ça a duré, elle a eu mal. Le problème, c'est que l'autre s'appliquait pour que ça dure longtemps. Alors Wendy a fait semblant d'avoir du plaisir, elle a gémi un truc ridicule, elle a fait un cinéma pas possible et l'autre a marché dans la combine, il n'a rien deviné de la supercherie. Alors il a crié qu'il allait venir, et Wendy l'a expulsé de son vagin juste avant. Le footballeur gueulait en jouissant : « Pourquoi t'as fait ça ? Pourquoi t'as fait ça ? »

— Quel imbécile. Tu verras, ils ne comprennent rien à rien.

— Oui, je verrai. Mais c'est déjà tout vu, merci du conseil.

Wendy explique que le type en a mis partout sur son dessus-de-lit aux couleurs des Gondoliers. Il jurait, il disait qu'il allait être obligé de le laver avant que sa mère ne rentre de Singapour. L'histoire s'est finie à la buanderie, Wendy avait rassemblé l'étoffe en boule pour l'accompagner au sous-sol. Elle a enfourné le dessus-de-lit dans le tambour de la machine, elle a trouvé une boîte de lessive Tide, en a versé dans son compartiment, et hop, le bon programme et c'était en route. L'autre la regardait avec des yeux de bison, elle lui a dit de bien regarder car ça pourrait lui servir un de ces jours. Alors il lui a demandé de répéter l'opération, afin qu'il mémorise la manœuvre. Wendy n'était plus vierge et elle expliquait au garçon qui venait de l'éventrer comment se servir d'une machine à laver, elle ne savait pas si elle devait en rire ou en pleurer.

— Moi, à ta place, j'aurais pleuré.

— Jalouse, tu es jalouse, ma Joyce, désolée. Pourquoi t'aurais pleuré, toi ?

— Parce que c'est forcément décevant, j'imagine. Tout ça est décevant et triste. C'est rien que de l'incompréhension. C'est un peu comme quand un père meurt trop tôt, trop jeune, les voisins et la famille plaignent les enfants. Alors les pauvres gosses finissent par se convaincre qu'ils avaient le meilleur papa du monde, le plus gentil, sans défaut et tout. Ils finissent par croire à ça. Même si leur père était un gros connard qui ne leur a jamais donné d'amour. C'est très triste comme erreur, c'est injuste, aussi injuste que d'être contente de laisser un connard prendre ta virginité pour aller s'en vanter le lendemain auprès de ses copains.

— Je ne comprends rien à ce que tu racontes, Joyce. Tu es trop noire, trop négative. Je déteste quand tu parles comme ça.

— Parce que ça te fait peur.

— Non, c'est toi qui as peur, tu as peur de te retrouver dans les pattes d'un mec.

— Laisse tomber. Et dis-moi, vous allez vous revoir ?

— Non, ça c'est réglé, je n'ai aucune intention de le revoir ou de le fréquenter.

— Tu vas le recroiser au lycée.

— C'est déjà fait.

— Alors ?

— Il a ricané en me montrant à ses copains.

— Tu vois, c'est ce que je te disais.

— Oui, toi, tu sais tout, évidemment.

Joyce décide de bifurquer sur un autre sujet, elle n'a pas envie que sa mère détecte le genre de conversation qu'elles ont. Elle n'a pas envie d'être questionnée sur sa virginité, et sur les émois qui l'attendent. Wendy est moins bavarde, Joyce sent que sa copine a envie de raccrocher, elles se saluent, elles se verront demain, dans la plaine sauvage du lycée.

*

Depuis quelque temps, Joyce a discrètement modulé sa garde-robe, elle porte des vêtements plus couvrants, évite les shorts et les débardeurs, se tourne vers d'autres couleurs, comme le gris, le noir, le brun aussi. Pamela n'y voit rien d'alarmant, elle sait qu'à son âge on se cherche, comme on dit, alors sa fille se cherche, elle espère seulement qu'elle ne mettra pas trop de temps à se trouver, elle se souvient que sa propre jeunesse avait été une longue balade sucrée, bien qu'ils aient eu peu d'argent à la maison. Elle n'avait pas la possibilité de faire basculer sa garde-robe sur un coup de tête, comme le fait sa fille actuellement, mais elle ne lui en veut pas. Si elle a les moyens de lui offrir ce niveau de vie, pourquoi se priver ? Pourquoi râler ?

Ce matin, Pamela s'adonne à son activité préférée, le ménage. Elle a décidé de frotter les chaises de la maison, toutes les chaises, c'est quelque chose qu'elle s'impose régulièrement. Elle estime qu'à chaque ménage hebdomadaire, circuit qu'elle exécute à l'identique, elle doit ajouter une nouvelle discipline, un jour les chaises, un autre jour les carreaux, une autre fois les plinthes, et ainsi, avec cette rotation, la maison reste propre. Elle a pour habitude de déclarer qu'on pourrait dîner sur son plancher. Elle a probablement raison, tant elle traque la moindre particule de poussière. Elle dit souvent qu'elle fait le même métier que son mari, sauf que pour le faire, elle ne se fait pas payer. Jimmy n'aime pas être comparé à une femme de ménage, il a une opinion plus aboutie de sa profession. Joyce traîne dans ses jambes, elle ne sait pas quoi faire de sa peau ce matin.

— Maman, c'est quoi le truc le plus fou que t'as fait dans ta vie ?

— J'ai touché les fesses de Dustin Hoffman.

— Non ? Vraiment ?

— Oui, vraiment.

— Sur un tournage ? Aux studios ?

— Non, j'étais avec ton père, on était chez *Sears*, on flânait entre les étages, on était entrés dans cette boutique de vêtements élégants, je ne me souviens plus du nom, c'était très chic et ils faisaient une sorte de promo, des soldes, quelque chose comme ça. Dans cette boutique, il y avait une de ces foules, et avec ton père on avait décidé de jeter un coup d'œil. Soudain, Jimmy avait aperçu Leonard Cohen, il m'avait dit, regarde, là-bas, c'est Leonard Cohen. Je lui avais répondu qu'il se trompait, mais qu'il s'agissait bien d'une personnalité connue puisque c'était Dustin Hoffman. Comme d'habitude, son ego en avait pris un coup, il s'était renfrogné, et je lui avais dit, tu vas voir, je vais aller toucher les fesses de Dustin Hoffman. Il avait tenté de me retenir, me chuchotant que j'étais complètement folle. Je m'étais faufilée dans la foule, et juste avant de le croiser, j'avais levé mes mains en l'air pour les montrer à ton père, puis je les avais plaquées dans mon dos, et plus précisément sur mes fesses, et j'étais passée dans le dos de Dustin Hoffman, à un endroit très resserré du magasin, ce qui avait fait que je n'avais absolument pas pu éviter de lui toucher le popotin.

— Non ? Tu as fait ça ? Il a senti quelque chose ? Il a réagi ?

— Rien du tout, il n'a pas bronché, je l'ai touché avec le dessus de mes mains, pas les paumes. J'ai glissé contre lui, en appuyant un peu. Il avait les fesses très molles, il a dû croire que ce truc rigide ou osseux, c'était mon sac à main ou un truc du genre. Je me suis tournée pour voir s'il bronchait, mais rien, il a continué à tripoter cette écharpe en cachemire qu'il avait en main, la montrant à sa femme qui ne se doutait de rien.

— Et Papa ?

— Lui, d'où il était placé, il a tout vu, il était furieux, estomaqué par sa femme, mais furieux. Tu pourras lui demander.

— C'est dingue, ça. Et si Dustin Hoffman t'avait engueulée ?

— Je me serais excusée, en m'indignant contre la foule et cette boutique trop exiguë.

— Tu es complètement folle, Maman.

— Mais non, je n'ai jamais recommencé.

— Mais je me demande comment tu as eu cette idée ?

— Ben, en voyant les fesses de Dustin Hoffman.

Les deux femmes partent dans un fou rire affranchi et complice. Joyce constate qu'il y avait bien longtemps qu'elle n'avait ri ainsi.

Jimmy est en vadrouille, ou au travail. Difficile de savoir. Il n'indique jamais où il va. Parfois, quand il est à la maison, on peut l'apercevoir avachi dans son fauteuil crapaud, mais il suffit que l'on détourne le regard, et il n'est plus là, disparu. Il est comme ces oiseaux bleus, les geais de Steller, il arrive qu'on en aperçoive un sur une branche, mais le temps qu'on tourne la tête pour avertir un ami ou un compagnon, il n'est déjà plus là.

Joyce répare son skate sur la table de la cuisine, elle remplace un truck qui avait bien morflé contre une bordure de trottoir. Exceptionnellement, on l'a emmenée chez *Val Surf*, c'est pas tout près, mais la mère de Wendy les a tous emmenés là-bas. On y trouve tout le matériel pour le skate, ce magasin, c'est comme dans un rêve, on voudrait tout acheter. Joyce tripatouille le mécanisme avec une clef, elle visse la base du truck sur sa planche en tirant la langue, elle a toujours trouvé ça facile et pas facile à la fois. Sa mère l'appelle depuis sa chambre.

— Joyce ?

— Oui ?

— Tu veux bien venir, s'il te plaît ?

— J'arrive.

Elle trouve Pamela debout au milieu de sa chambre d'ado, avec des liasses de billets en main. Son sang se fige. Tout s'accumule brutalement dans son crâne, la chambre, l'Eskimo, la palissade de bois blanc, les types, leurs odeurs... Elle s'appuie à sa table de nuit et s'assied sur le lit.

— Qu'est-ce que c'est que ça ?

Elle ne répond pas, ses yeux se collent à l'horizon du mur. Elle voudrait être brûlée sur-le-champ, d'une flamme rapide, instantanée, partir comme une feuille de papier cramée, et que ses cendres virevoltent sous les yeux de sa mère pour retomber par terre. Que fait-elle, là, assise sur ce lit ? Avec Pamela qui la regarde, effrayée. Pourquoi n'est-elle pas encore évanouie ou morte ? Pourquoi son corps s'obstine-t-il à vivre en ces circonstances atroces ? Elle aimerait que la Terre entre en collision avec un autre monde, une autre planète, une étoile de gaz, ou qu'un séisme se déclenche, là maintenant, il y en a ici parfois. Mais il ne se passe rien, c'est elle qui appelle au secours, sa mère est toujours là, devant elle, avec du fric plein les mains, le fric qu'elle a gagné avec son vagin.

— Joyce ? C'est quoi cet argent ? Il était caché dans ton sommier, à l'intérieur. J'ai découvert qu'on avait découpé la toile, ça m'a étonné, j'ai glissé une main dans le trou…

— Mais qu'est-ce que tu fous à nettoyer le dessous de mon sommier ? T'en as pas marre de frotter ? de frotter partout ? Tu ne veux pas laisser vivre la maison, avec sa poussière normale ? Tu ne lui laisses même pas deux heures de vie à la poussière, faut que tu la dégages dès qu'elle effleure ton regard.

— Arrête ton cinéma et ne me parle pas comme ça, dis-moi plutôt d'où vient cet argent.

— Il est à moi, je ne l'ai pas volé, je l'ai gagné. Je l'ai fait pour aider Papa.

— Ça représente des milliers de baby-sitting. C'est quoi cet argent ? Tu te drogues ? Tu vends de la drogue ?

Non, elle ne se drogue pas. Joyce lui raconte tout, dans le détail, sans pleurer. Elle remonte aux bières que l'Eskimo leur sortait de la boutique d'alcool, pour les garçons. Pamela l'interrompt, elle veut savoir si elle boit de la bière.

— Mais non, Maman, je ne bois pas de bière. Laisse-moi finir.

— Ah bon, tu me rassures.

Joyce lui explique qu'un jour l'Eskimo les a invités chez lui, pour déjeuner ou dîner, elle ne sait plus, ça devait être un dîner.

— Alors tu m'as menti ce jour-là, tu as dû me raconter que tu étais chez une amie, jamais je ne t'aurais laissée dîner chez un type inconnu.

— Oui, j'ai sans doute menti ce soir-là.

Les interventions de sa mère gênent la fluidité de sa confession, Joyce tente de retrouver le cours de ses pensées. Elle lui explique qu'au bout d'un moment, Byron a voulu se rendre aux toilettes, il s'est retrouvé dans la chambre de l'Eskimo et en faisant son curieux il a trouvé des revues sous son lit. Des revues avec des femmes nues.

— Visiblement, tout le monde a quelque chose à cacher sous son lit, je devrais peut-être aller vérifier sous le nôtre, à ton père et moi.

— Maman…

La mère et la fille sont debout l'une face à l'autre. Joyce enfile une large part de l'air empilé dans la maison, elle le laisse dévaler ses poumons, et quand elle pense avoir suffisamment de forces pour continuer, elle poursuit. Elle raconte donc ce qu'a trouvé Byron sous le lit du vieux monsieur asiatique, des magazines avec des femmes dénudées, mais pas seulement. C'est là que Pamela incline la tête sur le côté, plus qu'inquiète. Sa fille lui expose rapidement le contenu des autres revues, il y avait des enfants nus avec des adultes, il s'agissait d'actes sexuels. Pamela enfouit son visage dans ses mains, vaincue par la répugnance et la peur. Joyce se souvient parfaitement de tout ce qui s'était passé ensuite. Tony ayant trop bu s'était mis à vomir dans l'évier, il s'était excusé auprès de l'Eskimo, alors Byron, en colère après ce qu'il avait découvert sous le lit, avait demandé à Tony de ne pas s'excuser auprès de ce sale type, il avait foncé dans la chambre et était revenu en agitant les revues pédopornographiques sous le nez du vieil Asiatique et des autres ados. L'Eskimo était en panique, alors ils s'étaient tous sauvés de la maison et avait épluché les revues, déchirant les pages pour les laisser s'envoler dans l'air du soir, tandis que le vieil homme se démenait pour ramasser ces images compromettantes jetées dans la rue devant chez lui. Joyce parle de plus en plus vite, elle souhaite se délester de son fardeau.

— Ensuite, au début de l'été, je suis retournée voir l'Eskimo…

— Mais quelle horreur.

— Maman, laisse-moi finir, c'est bien assez difficile comme ça. Je suis donc allée voir l'Eskimo, chez lui, et je lui ai demandé de coucher avec moi. Ne fais pas cette tête, oui, on a fait ça.

— Mon cœur, mon cœur, mais pourquoi ? Oh, ma chérie, qu'est-ce qui se passe ? Je ne comprends plus rien. C'est affreux, pourquoi ? Il a quel âge, cet homme ?

— Il est plus âgé que Papa.

— Pourquoi ? Pourquoi ?

— Je termine. Alors je suis retournée le voir un peu plus tard, j'avais bien réfléchi, j'étais bien décidée, j'ai tout décidé moi-même, seule, et on a passé un marché.

— Quel marché ?

— Je devais aider Papa à rembourser ses dettes. La brique avec le fric dans la fenêtre, c'est moi. Pas un gang, moi. C'est mon fric, c'est moi qui l'ai gagné. Avec l'Eskimo, on s'est mis d'accord, il devait me trouver des hommes qui aiment les gosses, il se débrouillait avec son réseau, et il me les ramenait, chez lui, dans la chambre d'amis au fond de son jardin.

Horrifiée, Pamela laisse tomber les billets sur le plancher, elle prend sa fille dans ses bras, elle la serre contre elle, attire son corps d'ado contre son corps de femme et s'allonge avec elle sur le lit. Elle pose ses mains lentement sur le visage de sa fille, en larmes elle aussi, de la morve sur les lèvres. Elle presse ses doigts sur ses joues, comme pour la reconnaître, à l'aveugle. Pamela suffoque autant que son enfant, toutes deux sont soulevées par les sanglots. Leurs larmes s'enfoncent dans le dessus-de-lit, imbibent l'étoffe, et assombrissent ses couleurs, comme elles assombrissent leur propre vie. Joyce se débat avec sa douleur, elle arrache quelques molécules de courage à son pauvre cœur, elle se demande comment il peut encore battre après tout ça. Sa voix chancelle, mais elle parvient à expliquer à sa mère, les hommes, le katana de l'Eskimo pour sa protection, l'argent, 2 000 dollars à chaque fois, le samedi après-midi, un homme seulement, parfois deux, mais plus rarement. Puis la douche, avec le même savon qu'à la maison. L'argent qui s'entasse sous son lit, avec une seule obsession, atteindre la dette de son père, pour l'aider à la rembourser, sauver son père avant qu'il ne se fasse tuer, ou qu'il ait des ennuis.

— Ma chérie, ma chérie... Mais après la brique ?

— J'ai... j'ai continué, Maman, je savais que Papa aurait d'autres dettes.

Pamela enfouit la tête de son enfant au creux de ses bras, essuyant sa morve sur ses manches au passage. La mère pleure doucement maintenant, ses larmes glissent sur la chevelure blonde de sa fille, comme les perles de l'océan sur la combinaison d'un surfer. Sa souffrance est immense, elle songe à Jimmy, à toutes ses conneries, elle imagine sa fille aux prises avec ces criminels, avec ces hommes qui n'en sont plus. Elle s'en veut de n'avoir rien vu, rien détecté, elle s'en veut de n'avoir pu, de n'avoir su protéger son enfant, mais comment pouvait-elle se douter que sa fille se prostituait à quinze ans pour protéger son père, pour délivrer son père ? Elle comprend enfin la signification de cet appel étrange reçu au studio, c'était donc bien un appel de détresse. Comment a-t-elle fait pour l'ôter de sa tête, comment a-t-elle esquivé le désarroi de son enfant ? Elle est furieuse contre elle-même. Joyce l'appelait au secours, et elle n'a rien senti, rien capté, engluée qu'elle était dans la rotative infernale du studio. Non, elle ne se cherche pas d'excuse, elle sait qu'elle n'a pas été à la hauteur, son malaise et sa peine sont vertigineux, elle pourrait se noyer en elle-même.

Pamela et Joyce vont passer le reste de la journée enlacées, à se parler doucement. Pamela comprend mieux les reproches des copains sur ses absences, sur la distance injectée entre eux et Joyce. Sa fille s'est éloignée de tout, de ses amis, de la vie, et surtout de son avenir. Elle s'est sabotée, elle est bloquée, incarcérée dans la carcasse d'un immense danger.

*

Quand Jimmy est rentré, Joyce était couchée. Il avait passé la journée et une partie de la nuit à perdre du fric du côté du *Rubber Moon*, avec son tyran favori, Big Dirty. Ce dernier était de mauvais poil, à cause de son castor, le pauvre animal venait de subir une opération chirurgicale suite à une occlusion intestinale. Et ça, Big Dirty, c'est le genre de truc qui le fout en rogne, faut pas qu'on touche à sa bestiole. Heureusement, personne ne s'était aventuré à y toucher, c'est le castor lui-même qui avait été assez con pour bouffer un gros morceau d'ébène, une statuette que le frère de Big Dirty, un Marine, avait rapportée d'une mission en Afrique. Pamela a attendu que Jimmy se couche et elle a cueilli son mari en beauté. Sa voix était pleine de défi, plus doucereuse que ce qu'il avait subi toute la journée autour de sa table de poker. Une engueulade froide, sans le moindre éclat de voix, nappée des mots les plus blessants. Pour une fois, il l'a écoutée sans répliquer, il était remué. Il était secoué d'apprendre que ce petit être, pour qui il n'avait jamais ressenti de réelle affection, avait été capable de se sacrifier pour un père qui ne l'aime pas. Toujours son narcissisme. Pamela s'est empressée de le réajuster à la réalité, lui opposant que si sa fille avait fait ce geste démesuré, c'était justement dans l'espoir d'être aimé de celui qui ne l'aime pas. Jimmy est resté silencieux longtemps, avant de ranimer la parole une dernière fois.

— Allez, on dort maintenant.

— Oui…

Ils n'ont pas beaucoup dormi, entrelacés dans les roulis de leur insomnie. Dès 5 heures du matin, ils ont repris le socle de leur conversation. Il l'écoute, elle l'ensevelit sous les reproches, Pamela sait qu'elle est dans ses droits, les attaques légitimes qu'elle fomentait en secret n'ont jamais pu éclore, mais cette fois, elle sait qu'il ne peut plus s'opposer à sa colère, à la puissance de son indignation. Il se tait, il encaisse, et quand il ose parler, le raisonnement de Jimmy est à ciel ouvert, ce qui permet à sa femme de mesurer toute l'étendue de sa bêtise. Elle lui fait comprendre qu'il serait préférable de ne pas la ramener. Le jour se hisse à hauteur d'homme, des rubans mauves enveloppent la végétation et les silhouettes des maisons, c'est dimanche mais ils décident de se lever, il part le premier sous la douche, s'imposant sans demander son avis à Pamela, son objectif étant de se soustraire à sa rage et ses récriminations.

Quand Joyce les rejoint dans la cuisine, elle embrasse son père comme chaque matin. Pamela pensait qu'il l'attirerait à elle, pour la serrer dans ses bras, lui témoigner un peu d'affection pour soulager son affliction. Rien. Il ne sait pas faire ça. Il semble rongé par l'orgueil. La matière psychologique, la texture du doute et de la douleur, il s'en tient toujours très éloigné, c'est sa façon de fonctionner. Pas de mots fragiles, pas de sensibilité, sinon il risquerait de dilapider sa crédibilité. Jimmy n'aime pas les effleurements de sentiments, il renifle à cent mètres les effluves de l'amertume, quant à elles, sa femme et sa fille, il sait que le chagrin est leur refuge. Alors il se sauve, il ne veut pas en entendre parler, la misère d'autrui l'incommode, chacun doit se démerder, c'est sa façon, non pas d'aimer, mais de vivre auprès des siens. Il engloutit ses pancakes et son café, pour disparaître sans laisser d'indication. Ni au revoir, ni rien, il part en laissant les autres dans le flou, dans l'expectative, comme toujours. À travers la fenêtre du salon, Joyce et sa mère devinent la Ford qui s'épanche sur l'asphalte de la rue, elle glisse en silence et se coule dans le flot amer des bagnoles de la ville. Les deux femmes se regardent, la tristesse a dévasté leur visage. Pamela tente un sourire rassurant qui ne dit rien d'autre que son incapacité à réconforter son enfant.

Deux heures plus tard, surprise, Jimmy est de retour. Il n'est donc pas allé jouer, et il n'est pas davantage allé bosser. Il se veut énigmatique, plein de mystère dans la voix. Il sait que Pamela se demande d'où il revient, il voit bien qu'elle s'interroge, elle ne comprend pas. Il n'attend pas que Joyce retourne se coucher, ce qu'elle crève d'envie de faire, soudain il s'affiche, avec de la gloire dans le regard, et son arrogance toute personnelle. Il s'assied pour déballer le morceau.

— Je suis allé à la police.

— Dans les bureaux du LAPD ?

— Tout à fait. Et je leur ai tout raconté. Ils ont le signalement du type, l'endroit où il habite et je crois qu'ils vont lui rendre une petite visite.

Un éclair de joie doublé d'inquiétude affaiblit le visage de Joyce. Elle n'en revient pas, pour une fois, pour la première fois de sa vie peut-être, son père a agi pour elle. Mais cette douceur inhabituelle est teintée d'angoisse, car elle croit déceler les prochains problèmes de l'Eskimo. Et elle ne sait plus si elle a quelque chose à lui reprocher, car c'est elle qui est allée le trouver, c'est elle qui l'a mis dans cette situation. Aucune stratégie ne parvient plus à son cerveau, une boule de béton se forme dans son ventre, elle pourrait s'effondrer sur place.

— Je peux vous dire qu'ils ont pris des notes, il y avait un gros costaud qui me posait des questions. J'ai dit tout ce que je savais.

— Tu ne t'es pas trompé, hein ?

— Regarde-moi, est-ce que j'ai la tête d'un père qui se trompe, d'un père pas fiable ? Je leur ai donné un maximum de détails, et je crois qu'il va y avoir du grabuge, fais-moi confiance.

— Mais tu n'avais pas l'adresse ?

— T'en fais pas, avec mes indications, le quartier, la rue, ça suffira. Je leur ai même fait la description du type asiatique et de la palissade de sa baraque, comme tu m'as expliqué. Ils en ont bien assez pour le choper, et avec leur nouveau truc d'informatique, ils peuvent recouper des infos ou je sais pas quoi. Tous ces sales types vont bien plonger, direction la zonzon, fais-moi confiance.

Pamela s'approche de la chaise de Jimmy, elle est saisie par la surprise, elle se serre contre lui. Elle lui caresse la nuque, elle s'en veut de l'avoir si mal jugé, tout en admettant que jusqu'à présent, il ne lui avait pas donné beaucoup de gages de solidité. Il lève des yeux attendrissants vers sa femme. Elle a de la pitié pour lui, elle a été si injuste. Joyce s'approche elle aussi, elle n'en revient pas de son geste, pour la première fois son père l'a protégée, il a pris ses responsabilités de père, et il a fait ce qu'il avait à faire. Elle se penche vers lui et l'embrasse sur le front. Il semble ravi malgré la gravité de la situation. Joyce a toujours trouvé son père prévisible, mais cette fois, elle doit bien admettre qu'il s'est montré très imprévisible, elle ne s'attendait vraiment pas à le voir voler à son secours, ce qui est pourtant le rôle d'un père ou d'une mère. Pamela en est presque choquée, elle abaisse son visage vers le sien et lui décoche un baiser vigoureux sur la bouche. Joyce est surprise par cet élan de tendresse sincère, ce n'est pas si fréquent chez eux. Jimmy en profite pour glisser une main entre les cuisses de sa femme, soulevant l'arrière de sa robe. Joyce le surprend et s'en offusque.

— Non mais arrête, c'est dégueu ce que tu fais.

— Pardon, ma chérie, je ne recommencerai pas.

Il s'excuse sans conviction, il est d'humeur enjouée, il est même fier. Il retire sa main des cuisses de sa femme, il renifle discrètement la tranche de cette main, celle qui appuyait contre le tissu absorbant de sa culotte. Heureusement, ce geste échappe à Joyce, elle regarde la pendule de la cuisine, elle a déjà faim. Elle est inquiète pour la suite, pour les conséquences de tout ce qu'elle a raconté, mais elle a très faim, elle a envie d'un énorme burger. Pamela s'active dans l'instant, elle ferait n'importe quoi pour alléger la vie de sa petite fille blessée, quasi détruite. Elle ouvre le frigo, sort des tranches de cheddar et de bacon, elle trouve un oignon rouge, des steaks au congélo et des petits pains dans un placard, elle a toujours de quoi composer de bons gros burgers bien gras pour soulager sa gamine. Joyce songe à la matière judiciaire, elle pense au procès, elle a très peur, elle se sent coupable, elle comprend qu'elle va envoyer des hommes en prison. Elle est effrayée à l'idée que la presse s'empare du sujet, elle ne veut surtout pas que ça se sache, elle en crèverait. Le regard des autres lycéens sur elle serait insurmontable, elle préférerait se jeter dans un cratère en fusion. Elle s'inquiète auprès de sa mère, elle annonce à Pamela qu'elle ne veut pas porter plainte, elle ne portera pas plainte. Elle lui confie combien elle est terrorisée, elle ne veut surtout pas que cette affaire se répande dans les journaux, ou dans le quartier. Elle veut que ça s'arrête, et c'est tout. Elle n'y mettra plus jamais les pieds, l'Eskimo ne la verra plus jamais, elle veut se reconstruire et tenter d'oublier ce qu'il est possible d'oublier. Pamela lâche sa cuisine, vient prendre sa fille dans ses bras, elle fera tout ce qu'elle lui demande, elle est là pour l'aider, l'accompagner vers une vie dénuée d'embûches. Joyce ajoute que ses amis ne savent rien, bien entendu, et qu'il est hors de question qu'ils apprennent quelque chose, Joyce voulait juste aider son père. Pamela lui assure qu'elle ne dira rien, mais elle ajoute aussi que son sacrifice pour son père était démesuré, bien trop grand.

— On ne peut pas faire ça pour un père. Ni pour une mère. C'est allé trop loin, on va t'aider à te reconstruire, ma chérie.

— Je voulais bien faire, j'avais peur qu'ils viennent chercher Papa pour le tuer.

— Ils n'auraient pas fait ça, ce ne sont que des joueurs de poker, des petits bandits minables, mais pas des assassins.

— D'accord.

— Je vais m'occuper de toi, mon cœur.

— Mais tu t'occupais déjà de moi.

Pamela la serre plus fort contre elle, afin que sa fille ressente sa présence, la chaleur de son corps, sa vaillance, sa résistance et sa solidité de mère. Jimmy est déjà devant sa télé, il savoure l'effet produit sur sa petite famille, ce retournement a la saveur d'une victoire. On le prenait pour un minable, « Eh bien voilà ce qu'il vous dit, le minable, regardez-moi le travail ». C'est exactement son état d'esprit au moment où il voit Henry Winkler, le comédien qui joue Fonzie dans ce nouveau sitcom *Happy Days*, monter sur sa moto Triumph et disparaître à l'horizon de la ville. Il se sent comme lui, satisfait du devoir accompli, fier et revanchard, heureux de tracer sa route en laissant les désenchantés derrière lui.

Après avoir avalé un énorme burger, Joyce regagne sa chambre et ses cassettes. Elle se passe en boucle *Desperado* des Eagles, c'est cette douleur-là qui l'apaise le mieux. Elle est allongée sur son lit et dès que la chanson est finie, elle appuie sur la touche « *Rewind* » pour remonter jusqu'au chiffre 038 du compteur, et enfoncer la touche « *Stop* ». Le casque sur la tête, elle reste immobile, elle songe à tout ce qu'elle a vécu, tous ces sexes masculins, l'attitude de ces hommes, elle croyait connaître davantage de honte en faisant ces révélations à ses parents, mais la honte a heureusement été souillée par le soulagement. Elle trouve complètement barge d'avoir avoué ces choses à ses géniteurs, mais elle se réfugie derrière la pureté de son intention originelle, il s'agissait de protéger, de sauver son père, et aujourd'hui, ce qui est beau, c'est que lui, en retour, ait décidé de protéger sa fille. Elle pourrait en pleurer tant c'était inattendu, mais elle ne pleure pas, une couronne d'aridité lui enserre le visage, tombant sur son front et ses yeux.

C'est une journée ensoleillée. Joyce n'est pas encore tout à fait libérée, elle craint son absence de contrôle sur l'action de la police, elle craint la déflagration dans le quartier de l'Eskimo, elle craint l'avenir immédiat, et ses reliquats discordants, issus du passé. Sa mère est sortie, sans doute une course à faire. Joyce l'a trouvée très silencieuse au déjeuner devant son burger, mais elle la comprend, ça ne doit pas être facile de découvrir que sa fille de seize ans n'est plus vierge, qu'elle s'est livrée à un homme d'au moins soixante ans pour ensuite se donner à des inconnus en échange de fortes sommes d'argent. Et surtout qu'elle s'y est adonnée pendant des mois. Il y a de quoi se cogner la tronche avec ses propres poings. Joyce comprend tout cela, et elle admire le sang-froid de sa mère, sa lucidité. Elle tourne la tête vers son skate, elle se sent incapable de sortir, c'est le dimanche le plus pénible de sa vie, pourvu qu'aucun des copains ne l'appelle dans l'après-midi. Son corps est évacué de ses forces, il ne lui reste que des pensées ainsi qu'un réseau de nerfs, elle est comme dépourvue de structure anatomique, réduite à un voilage de peur.

Il doit être 15 heures, Pamela est de retour. Son visage est asséché de son sang, jamais on n'a vu quelqu'un d'aussi blanc, qui marche et qui bouge, qui ferme la porte derrière elle, et vient se poster face à son mari encastré dans son éternel fauteuil. Elle commence par éteindre la télé. Il tente de protester mais, très vite, il perçoit la fureur dans son regard, la haine surtout. Sa première réaction est de se dire que finalement, il ne la baisera pas ce soir. Très vite, il comprend, elle l'aide un peu.

— Espèce de salaud, tu n'es pas allé à la police. Ils ne t'ont jamais vu.

Il se tait et se terre dans l'assise de son fauteuil. Il sait qu'il va déguster.

— Comment as-tu osé ? Comment as-tu osé faire ça à ta propre fille ? Lui faire croire que tu allais la protéger ? T'es pas allé aux flics, ordure, tu nous as menti. Une fois de plus, tu as menti. Mais t'as quoi dans le crâne ? T'as quoi ? Du vomi de cervelle ?

Jimmy garde le silence, il attend que ça passe. Depuis sa chambre, malgré son casque, Joyce devine la tonalité de la conversation, elle éteint sa musique et tend le cou pour mieux entendre, mais rapprocher sa tête de quatre ou cinq centimètres de la cloison et de la porte ne lui apporte pas plus d'informations. Elle retire son casque, se lève et les rejoint. Elle trouve sa mère dans une colère maîtrisée, ses cheveux bougent mais l'ensemble de sa face est immobile, seuls les plis autour de sa bouche s'animent, elle s'exprime d'une façon contenue, on ressent de la force, un frottement dans le timbre de sa voix, mais l'effet reste doux. Elle contrôle une explosion, elle est saturée d'énergie, mais rien ne traverse la tangente qui va de son esprit vers l'audience de la pièce. Joyce comprend immédiatement la teneur de ses propos, son père leur a encore menti. Mais cette fois, c'est grave, il a inventé une déposition auprès de la police, il ne s'y est jamais rendu, il n'a pas mis un pied au bureau, le soi-disant gros mec qui prenait des notes n'a jamais existé. Joyce est submergée par la nausée, elle se précipite aux WC, s'agenouille à l'embouchure de la cuvette et recrache son burger. Pamela est dévastée, la peine a ficelé l'écorce de sa rage. Elle s'assied sur le plancher, dos au mur, les larmes ruissellent sur son magnifique visage, elle se réfugie dans ses mains, Joyce vient se jeter contre elle, enfouissant ses yeux, son nez, sa bouche dans les cheveux de sa mère. Les sanglots de l'une rejoignent ceux de l'autre, elles s'effondrent à l'unisson. Jimmy se relève, il se dirige vers la télé et la rallume. L'écran s'anime, il découvre qu'il vient de rater un épisode de *The Wild Wild West*, James West est soudain raturé par le générique de fin. Jimmy est dépité, en colère à son tour, il a manqué sa série préférée. Il quitte son fauteuil, attrape les clefs de la Ford et son blouson au passage, il les laisse toutes les deux avec l'immensité de leur désarroi. La porte d'entrée claque si fort que le mur tangue dans leurs omoplates. Les deux femmes se serrent plus fort l'une contre l'autre, une longue plainte monte de la gorge de Pamela.

*

Joyce avait fait tout ça par amour pour son père qui ne l'aime pas. Toute sa vie, elle s'est efforcée de l'aimer, elle s'est convaincue qu'elle l'aimait en dépit de ses absences et du manque d'intérêt qu'il lui porte. Elle a gravi les hauteurs de son dégoût pour basculer de l'autre côté, dans un champ d'espoir, une plaine ensoleillée, éclairant son père d'une lumière si forte qu'il paraissait taillé dans un bloc de bonté. Toute sa vie, elle a été irriguée par l'indulgence, elle a arrondi les angles, n'hésitant pas, parfois, à voler au secours de son père, allant même contre l'avis de sa mère pour ne pas l'accabler. Toute sa vie, elle l'a protégé, elle a émoussé les conséquences de ses conneries, elle a allégé ses manquements, déguisé ses carences, elle a dessiné un mec bien, un bon père à la lueur de son esprit, et elle a étalé cette lumière autour d'elle, espérant capturer sa mère dans ce rayon aveuglant. Pamela n'était pas dupe, ça l'agaçait parfois de voir Joyce se ranger gratuitement à la cause de son père, mais elle comprenait ce jeu d'équilibre, Joyce étant terrorisée à l'idée de voir ses parents se séparer.

Pamela étant restée imprécise lors de son entrevue avec la police, deux jeunes hommes sont passés à la maison, elle leur avait laissé son adresse et le numéro de téléphone, elle était d'accord pour qu'ils viennent discuter tranquillement. Les deux types souhaitaient surtout jauger la jeune fille prénommée Joyce. Ils ont trouvé une gamine apeurée, vêtue de noir, au visage creusé, elle ne cessait de répéter qu'elle ne porterait jamais plainte parce qu'elle avait trop peur d'un jugement, trop peur que tout cela se sache et que sa vie soit ruinée. Les deux types se voulaient rassurants, prenant la peine d'utiliser les bons mots, même s'ils savaient déjà que la gosse et son avenir étaient bousillés. Elle leur a décliné le nom et l'adresse de l'Eskimo. Dès qu'elle se taisait, ils lui promettaient de ne jamais l'incriminer et de ne pas faire apparaître son nom à elle dans le dossier. Elle ne comprenait pas tout.

— Mais alors, comment vous allez faire pour l'arrêter sans preuve et sans témoin ?

— Ne t'en fais pas pour nous, ma jolie, on sait y faire.

— Parce que maintenant, tout est fini, il n'y aura jamais de flagrant délit.

— Justement, c'est de ça qu'on voulait te parler.

Pamela ne les a pas laissés développer leur projet, ils l'ont prise de plein fouet dans une solide embardée. Elle leur a demandé de laisser sa fille tranquille, il était inenvisageable qu'elle y retourne, qu'elle recommence quoi que ce soit chez cet Asiatique. Ils n'auront pas de preuves en flagrant délit à pousser dans leur dossier. Ils devront se contenter des infos déjà données par sa fille, et s'ils veulent les compléter, il leur suffira de vérifier les appels téléphoniques de cet « Eskimo », afin de remonter les types de son réseau, mais sa fille n'ira pas plus loin, elle ne retournera plus jamais dans ce sinistre endroit. Les deux policiers se sont rengorgés, un peu vexés que Mme Felton leur donne ce coup de batte derrière les oreilles, ils ne s'y attendaient pas, car d'habitude, les habitants laminés par des histoires aussi sordides sont plutôt dociles et se laissent guider par l'autorité. Ils ont donc réuni le maximum d'infos avant de partir, convaincus qu'il n'y avait plus grand-chose à glaner du côté de cette gosse. En repartant, ils croisent Jimmy de retour à la maison. Il flaire aussitôt la flicaille et leur adresse son plus beau sourire de faux-cul.

— Dites-moi, Monsieur Felton, un de ces jours, ce serait sympa que vous nous invitiez à une partie de poker, mon collègue et moi, on a très envie de rencontrer vos amis.

— Mais avec grand plaisir, appelez-moi quand vous voulez, et on se fera une petite partie. Mais vous savez, on ne joue que des petites sommes.

— Oui, oui, on sait.

Les deux types se barrent sur un éclat de rire, Jimmy reste sur le seuil de sa baraque, comme un con. Il s'en veut d'avoir joué au malin, évidemment qu'ils savent que Joyce s'est prostituée pour l'aider à rembourser ses dettes. Il claque la porte et s'approche de ses femmes pour les embrasser. Pamela s'écarte, et Joyce, inerte, le laisse poser ses lèvres sur ses cheveux, au sommet de son crâne. Sa bouche humide emporte quelques cheveux quand il se redresse, il les recrache et regarde s'il en reste au bout de ses doigts.

Les notes de Joyce ont poursuivi leur chute, ses parents ont été convoqués, Pamela s'est rendue seule au lycée, elle a rencontré deux professeurs. Ni l'un ni l'autre ne s'expliquant la baisse des résultats de la petite Felton, Pamela a tenté de leur dépeindre les soucis familiaux de sa fille, ajoutant que son couple est au bord de l'implosion, et que par conséquent, ça travaille son enfant. Le corps professoral ne s'est pas laissé déstabiliser, arguant que les problèmes personnels, quels qu'ils soient, devaient rester à la porte du lycée, et que ce dernier devait rester un sanctuaire pour les élèves. Pamela est repartie épuisée, accablée, la brutalité administrative de l'enseignement lui donnait envie de hurler dans sa petite voiture jaune citron, ce qu'elle a fait en attendant que le feu passe au vert. Les autres conducteurs l'ont observée du coin de l'œil, mi-amusés, mi-effrayés, ils n'avaient vraiment pas envie de se faire remarquer et de voir cette femme brandir un revolver.

Pamela a poussé Joyce hors de sa chambre, elle l'a fait remonter sur son skate, puis peu à peu, elle a accepté de retrouver ses amis le samedi. Ils se sont moqués au début, ils l'ont raillée pour les baby-sitting, lui demandant si ça ne payait plus. Joyce est restée évasive, elle voulait marcher sur la plage, voir ses pas effacés, emportés par les eaux mourantes, elle voulait que sa vie soit effacée elle aussi, retournée comme une peau de lapin, que sa vie sèche au soleil, afin de perdre l'odeur de son propre malheur. Myke lui raconte leur dernière connerie, ils avaient bu des bières, même Wendy en avait bu, c'était une journée morne, à glandouiller près du mur, du skate ils en ont fait mais ils n'étaient pas sûrs, tout les emmerdait. Alors ils ont décidé d'aller se baigner, l'eau était encore très fraîche mais ils s'en foutaient, ils sont allés faire les cons entre les vieux piliers de la jetée. Et, en remontant vers leur mur, ils ont croisé ce gros type en fauteuil qui les salue quelquefois, un gars d'une vingtaine d'années avec une frange noire en dents de scie, des lunettes épaisses et des sweat-shirts rigolos. Il a commencé à ramer dans le sable avec son fauteuil roulant, il n'avançait à rien, alors il leur a demandé si quelqu'un pouvait l'emmener près de l'eau. Pendant que les autres se séchaient avec leur tee-shirt, personne n'avait de serviette, Byron s'est épuisé à le pousser jusqu'au bord de l'océan, tout près des piliers. Le gars lui a demandé une bière, alors Byron est retourné lui chercher une bière. Il s'escrimait, courant comme un dératé dans le sable comme s'il était un de ces messagers en mission entre deux armées, et qu'il devait informer son chef de bataillon. Il est revenu dare-dare près du gros lard en fauteuil, il lui a tendu sa bière, puis l'autre lui a demandé de le laisser, il a dit qu'il voulait regarder les oiseaux marins et qu'il leur ferait signe au moment de le ramener sur le trottoir. Byron a obtempéré, tout fier de lui obéir, les occasions sont tellement inhabituelles pour lui d'avoir à obéir que les rares fois où ça lui arrive, il en retire énormément de fierté. Il a rejoint les autres, ils ont recommencé à picoler, et quand le soir est tombé sur la plage, chacun s'est dispersé pour regagner son domicile. C'est seulement vers minuit que Byron s'est souvenu du handicapé, il a rappelé Myke et les autres, mais ils avaient tous la trouille d'y retourner. Alors Byron y est retourné seul, avec une lampe de poche. Il était épouvanté à l'idée de retrouver le mec à moitié noyé sous la flotte, après avoir tenté de s'extirper seul du sable. Le truc dingue, c'est qu'il était encore là, éveillé, il grelottait, il lui a jeté sa bouteille de bière à la gueule et lui a hurlé dessus comme un putois. Byron s'est approché du fauteuil, l'autre lui a décoché un furieux coup de poing, lui éclatant la lèvre inférieure, puis il s'est calmé, alors son bourreau et sauveur a pu extraire le fauteuil de la bouillasse de sable humide dans laquelle les roues étaient enlisées, puis il a poussé son chargement jusqu'à la promenade, dans la nuit, en tenant sa torche dans la bouche. Le contact de ses dents sur le métal, associé à cette pénible situation, était sans aucun doute la chose la plus désagréable qu'il ait vécue dans sa longue vie d'ado. Le handicapé avait le bas du pantalon détrempé, ses chaussures et chaussettes étaient imbibées d'eau salée, et pour arranger le tout, il s'était à moitié pissé dessus en voulant se soulager de sa bière. Byron lui a proposé de le ramener à son domicile, l'autre a accepté, il y avait une sacrée trotte, Byron n'en revenait pas du chemin que le mec était capable de parcourir à la force des bras pour venir à la plage. Il a agglutiné toutes ses forces et l'a reconduit jusque dans son quartier. C'était un endroit chic avec de beaux arbres bien entretenus, des pelouses millimétrées et des maisons magnifiquement éclairées. Dès que Byron a aperçu les clignotement des gyrophares en arrivant dans sa rue, il a ralenti. Une bagnole de flic stationnait devant sa baraque. Il a stoppé sa cargaison, le gars lui a dit qu'il pouvait rentrer seul maintenant. Byron a tenté de lui faire promettre de ne rien raconter aux flics pour sa petite mésaventure, mais le gros sac tenait sa revanche, il a fait une sale moue, pour lui annoncer qu'il ne savait pas trop encore ce qu'il allait dire. Byron a failli se mettre à genoux pour le supplier puis il s'est souvenu que les genoux sur le bitume, ça lui faisait toujours super mal, alors il s'est penché sur lui pour lui parler comme un Noir, prenant son poing dans le sien en lui demandant : « OK Bro ? OK Bro ?», mais le Bro en question n'avait pas l'air trop d'accord, il s'est dégagé de Byron, et a commencé à s'activer sur les mains courantes de ses roues. Byron l'a suivi sur quelques mètres, le suppliant encore, l'autre se taisait et masquait son putain de sourire intérieur. Byron est rentré chez lui, avec un tourbillon de diarrhée dans le bide qui lui transperçait les flancs. Il s'est couché après un long séjour aux toilettes, en songeant aux lumières de la police dans la nuit. À ce moment précis, lui non plus ne voulait plus être lui. Quand Myke termine son histoire, ils se marrent tous, sauf Byron. Même Joyce est tordue de rire, elle l'imagine trop bien avec son allure d'allumette tombée du grattoir de son skate, poussant ce fauteuil dans le sable, ses cheveux longs dans les yeux, avec l'autre qui l'engueule tout du long. Joyce retrouve un peu de sens auprès d'eux, aucun n'imagine la fosse, la carrière tragique dans laquelle elle s'était jetée. Jour après jour, elle en remonte les étages vers le ciel de son avenir, s'accrochant aux blocs rocailleux qui lui déchirent le présent. Elle se demande parfois si parmi eux, il y aurait quelqu'un pour la rejeter, en découvrant ce qu'elle a fait, ce qu'elle s'est infligé.

*

Ce matin, Joyce a trouvé la force de s'élancer sur sa planche, pour glisser sur les trottoirs encombrés de boutiques, de stations essence et de bars louches. Elle patine vers l'allègement de ses pensées, sans but, sans destination, juste pour le plaisir de dépasser les voitures, pour cette liberté retrouvée, elle se sent comme un volatile marin, planant à hauteur d'homme, slalomant entre les parcmètres, les rares piétons et les autres skates. Soudain, elle bifurque, remonte vers le nord, elle s'autorise un changement de décor. L'appréhension enfle dans son esprit, mais elle patine avec la même énergie, elle est déterminée, elle va y retourner. La rue est déserte, des voitures patientent devant leur maison, dans ce quartier les pelouses sont plutôt bien entretenues, les dallages n'ont ni mousse ni brins d'herbe entre les jointures, tout semble paisible et ordonné, comme la partition d'un joueur de triangle. Elle arrive devant les palissades blanches, elle ralentit, elle se hisse sur la pointe des pieds tout en restant sur sa planche. Ce qu'elle voit est éloquent. La pelouse est délaissée, hirsute. Lui qui était si méticuleux, il serait désolé de voir son jardin dans cet état, se dit-elle. Les carreaux des fenêtres sont sales, ce n'était vraiment pas son style, maintenant elle sait, il n'habite plus ici, elle comprend qu'il est désormais enfermé dans une cellule, ou qu'il est soumis à des travaux forcés, quelque part sous un ciel gris. Elle espère qu'il n'est pas parti seul, que les types de son réseau ont été arrêtés eux aussi. Si l'Eskimo était le seul à payer, elle trouverait cela tellement injuste qu'elle pourrait écrire au directeur de son pénitencier. Joyce ne s'attarde pas dans le voisinage, elle a obtenu la réponse à ses interrogations, la police a fait ce qu'elle avait à faire, sans trop l'importuner. Ils sont passés seulement deux fois pour l'interroger, lui évitant une visite traumatisante dans leurs locaux défraîchis.

En passant la guérite à l'entrée des studios, Pamela était pensive aujourd'hui. Earl, le garde-barrière, le lui a fait remarquer, il l'a abordée d'une voix tonique, la sortant du sortilège de ses angoisses.

— Salut Pam, alors ça rêvasse ? Je me demande comment tu peux t'arrêter à la barrière alors que tu ne sais même pas que t'es au volant.

— L'intuition féminine, mon cher, ça doit te dire quelque chose ?

— M'en parle pas, ma femme n'a que ce mot-là à la bouche, c'est sa façon à elle de me rabaisser et de me mettre des barrières. Franchement, j'en rigole.

— Ouais, eh bien méfie-toi des femmes…

Un con avec une bagnole longue comme un wagon se met à klaxonner dans le dos de Pamela. Elle inspecte son rétroviseur, c'est un des pontes du studio, elle s'active.

— Bon, on dirait que notre petite conversation s'arrête ici, à demain, Earl.

— À demain, Pam.

La barrière se lève, la petite Austin se précipite vers une place libre. La grosse bagnole vient stationner juste à côté d'elle, Pamela se dit que ce type est décidément un emmerdeur. Il ferme sa portière à clef et lui adresse un sourire d'enfoiré. Pamela le salue en prenant le soin de ne pas s'excuser pour l'attente à la barrière, elle ne se doute pas de ce qu'il a dans le crâne, ce connard. À l'instant où elle tourne les talons pour rejoindre les loges de son studio, le type s'attarde sur sa silhouette, alors cette phrase se déverse brutalement dans la pente de sa tête : « Je lui péterais bien le trou de balle à cette petite garce, elle ferait moins son arrogante... »

Les électros et machinos s'animent sous les hauteurs du studio, ils sont debout depuis longtemps, ils bossent en patientant gentiment, ils songent tous à l'heure du casse-croûte, ils ont vu que le régisseur s'activait avec son équipe pour leur préparer des sandwiches au pastrami. Ce qu'ils détestent par-dessus tout, c'est de voir tous ces fainéants de comédiens et de prodos, tous les jobs annexes, qui ne foutent rien mais qui gagnent du pognon, se jeter sur la bouffe alors qu'ils ne sont arrivés au studio que sur les coups de 8 heures, tandis qu'eux-mêmes étaient déjà au boulot depuis au moins deux heures. Il faut les voir, ils s'empiffrent de sandwiches sous le nez des vrais bosseurs, sous le nez de ceux qui se lèvent, qui portent des charges, qui escaladent des échelles, installent des gélatines sur des projos à cinq mètres de haut. Et ils sont là à déblatérer leurs conneries, à se rendre important, à se confier sur leurs doutes, sans un regard, sans un bonjour pour les vrais travailleurs. Ils postillonnent leur pastrami à la gueule de leur interlocuteur, qui postillonne lui aussi, retour à l'envoyeur. Cette attitude des réalisateurs, directeur de la photographie, premier assistant, comédiens et tout le merdier, ça les rend maussades pour le reste de la journée et aussi pour le reste de leur vie. Il n'y a qu'une fois le dimanche arrivé qu'ils se détendent un peu, quand ils allongent une côte de bœuf sur la grille de leur barbecue, entourés de quelques amis et de bières décapsulées. Pamela est prudente avec les machinos et les électros, elle fait toujours le tour du studio et les salue un par un, c'est une habitude qu'elle a prise très tôt, qui lui a été enseignée par celle qui l'a formée, à l'époque où elle était assistante.

Justement, Cheryl, son assistante, est arrivée. À sa mine, Pamela devine qu'elle n'a pas beaucoup dormi. La jeune femme réprime un bâillement. Pamela ne trouve pas mieux que de la taquiner et Cheryl lui avoue qu'elle a rencontré un garçon, et que cette nuit, ils n'ont pas arrêté. Elle se confie un peu, il est si mignon, il a une moto avec deux casques, un pour lui, un pour elle. Sur chacun il a peint lui-même, à l'aérographe, un dessin de cervelle. Pamela joue la cheffe impressionnée, Cheryl continue et lui confirme qu'il est un peu artiste. Pamela lui demande s'il gagne sa vie.

— Mon chéri est comédien.

— Ah, oui ? Et il bosse dans quel restau ?

— Ça, c'est pas gentil, Pamela.

— Pardon, c'est vrai, c'est pas très sympa de ma part. Mais c'était tellement tentant.

Les deux femmes rient d'un rire sincère, Pamela attire son assistante par la nuque et fait reposer son front contre son épaule, en signe de complicité et de protection. Cheryl se redresse avec des larmes dans les yeux, Pamela est si bienveillante avec elle, que chaque fois qu'elle lui montre un peu de franchise, ça la touche, elle a le sentiment qu'elle est la seule adulte à la comprendre, à l'écouter et lui laisser entrevoir que la vie ne se résume pas à des serviettes de bain qui puent l'humidité et des pneus crevés sur l'asphalte. Les comédiens se présentent en loge, pour une fois ils sont à l'heure. L'un est plutôt jovial, l'autre est renfrogné. Pamela décide de s'occuper du renfrogné, ça lui laissera tout le temps de penser à elle-même, de réfléchir sur sa vie. Cheryl accueille le plus joyeux sur son fauteuil, elle lui propose un café, ce ne sera pas nécessaire, il en est déjà à son troisième. Cheryl lui propose alors un Quaalude, un sédatif que les étudiants ingurgitent pour planer, il est vendu dans les universités sous le nom de Mandrake, on en trouve dans toutes les fêtes. Cheryl ajoute qu'elle plaisante, le comédien lui indique qu'il vient d'en prendre un, et qu'il ne plaisante pas. Alors Cheryl se referme, un peu gênée, elle ignore si elle passe pour une idiote ou une naïve, elle finit par admettre qu'avec ce genre de comédien, les deux notions se rejoignent probablement.

De son côté, Pamela nettoie la peau de son renfrogné, il maintient ses yeux fermés, tout autant que sa bouche, ce type habituellement imprégné de vanité est quand même très agréable quand il la ferme complètement. Elle songe à son couple, elle songe à Jimmy, elle finit par être convaincue qu'elle devra divorcer. Quand ? Un jour, mais pas trop tard, sans doute avant la fin de l'année, le temps pour elle de préparer Joyce à cette idée, de la rassurer sur le fait qu'elle ne sera peut-être pas obligée de changer de quartier. Elle sait combien Joyce est attachée à ses habitudes, à sa petite bande, elle sait combien, par égoïsme, son enfant serait incapable de déménager loin d'ici, à l'autre bout de la ville. Et surtout, après tout ce que sa fille vient de vivre, il serait inconcevable d'abîmer son quotidien avec un changement radical. Elle pense à Jimmy, à tout ce qu'il lui fait supporter, elle est bien consciente qu'il la prend pour sa boniche, tout juste bonne à laver ses chaussettes et ses slips. Au fond, elle s'en fout, tout ce qu'elle lui a donné, elle l'a fait sincèrement, elle n'a rien calculé, elle lui a offert une partie de sa vie de façon à élever leur fille dans les meilleures conditions, c'était tout ce qu'elle demandait, le bien-être de Joyce. Pamela repense aux mensonges. Jimmy lui a toujours menti, pour tout, pour rien, sans raison utile parfois, simplement par jeu ou par esprit de domination. Il a fallu que sa gosse, qu'il n'aime pas, ça il l'a déjà déclaré à Pamela, se sacrifie pour lui, afin de l'aider à rembourser ses dettes, sa pauvre gosse en recherche d'amour, d'un regard, d'un baiser attentionné, est allée se vendre à des pourritures pour aider un père qui ne l'aime pas, quelle horreur, Pamela est dévastée. Elle coiffe machinalement son comédien aux yeux fermés, Cheryl n'a rien remarqué du désarroi de sa boss, elle s'applique à maquiller son acteur rigolo et bavard, qui s'épanche, rires inclus, comme dans une pièce de boulevard. Pamela n'en revient pas de tout ce qu'elle a subi, de tout ce que Joyce et elle ont subi. Il a prétendu être allé dans les locaux du LAPD et ça, Pamela ne le lui pardonnera jamais cette ultime crasse. C'est si déshonorant, et pourtant, lui, ça lui passe au-dessus, il est né le lendemain de la honte, comme disait la belle-mère de Pamela. Et ce qui la blesse, ce qui l'achève, c'est que Jimmy répète tout le temps qu'il a eu une belle vie, qu'il aura eu une belle vie. Il s'entête à lui asséner cela, comme une provocation malsaine ou inconsciente, elle ne sait pas à quel point il est pourri, ou simplement con. Elle se dit que leur divorce est désormais inévitable, ça lui paraît trop difficile d'aller plus loin avec un type qui a vécu sa vie seul, en pur égoïste, sans se soucier, ni de sa femme, ni de sa fille. Elle se donne jusqu'au prochain Noël pour régler cette affaire, pour lui faire empiler son linge à l'arrière de sa Ford, cette saleté de télé et ce maudit fauteuil crapaud ocre qu'il affectionne plus que sa propre femme.

Son comédien, sans rouvrir les yeux, lui demande si elle en a encore pour longtemps. Elle lui ajuste un dernier coup de peigne, laque une mèche, la rectifie du bout des doigts et lui annonce que c'est fini. L'autre anime ses paupières, il se jauge dans le miroir, et lui lance que c'est parfait. Il se lève sans la remercier et file vers le plateau, tandis que la styliste accourt dans son dos.

*

Ils n'ont pas patienté trop longtemps dans la file d'attente car ils sont arrivés juste après le rush de l'ouverture. Ça leur a pris du temps pour arriver jusqu'ici, c'était la première fois qu'ils prenaient le bus, mais Joyce avait tout prévu, tout organisé, Tony s'est laissé guider. Le zoo de Griffith Park accueille ses bataillons de touristes dès 10 heures. Il suffisait de se pointer après 11 heures, une fois les plus énervés avalés par les tourniquets à l'entrée. Quand Joyce lui en a parlé, il n'a pas vraiment compris, puis, il s'est dit que pour passer un peu de temps avec elle, se voir au zoo ou ailleurs, l'important était de pouvoir l'approcher, lui parler, et la peloter si possible. Ils ont apporté leur skate, mais leur utilisation est interdite dans les allées du zoo, alors ils se contentent de marcher avec leurs planches qui pendouillent au bout de leur bras. Il fait soleil, les touristes se cachent derrière leurs appareils Kodak Instamatic, ils prennent les animaux en photo. Tony tente d'attraper la main de Joyce qui s'efface dans l'atmosphère, il s'étonne de sa capacité à faire disparaître si soudainement un de ses membres, elle l'épate. Joyce est très irritée, elle n'en peut plus de l'avoir dans les pattes. Dans le contrôle depuis le début de leur relation, elle souhaite le rester jusqu'au bout. Elle a choisi l'ère des lions, de nombreuses familles se pressent autour des fosses. Ce n'est que le début de la journée, mais les félins ont déjà l'air exténués, de plus, on n'est qu'à l'amorce du printemps, ils n'auront donc pas à souffrir de la chaleur comme en été.

Mais le gros mâle qui semble être le héros de la troupe tire déjà la langue et se dandine pour aller s'allonger à l'ombre d'un arbre. Les enfants retiennent leur souffle, les adultes semblent fascinés, un père s'adresse à son gosse.

— T'as vu, mon chéri, ça c'est le roi des animaux.

— Nan. Le roi des animaux, c'est doudou.

Le père sourit, il ne l'avait pas vu venir celle-là. Il chiffonne les cheveux de son gamin, plutôt rassuré par le répondant qu'il a pour son âge, puis il regarde tendrement sa femme qui lui sourit en retour. Joyce détourne le regard, cette scène d'amour la dégoûte. Ce genre de situation lui semble tellement vidée de sens. Cela n'arrive jamais dans sa famille, ou alors, de manière accidentelle. Dès qu'elle capte des émotions de cet ordre chez ses congénères, ça la tue. Oui, le bonheur des uns fait souvent le malheur des autres, et Joyce en est bien consciente. Tony est captivé par ces gros mammifères, tandis que Joyce n'y accorde qu'un regard mortifère. Elle l'attire un peu plus loin, à l'écart d'un groupe de visiteurs écossais. Elle appuie ses fesses contre le dossier d'un banc orienté vers les phacochères. Personne ne s'intéresse à ces sangliers des savanes qui bondissent avec cette légèreté singulière dans leur enclos, la queue fièrement redressée. Ils vont d'une plaque de ciment à l'autre, évitant soigneusement ces cours d'eau artificiels, pompés dans un bassin souterrain. Ils se jouent de cette liqueur saumâtre qui ruisselle, indifférents à ces touristes que leur proximité avec les cochons indiffère également. Tony ne comprend rien à ce que désire Joyce, pourquoi s'éloigner des lions alors que tout le monde s'y précipite, et que c'est sans doute le meilleur spectacle du zoo ? Joyce lui confirme qu'elle souhaitait effectivement l'amener chez les lions, devant le mâle dans toute sa splendeur, devant la bestiole qui représente le mieux l'ensemble de l'espèce masculine, devant ce symbole de puissance et de maîtrise. Tony ne maîtrise plus rien, il ne comprend rien à l'opacité de son jargon. Sans tarder, elle lui annonce qu'elle le quitte. Tony est abasourdi, il doit s'aider du banc pour se maintenir à la verticale, le soleil lui gicle ses ergots dans les yeux, son cœur accélère au point de se déboîter de son étui. Joyce regarde devant elle en attendant qu'il se redresse, il préfère s'asseoir. Il ne saisit plus rien à leur relation et il se dit, qu'après tout, c'est peut-être mieux qu'elle prenne fin. Joyce le surveille du coin de l'œil, elle vérifie qu'aucune larme ne s'épuise sur ses joues. Il ne pleure pas, il réfléchit, il se demande s'il n'a pas été pris pour un imbécile, il décide qu'il se trompe, elle lui a quand même offert la vue de son corps. Il n'a pu y toucher, mais au moins il l'a vu, c'est quand même pas mal de voir Joyce Felton dénudée, et de pouvoir se toucher en la regardant faire semblant de dormir. Il est le seul à l'avoir vue nue, ça il en est convaincu, on ne pourra pas lui enlever.

— Tu sais quoi ? J'm'en fiche que tu me bazardes comme un minable, parce que moi, je t'ai vue à poil. Personne peut en dire autant.

— Sacrée victoire…

— Oui, c'est une victoire et j'en suis fier. C'est pas Byron, ni Myke, ni Dwayne qui t'ont vue, c'est moi et rien que moi.

Elle préfère en rester là et ne pas le décevoir, elle se décevrait elle-même. Elle devine un alliage de rage et de fierté dans son regard, elle lui demande s'il veut voir le reste du zoo ou s'il veut rentrer directement.

— Parce que tu m'as traîné jusqu'ici juste pour me jeter ? Belle mise en scène. T'es une grande malade…

— Oui, je voulais une rupture mémorable. Promets-moi que tu t'en souviendras.

— Espèce de cinglée. Viens, on se tire. Et tu sais quoi ? On redescend en skate, ras-le-bol de ton bus tout pourri.

— OK. Alors on est toujours amis ?

Tony prend Joyce dans ses bras, il la serre de toutes ses forces contre lui, elle enfouit la tête dans son cou, des larmes explorent ses joues. Tony n'en voit rien.

Cette belle journée a mieux commencé pour Jimmy que pour Tony, il est sur un nouveau projet de nettoyage, une grande demeure dont le portail de fer forgé rappelle les châteaux en Europe. Un motard surveille l'entrée, petit, des bottes parfaitement cirées, et une tenue impeccablement repassée. Il porte des Ray-Ban Wayfarer, il est assis de côté sur le siège de sa bécane et se lime les ongles avec un vif intérêt. De temps à autre, il jette un œil aux alentours, mais personne ne traîne dans ces rues chics à la lisière des collines. Soudain, il se dit que sa moto serait finalement mieux de l'autre côté de la grille. À l'intérieur de la propriété, il gagnerait en discrétion, et donc personne ne se risquerait à venir l'emmerder. Il ouvre la lourde grille, il faut faire un effort, puis il se met à pousser sa grosse moto de policier à travers la porte entrebâillée, c'est un autre effort. Alors qu'il est arc-bouté sur son énorme cylindrée comme un pionnier tirant ses bêtes de labour au milieu d'un champ de l'Oklahoma, un homme se faufile dans son dos. Il est immense, il est vêtu d'un petit blouson de cuir brun, avec un col pelle à tarte, le blouson que tous les hommes portent en ce moment, et d'un jean pattes d'eph, le pantalon que tous les hommes portent en ce moment. En revanche, il arbore une jolie perruque d'un noir aussi intense qu'une aile de corbeau, un accessoire que presque personne ne porte. Avec sa frange épaisse, il ressemble quand même étrangement au chanteur Roy Orbison, surtout qu'il porte, tout comme lui, des lunettes aux verres fumés. Il a enfilé des gants de pilote en cuir d'agneau, avec des trous pour les articulations du dos de la main. Enfin, du bout des doigts, il retient un petit cartable de cuir qu'il dépose sur le sol. Le motard immobilise sa moto, il n'a pas le temps de comprendre que quelqu'un s'est engagé dans son sillage qu'il est déjà assommé avec son propre casque. L'homme en uniforme s'écroule, l'autre lui balance un autre coup de casque, on entend un craquement au moment de l'impact, ça ne provient pas du casque, celui-ci est intact. Le géant reprend son petit cartable et s'avance lentement dans l'allée pour se diriger vers le perron et la porte d'entrée du palace dont la façade a probablement été copiée sur une construction vénitienne. Il ouvre et demande poliment s'il y a quelqu'un, il sait qu'il y a quelqu'un, puisque la voiture de Jimmy Felton est garée juste devant la maison. Jimmy met du temps à capter qu'on l'appelle, il est dans ses pensées, il se dit que ça ne va décidément pas très fort avec Pamela en ce moment.

— Oh, y a quelqu'un ?

— J'arrive, j'arrive.

— Bonjour monsieur, je ne voudrais pas vous déranger, je suis un voisin, et je m'apprêtais à partir quand j'ai vu que le policier de garde devant la grille avait fait un malaise au moment de rentrer sa moto à l'intérieur, je crois qu'il a besoin d'aide, nous devons faire quelque chose, on ne peut pas le laisser comme ça.

Jimmy inspecte ce grand gaillard, il tente de discerner ses yeux à travers ses verres fumés, pas évident. Il jauge son sourire et la peau grêlée de ses joues. Des cratères cicatrisés constellent son visage. Soit il a vécu l'enfer de l'acné juvénile, incapable de se taper des nanas, soit il s'est tapé trop de nanas et il s'est chopé la petite vérole. Jimmy retient la première option, celle du pauvre type trop grand et trop maladroit, bouffé par les chtards et qui traînera son mal-être jusqu'à la fin de l'éternité de sa vie. Jimmy se penche au dehors, il aperçoit la silhouette du motard étalée près de son engin, il comprend l'urgence de la situation.

— Ne traînons pas, ce pauvre flic a besoin de nous.

— C'est exactement ce que je me disais, heureusement que vous êtes là.

Jimmy et l'homme à la vilaine peau se mobilisent pour transporter le valeureux policier à l'intérieur de la maison. Ils le déposent sur une petite banquette dans le hall d'entrée, Jimmy n'a pas détecté l'affaissement de son crâne. L'homme aux lunettes fumées et à la perruque noire réapparaît avec un verre d'eau pour le faire boire, Jimmy lui dit que le flic est trop dans les vapes pour boire quoi que ce soit. L'autre trempe le bout de ses gants dans l'eau et humecte le front du policier, ce dernier ne revient pas à lui. Jimmy s'étonne de voir un type tremper délibérément ses gants de cuir dans de l'eau. À la lueur d'une minuscule seconde, il s'interroge sur ce grand Blanc à l'adolescence boutonneuse. L'homme déclare qu'il faudrait appeler une ambulance, Jimmy commençait à se poser la même question. Il demande où est le téléphone, Jimmy lui avoue qu'il n'y en a plus. Il sait que l'autre est informé qu'il s'agit d'une scène de crime, puisqu'il est voisin, mais ce qu'il ignore sans doute, c'est que le responsable de ce crime affreux est une fois de plus le Papou. Jimmy ne souhaite pas lui rappeler les méthodes de ce sale type, et pour le téléphone, il ne lui dira pas qu'il les neutralise en les jetant systématiquement au four. Il préfère s'abstenir, il ne veut pas faire peur à ce voisin sympathique et prévenant. Le grand voisin à la perruque demande où sont situées les toilettes, Jimmy lui indique une porte dissimulée dans une peinture d'inspiration athénienne, illustrant la période antique. Il s'excuse pour cette envie pressante. Jimmy se penche sur le motard, il a les ailes du nez qui frémissent légèrement, il respire. Il vérifie en posant une joue au-dessus de ses narines, un filet d'air chaud et régulier s'aplatit sur sa peau. Soudain, le grand voisin aux lunettes fumées réapparaît avec le couvercle en céramique du réservoir de la chasse d'eau, il déclare qu'il y a un problème avec la chasse. Jimmy se redresse et s'apprête à se diriger vers les toilettes. C'est ce moment-là que le gentil voisin choisit pour lui foutre un grand coup de couvercle en céramique en travers de la gueule. La tranche du bloc émaillé s'enfonce dans le squelette de Jimmy, il lui défonce l'apophyse temporale droite, juste sous l'orbite de l'œil. Jimmy Felton s'écroule à son tour. Le type envoie aussi un coup de chasse d'eau dans la tronche du flic, histoire de l'endormir pour de bon. Il verrouille la porte d'entrée, il file vers la cuisine, un sourire amusé lui éclaire le visage, le téléphone fondu est toujours incrusté dans la grille du four, on a simplement arraché le fil afin d'éviter de se prendre les pieds dedans. Il constate que le mec à la coupe de cheveux soignée et en combinaison de travail blanche est effectivement une sorte d'agent de nettoyage, c'est le type qui a garé sa bagnole juste devant le mur d'enceinte de la baraque. La publicité sur la lunette arrière indiquait son nom, c'est donc un certain Jimmy Felton qu'il vient de fracasser dans l'entrée. Il était tellement coopérant, tellement sympathique, encore un de ces Américains serviables qui se plient en quatre pour vous aider, finit-il par conclure. Le géant perruqué inspecte la cuisine, il note que ce cher M. Felton avait déjà bien bossé, les explosions de sang ont été lavées, il ne reste pas une seule cellule de chair meurtrie, la table est déjà quasiment propre. Certes, ça le contrarie un peu d'entraver un professionnel en plein travail, il aime quand une tâche est terminée, propre et nette, mais voilà, ainsi va la vie. De retour dans le hall d'entrée, il enfonce ses gants dans le cou de l'agent de nettoyage, il l'asphyxie paisiblement. Jimmy ne se débat pas, le coup porté l'a déjà bien désamorcé. L'homme compte jusqu'à cent cinquante, très lentement, c'est le temps qu'il estime raisonnable pour se débarrasser d'un grand gabarit, sinon il se contente de compter jusqu'à cent dix pour les plus petits. Quarante unités séparent les deux archétypes, les hommes ne sont pas si différents finalement. Quand il est bien certain qu'aucun battement de cœur ne soulèvera jamais plus la poitrine de cet homme, il passe à l'autre. Le flic est bien amoché lui aussi. Il le jauge rapidement, pour lui, avec sa petite taille, ce sera un comptage jusqu'à cent dix. Et hop, c'est parti. Les os de ses dernières phalanges s'incrustent dans son cou, il appuie de tout son poids contre cette canalisation gorgée de muscles, d'artères, de nerfs et de veines. Le policier abdique rapidement. L'homme à la perruque s'attarde sur ses mains, il observe que le malheureux n'a pu finir de se limer les ongles. Mais qu'y pouvait-il ? Après tout, ce n'est pas son problème. Il fait rouler le flic de la banquette vers le sol, il s'écrase lourdement sur le marbre, il le tire jusqu'à la cuisine en le traînant sur le dos, ça l'amuse de lui donner la main de cette façon. L'autre le suit docilement, c'est toujours une forme de satisfaction. Il le hisse sur la table et file chercher M. Felton. Ce dernier est plus lourd que le policier, mais il prend le même chemin que son collègue d'infortune. Quand les deux corps sont parfaitement alignés sur la table de la cuisine, le géant à la perruque retire son petit blouson et enfile la combinaison noire qui était minutieusement pliée dans son cartable. Puis, il sort quelques Tupperware gigognes, il en choisit deux, et enfin, il extrait une scie à métaux. Il regarde autour de lui, il retourne vérifier dans l'entrée que la porte est bien fermée. Tout est parfait. Il fait le tour de la baraque pour vérifier qu'il est seul. Il inspecte la vue depuis la fenêtre de la cuisine, elle donne sur le parc, aucun curieux alentour ne peut se pencher sur son cas. Il ferme tout de même les rideaux à carreaux, et se met au travail en se penchant sur le flic. Il appuie fermement le gant de sa main gauche sur le sommet de son crâne, et avec d'infinies précautions, il pratique une légère incise à la base du front de celui-ci, au niveau des sourcils, exactement comme il le ferait dans une planche de bois. Le sang ne tarde pas à s'écouler, libéré de son étoffe de chair. Il maintient plus fermement la tête et attaque le crâne sans attendre. Le bruit que fait la scie a les mêmes caractéristiques que celui d'un tube plastique qu'on découpe, ça le fait toujours sourire, c'est une sensation très satisfaisante. Les minuscules dents de la scie à métaux mordent dans la texture osseuse, le géant appuie toute sa musculature contre cette calotte crânienne et déjà, la lame disparaît, elle descend graduellement, exactement comme lorsque on divise une bouteille d'eau en deux, dans le but de faire lever des graines en pot. Il ahane gentiment, il prend son temps, et lorsque cette jolie coupelle est quasiment détachée, il la force pour l'écarter, il s'empare du cerveau, il l'étire sur sa moelle épinière qu'il sectionne en quelques coups de scie. Cet organe a la particularité d'être glissant à force de baigner dans son liquide cérébrospinal, alors il veille à ne pas le laisser tomber, ses gants en agneau ont des qualités antidérapantes. Il dépose la chose dans un Tupperware préalablement ouvert sur l'évier, et le referme avec son couvercle. En voilà un. Puisqu'il tient encore par une minuscule charnière, il s'amuse à refermer le crâne vide. Ça aussi c'est satisfaisant, ça le réjouit à chaque fois. Puis il se reprend, il s'active sur l'autre cadavre maintenant, il n'est pas là pour rigoler. Il se dit qu'avec son couvercle de réservoir de chasse d'eau, il l'a bien arrangé. C'est comme si le gars avait grillé un stop pour se faire percuter par un poids lourd, il a le visage enfoncé comme la carrosserie d'une bagnole accidentée. Son portrait, c'est plus que de la tôle froissée. Une blessure de voiture. La scie reprend sa mélodie entêtante. En s'échappant, le sang blanchit la face de ce cadavre si bien coiffé, c'est ce qu'il a tout de suite remarqué quand le type s'est présenté à la porte, sa coiffure soignée. Il fait donc attention à ne pas abîmer son scalp, puisqu'il semblait tant y tenir, se concentrant uniquement sur l'extraction de sa cervelle encore chaude. Il s'applique, il découpe bien droit, il exècre le travail bâclé. Même opération, il écarte la calotte, étire la moëlle épinière et la tranche avec sa lame crantée. Il s'apprête à ranger ce bel encéphale dans son Tupperware, quand, n'y tenant plus, il en croque un morceau gélatineux et s'en délecte avec des larmes pleins les yeux. Il remet courageusement le reste dans sa boîte plastique et la referme avant d'être à nouveau tenté. Il se dit que c'est du beau travail, voilà deux beaux cerveaux volés. Heureusement qu'il ne sait pas toute la merde qui était stockée dans celui de Jimmy Felton, ça pourrait le dégoûter. Il regarde ses gants, il les rince sous le robinet et les frotte à un torchon, il va encore falloir préparer cette solution à base de blanc d'œuf et de jus de citron, puis frotter délicatement la surface du cuir avec ce délicieux mélange, avant de laisser sécher à l'abri du soleil. Il doit admettre que c'est assez épuisant ces choses-là, ce sont les mauvais côtés de cette activité. Il dépose ses deux Tupperware délicieusement alourdis de deux beaux cerveaux dans son cartable, il retire sa combinaison, pour une fois il ne s'est pas trop taché, il est content. Il la replie consciencieusement et la glisse dans le cartable aussi. Il retrouve son blouson, il inspecte la maison, il regarde au dehors, rien ne bouge, la moto est toujours là, il ressort de cette luxueuse habitation comme il était arrivé, par la porte d'entrée. La rue est déserte, c'est comme si les gens n'existaient plus, comme s'il était le dernier humain sur cette Terre, il se faufile dans la rue et regagne sa voiture, il n'est pas garé loin, il évite de marcher trop longtemps, rien n'est plus suspect qu'un passant qui marche, par les temps qui courent. Il range son cartable dans une glacière, la glace est recouverte d'un chiffon afin de ne pas abîmer son cuir.

Au volant de son véhicule, le Papou roule prudemment, il est très heureux, même s'il admet qu'il a pris des risques inconsidérés en revenant sur les lieux de son précédent forfait. C'est la première fois qu'il le fait, qu'il a une telle audace, c'était grisant, c'est vrai, mais il s'est fait peur, deux cerveaux d'un coup, ce n'est pas raisonnable, il se dit qu'il ne recommencera pas, c'est beaucoup trop de soucis.

*

En voyant débarquer les deux inspecteurs de police à la porte de sa petite maison rose, Pamela a tout de suite compris, son mari vient de se faire arrêter pour avoir trempé dans des affaires sordides autour du jeu, le poker et toutes ces conneries. Son fameux partenaire, tu parles d'un partenaire, pense-t-elle, son fameux Big Dirty l'a sans doute accablé pour se couvrir, laissant comme toujours Jimmy à découvert, avançant seul, naïvement, au milieu d'une plaine ennemie. Voilà ce qu'elle se dit, et le voir séjourner en prison pour toutes ces magouilles, ça lui laisse une sensation amère en travers des glaires, elle a presque envie de pleurer. Alors qu'elle leur tourne le dos pour les conduire à l'intérieur, elle renifle sans élégance l'humeur visqueuse qui tombait déjà dans son nez. Elle les fait asseoir, l'un est maigrichon, l'autre est rondouillard, elle se demande si les équipes de flics ne sont pas toutes formées sur ce modèle-là, le gros qui conduit en chaussures de villes et le sportif en baskets qui court après les malfrats. Le petit au visage rond emprunte le fauteuil crapaud de Jimmy, il s'affaisse dans l'assise déformée par les heures passées devant la télé du mari. L'autre se pose à côté de Pamela dans le sofa. Ils ont la mine affligée de ceux qui ont une mauvaise nouvelle à annoncer.

— Madame Felton, ce que nous avons à vous dire n'est pas facile...

— Vous avez arrêté mon mari ? Je savais qu'un jour ça arriverait.

— Il a eu un problème sur son lieu de travail.

— Un accident ?

— C'est plus grave que ça. Quelqu'un l'a assassiné.

— Oh, *my God.*

— Nous en sommes bien désolés, mais l'enquête est en cours, nous en saurons plus dans les prochains jours.

— C'est pas possible, Jimmy est mort ?

— Oui, Madame Felton mais nous allons faire le maximum pour retrouver le coupable.

— Mais que s'est-il passé ?

— L'enquête va nous le dire, il faut attendre.

Les deux hommes se lèvent et la remercient. Elle ne comprend pas pourquoi ils la remercient, elle n'imagine pas le nombre de situations compliquées auxquelles ils sont confrontés, les cris, la colère, les évanouissements. Exposer une telle nouvelle aux proches d'une victime est une corvée pour un flic, alors quand ça se passe aussi bien, ils repartent contents et soulagés, et c'est pourquoi ils la remercient. Ils lui demandent de rester assise, ils ferment la porte derrière eux, délicatement, avec un faible déclic. Pamela est scotchée sur le sofa, Jimmy a été tué. Mais par qui ? Certainement un de ces types liés au jeu. C'est affreux. Elle qui pensait le quitter, c'est lui qui la quitte. Et d'une manière épouvantable. Elle pleure. Elle va devoir annoncer toute cette laideur à sa fille, sa pauvre Joyce qu'il disait ne pas aimer, elle qui s'est pourtant sacrifiée pour lui. Que va-t-il rester de ce sacrifice, de ce don atroce ? Elle va rentrer de ses cours dans une ou deux heures. Pamela se dit qu'elle devrait cuisiner quelque chose, un gâteau, une crème, une douceur. Elle est désemparée. Elle finit par admettre que Joyce n'aura pas faim, pas plus qu'elle, que la nouvelle de la mort de son père va lui assécher l'appétit pour quelques jours et quelques nuits. Elle n'en revient pas. Cette annonce est à peine croyable. Certes, il traînait avec des pauvres types comme l'autre imbécile avec son castor, et bien d'autres qu'elle ne connaissait pas, mais de là à mourir tué, abattu par un de ces types, il y avait de la marge... Qu'avait-il bien pu faire pour mériter ça? Encore des dettes qu'il n'avait pu honorer? Elle est effrayée à l'idée que Joyce ressente de la culpabilité pour avoir cessé de le renflouer. Ce serait tellement injuste. Elle s'adresse à la pendule, les aiguilles lui répondent que Joyce ne devrait pas tarder. Pamela se dit que la vie est décidément folle. Déraisonnable et tordue. Ça lui fait peur, elle se demande ce qui va encore lui tomber sur le coin de la figure. Elle qui a toujours veillé à rester droite, honnête, pour élever sa fille dans les meilleures conditions, et maintenant, à la lisière du divorce, la voilà contrainte d'annoncer à Joyce que son père est mort. C'est tellement dégueulasse. Quels mots va-t-elle choisir? Surtout que les flics, à ce stade, ne lui ont rien raconté des circonstances de sa disparition, elle sait seulement que c'est arrivé sur son lieu de travail, rien d'autre.

Elle a finalement décidé d'ouvrir un sachet de crème au caramel, ça l'occupe. Elle verse la dose de poudre dans une casserole, qu'elle délaye progressivement en ajoutant du lait, les trois quarts d'une bouteille. Elle pose son mélange sur le feu en remuant jusqu'à ébullition. C'est à ce moment précis que Joyce arrive. Elle trouve sa mère concentrée sur la gazinière, et ça lui fait plaisir, elle sait qu'elle va avoir droit à une délicieuse crème au caramel. Elle embrasse Pamela, appuie sa tête contre son épaule dans un geste d'affection et rejoint sa chambre pour se débarrasser de ses affaires. Joyce est très bavarde ce soir. Pamela lui répond gentiment tout en versant sa crème bien chaude dans des ramequins. Elle va les laisser refroidir et les glisser plus tard au frigo. Joyce va et vient dans la cuisine, elle virevolte autour de Pamela, lui raconte comment le professeur d'histoire a attrapé Wendy en train de tricher, elle carottait, elle avait écrit une partie du cours au stylo-bille à l'intérieur de ses mains. Le prof l'a surprise en train de lire discrètement dans ses paumes. Elle n'était donc pas si discrète, lui fait remarquer Pamela. Joyce rit. Pamela est tentée de lui demander si ça lui est déjà arrivé de carotter, puis elle se ravise, ce n'est vraiment pas le moment. Tout va très vite dans sa tête, elle réfléchit à la bonne façon de lui annoncer le décès de son père, elle ne voudrait pas que ça ressemble à un moment trop solennel, elle est elle-même sous le choc, et elle se sent incapable d'organiser une mise en scène diluée dans le cérémonial. Elle va rester naturelle, mais les mots lui font peur, elle redoute la réaction de sa fille, de leur fille. Les ramequins généreusement remplis, elle les aligne dans un coin du plan de travail en formica, puis elle se dirige vers le salon et s'assied précautionneusement sur le sofa. Elle invite Joyce à la rejoindre. Joyce la regarde avec un air grave, elle comprend qu'il faut obéir et elle vient se poser tout près de sa mère. Pamela emploie les mots qu'il faut, il n'y a pas de manuel pour annoncer à son enfant que l'un de ses deux parents est mort, pas de manuel pour lui dire qu'on n'entendra plus jamais le son de sa voix, qu'on ne l'embrassera plus, qu'on ne le verra plus nu ou en slip à l'entrée de la salle de bains. Joyce l'écoute bravement, sans poser de question, elle écoute Pamela qui se veut la maman la plus douce, la plus rassurante du monde, elle l'écoute avec du vide dans les yeux, du vide dans le crâne, c'est comme si elle n'était plus là. Elle revient à elle-même quand sa mère la serre contre elle, retrouvant dans son cou ce parfum fragilisé qu'elle apprécie tant. Ça lui suggère de bons moments, la douceur d'instants passés et probablement meilleurs. Joyce parvient à masquer son désarroi pendant quelques minutes, puis son corps devance ses émotions, des larmes s'écoulent autour de son petit nez, rejoignent ses narines, se mêlent à la morve. Pamela revient avec une boîte de Kleenex qu'elle dépose sur la table basse. Elle humecte un voile de cellulose avec les larmes de sa fille, elle fait coulisser l'étoffe sous ses paupières, Joyce s'empare de la chose et se mouche dedans, elle ne comprend pas, son père est mort. On l'a tué. Elle se demande bien qui pouvait lui en vouloir au point de le supprimer. Elle voudrait savoir de quelle façon ils ont fait ça, et combien ils étaient. Elle demande à sa mère s'il a souffert, celle-ci l'ignore. Elle lui assure que la police n'a rien pu lui dire, qu'il est trop tôt pour savoir et comprendre. La nouvelle est là, un bloc au milieu d'elles, et il faut déjà vivre avec, vivre avec la mort. Joyce est dévastée, après tout ce qu'elle a fait pour lui, le voilà parti. Elle songe à tous ces types qui se sont allongés sur son ventre, qui lui ont pétri les seins comme on frotte la peau d'un chien, déchargeant leur haleine puisée dans les tourbillons de leurs viscères, elle pense à leurs ongles sales griffant la peau de ses fesses, à leur sexe, jamais le même, la douleur à chaque fois, la même brutalité, elle repense à tout ça, et tout ça, c'était pour rien. Elle s'est salie pour rien. Aider un père qui n'est déjà plus là, aider un père absent de son vivant, et absent pour toujours dans la mort. Un père qui n'a jamais joué avec elle, qui ne l'a quasiment jamais emmenée nulle part, un père qui ne passait jamais un week-end avec elle, qui lui faisait honte dès qu'il parlait d'elle à des tiers. Mais un père tout de même, un père qu'elle a aimé et détesté, un père qu'elle a sans doute aimé, se hissant chaque jour au sommet de cette idée, de cette question. Joyce s'est souvent demandé si elle l'aimait et maintenant qu'il est mort, c'est peut-être le oui qui l'emporte, sinon elle ne se serait jamais sacrifiée de la sorte, lui donnant sa virginité, lui donnant sa jeunesse, son innocence et probablement son avenir, meurtrie dans la souillure d'un vécu répugnant, à quelques encablures de la maison, sous le toit de cette chambre plantée au milieu d'une pelouse, dans le jardin de l'Eskimo. Pamela embrasse sa fille, l'éclabousse de baisers, Joyce en est gênée, mais tellement désamorcée, alors elle laisse sa mère s'exprimer. Les deux femmes, sont l'une contre l'autre sur le sofa, le velouté couleur kaki qui le recouvre est constellé d'étoiles sombres et salées, Joyce contemple ses genoux, Pamela cherche son regard. Dès qu'elle le trouve, elle la serre plus fort, imprimant son squelette dans la trame de sa vie. Les battements d'un cœur contre les battements d'un autre cœur deviennent soudain dérangeants, ça leur fait peur, sentir l'autre à ce point, sentir son vivant devient repoussant. Elles s'écartent, se regardent dans les yeux, elle se partagent les larmes, leurs visages se soudent à nouveau, scellés par une lueur d'amour évidente, sans question ni condition.

*

Le choc du décès de Jimmy a laissé Pamela coincée entre l'étau de la colère et un certain sentiment de libération. Elle n'aura plus à se demander où il est, ce qu'il fabrique, ni où il a vadrouillé toute la journée dans son dos. Sa mort revêt une forme d'apaisement, et c'est aussi probablement le ressenti de Joyce, même si elle ne s'en est pas encore confiée à sa mère. Quand Joyce a appris la nouvelle à sa bande de maigrichons aux cheveux longs, ni Wendy, ni Tony, ni Byron, ni Myke, ni Dwayne n'ont voulu la croire. Ils l'ont trouvée tellement sombre ces derniers temps qu'ils n'étaient pas surpris qu'elle invente une telle connerie. Il a fallu les convaincre.

Wendy pleure maintenant contre les flancs de son amie, Joyce reste courageusement impassible, les autres observent cette tristesse inversée, bien conscients que Joyce a déjà eu sa part de larmes. Le groupe se ranime quand elle leur annonce que l'assassin de son père est très probablement le Papou. Ils n'en reviennent pas que Jimmy ait été tué par une célébrité, l'ennemi public n° 1. Wendy leur fait remarquer que ça n'enlève rien au chagrin de leur copine, ça ne gomme pas sa peine. Ils s'excusent pour leurs exclamations et réclament des explications que Joyce accepte de leur donner. Apparemment, son père s'est fait surprendre sur son lieu de travail, une séance de nettoyage après une scène de crime, dans une maison de milliardaire, plus au nord, dans les collines. Un motard surveillait la grille devant la maison, mais le Papou serait parvenu à le surprendre, lui éclatant la tronche probablement avec son propre casque de moto. Myke plaisante en disant qu'un motard ne devrait jamais quitter son casque, ce qui n'est pas vraiment du goût des autres. On lui montre des sourcils bas qui font les yeux plus noirs, il s'excuse, faussement honteux. Puis Joyce leur raconte que son père a ouvert la porte de la demeure au Papou, une baraque immense, une sorte de château. Les autres lui demandent si elle est allée voir, elle avoue qu'elle y est allée avec sa mère, et que ça leur a fait bizarre de constater qu'un concurrent de son père était justement garé devant la baraque, tandis qu'il nettoyait la scène de crime dans laquelle son propre père avait péri. Les autres acquiescent, c'est sûr, c'est pas cool. Joyce leur explique alors comment son père s'est fait agresser par le

Papou. Il l'a frappé au visage avec le couvercle en céramique d'une chasse d'eau. Wendy tente de se représenter la scène, elle ne voit pas très bien à quoi ce truc correspond, Tony se charge de lui expliquer. Elle en conclut que ça doit faire mal, Byron confirme que ça tue. Joyce leur précise que ce n'est pas le couvercle en céramique qui a tué son père, non, l'autre l'a étranglé. Et il a fait de même pour le policier. Ils sont bluffés. Myke et Dwayne, dans un réflexe symétrique, portent une main à leur cou, comme pour se protéger de la douleur, ou peut-être l'éprouver, Joyce n'est pas certaine de comprendre leur geste. Elle leur raconte qu'il a allongé son père et le motard sur la table de la cuisine, et qu'après, il a fait comme d'habitude, il leur a scié le crâne pour leur arracher le cerveau, comme si on sciait un ballon de football. Ils frémissent en analysant cette précision.

— Ils vont le retrouver.

— Ils l'auraient déjà retrouvé s'ils devaient le trouver. Non, je ne crois pas qu'ils l'auront.

— Joyce, arrête, au bout d'un moment, le Papou, ils vont le choper.

— Non, c'est un cinglé, personne ne sait à quoi il ressemble.

— J'suis sûr que c'est un petit gars baraqué.

— Ouais, un chicano.

— Myke, on dit un Latino, c'est moins raciste.

— Mais j'ai rien dit de mal... Ou alors, c'est un Black.

— Non mais, tu crains, pourquoi ce serait pas un Blanc ?

— Ben, parce que dans les prisons y a que des Black et des chicanos... Vous êtes marrants, vous...

Les autres se taisent. Ils scrutent le visage de Joyce, ils tentent de déceler de la peine. C'est étrange, elle a plutôt l'air en forme, ils sont estomaqués par cette apparence de légèreté qui l'enveloppe. Wendy se dit que c'est pour se protéger, ou alors parce qu'elle a vraiment trop pleuré et que le truc est déjà un peu derrière elle. Ils l'écoutent blaguer, il est presque difficile de croire qu'elle a perdu son père il y a un peu moins de huit jours. Dans la cour du lycée on la regarde différemment, elle est la fille qui vient de perdre un de ses deux parents, on est mal renseigné, parfois on évoque sa mère, parfois son père, la seule certitude, c'est ce truc dingue, son père a été dézingué par le Papou. Les autres veulent savoir s'il a piqué le cerveau de son père, ils approchent Byron, Wendy et les autres, qui se contentent de les ignorer. Soudain, ça leur confère une sorte de pouvoir qu'ils n'auraient pas soupçonné, ils sont devenus ceux qui savent, ceux qui sont au plus près de l'info, et même, au plus près du Papou. Y en a même qui s'avancent à dire qu'ils l'ont aperçu, qu'ils savent qui il est. Tout s'entrechoque, vérités, affabulations et mensonges. Les profs ont bien des difficultés à obtenir le calme en début de cours, ça jacasse. Au moins, avec la mort de son père, Joyce aura apporté un supplément de vie dans son lycée, et ça la navre.

La décision de crématiser Jimmy Felton n'a pas été difficile à prendre puisque son cerveau avait déjà été ôté de son corps. Les questions autour de son âme ont été immédiatement évacuées. Pamela s'est contentée de suivre les recommandations de l'organisme prenant en charge son inhumation. Elle n'avait pas d'avis, elle a simplement écouté, puis obéi. On lui a aussi recommandé une niche dans un mur du cimetière Calvary, juste derrière Downtown. C'est loin, mais Pamela sait déjà qu'elle ne s'y rendra pas très souvent. Et maintenant, ils sont là devant ce mur quadrillé de cases, il y en a des centaines, l'une d'entre elles est ouverte, on a dévissé puis retiré sa plaque de marbre. Près du mur, une petite table à roulettes, drapée d'un tissu violacé, accueille une sorte de vase, il s'agit de l'urne qui contient les cendres de Jimmy. Ce vase, de couleur verte et refermé d'un couvercle, est simplement affreux. Pamela se revoit devant la brochure de papier glacé au moment de le sélectionner, toutes les propositions étaient moches, ringardes, sans élégance. Elle avait opté pour la moins laide, mais en la revoyant ici, aujourd'hui, sur ce chariot enveloppé de son étoffe, elle trouve la chose atroce et bien peu délicate pour une dernière destination. Ça voudrait ressembler à un vase antique de l'époque romaine, mais ça ressemble plus à une balise de navigation au large de Marina Del Rey. Elle s'en excuse secrètement auprès de Jimmy, en pensée, même si elle sait que personne ne l'entend, ni là-haut, ni ici-bas. Des fleurs ont été acheminées, le studio ne s'est pas moqué d'elle, une immense couronne domine les autres, des roses blanches, d'une grande qualité et en quantité. Sans doute le sort réservé à tous les membres du personnel qui perdent un conjoint, sans doute une ligne ou deux dans le protocole de l'organisation de la Paramount, rien de plus qu'une formalité. Mais elle les trouve belles. La famille est rassemblée autour de lui, son frère est venu de Cheyenne avec sa Datsun Cherry rouge, il a embarqué sa femme et ses deux fistons, et ils ont roulé vers la mer. Ça leur a pris deux jours et une nuit dans un charmant motel de Cedar City, les garçons n'ont pas arrêté de vanter les délicieux travers de porc qu'ils ont dégustés là-bas. Joyce n'a pas trouvé la force de leur promettre d'aller les goûter un jour, mais elle y a songé. La famille de Pamela a aussi fait le déplacement. Eux sont venus de l'Oregon, sa mère est également du voyage, il y a aussi l'oncle Eddy, mais l'assemblée est finalement bien chétive. Heureusement, Lisa, la mère de Wendy, a ramené sa fille et les garçons, ils sont tous là debout, appuyés sur leur skate, grinçant de sourires gênés, dans des postures maladroites. Joyce s'attarde sur sa bande de potes, elle leur adresse une expression attristée, elle se voudrait courageuse, mais elle n'en a pas les ressources. Les autres opinent du menton, Tony ferme lentement les yeux en acquiesçant, comme pour lui signifier qu'il la comprend. C'est ainsi qu'elle interprète son geste. Elle se tourne vers Pamela, sa mère. Elle est vêtue d'un tailleur sombre qui a été porté par Diane Ladd sur un plateau de cinéma, c'était il y a quelques années, une styliste sympathique lui avait offert ce modèle indémodable à l'issue du tournage. Pamela passe un bras par-dessus les épaules de sa fille, elle la rapproche d'elle. Elle songe à ce qu'a été cette vie avec Jimmy, finalement, ce n'était pas un si mauvais garçon, ils ont bien eu quelques moments heureux. Il ne buvait pas, il ne la battait pas. Bien sûr, il y avait le poker, mais en y réfléchissant, tous les hommes ont leurs petits travers. Elle se souvient des premières années, avant la naissance de Joyce, il jouait déjà pas mal, mais il s'en sortait. C'est plus tard qu'il s'est endetté, à force de trop jouer, et aussi à cause de ses mauvaises fréquentations, en vérité, le Jimmy Felton avait plutôt un bon fond, c'est le jeu qui l'a abîmé. C'est vrai qu'il n'a pas passé beaucoup de temps avec sa femme et sa fille, il semblait happé par l'extérieur, aspiré par la rumeur de la ville, mais il n'a jamais frappé Joyce après avoir bu, comme d'autres pères. Il n'a dû la frapper que deux fois, elle se souvient surtout du jour où Joyce a eu six ans. Elle avait fait une sacrée bêtise pour une gosse de cet âge. Alors qu'elle avait invité deux petites copines, des voisines, et qu'elles avaient organisé une partie de cache-cache, Joyce s'était planquée avec l'une d'entre elles sous la voiture de Jimmy, et, s'ennuyant un peu à force de voir tourner la troisième fille qui ne les trouvait pas, Joyce avait convaincu l'autre qui habitait juste en face d'aller jouer chez elle, car elle avait bien plus de jouets. À contre-cœur, celle-ci avait cédé, elles avaient donc traversé la rue pour aller jouer dans la chambre d'en face. De temps à autre, elles écartaient les rideaux pour vérifier que la troisième copine les cherchait toujours. Elles ricanaient en la voyant tourner dans le jardin, rentrer dans la maison, en ressortir fatiguée, découragée. Mais au bout d'un moment, Joyce et sa copine avaient aperçu Jimmy sortir de la maison, l'autre copine esseulée lui parlait. Il réfléchissait les poings sur les hanches, et soudain, malédiction, il avait montré du bras la maison d'en face. La petite gamine avait sonné à la porte, Joyce l'avait entendue demander à la mère si les deux filles étaient là. La maman avait répondu que oui, et le père de Joyce, depuis l'autre côté de la rue, avait demandé qu'on renvoie tout ce petit monde chez lui. Les trois copines s'étaient donc retrouvées sur la pelouse de la maison rose. Joyce, penaude, avait dû restituer les cadeaux que les deux amies avaient apportés, Jimmy les avait réexpédiées chez elles et, sitôt la porte refermée, il lui avait foutu la raclée de sa vie, lui laissant des marques rouges sur les fesses toute la semaine suivante. Pamela sait que Joyce s'en souvient encore, elles en parlent parfois de cette bêtise. Et même à seize ans, ça ne la fait pas beaucoup rigoler, car elle est consciente d'avoir mal agi.

Voilà, le personnel accompagnant installe l'urne de Jimmy dans sa niche, le vase verdâtre quitte la lumière pour l'ombre, on demande à Pamela si elle est prête, si on peut refermer cette case. Elle approuve silencieusement. Alors l'homme qui s'est adressé à la veuve visse une plaque noire sur le rectangle sombre. Il a des mouvements lents mais précis, il fixe la chose assez rapidement, il se redresse en nage et s'empare de la plaque de marbre qui va recouvrir la précédente dans sa totalité. Il enfonce quatre grosses vis, puis il les recouvre avec des caches de métal en bronze, plus probablement du laiton. Il salue l'assemblée, il leur indique que chacun peut rester ici le temps qu'il souhaite, les grilles du cimetière ne fermeront que dans trois heures. Joyce et Pamela pleurent en se serrant l'une contre l'autre. À travers leurs larmes, elles devinent les inscriptions gravées et soigneusement peintes avec une texture dorée *Jimmy Felton 1935-1975*. Seulement quarante ans, se dit Pamela, il n'était quand même pas âgé, c'est trop jeune pour partir. Dans son dos, tout le monde pense comme elle, excepté les ados et les plus jeunes qui ne comprennent rien au temps qui passe, ni aux notions de vieillissement. Ils regardent tous les Felton, mère et fille, ils sont un peu hébétés, ils attendent qu'elles bougent, pour faire demi-tour, marcher les bras ballants dans les allées et s'enfuir loin d'ici pour ne plus jamais y revenir. Pamela donne le signal en se tournant vers eux et en les remerciant pour leur présence, elle les prend dans ses bras. Joyce est embarrassée, mais elle imite sa mère. Les copains la serrent contre eux maladroitement, ceux de la famille ne sont pas plus adroits. Joyce se dégage, Pamela redispose plus joliment les couronnes de fleurs au pied du mur où s'empilent les cases, puis elle prend sa fille par les épaules et s'avance dans l'allée au milieu des pelouses et des pierres tombales. Sa marche est chaloupée, elle tente d'atténuer le mouvement de ses hanches, elle sait que cette allure a toujours accentué sa beauté, mais elle estime que ce n'est pas un lieu pour être belle et désirable. Joyce s'approche de son oreille et lui glisse un mot qu'elle souhaite amusant, afin d'alléger l'ambiance pesante de ce détachement. Pamela ne comprend pas ce qu'elle dit.

— Je n'ai pas compris. Tu peux répéter, ma chérie ?

— Je disais, toi qui ne savais jamais où était passé ton bonhomme, eh bien maintenant, tu sais où il est. Il est dans la boîte, là-bas.

Pamela ne peut réprimer un petit rire. Elle adore sa fille, elle adore son courage.

*

Les semaines suivantes, à l'approche de l'été, Pamela et sa fille ont tenté de s'accommoder de cette petite maison devenue grande. Jimmy n'était pas souvent là, mais son absence définitive a laissé un creux dans leur habitation. Alors elles s'organisent, elles sortent un peu, toutes les deux. Elles vont au cinéma, elles dînent dehors. Pamela retrouve des amis, elle leur présente sa fille qui a tant grandi, car bien sûr, jusqu'à présent, celle-ci répugnait à accompagner sa mère au restaurant. Joyce trouve une sorte de satisfaction à suivre sa mère et à être invitée dans les discussions des grands, elle est même ravie d'être incluse dans la société des adultes, elle les écoute, elle apprend. Ils l'écoutent, ils apprennent. Pamela s'est séparée de la voiture de Jimmy, elle l'a revendue pour un prix dérisoire. Les deux femmes envisagent de faire un petit voyage, peut-être en Europe, en Italie, c'est sans doute ce qu'il y a de plus joli là-bas. Pour l'instant, elles ne savent pas, mais elles se sont promis d'acheter le guide *Lonely Planet* « Italie ». La vie reprend peu à peu son cours, Joyce a vraiment passé une sale année, avec des résultats scolaires inquiétants, mais elle se redresse de façon spectaculaire en cette fin d'année, juste avant les vacances, et elle ne devrait pas être trop pénalisée l'an prochain.

C'est samedi, Joyce vient de rentrer, elle a vu ses amis tout l'après-midi, ils sont allés skater dans une piscine abandonnée, attenante à une maison dans le même état. Ils n'osent plus aller vers les berges de la « River », dans les zones asséchées, y a trop de types inquiétants qui traînent là-bas, et les énormes canalisations qui leur servent de rampes habituellement sont devenues dégueulasses. Il faut y aller avec un balai et nettoyer les courbes de béton pendant une demi-heure avant de s'élancer, trop de junkies campent là-dedans, trop de clochards et de hippies désenchantés. Elle est sous la douche quand on sonne à la porte, Joyce n'entend pas qu'un invité vient d'arriver. Il n'était pas invité, il s'est présenté spontanément. Pamela a hésité à le laisser entrer. En entrouvrant la lourde porte de bois, elle s'est heurtée à cette silhouette épaisse. Elle connaît cet homme, son visage et son nez rembourré de points noirs lui évoquent un souvenir insistant, mais elle ne sait plus où elle l'a croisé. Il lui rafraîchit la mémoire, c'était ce jour où tout allait de travers pour Jimmy, il avait dû appeler Pamela pour qu'elle vienne le récupérer, sa voiture l'avait lâché. Elle l'avait trouvé dans la cour d'un bar pouilleux, le capot de la bagnole grand ouvert, Jimmy et ce gros lard étaient penchés sur le moteur. La Ford n'avait redémarré que deux jours plus tard, en faisant venir un garagiste escroc qui lui avait pris au moins 75 dollars. Elle se souvient très bien maintenant de cet épisode. Il se présente, Big Dirty, il est un ami de Jimmy. Ah, c'est donc lui, se dit-elle, le fameux Big Dirty. Elle se promet qu'il est hors de question que ce type vienne lui réclamer d'éventuelles dettes non payées par Jimmy. Le type s'impose à l'intérieur, il demande à s'asseoir, il est fatigué. Pamela accepte à contre-cœur, elle lui désigne le fauteuil crapaud ocre. Elle n'avait pas remarqué, mais le gros type est suivi par une énorme bestiole d'au moins cinquante kilos, un castor. Il est tenu en laisse et suit docilement son maître, elle n'avait jamais vu un tel animal domestique.

— N'ayez pas peur, il s'appelle Bee Gees, à cause de ses grandes dents, il est bien dressé, il ne rongera pas les pieds de votre table basse, je m'en porte garant.

Pamela sursaute à ces quelques mots. C'est l'expression « je m'en porte garant » qui l'inquiète, ça lui évoque les problèmes de garantie financière, elle se dit que ce gros con est venu réclamer du pognon, eh bien il n'aura rien, elle s'en convainc avant d'entamer toute discussion.

— Je vous sers quelque chose ?

— Un whisky, vous avez du whisky ?

— Oui, je dois avoir ça quelque part.

Elle se précipite vers le bar, il lui reste une demi-bouteille, elle n'y a pas touché depuis la mort de Jimmy, elle n'en boit jamais. En revenant vers lui, elle le jauge avec dégoût, ce pantalon trop large qui flotte sur ses grosses cuisses coniques, sa panse qui déborde de sa veste, sa chemise aux boutonnières écartelées, tout la rebute dans ce type. Elle observe l'animal qui l'accompagne, il semble plutôt placide et bien élevé. Elle se demande comment un maître aussi mal élevé a pu obtenir d'une telle bestiole qu'elle soit aussi bien domestiquée. Il s'allume une cigarette et lui demande un cendrier, Pamela s'exécute. Joyce est toujours sous la douche, elle y passe des heures depuis quelques mois, elle se lave de tous ses tourments. Elle tente d'évacuer la salissure qui veut la condamner. Big Dirty se lance, il avoue que ça fait un moment qu'il souhaitait venir lui parler. Pamela s'en étonne. Il ajoute que c'est assez grave. Pamela désarticule ses sourcils blonds. C'est pour cette raison qu'il a hésité, parce que c'est grave, mais il estime qu'il est de son devoir de lui dire. « Madame Felton doit savoir », répète-t-il avec de la fourberie dans le regard. Elle n'en peut plus, qu'est-ce qu'on lui cache ? Mais qu'il le crache, son sale truc, qu'est-ce qu'il se passe encore ? Pamela perd patience.

— Alors voilà, si je suis venu vous parler, c'est pour que vous ne l'appreniez pas par quelqu'un d'autre.

— Parce qu'il y a une sorte de privilège à apprendre des sales trucs de votre bouche ?

— C'est pas ce que je dis, je dis juste qu'il est mieux de savoir plutôt que d'ignorer certaines choses. Votre mari, Jimmy, il n'était pas souvent à la maison…

— Par votre faute, c'est vous qui l'avez entraîné dans le poker.

— Écoutez-moi, laissez-moi parler. Votre mari était souvent absent, mais c'est pas forcément ce que vous croyez. Le Jimmy, c'était un malin, un sacré malin, c'était un chasseur, vous voyez ce que je veux dire ?

— Un chasseur de quoi ?

— Le gibier à poil, c'était ça son truc, les bonnes femmes.

Devant l'étonnement de Pamela, il répète trois fois « les bonnes femmes ».

— Vous avez bien remarqué qu'il n'était jamais là ? Tout le temps parti ? Eh bien, c'était pas forcément au poker qu'il était. Il courait les femmes. Et je peux vous dire qu'il était organisé. Il rendait service à droite, à gauche, il aidait les copains des copains, des gens qu'il ne connaissait pas, il ne leur demandait jamais rien, pas un *cent*, rien. Il bossait gracieusement, et je peux vous dire qu'il bossait bien, peintures, plomberie, coffrages, parquet, y a que l'électricité qu'il ne touchait pas.

— Oui, et dire qu'il ne faisait rien chez nous, c'était toujours la croix et la bannière pour qu'il fasse une réparation dans la maison ou qu'il s'occupe du jardin. Moi je faisais les courses, la cuisine, le linge, le ménage, j'éduquais notre gamine, et lui, jamais rien, toujours assis dans le fauteuil où vous êtes à présent. Continuez.

— Bon Dieu, j'espère que ça porte pas malheur, ce fauteuil. Bref, il rendait service un peu partout, et puis, comme il ne se faisait pas payer, le bouche-à-oreille, ça allait vite, il en trouvait du boulot, mais attention, dès qu'il tombait sur une femme seule, il lui jouait le grand jeu, le restau et tout, et ça se finissait au pieu, et bien souvent, il ne passait même pas par la case restau. Dès qu'il sentait qu'il y avait moyen, il attaquait direct, il expliquait que c'était le tarif, parfois il s'est pris des coups de pied au cul, c'est sûr, mais vous seriez surprise d'apprendre que la plupart du temps, son truc ça marchait, et elles en redemandaient, il les revoyait, régulièrement.

— Excusez-moi, vous êtes venu jusqu'ici avec votre gros rat pour me raconter ces saloperies ?

— C'est un castor, madame, Bee Gees est un castor *canadensis*, un castor du Canada. Mais laissez-moi terminer. Parfois, dans ces travaux, quand c'était trop costaud, il s'associait avec un autre pote, ils y allaient à deux, l'autre ne touchait à rien, il était marié, c'était pas son truc.

— Jimmy aussi était marié.

— Oui, pardon. Bref, ils avaient une petite cagnotte, parce que tous les deux, ils se faisaient payer, lui tout seul jamais, mais à deux, oui. Et un jour, Jimmy a loué un camion pour aller déménager une nana tout seul, il a pioché une centaine de dollars dans la caisse commune, mais c'est qu'après, il a pas voulu les remettre. Alors son pote, qu'est-ce qu'il a fait? Il l'a menacé de venir ici et de tout vous raconter, il était à deux doigts de tout faire péter.

— C'était quand cette histoire?

— Il y a bien dix ans… Alors je peux vous dire que le Jimmy, il a remis le pognon direct dans la cagnotte, et on ne l'a plus entendu parler de déménagement, c'était trop compliqué. Autre chose, vous le saviez sans doute pas, mais Jimmy avait toujours un pantalon propre, une chemise blanche et une veste propre roulés dans une couverture sous le siège passager. Eh oui, sous ses apparences, disons… négligées, à part ses cheveux, il cachait bien son jeu, monsieur était un esthète, il se la jouait « élégance » dès que vous aviez le dos tourné.

Pamela repense à toutes les fois où il attendait en slip à la sortie de la salle de bains pour lui demander comment il devait s'habiller, comme un petit garçon de cinq ans, et ça a duré des années, une vie entière finalement. Il jouait le type non concerné par son apparence mais il y bossait en secret. Pamela est saturée par une forme de répulsion, elle n'en peut plus de ce type, de ce Big Dirty, mais elle le laisse s'épancher.

— Et sa chemise, il la faisait laver par les bonnes femmes, et parfois, il la lavait seul, à la main, chez vous, en votre absence, et il la faisait sécher sur un cintre dans la cabane au fond de votre jardin. Vous voulez qu'on aille voir?

— Non, merci. Comment savez-vous tout cela ?

— Il s'en vantait, il était tellement heureux d'avoir cette vie cachée, de vous tromper. Il était fier de ses stratagèmes, si seulement il avait été aussi doué au poker… Et pour tous ces culs, excusez-moi, mais c'est comme ça que ça s'appelle, il roulait pendant des miles et des miles. Il a rayonné dans toute la ville, pour honorer les bouches et les culs qui l'attendaient.

Pamela se souvient qu'elle l'a piégé à plusieurs reprises en comparant le kilométrage au compteur de sa Ford le matin, avec celui du soir. Parfois, il avait parcouru des dizaines de miles dans la journée alors qu'il prétendait ne pas avoir bougé de la maison. Elle se souvient de ses embardées de colère, il se barrait en gueulant, pour ne pas avoir à s'expliquer. Tout remonte, le sang afflue à son visage, elle a chaud, cette discussion est épouvantable. Elle entrevoit la taille de ses mensonges, il lui a menti toute sa vie, chacune de ses paroles était un mensonge, elle se dit qu'elle est trop conne de n'avoir rien vu, elle se demande si elle était dans le déni, ou quoi ? Mais elle finit par admettre qu'il était formidablement organisé, bien assez pour déjouer sa vigilance. Jamais elle ne l'a soupçonné, il n'était pas vraiment propre, il fallait toujours se battre pour qu'il aille se laver, elle se demande bien quel genre de femme peut être attirée par un homme aussi négligé. Mais bon, avec sa belle chemise blanche et ses cheveux bien mis, apparemment ça suffisait pour faire chavirer les cœurs, les jambes plutôt. Elle se demande combien de femmes il a débusquées, étaient-elles toutes plus jolies qu'elle ? Plus intéressées par les rapports sexuels ? Qu'avait-elle donc, elle, Pamela, de moins que toutes ces femmes ? Était-elle trop sérieuse, trop rigide, trop portée sur le ménage ? Elle pourrait vomir en songeant à toute cette vie grouillante dans le couloir d'à-côté, ce couloir sombre et luxuriant, contiguë à sa vie. Elle frémit, elle a froid, elle a envie de lui demander de partir, mais Big Dirty continue, ce gros bolide est lancé. Pourquoi fait-il cela ? Pour se venger ?

— Excusez-moi, mais pourquoi me racontez-vous tout ça ? Qu'est-ce qu'il vous a fait à vous, Jimmy, il vous a remboursé toutes ses dettes, non ? Vous lui en avez bien fait baver avec votre sale petit jeu.

— Justement non, il ne m'a pas tout remboursé. Alors comme je voulais pas vous embêter avec de vulgaires histoires de fric, je me suis dit que ce serait peut-être mieux de vous raconter qui était votre mari.

— C'est ça, c'est votre petite vengeance minable. Sortez d'ici, je vous en prie, laissez-moi.

— Très bien, je vous laisse. Madame Felton, je vous souhaite une bonne soirée. Allez, viens Bee Gees, laissons cette pauvre femme. C'est bien, tu as été sage, comme je te l'avais demandé.

Il referme la porte avec d'infinies précautions, comme s'il ne voulait pas déranger. Pamela est sous le choc, anéantie. Elle se sert un whisky. L'ordure, mais quelle ordure, rumine-t-elle, sans très bien savoir à qui elle s'adresse, ce Big Dirty ou son Jimmy ? Elle se sent lasse. À bout de forces. Elle ouvre la porte qui donne sur l'arrière de la maison, elle traverse le petit carré de pelouse, elle lutte avec la poignée de l'abri de jardin, et quand il cède enfin, elle pénètre dans cet antre où elle ne met jamais les pieds. Elle cherche vers les hauteurs, elle trouve un crochet avec un beau cintre en bois qu'il a piqué dans leur armoire. C'était donc là qu'il faisait sécher sa chemise. Tout est exact. Elle l'avait compris dès le début de l'échange avec ce gros con, car avant de revendre la Ford, elle l'avait nettoyée à fond, et elle avait été très surprise de découvrir cette chemise blanche, cette veste et ce pantalon minutieusement enroulés dans une couverture, il y avait aussi ces chaussures de cuir qu'elle n'avait jamais vues. Depuis ce jour, elle se demandait constamment à quoi correspondaient ces vêtements, ce qu'ils dissimulaient. Maintenant elle sait, ils dissimulaient la faillite de son couple, une vie faussée, une vie à côté d'un inconnu. Elle dînait auprès d'un inconnu, elle dormait dans le lit d'un inconnu et elle se levait auprès de lui, en regardant le soleil monter dans le ciel, en s'émerveillant de voir grandir leur fille merveilleuse qu'il n'aimait pas. Elle a toujours douté de cela, elle n'en était pas vraiment convaincue quand il lui a fait cette cruelle révélation, mais maintenant elle sait. Quand il lui a annoncé cette saleté, qu'il n'aimait pas leur fille, ce n'était pas un mensonge. Pour une fois, il disait la vérité. L'unique vérité qui est parvenue à traverser cette famille était qu'il n'aimait pas sa fille. Pamela efface ses larmes, elle ne voudrait pas que Joyce la voie pleurer. Elle sort justement de la salle de bains.

— C'était qui ce type ?

— Oh, un connard. Un ami de Papa. Je l'ai déjà oublié.

— Maman, j'ai tout entendu, presque tout. Ne pleure pas, Maman.

Joyce se colle contre Pamela, elle la serre dans ses muscles comme si elle souhaitait la désosser. Les deux femmes restent silencieuses, les larmes s'écoulent, des larmes lentes. Leurs bouches sont closes, elles respirent par les narines, elles sont immobiles, seules les ailes de leur nez sont animées.

— Qu'est-ce que c'est ? Oh, non…

Le castor du mec a fait ses besoins sur le plancher, des petites crottes cylindriques et fibreuses, comme certaines boulettes qu'on trouve dans les assiettes, en cuisine méditerranéenne. Pamela se détache de sa fille et file à la cuisine, elle revient avec une pelle et une balayette, elle propulse la douzaine de crottes dans sa pelle qu'elle expédie à la poubelle. Elle extrait le sac de la poubelle, elle le referme prudemment puis évacue cette chose vers le jardin. Elle se demande comment cette odeur incommodante ne l'a pas heurtée plus tôt, comment elle ne l'a pas détectée. Probablement que son dégoût pour le maître de l'animal était encore plus prégnant, plus imposant. Elle frotte le sol avec un produit adapté au parquet, elle espère chasser ce fumet infect dès ce soir. Joyce lui demande si elle souhaite manger, si elle a faim, ou si elle préfère regarder la télé. Pamela lui avoue qu'elle veut aller se coucher, elle aimerait effacer très vite cette vilaine journée. Joyce lui confie qu'elle va aller écouter de la musique dans son lit, au casque. Pamela lui demande ce qu'elle écoute en ce moment. Elle écoute Nick Drake. Sa mère n'a jamais entendu parler de ce chanteur. Pamela se dirige vers sa chambre, une question tourbillonne dans sa tête : un imbécile qui trompe son monde est-il toujours un imbécile ? Elle va s'endormir avec la menace de cette énigme, son nouveau supplice.

Les touristes ont réinvesti la plage, chassant quelques colonies de pigeons. Ils bouffent leurs glaces, enfouissent leurs mégots dans le sable, tout est revenu à la normale, voici le bel été tant attendu. Tout le monde a déjà oublié l'opération « Frequent Wind » en avril dernier au Vietnam. C'est vrai, ça fait déjà quelques mois, mais même en avril, tout le monde s'en moquait. Pourtant, un millier d'hélicoptères et avions avaient évacué en catastrophe le personnel américain de Saïgon, près de huit mille personnes s'étaient envolées à la lueur d'un ciel dénoué, laissant derrière elles une blessure en putréfaction. La guerre était perdue, dans l'indifférence générale. Joyce et Wendy skatent en se donnant la main, les badauds se rangent pour les éviter, un mec stupéfié lâche son combiné téléphonique dans une cabine, certains activent leur caméra super 8 pour les imprimer sur la pellicule de leurs souvenirs. Ces deux filles en short moulant, chaussettes hautes sur les genoux, haut de maillot fragile, ces deux ados qui flottent sur la promenade, cheveux au vent, resteront longtemps dans leur mémoire, avec ou sans caméra. Les garçons ne sont pas bien loin, ils tentent des figures qui impressionnent les gens, le tee-shirt attaché à la ceinture, ils se déhanchent avec nonchalance, leurs cheveux longs les suivent comme des rubans de poussière, éveillant chez les autres ados des envies de skate ou de meurtre. La jalousie qui jaillit dans leur dos amplifie leur euphorie, un mec les double à vélo avec sa copine en maillot, assise sur son guidon. La petite bande s'arrête près d'un type en anorak, il doit crever de chaud. Il dessine un truc à la bombe sur un vieux mur de parpaings, ses gestes sont rapides et intuitifs, le graph est déjà pas mal avancé. Il se tourne vers son public, balance son anorak à terre, il est torse nu, et maintenant il trace deux traits orange sur sa peau noire, deux traits horizontaux comme le signe « égal », les touristes applaudissent sans bien comprendre son message. Wendy se penche vers Joyce, elle lui annonce à mi-voix qu'avec Tony, ils sont ensemble, elle lui demande si elle lui en veut. Joyce hausse les épaules, ça lui fait un peu de peine, mais elle ne le montre pas.

Wendy lui dit que c'est neuf, c'est depuis hier seulement, elle redemande à Joyce si c'est OK pour elle, cette dernière lui assure que oui, tout va bien. Le type torse nu secoue ses bombes, la bille d'acier gigote beaucoup là-dedans, il n'a plus beaucoup de peinture mais il continue de couvrir son mur. Joyce s'assied sur son skate, ça l'intéresse un peu ce qu'il fait. Elle pense à sa mère, elle pense à la religion, elle pense à son avenir, elle se demande ce qu'elle fera plus tard. Elle ne sera certainement pas dans le cinéma comme Pamela, peut-être vendeuse de fringues, mais des fringues de skate, ou alors vendeuse de pancakes au chocolat sur le front de mer, été comme hiver, ça lui plairait bien, ça. Soudain une clameur soulève la foule, Joyce se lève et se retourne. Un couple a escaladé un lampadaire, ils sont au moins à quatre mètres de hauteur, leurs pieds reposent sur une herse anti-escalade, personne ne comprend comment ils ont fait pour grimper là-haut, le garçon a son tee-shirt qui pendouille à l'arrière de son short, la fille porte des chaussettes hautes, un short moulant et un haut de bikini, ils s'accrochent à leur poteau, se penchent sur le côté et s'embrassent dans la bouche. Une nouvelle clameur retentit, les badauds encouragent Tony et Wendy.

PAPIER CERTIFIÉ

Achevé d'imprimer par Bussière,
en février 2025
N° d'imprimeur : 2083224
Dépôt légal : mars 2025

Imprimé en France